湛庐CHEERS

与最聪明的人共同进化

HERE COMES EVERYBODY

数字星舰2

巨剑的陨落

Ancillary Sword

[美] 安·莱基 著
Ann Leckie

崔学海 李娇 译

浙江教育出版社·杭州

了解星舰等级

扫码激活这本书
获取你的专属福利

作为描绘人与机器共融共生的科幻小说，星舰系统是“数字星舰三部曲”世界观中的重要组成部分。了解星舰系统对了解本作故事有重要作用。

扫码获取星舰等级图解，一图捋清各等级星舰人员编制。

根据世界观设定，雷切帝国的星舰等级分为三种：正义级、仁慈级和巨剑级。正义级星舰是大型运兵船，星舰上会部署数百甚至数千名辅助部队士兵；巨剑级星舰是一种速度较快的小型星舰，长于攻击；仁慈级星舰则介于两者之间，是一种通用型飞船。

尽管三种星舰的规模不同，但它们的船员组织方式非常相似，由若干中队或分队组成，每个队伍由一名军官领导，上尉则直接由舰长统领。

玛丽、厄休拉和安

程婧波

中国科幻新生代代表作家
首位同时斩获两大中文科幻奖项“华语科幻星云奖”
“中国科幻银河奖”的女性作家
《她：中国女性科幻作家经典作品集》丛书主编

对中文世界的大部分读者来说，安·莱基可能是一个有些陌生的名字。

这是一位近年来风头正劲的女性科幻作家。通过极具先锋气质的写作，安·莱基已经将科幻圈鼎鼎有名的几项大奖——雨果奖、星云奖、轨迹奖、阿瑟·克拉克奖、英国科幻协会奖、法国幻想文学大奖、英国奇幻奖、日本星云奖收入囊中。

就在安·莱基凭借《数字星舰》获得雨果奖和星云奖的认可的几年之后，一位名叫 N.K. 杰米辛的黑人女作家，以“破碎的星球”三部曲三度摘得雨果奖桂冠，创造了雨果奖史上“帽子戏法”的奇迹。

而杰米辛也在第三次登上雨果奖领奖台时，贡献出了可能是雨果奖史上火药味最浓的获奖感言。她提到自己曾经因为肤色原因，不得不忍受编辑的退稿和知名作家的白眼。她还无比愤怒地回忆起一些发生在研讨会上的不愉快——连“女性作家的创作有何意义”这种显而易见的事情，也需要与男性作者争辩。

把“平权主义”“女性主义”写进科幻小说，成为N.K.杰米辛的一种生理自觉——作为一位黑人女性，她选择了用科幻小说这种在美国一直被视为典型的白人男性占主导地位的类型文学，来战斗和发声。

巧的是，安·莱基踏上科幻写作的领路人奥克塔维娅·巴特勒，也是一位黑人女性科幻作家。

奥克塔维娅1947年6月22日出生于加利福尼亚州帕萨迪纳，她在美国科幻界开创了女性和非裔美国人的新天地。

美国一直都有科幻写作工作坊的传统，奥克塔维娅曾在号角科幻写作班学习怎么写作科幻小说，这对她日后拿下雨果奖、星云奖、轨迹奖以及美国笔会的文学写作终身成就奖，并且成为第一位以科幻小说获得麦克·阿瑟天才奖的作家，打下了坚实的基础。

奥克塔维娅后来回到号角科幻写作班授课，足下高徒包括中国读者较为熟悉的特德·姜（《你一生的故事》作者）和中国读者现在或许还不太熟悉的本书作者——安·莱基。

如果要说安·莱基从她的老师奥克塔维娅·巴特勒那里继承了什么最核心的东西，我猜这也正是她从自己母亲那里继承来的东西——那种被人们称为“××”染色体的东西，那种使女性有别于男性的东西。这使得她提笔写作时，源自女性身份的思考成为一种无可避免的生理自觉。

这样的一种自觉，我们从安·莱基身上看到了，从在她之前的奥克塔维娅·巴特勒身上看到了，也从在她之后的N.K.杰米辛的身上看到了……这种自觉使得她们笔下的作品大放异彩，也使得我们从中发现女性科幻作家的写作是一条传承有序的纽带。

如果说母系氏族是由“女性”主导的基因关系和社会关系的一种传承，那么女性写作则是由“女性”主导的一种精神上的传承。

如果我们要沿着这样一条女性写作的脉络在科幻作品的世界里继续溯流而上，还能有一些更有意思的发现：

安·莱基作品中那种女性主义的先锋性，不仅仅是因为她站在自己的恩师奥克塔维娅·巴特勒的肩膀上——还因为她同样受到了厄休拉·勒古恩的深刻影响。

说起厄休拉·勒古恩，骨灰级科幻迷想必并不陌生。她是英语世界的“科幻小说女王”，笔下的作品对玛格丽特·阿特伍德（《使女的故事》作者）、大卫·米切尔（《云图》作者）、尼尔·盖曼（《美国众神》作者）、J.K. 罗琳（《哈利波特》作者）等人都产生了不小的影响。

从《数字星舰》系列中，细心的读者不难看出一些向厄休拉·勒古恩致敬的痕迹。

《数字星舰》系列中，绝大多数的性别代词就是“她”。无论是拥有人类的身体加人工智能的大脑的主角布瑞克，还是故事中出现的其他角色，作者往往以“她”称之。

这种挑战人们习以为常的性别思维和阅读习惯的做法，无疑是一招险棋——它会带给读者全然新鲜的冲击力，亦会招来不适、批评，甚至愤怒。如同厄休拉·勒古恩在她的《黑暗的左手》中为消除性别差异的构想所带来的性别思维突破，对 20 世纪 70 年代两性文化的冲击。

厄休拉·勒古恩在 1969 年出版的《黑暗的左手》中，构建了一个叫作冬星的地方。在这里，性别不再是二元对立的，而是二元统一的。评论界将其称为厄休拉的“性别思想实验”。格森（Gethen），又称冬星，是一个气候寒冷、生存条件严苛的行星。这里的原住民都是“双性同体”，平时在生理上并无男女之分，仅在每个月一次的卡玛期（kemmer，意即发情期）中，随机分化为男性化或女性化状态。由于卡玛期中会变化为何种性别全无规则可循，一个格森人可能既是父亲也是母亲，因而形成格森社会的特有型态：其成员并无性别习性。

《黑暗的左手》一经出版就产生了轩然大波。人们借主角金利·艾（此人的身份是星际联盟使者，其性别思维与地球人类相近）之眼，走近了一个“性别流动”的社会。厄休拉·勒古恩在书中对所有格森人都以“他”称之，这一方面具有打破性别思维惯性的先锋性，另一方面，也给她招来了一些批评的声音。

严苛的女性主义者认为，《黑暗的左手》中的主角是男性，而性别未定的角色们也都是“他”，因此，这本书并不能被视为女性的觉醒之书。

1995 年，厄休拉在短篇小说《卡海德的成年》中，故意将所有的人称代词写作了“她”。

2013 年，安·莱基在自己的处女作《数字星舰 1：正义的觉醒》中，也把几乎所有的性别代词写作了“她”。

这是一种以科幻文本完成性别思想实验的传承。

安·莱基在作品中呼应了 1995 年那个将“他”一律改作“她”的厄休拉，也呼应了 1969 年那个将所有未定性别的格森人一律称作“他”的厄休拉——女性写作并不是一诞生就完美无瑕的，它是由一位又一位作家、一部又一部作品，慢慢蹚出来的一条荆棘之路。

对西方科幻世界的女性写作来说，尤其如此。

往这条路的源头走去，或者还能有更有趣的发现。

科幻小说的起始点是一个耐人寻味的问题。尤其是如果这门显然是由男性掌控的文学类型，是诞生于一位女性之手。

科幻史中有迹可循的一个原坐标，是十九岁的少女玛丽·雪莱与她那部具有浓郁哥特风格、阴森诡异又极具大众流行度的科幻小说开山之作《弗兰肯斯坦》。

困扰过 N.K. 杰米辛的问题，从一开始就存在。在 1818 年初版时，《弗兰肯斯坦》的作者——纵使日后被称为“科幻小说之母”，在当时却是匿名的。初版《弗兰肯斯坦》由玛丽的丈夫，知名诗人雪莱作序，使许多人误以为此书是后者的作品。直到五年之后，小说第二版出版，玛丽·雪莱才公开了自己的作者身份。

虽然当时很少有人相信，现在仍然需要去努力证明，但这就是一个不争的事实：女性作家当然可以创作出和男性作家一样优秀，甚至不朽的作品。

《弗兰肯斯坦》采用了一种被评论家们探讨了两百年的精巧的“三重叙事”结构。到厄休拉·勒古恩以《黑暗的左手》重新提振女性科幻作家在英语世界中的声量之时，她采用了“双重叙事”的结构来呼应玛丽·雪莱的古典叙事。而到年轻的安·莱基提笔创作出《数字星舰》时，她采用了一种颠覆式的“一重叙事”——以主角布瑞克的第一人称视角来讲述故事，而布瑞克作为一种 AI 共生体，“她”可以说拥有全知全能的视角，是一个不折不扣的无所不知的叙述者。

厄休拉所欣赏的中国道家思想说，“道生一，一生二，二生三，三生万物”。安·莱基的“一重叙事”可以看作是与厄休拉·勒古恩的“双重叙事”和玛丽·雪莱的“三重叙事”形成了一个完美的叙事闭环：

万物生三，三生二，二生一，一生道。

读过或者没有读过《弗兰肯斯坦》的读者，可能都很难不注意到“弗兰肯斯坦”这个名字，却忽略了“玛格丽特·塞维尔”这个角色。

“玛格丽特·塞维尔”从来没有出场，却成就了这部小说的“三重叙事”结构：

《弗兰肯斯坦》以书信体的格式，以在北极探险的航海家罗伯特·沃尔顿的口吻，给远在英国的姐姐玛格丽特·塞维尔写信，转叙弗兰肯斯坦讲述给沃尔顿的故事；而在转述之中，还嵌入了一层结构：弗兰肯斯坦讲了怪物对他讲的故事。就如同梦中之梦一样，三重叙事环环相扣，构成了一种叙事奇观。

玛格丽特（Margaret）其名，与玛丽（Mary）肖似。而玛丽这个名字背后，则又藏着许多故事。

婚前的玛丽全名叫作玛丽·沃斯通克拉夫特·古德温（Mary Wollstonecraft Godwin），而这个名字与她的亡母一模一样。

玛丽的母亲并非泛泛之辈，而是世界女权主义第一人、《女权辩护》（*A Vindication of the Rights of Women*）一书的作者。不幸的是，她在生下玛丽后十一天就因产褥热而逝世。玛丽的生伴随着母亲的死，这似乎也成为《弗兰克斯坦》这部作品绕不开的主题：生从何来？死向何去？

这种关于“生”与“死”的思考，也深深地影响着几乎所有的女性写作。

在两百年前，玛丽·雪莱对于“生育”的恐惧，是与“死亡”紧密相连的。而她笔下的“科学怪人”弗兰肯斯坦则是从拼接的尸体里创造出生命。这是一种互文式的生育恐惧。

玛丽的经历是给予新生，又眼睁睁看着新生凋零；弗兰肯斯坦所做的则是从坟墓中找出那些死者的尸体，将这些残肢拼凑到一起，并赋予其生命。

玛丽和弗兰肯斯坦，是一枚硬币的两面。

两百年间，无数的女性作家笔下依然在延续着“生”与“死”的永恒母题。

今天，安·莱基所做的，就是在她的前辈们披荆斩棘走出来的这条道路上，继续勇敢地前行。

人工智能取代了古老的哥特故事，共生体的概念带来新的奇观——安·莱基不仅仅是想要打破人们在性别问题上的惯性思维，更要使人们对“人”的定义、本源和意义进行重新思考。

“生”与“死”的文学母题还在继续着。剥开《数字星舰》系列那坚硬的表层——人称的先锋性和叙事的颠覆性，触及其内在的柔软，那些更加本源的思考才是女性写作的最最迷人之处。

从玛丽·雪莱到厄休拉·勒古恩，从奥克塔维娅·巴特勒到N.K.杰米辛，科幻中的女性写作从未缺席。

女性对世界的观察、感受、认知和构建，就如同女性的存在对这个世界一样，是不可或缺的。

安·莱基和她的作品无疑也是如此。

目录

ANCILLARY
MERCY

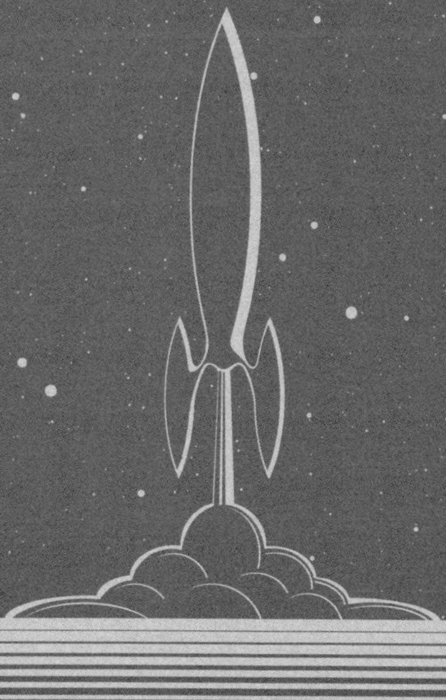

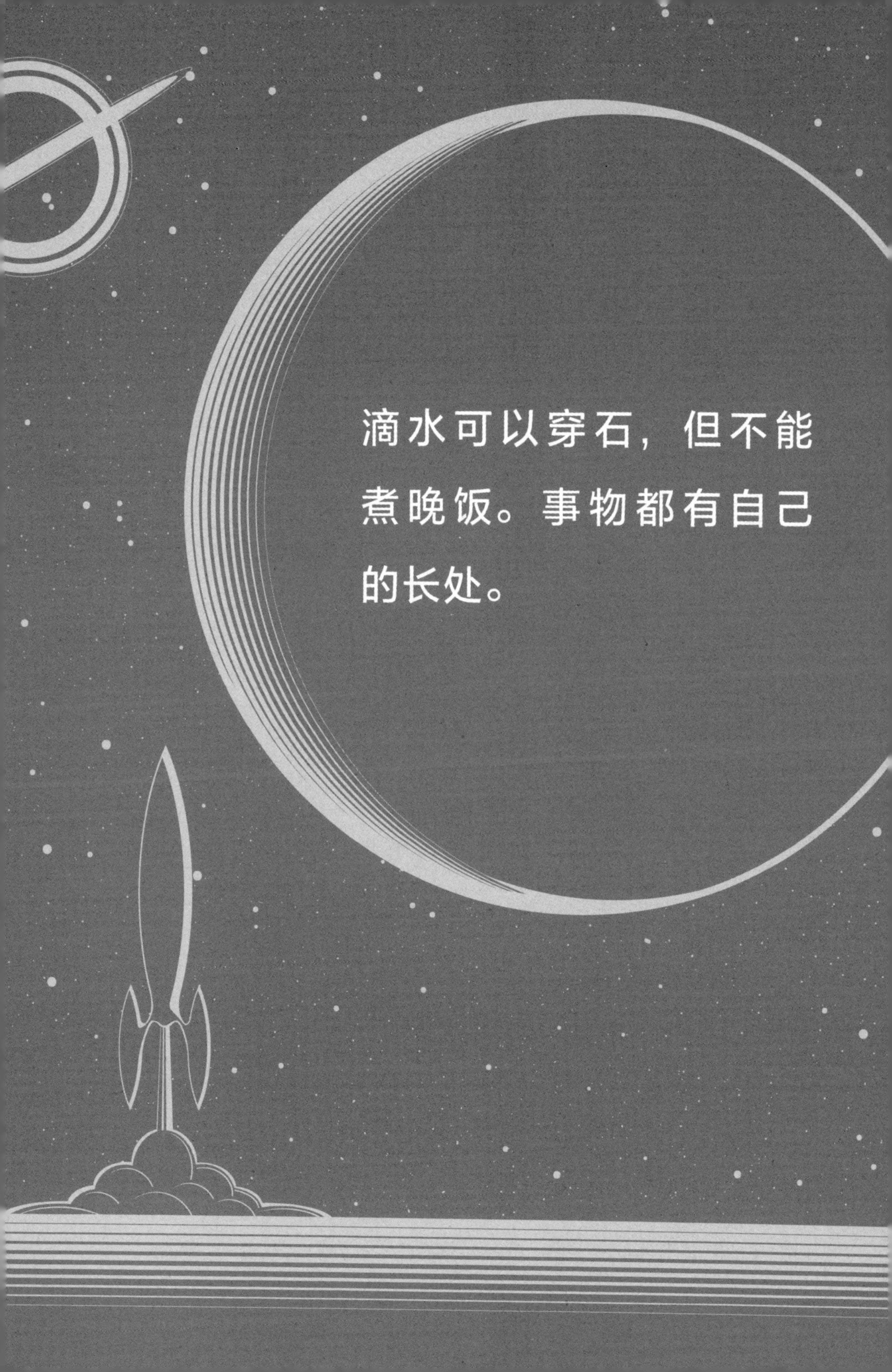

滴水可以穿石，但不能煮晚饭。事物都有自己的长处。

01

“鉴于当下情形，你可能需要再添一名上尉。”阿纳德尔·米亚奈说道。阿纳德尔·米亚奈是雷切帝国的在位统治者，这会儿正坐在一把铺着刺绣坐垫的宽大椅子上。阿纳德尔有数千具躯体，跟我讲话的这具大约十三岁，着一身黑衣，皮肤黝黑，脸上带有特有的贵族气质的印记，在雷切帝国，这是最高身份的标志。在这个帝国，通常是不会有这么年轻的领主的，但现在属于特殊时期。

这个房间不大，面积三四平方米的样子，四周是黑木围成的栅栏，其中一个角落里整段木头都不见了。就在上周，阿纳德尔与她的另一个人格爆发了激烈冲突，这段木头可能就是那时被损坏的。在其他几处没有破损的黑木上，几缕植物的卷须蔓延开来，银绿色的细叶子映衬着朵朵小白花。这里并不是宫殿中的谒见室。领主座椅旁放着一把空椅子，两张椅子中间摆放着一张茶几，上面有一套茶具，一个茶壶，还有几个未经雕饰的白色瓷茶碗，摆放极为讲究。乍看上去这些物品似乎没什么特别之处，但仔细端详就会发现其价值能抵得上几个行星的艺术品总和。

阿纳德尔命令属下给我上茶，并邀我就座，但我并没有坐下。“你许诺过，我有选择下属的权力。”说这话时，我本该加上“我的领主大人”这样的称谓以示敬意，但我并没有，而且在我进门见到领主时，也没有下跪叩首。

“你已经选了两名上尉。斯瓦尔顿是一个，这不用多说。另一个是艾卡璐，原因也是不言而喻。”她话音刚落，两名上尉的形象便条件反射似的出现在我的脑海中。用不了十分之一秒，停泊在该空间站约三万五千千米之外的仁慈卡尔号便会接收到我大脑发射的信号，再过十分之一秒，星舰便会把搜索到的关于两位上尉的数据反馈给我。在过去的几天里，我一直尝试着改掉这项几近本能的大脑活动，不过效果并不明显。“舰队长有权选择第三位军官。”阿纳德尔继续说道。阿纳德尔戴着一副黑色手套，手里端着一个精致的瓷茶碗。她朝我打了个手势，仿佛是在指我的制服。雷切帝国的军人统一穿深棕色夹克、裤子、军靴并戴手套。而我的制服却有些不一样，左半边是棕色，右半边则是黑色。我的制服上佩戴舰队长徽章，徽章赋予我的权力包括不仅掌管我所拥有的星舰，还可以向其他星舰长下达命令。我拥有的星舰是仁慈卡尔号，在我所控制的舰队里，只有这一艘归我管辖。不过，我将要前往的区域，也就是艾斯奥克空间站，并没有其他舰队长驻扎。因此，如果我在那里遇到其他军官，舰队长官衔意味着我的权力会更大一些。但有一个前提，这些军官得愿意承认我的权威。

上周那场长期蓄积的矛盾爆发后，一个军团捣毁了两扇星系间的传送门。如今一项迫切的任务就是做好防御，谨防更多的星系传送门遭到破坏，并严防该军团占领帝国其他星系内部的传送门及各空间站。我理解阿纳德尔授予我舰队长官职的理由，但仍然觉得这不是个好差事。“别以为我是在为你服务。”我说道。

阿纳德尔笑道：“我不会这么想。要选第三位军官，还得在本星系或者本空间站找。提萨瓦特上尉刚刚结束训练，她本来接受了第一个任务，当然了，现在看来她是没法执行了。况且，我以为你会希望找一个能按你指令训练的人。”她似乎被自己的这种想法逗乐了。

在阿纳德尔说话的时候，我的大脑出现了斯瓦尔顿的脉搏、体温、呼吸、血氧量以及荷尔蒙水平的影像，我知道她正处在睡眠的第二阶段——非快速眼动睡眠。紧接着，睡眠数据消失了，取而代之的是艾卡璐上尉的影像，她此刻正在站岗，因此牙关紧闭、皮质醇升高、注意力高度集中。艾卡璐一直是普通士兵，不过在一周之前，原仁慈卡尔号星舰舰长因叛节被捕，她便升为军官。这是她从未想过的事情，而且我觉得她对自己的能力也不是十分自信。

我眨了眨眼，将注意力从大脑图像中拉回。“你不会就给我一个经验不足的军官去应对一场刚刚爆发的内战吧？”我质疑道。

“这总好过没有吧。”阿纳德尔·米亚奈说道，我不能确定她是否意识到我刚刚走神了，“提萨瓦特那孩子知道要在一位舰队长手下工作欣喜若狂，她正在港口等你呢。”阿纳德尔放下茶碗，坐直身子，“通往艾斯奥克的传送门已经被毁，我不清楚那个空间站的情况，所以不能给你具体指令。”她举起手，似乎是不让我插话，“况且，要求你一切听从我的指示也是在浪费时间，你还是会自行其是的。你的装备都准备妥当了吗？供应物品带齐了吗？”

如此询问无非是装装样子，她心里和我一样清楚星舰的储备情况。我做了个含糊的手势，故作傲慢的样子。“你不妨带上维尔舰长的物品吧，”她说道，好似我刚刚给出的答复很合理，“反正她也用不着了。”维尔·奥斯克一直任仁慈卡尔号舰长，一周前却发生了变故，她不再需要这些个人物品的理由有很多，当然，最大的可能是她已身亡。阿纳德尔·米亚奈从来都不会半途而废，尤其是对敌作战的时候。毋庸置疑，这次维尔辅佐的“敌人”是阿纳德尔的另一个人格。

“我不想用维尔的东西，送到她家人那里吧。”我答道。

“那我试试看。”但她很可能是做不到的。她又问道：“出发前还需要带些什么吗？什么都行，请尽管提。”

我想到诸多物品，但没一个能用得上，便答道：“没了。”

“你知道，我会想念你的。”她接着说道，“没有人敢像你这样跟我讲话，你不害怕冒犯我，这样的人我还没见过几个，而在这为数不多的几个人中，也没有人拥有你我这样……你我这样相似的背景。”阿纳德尔意指我曾是一艘星舰，是一艘由人工智能掌控的巨型运兵舰，拥有千万名辅助部队士兵，那千万具人类的躯体，都曾是我的一部分。那时，我并未将自己看作奴隶，而是征战的武器，是阿纳德尔·米亚奈的附庸，而阿纳德尔的千万具躯体亦遍布雷切帝国。

而现在，我只有一具躯体了。“你接下来要我做的，不可能比你已经做的那些事更令人发指了。”

“这我知道。”她说道，“而且我还知道，接手这项任务会让你成为危险分子，让你活着可能是愚蠢的决定，更别提给你权力和一艘星舰了，但我从不玩属于怯懦者的游戏。”

“对大多数人而言，这可不是什么游戏！”我愤怒地说道，因为我知道就算我面无表情，她也可以察觉出我的情绪。

“这一点我也明白，我不骗你。只是有些牺牲在所难免。”领主回应道。我脑海中蹦出了六种不同的回应方式，我本可以随便选一种搪塞，但我一句话没说，扭头朝房间门口走去。

一个名为卡尔五号，隶属于仁慈卡尔号星舰的士兵在门外站岗，见我从门内出来，她迅速跟上，没发出一丝声响。如同仁慈卡尔号星舰上的其他士兵一样，卡尔五号是人类，而不是辅助部队士兵。

除了她所在星舰、分队和属于自己的编号外，她还有自己的名字。有一次我叫了她的名字，她虽表面上波澜不惊，内心却是警铃大作、焦躁不安，从那以后我就再也没有叫过她的名字。

我还是一艘星舰时，准确地说，当我还是正义托伦号星舰的一部分时，我时刻都能对星舰上军官们的状态了如指掌。她们的所见所闻，她们的一呼一吸，甚至每一块肌肉的抽动，她们的荷尔蒙水平、氧气含量，所有这些我无所不晓，但是我读不透她们的思想。然而，通过经验和对她们的熟稔，我通常可以猜得半分。

但我从未向我的任何一位舰长汇报过军官们的思想，这对上级而言没什么意义，无非是一串讲不太通的数据。但在那时，于我而言，这些数据却是我意识的组成部分。

如今，我已不再是一艘星舰，但我依旧是一名辅助部队士兵，仍能读懂人类舰长读不到的数据。问题是我只拥有一颗人类大脑，以前不假思索就能随时处理的信息，现在却只能有限地处理其中最小的信息碎片。而即使是最小的信息量也需我小心应对。

曾经，我试图边走路边接收数据，结果径直撞向舱壁，那是我拥有人类大脑后的第一次尝试。这一次，我有意要求仁慈卡尔号星舰向我传递数据，并且我十分确定自己可以在既不停下脚步又不被绊倒的情况下穿过眼前的走廊，同时用星舰发回的数据监视卡尔五号。

我顺利走到了宫殿的接待区。我“看”到卡尔五号有点疲倦，而且似乎有些宿醉。我很确信，从我与领主谈话，而她站在门外盯着墙体愣神开始，她就感到百无聊赖了。我还“看”见期待和畏惧的情绪奇怪地混为一体，这让我很困惑，因为我猜不出那是因为什么。

我继续向前，来到了有着石砌地板的中央大厅。大厅高而空旷，甚至能听到回音。我转向电梯，搭乘其中一座就可以到港口，继而登上为我准备的穿梭机，载我回到仁慈卡尔号星舰。

大厅两侧是各式商店、办公地和神庙。神庙门前那被粉刷成橙、蓝、红、绿色的神像高高耸立着。尽管上周因领主与她的某个分裂人格爆发冲突而引发了暴力事件，这里的一切看上去似乎都未遭受太多破坏。公民身着五颜六色的外套、裤子和手套，尽显珠光宝气而又光彩照人，他们似乎也并未因此而忧心忡忡，上周的暴力事件好像从未发生过。

阿纳德尔·米亚奈，雷切帝国的领主可能依旧是阿纳德尔·米亚奈，虽有多具躯体，却仍是一个未分割的“人”。但上周的冲突足以说明，阿纳德尔并不是一个统一的个体，而且早已不是。

待我走近电梯时，突然“感到”一阵愤恨和沮丧。于是我停下来，然后转过身，发现卡尔五号也随即停下了脚步，正面无表情地盯着前方。她表现得如此平静，好像星舰传送给我的愤恨情绪并不来源于她。

在此之前，我并不认为常人能将此等强烈的情绪掩饰得如此好，但在刚才的情形下，她的表情真的没有显露出丝毫变化。而事实证明，仁慈卡尔号星舰上的所有人，都能做到这一点。

维尔舰长是个因循守旧的人——最起码，她能将这一概念淋漓尽致地诠释出来，因为她命令她的人类士兵尽最大可能像辅助部队士兵一般行事。

卡尔五号不知道我曾是一名辅助部队士兵，她只知道我叫布瑞克·米亚奈，因维尔舰长被捕才被提拔为舰队长，而她最能想到的理由无非是我强大的家族背景。

她肯定不知道我“看”见了她的反应。“你在沮丧什么？”我猛地问道。

她吓得退后了一步。“长官？”她依旧是面无表情。在短暂的信号延迟之后，我“看”到，她想要我把注意力从她身上挪开，好让她独自待着。但她还是一副欲言又止的样子。

我的猜测是对的，她的怨恨和沮丧是冲我来的。“既然你有话要说，那咱们就听听看。”

她面露惊愕，继而转为恐惧，脸部肌肉紧张地抽动着。“长官。”她说道。终于，我捕捉到了她一丝表情，却又转瞬即逝。她咽了口唾沫，开口道：“是餐盘。”

这次感到惊愕的是我了。“餐盘？”

“长官,您之前让人把维尔舰长的个人物品送到这边的储藏室了。”

不可否认，无论是对餐盘、刀叉或是茶具，维尔舰长都很讲究，它们中有瓷的、玻璃的、珠宝的，还有珐琅金属的。或许这些就是卡尔五号心里一直惦记着的。但这些物品不属于我，我不想占有维尔舰长的任何物品。卡尔五号希望我能理解她，甚至达到了渴求的程度，但是我无法体会。

“所以呢？”

她对我的回答感到沮丧，甚至愤怒。从卡尔五号的角度看，她的需求是显而易见的，但我所看到的是她的讳莫如深，即便我已经开口，她仍严防死守。

“长官，” 她终于开口，几个帝国公民从我们身边走过，有的好奇地打量着我们，有的则假装没有注意到我们，“我知道我们很快就要离开星系了。”

“当兵的，”沮丧和愤怒向我袭来，之前和领主的谈话就不愉快，“你说话能痛快点吗？”

“在备好精致的餐盘之前，我们不能离开星系！”她脱口而出，却仍面无表情。

“长官，”见我没吭声，她又说道，她因自己的回答太直言不讳而感到又一阵恐慌，“无疑餐盘对您来说并不重要，您的舰队长身份足以让任何人刮目相看。”我对外的姓名是布瑞克·米亚奈，米亚奈的姓氏意味着我和领主大人是姊妹，但我对此并不十分满意。除了斯瓦尔顿和船上的医护兵,其他船员并不知道米亚奈不是我的家族姓氏。“长官，您可以邀请某名舰长与您共进晚餐，然后给她们提供普通士兵的伙食，她们也不敢说一个字。”卡尔五号所言属实，除非受邀人官职高于我。

“嗯，我们不去我们要去的地方，因为我们要留下来举办晚宴。”我讽刺道。我的回答让她一头雾水，她的脸上闪过一丝困惑。

“长官！”她的声音里带着乞求和痛苦，“您不必担心别人的眼光，我之所以说出我的想法，是因为这是您的命令。”

原来如此，我早该看到的，几天前就该想到的，如果我没有与军衔匹配的餐盘，她会担心是由于她不称职，给仁慈卡尔号星舰带来负面影响，“你在担心星舰的声誉。”

她有些懊恼，但终于松了一口气。“是的，长官。”

“我不是维尔舰长。”我本人确实不像维尔舰长一样对这种物品如此讲究。

“您不是，长官。”说这话时，卡尔五号的声音更加洪亮，这种强调以及我从她的表情捕捉到的如释重负，是因为我的确不是维尔舰长，还是因为我终于明白她想传达的信息，或者两者兼而有之？我想不明白。我已经取光了我在本星系账户里的所有钱，锁在了仁慈卡尔号上我的居住舱中。

我随身携带之物少之又少，因而不能缓解卡尔五号的焦虑。在这人工智能控制的空间站，交易本身并非难事，但空间站以为上周的暴力事件因我而起，对我产生了敌意，因此不愿为我提供帮助。

“那你回宫殿一趟，告诉领主你要什么。”她的眼睛微微睁大，五分之一秒后，我接收到从星舰发来的信息——卡尔五号不相信，又倍感恐惧，“等一切安排都如你所愿之后，来穿梭机找我。”

说话间，三名戴着手套的帝国公民拎着包裹从我身边经过。从她们交谈的只言片语中，我了解到她们正前往港口，要登上一艘星舰去往外空间站。一扇电梯门自动打开了。毫无疑问，空间站清楚她们的目的地，她们无需赘言。空间站也知道我的行程终点，但它不会主动为我打开任何一扇门，除非我做出明确清晰的指令。我转过身紧随三人迅速迈进电梯，看着电梯门在卡尔五号身前关闭，她则惊恐地站在中央大厅的黑石路上。电梯启动了，三名公民喋喋不休地说着什么。

我闭上眼睛，“看”到卡尔五号正在盯着电梯，呼吸有些急促。她眉头微皱，幅度之小恐怕连经过的人都注意不到。

卡尔五号捻动手指，向仁慈卡尔号发信号请求帮助。她有些局促不安，可能是担心星舰不做回应。但无疑仁慈卡尔号早已关注到了一切。

“放心。”星舰说道，仁慈卡尔号那平静而中立的声音在卡尔五号和我的耳中响起，“舰队长生气不是因为你，去做事吧，一切正常。”

星舰的回答很准确，惹怒我的不是五号。我把眼前关于五号的数据拨到一边，接着脑海中闪现出一幅睡梦中的斯瓦尔顿有些扭曲的图像，接着出现的是艾卡璐上尉，她正在吩咐一位光明分队的士兵给她沏茶，神经仍然紧绷着。

我睁开眼睛，电梯里的那几名公民正因什么事情而开怀大笑，我不知道，也不关心。电梯门打开，我跟着她们走进港口的宽阔大厅，这里遍布神像，即将踏上行程的人可能认为她们确实能得到庇佑，又或者只是求个心安。每天这个时候，大厅中的人都会比较少，不过，在港口局办公室的入口处，倒是有一排舰长和飞行员，她们暴躁地等着向早已不堪重负的监察长助理们控诉。

在上周的动乱中，两扇星系传送门被毁，或许在不久的将来，将有更多扇传送门遭人为破坏而崩坍。情急之下，领主大人已经下令，禁止任何人员穿行剩下的仍完好的传送门，数十艘星舰以及上面的货物和乘客被困于星系中。

见我到来，众人退后让行，并微微鞠躬，那姿势好似有一阵风吹过，压低了她们的身子一般。她们之所以行礼，是出于对制服的尊重。我听到一名舰长对另一名舰长低声说：“那是谁？”接着身旁一人低语回应，继而有人说她无知，并说出了自己的见闻。总之，我听到了“米亚奈”和“特殊任务”，听到了她们对上周事件的见解。对此，官方的说辞是，我上周便衣前往乌茂格行宫，受命铲除一项阴谋叛乱行动，而我此前也一直效力于阿纳德尔·米亚奈。不过，上周事件的涉事人员均知悉官方说法失实，至少她们会有所质疑。但就大多数雷切帝国人而言，她们只是普通百姓，没人会提出质疑。

助理们并未质疑我的身份，我从她们让出的道路走过，径直走进了监察长办公室的接待处。监察长的一名助理达奥斯·赛特仍在家疗养战伤，一名我不认识的助理正坐在她的长凳上。我一进门，她便迅速起身向我鞠了一躬。还有一名上尉坐在达奥斯的位子上，她十分年轻，事实上只有十七岁，相较于同龄人而言，她娉婷婀娜、端庄冷静。她四肢修长纤细，看上去可以率性到将第一份薪水挥霍在一双紫丁香色的眼眸上。很显然，她那双紫丁香色的眼睛不是天生的。她身上的深棕色夹克、裤子、手套和靴子都非常整洁利落，一头深色直发修剪得短短的。“舰队长，”她鞠躬说道，“长官，我是提萨瓦特上尉。”

我没有回应，只是打量着她，她并未因此感到不安，至少我没有捕捉到。她尚未向仁慈卡尔号传输数据，棕色的脸庞也未因脸红而变深。她肩处佩着几个不起眼的小别针，这足以说明她家境殷实，但就整个雷切帝国而言，尚未达到显赫的地位。根据一系列的观察，我断定她要么拥有超出常人的沉稳冷静，要么就是傻瓜一个。作为对于上尉的要求，这两种秉性我都不满意。

“长官，请进。”那位陌生助理说道，然后便张开胳膊示意我进办公室。我走进办公室，但没跟提萨瓦特上尉说一个字。

监察长斯卡伊阿特·奥沃肤色黝黑，有一双琥珀色的眼睛，着一身港口领导专属的深蓝色制服，显得高贵而优雅。我身后的门合上时，她起身鞠躬。“布瑞克，你是要去那边了？”

我刚想说“拿到你的授权，我便出发”，但又突然想起卡尔五号和我给她安排的任务，便改口道：“我在等卡尔五号。她的意思是，如果没有一套考究的餐盘，我就不能去执行任务。”

她面露惊讶，但又转瞬即逝。她自然知道我已将维尔舰长的物品送至宫殿，也知道我没有备用的个人物品。她乐呵呵地说道：“好啊，可你不会有五号同样的感觉吗？”她指的是我处在五号的角色时，那时我还是一艘星舰。

“不，我没有。虽然其他星舰会有，但我没有同样的感觉。”大多数巨剑级星舰认为，他们已经胜于体积小、声望低的仁慈级星舰了，也比又大又笨重的正义级星舰更好。

“我以前有伊萨第七分队的属下，她们都会在意餐盘这类东西。”在成为乌茂格行宫的港口监察长之前，斯卡伊阿特·奥沃在载有人类部队的星舰上担任上尉。她眼神扫向我身上唯一的珠宝配饰，那是左肩上一个不起眼的金质徽章。接着，她向我打了个手势，示意要换个话题，但实际上并没有。她问道：“去艾斯奥克，是吧？”

官方还没有公布我此行的目的地，因为这属于敏感信息，但“奥沃”这一姓氏隶属最古老、最富有的家族之一，她的一些姊妹可以从消息灵通的人那里获得内幕。“我也不是很确定。”她接着说。

“这是我要去的地方。”我说。

她接受了这个答案，没有表现出丝毫惊讶或反感。“坐吧，来杯茶？”

“谢谢，不用了。”

其实我本可以喝点茶，如果不是处在眼下的情形，我乐意与斯卡伊阿特·奥沃轻松地聊一聊，但我着急离开，对此，监察长表现得仍很平静。她没有同我一起坐下。“到了艾斯奥克空间站，你会去拜访巴斯奈德·埃尔明。”这不是一个问句，她知道我会联系这个人，巴斯奈德是我和斯卡伊阿特都曾爱过的人的妹妹。多年前，阿纳德尔·米亚奈亲自下令，命我将那个人处死。“在某些方面，她很像奥恩，在其他方面却不像。”

“你是说她很倔。”

“她骄傲得很，和她姐姐一样固执，也许更甚。我看在她姐姐的面子上给她提供庇护，但她却觉得我冒犯了她。我说这个是因为我觉得你要做类似的事。不过，在还活着的人当中，你可能是唯一一个比巴斯奈德还顽固的人。”

我扬起了眉毛。“我比那个暴君还固执吗？”“暴君”一词并非源于雷切帝国，而是来自阿纳德尔·米亚奈所兼并继而占有的某个世界。除了我和斯卡伊阿特，阿纳德尔·米亚奈本人是整个乌茂格行宫里唯一一个认识或理解这个词的人。

斯卡伊阿特·奥沃嘴角扬起，风趣中夹着讽刺：“可能吧。无论如何，不要随意给她施舍金钱或是向她提供什么帮助，她不会乐意接受的。”

斯卡伊阿特又打了个手势，一副好心劝告的样子，却透露着无奈，好像是在说“我还是会一意孤行”。“你见过你那名年轻上尉了吧？”

她口中的年轻上尉是指提萨瓦特上尉。“她为什么来这里，而不是直接去穿梭机？”

“她来向我的一名助理致歉。”她所指的助理就是顶替达奥斯·赛特职务的那个刚才在接待处的人，“两个人的母亲是姊妹。”从正式意义上讲，斯卡伊阿特所说的“姊妹”指的是同父同母或是有共同的祖父母的两个人。不过在一些更随意的情况下，这个词泛指关系不错的远房亲戚或是发小。“本来她们昨天相约喝茶，但是提萨瓦特没有赴约，也没回复助理发给她的消息，你知道军队与港口当局是怎么相处的。”她这话的意思是，军队与港口表面上谦恭有礼，私下里却傲慢相轻，“我的助理认为自己受了怠慢。”

“那为什么提萨瓦特上尉一定要在意那位助理的感受？”

“你母亲从没因为你冒犯了她的什么姊妹而大发雷霆过吧？”斯卡伊阿特带着一丝笑意说道，“否则你不会问这个问题。”

此言不假。“你觉得提萨瓦特这个人怎么样？”

“轻浮。如果在一两天前，我会这么评价她的，不过今天她有些沉闷。”除了那双染成紫丁香色的眼睛，我看到的那个年轻人可是异常冷静和沉着，和“轻浮”根本不沾边，“本来她是要出发去边境星系做文职工作的。”

“领主派给我一个初级士兵？”

“我也不敢相信她会给你安排一个新手，我以为她会亲自和你去的，也许她的躯体不够用了。” 斯卡伊阿特说道。说完，她吸了一口气，好像要说领主做了一个错误的决定，但她只是皱起眉头，仰头道：“很抱歉，我得处理一些事情。”

港口挤满了因被困星系而需要补给、维修或紧急医疗援助的星舰，船员和乘客们怨声载道，斯卡伊阿特的助理们已经连续多天加班加点工作了。

“你忙着，”我欠身说道，“我马上走。”她在接收什么人给她发来的信息。我则转身朝门口走去。

“布瑞克。”

我回过头，斯卡伊阿特的头部仍微微昂着，她还在听那个人说话。“保重。”

“你也是。”我走出门，来到接待处。

提萨瓦特上尉在那边站着，一动不动，一言不发。那位替补助理盯着前方，手指捻动，显然是在处理港口公务。

“上尉。”我尖声说道。之后便不等她回话就离开了接待室，穿过那群满腹牢骚的舰长，去港口找一艘穿梭机。

穿梭机机体很小，所以几乎不产生重力。我在机舱内没有丝毫不适，但年轻军官身体往往会有微恙。我安排提萨瓦特上尉在港口等候卡尔五号，然后逼着自己跨过宫殿重力和穿梭机无重力间的天堑。越过天堑总会让人难堪，而且有一定的危险。之后我便挤进机舱，寻了个座位坐定，系好安全带。飞行员对我恭敬地点头，但没有鞠躬，因为在失重的情况下鞠躬很难。

我闭上眼，便“看”到卡尔五号正待在宫殿的一间大储藏室中，储藏室很朴素，灰色的墙面很实用。房里塞满了各色箱盒。她手上戴着那副棕色手套，拿起一个精致的深玫瑰色玻璃茶碗。面前一个敞开的箱子里面装着更多器具，有一个茶壶、七个茶碗和一些盘子。但拥有这些美好事物给她带来的乐趣和欲求满足，皆因她的某种疑虑而消减了分数。

我读不到卡尔五号的思想数据，但我猜是有人告诉她，让她来这间储藏室挑选几样维尔舰长的个人物品，然后她就选了这几件中意的餐具，但她并不确定能否私自带走。据我观测，这些餐具为工匠人工吹制，约有七百年历史。我还真不知道卡尔五号有一双鉴赏家的慧眼。

我将图像驱走，卡尔五号来和我会合还会花些时间，我还是先小憩一下吧。

三个小时后醒来，我看到长着紫丁香色眼睛的提萨瓦特上尉坐在我对面的座椅上，系上了安全带。卡尔五号也进舱了，大概是因为刚刚在储藏室里待了那么一会，现在脸上洋溢着心满意足的神采，她靠向坐在一旁的提萨瓦特上尉，点了点头后轻声说道：“以防万一。”然后便递给上尉一个袋子。新任军官对微重力有反应而呕吐往往是不可避免的事情。

我心里清楚，年轻的上尉们认为给她们提供呕吐袋是对她们的侮辱。提萨瓦特上尉似笑非笑，不过最终还是接过袋子，整个过程看上去不卑不亢。

接着，卡尔五号将身子向前挪动到了飞行舱，然后在同属卡尔分队的飞行员旁边的座位上坐下，系好安全带。“上尉，你吃止吐药了吗？”我问道。这又是一种侮辱。止吐药是可以买到的，我知道一些资深而优秀的军官每次乘坐穿梭机时都会服用，尽管没有人承认。

提萨瓦特上尉的脸上仅存的一丝笑容消失了。“长官，我没服用。”上尉的回答很平静。“如果你需要，飞行员身上有一些。”我说。对这一次的侮辱，她该有些反应了。

上尉真的做出了反应，只是比我的预期晚了几分之一秒。她眉头微皱，然后愤愤不平地挺了挺肩，但座位空间狭小，她的肩没能完全舒展开。“不用了，谢谢长官。”

监察长斯卡伊阿特·奥沃对提萨瓦特上尉的评价是“轻浮”，她看人一向不会有太大偏差。“上尉，我没有命令你参加这次任务。”我尽力让我的声音听起来镇定些，但一定掺杂着些许愤怒了，毕竟现在这种状况，我的愤怒也是理所当然的，“你执行这次任务全是因为阿纳德尔·米亚奈的命令，不过我可没有时间和物力，来亲自培养一个懵懂无知的新生儿，所以你自己要快点成长，我需要能清楚自己职责的军官，需要一支我信得过的队伍。”

“长官，”提萨瓦特上尉的回答依旧平静，但语气中多了些急切，眉头也稍稍紧蹙了些，“是！长官。”

提萨瓦特上尉肯定是服用了什么，有可能就是止吐药。如果我嗜赌，那我敢赌上我的金山银山，她至少吃了一种镇静剂。我想提取她的个人档案，我知道仁慈卡尔号现在应该已获取了她的资料，但这样做一定会被领主阿纳德尔发现。归根结底，阿纳德尔掌控仁慈卡尔号，也有控制星舰的手段。所以无论我做什么，仁慈卡尔号都能耳闻目睹。只要领主下令，她能获取任何信息，而我不想让她知道我的疑虑。说实话，我希望我的怀疑是错的，因为我怀疑之事太不合常理。

倘若领主现在正在监视，其实只要我们还处在本星系之中，她必定会通过仁慈卡尔号进行监视。她强塞给我了一个新兵，而不是给我安排一个身经百战的士兵，那么，就让她觉得我因此而憎恨她吧。

我把注意力从提萨瓦特上尉身上移开。在机舱前面，飞行员倾身更靠向五号了一点，斜着身子轻声问道：“一切都正常吧？”五号回应了些什么，飞行员感到有些疑惑，继而锁紧眉头地悄声道：“太安静了。”

“从上穿梭机就没出声？”五号询问道。她们讨论的对象是我，之所以窃窃私语，是不想惹得我向仁慈卡尔号发信息，然后知晓她们何时在议论我。我有一个约两千年之久的积习，不管我听到了什么歌曲，我都会跟着唱或哼出来。

起初，我的这一习惯引起了船员们的困惑和苦恼，因为我仅剩的这副躯体并没有天籁般的嗓音，不过，她们已经慢慢在习惯我的这一癖好。而现在，我的缄默却惹得船员们焦躁不安，我虽感无奈，却有些被逗乐了。

“连哼唧都没有。”飞行员对卡尔五号说道。卡尔五号眼睛快速瞥向一侧，颈部和肩部肌肉轻微抽动，显示出她想朝后偷看提萨瓦特上尉的冲动。

“是的。”卡尔五号答道。我想，尽管飞行员没说出口，但就我为何受困扰的原因，五号和她的想法是一致的。

很好。让阿纳德尔·米亚奈看到这一幕吧。

飞回仁慈卡尔号星舰的路途很长，但提萨瓦特上尉始终没有使用呕吐袋，或是表现出其他任何不适。而我一路上除了睡觉，就是思考。

星舰、通信以及数据都通过装有无线电信标台的、始终敞开的传送门，实现了行星之间的运输或传递。传送门通道很奇特，物理距离和物理临近性都会发生改变。而不同于一般概念中的空间，传送门通道会进行测量和标记航线。不过，仁慈卡尔号以及其他军事星舰都能够自己生成传送门，但这增加了风险。比如，如果路线或进出通道选择错误，星舰可能偏离目的地或是永远消失。但对我来说，这不会造成麻烦，因为仁慈卡尔号知道如何行进，我们一定会安全到达艾斯奥克空间站。

驾驶穿梭机通过传送门通道时，我们就相当于处在了一个特殊的空间罩中，这时我们是与外界完全隔离的，而这正是我想要的。我想逃离乌茂格行宫，远离阿纳德尔·米亚奈的视线以及她发出的任何指令和干扰。

当我们还有几分钟就到达艾斯奥克空间站并准备入坞时，仁慈卡尔号在我耳边说道：“舰队长。”星舰不必如此称呼我，这次显然是为了引起我的注意，而即使我一声不吭，星舰也总能知道我要什么。我与仁慈卡尔号有着某种联系，这是穿梭机内的其他人都没有的。但是，只要我不去永久性毁灭自己，我就不可能成为仁慈卡尔号，因为我曾属于正义托伦号星舰。

“星舰！”我轻声回复道。我们从穿梭机登上星舰后，还未等我发出任何命令，星舰已经将计算好的数据传递给我，几条可供选择的航线和出发时刻的图像清晰地呈现在我的眼前。我选择了其中用时最短的航线，然后下达命令，六个多小时后便出发了。

02

暴君曾说我和她来历相似，在某些方面确实如此。她由成千上万具躯体构成，而从前的我亦是如此，从这一角度看，我们的确非常相像。近些年，准确地说是近几百年以来，我们因将辅助部队士兵应用于军事一事意见相左，曾爆发数次争吵，一些公民已经获知了这一秘密。

想到这种事会发生在你自己、你的朋友抑或是亲属身上时，会让人不寒而栗，而雷切帝国的领主自己也经历了这种事，据说本质上和她与服务于她的星舰的争吵也没什么两样。那么，这种事是不是像批评者说的那样糟糕呢？说来讽刺，从始至终，雷切帝国从未完全正义过。

正义，帝国三要素之一。正义，礼仪，恩惠。正义的行为从未不合礼仪，合礼仪的行为从不会疏忽正义。正义与礼仪，彼此纠缠，创造恩惠。但谁得到正义或是得到什么恩惠，往往是深夜干掉半瓶烧酒后的谈资。通常，雷切帝国的公民笃信正义和礼仪可以带来恩惠，这几乎是神明的旨意。但在极其特殊的情况下，她们认为帝国和正义、礼仪、恩惠毫无干系。

当然，和她的众星舰不同，雷切帝国的领主是一位公民，她不仅享有公民身份，更是整个雷切帝国绝对的统治者。我不过是她曾经用来强化独裁的武器，是她的仆人，在许多方面，更是她的奴隶，而仆人和奴隶的概念大不相同。每具阿纳德尔·米亚奈的躯体都是一模一样的，我们可以称之为克隆体，她们得以诞生和成长的明确目的，即是成为她的一部分。

领主拥有成千上万具躯体，每具躯体的培育和生长都是为了能够和将要植入分身体内的芯片亲和。有了这些芯片，所有的克隆体都成了“阿纳德尔本人”。在过去的三千年里，所有的阿纳德尔·米亚奈都是阿纳德尔·米亚奈，没有任何一具阿纳德尔的躯体成为独立个体，这些躯体成长到青春期晚期或是成年人早期是植入芯片最适宜的年纪。年纪再大一些的也无妨，躯体会被安置于狭小的吊舱中，直到需要时才会被取出，也许已是几十年甚至数百年后。这具分身会被粗暴无礼地解冻，接着有人将芯片植入她的大脑，切断她已有的关系网，销毁她所有的身份，制造新的关系网，最后连入某艘星舰的人工智能。

如果你从未经历过，我认为你不可能感同身受。即使植入过程已经结束，回想起来还会让人感到恐惧与恶心。一具躯体知道自己成了一艘星舰的一部分，知道“前任”已经消逝，以至于无法意识到自己已死。在身体和大脑适应新事态之前，这种不适感会持续一周，有时会更久，之后这一过程的副作用可能就不再那么可怕了。可是，那段时间里身体的不适感呢？一具躯体，从几十具甚至几百具躯体里看不值一提，它的痛苦只不过是一时的不便。如果不适感太过强烈，或是在合理的时间内没有减轻，这具躯体就会被移除和毁灭，并更换新的躯体。帝国拥有极多的类似躯体储备，实际上，有成千上万的躯体都被冷冻在巨大运兵舰中的吊舱里。

不过，阿纳德尔·米亚奈已经宣布不会再制造新的辅助部队士兵，也就不会有人因制造过程的苦痛而妄自惊扰了。

作为仁慈卡尔号舰长，我有自己的居住舱，舱室长四米、宽三米，四周摆放着长凳，可兼作储藏之用。我的睡床便是其中一个长凳，凳子里有一暗格，里面堆着装有我个人物品的箱子、盒子，再往里是一个小匣子。仁慈卡尔号无法看到或感知该匣子的存在，但人类肉眼却能看到，即使这双眼睛长在辅助部队士兵的身体上。而扫描仪和机械感应器均无法检测到该匣子，自然也就不会发现藏在里面的手枪和弹匣。据称，该手枪射出的子弹能够射穿宇宙中的任何物体。无人知晓这杰作是怎样实现的，之所以称为“杰作”，不仅仅指那些威力大到不可思议的子弹，更是指该匣子，还有它装盛的枪支，它们反射的光能为肉眼可见，却不能被摄像头检测到，而瞳孔成像和摄像头成像的原理应该是相同的。

还有一个有趣的现象是，在仁慈卡尔号眼中，匣子虽不存在，但它所处的空间却不是空无一物，星舰会根据思维的预期判断，“看”到处在该位置的物体，这一切都毫无合理性可言，却是不争的事实。匣子、枪支、弹药都是由外星种族普利斯戈尔亲手制成，她此举的用意无人知晓。但是，她们是阿纳德尔·米亚奈都忌惮的人物。即便是阿纳德尔，庞大雷切帝国的领主，几乎用之不竭的兵士的指挥官，也会畏惧普利斯戈尔。

仁慈卡尔号知晓匣子和枪的存在，是我亲口告知它的。而对服务于我的卡尔分队成员而言，那只不过是数个从未打开过的匣子之一罢了。若她们真像她们有时假装的那样是辅助部队士兵，那这件事也早就作罢。但她们不是辅助部队士兵，她们是人类，好奇心极强。在整理我床上的亚麻被单和褥子时，她们还会大加揣测，四下探看。要不是我当上了舰长，更准确地说，我已升到更高的职位——舰队长，她们早已将我的行李翻了个底朝天，然后叽叽喳喳议论个不停了。不过，舰长的身份确凿无疑，我手握全体星舰人员的生杀大权，因而也就保有了这个小小的隐私。

这间舱室原属维尔舰长，后来雷切领主大人与她的某个人格开战，维尔舰长站错了队。地板上没有铺地毯，长凳上也没有铺布和垫子，因为都遗留在了乌茂格行宫。几面墙上喷绘着精美绝伦的紫色和绿色云形饰样，这种样式和颜色都是过去流行的，那个时代一定比当代更高贵、更文明。与维尔舰长不同，我完整经历过那个时代，并未因它的逝去感到惋惜。我本想将这些喷绘销毁，但因公务缠身作罢，毕竟，这些云形装饰并没有延伸到舰长舱之外。

维尔舰长自己信奉的神像被放置在一个壁龛里，就摆在仁慈卡尔号星舰各神明的下方。星舰尊奉的神明包括阿马特，是雷切众神之王，以及卡尔，这艘星舰即以此为名。我取出维尔的神像，将象征着开始和终结的百合花神伊斯克·瓦尔和一尊小而便宜的托伦神像供上。能找到这尊神像我感到非常幸运，托伦是一位古老的神明，供奉她的人不多，甚至几乎要被遗忘，除了那艘以它为名的星舰上的船员们。不过，那些船员都未驻扎于此，唯一一个船员，也就是我自己，也早被“摧毁”了。

其实舱室还有更多空间可以供奉神像，总能腾出位置的。不过，我是无神论者。可如果除了星舰神明外，我一尊神像都不摆放，船员就会认为我古怪，所以我就摆上了百合花神伊斯克·瓦尔以及托伦神像，这两尊足矣。这些神像对我而言不是神明的象征，却能帮我铭记一些事情，但船员不知道也不会明白我的想法。每日，我都会上香，然后向众神像奉上食物和珐琅黄铜花。卡尔五号第一次看到这些祭品时皱起了眉头，她认为这些祭品太过廉价和普通，起码在她看来，身为米亚奈家族的一员，又是舰队长，这些祭品不够档次。而且，她确实跟卡尔十七号这么抱怨过，不过她小心翼翼地没有提及我的姓名和头衔。卡尔五号不知道我是辅助部队士兵，也不知道作为辅助部队士兵，星舰在知晓她的想法和她的谈话以及谈话发生的时间、地点后，只要我发出指令，就会将上述信息传给我。不过，她看上去是一副认为星舰会为她保密的模样。

通过传送门后，我们便进入了传送门通道，此时我们已经朝艾斯奥克空间站行驶了两天。我们继续乘坐星舰这一渺小的宇宙碎片前行。我坐在床边，手拿一个精致的深玫瑰色玻璃茶碗喝茶，卡尔五号正清理清晨占卜用的道具和布，卜出的图案预兆着好运连连，当然了，将那些金属圆盘扔在布上来占卜，只有最愚蠢的舰长才会说出任何其他不吉利的话来。

我闭上了眼睛，感受着仁慈卡尔号走廊和舱室的画面，整个都是洁白无瑕的，舱里循环利用的空气和清洁溶剂散发出惬意香气。阿马特分队已经刷洗完她们负责的那部分走廊和房间，分队的上尉是斯瓦尔顿，这艘星舰里的资深上尉，她刚刚完成对分队成员刷洗工作的验收，她用她那典雅的口音给手下人以嘉奖和告诫，并分配次日的任务。斯瓦尔顿生来就适合这份工作，她的面孔带有雷切帝国最显赫姓氏之一的特征，她还是阿纳德尔·米亚奈的远房表亲，富有而且有教养。在她的成长过程中，人们一直期待她成为雷切帝国的指挥官，在许多方面，她确实有着雷切军官的影子。

斯瓦尔顿和自己统领的阿马特分队成员们说着话，音调舒缓且自信，这时的她很像我一千年前认识的那个斯瓦尔顿，那时她还未失去自己的星舰，后来却被星舰上的一个辅助部队士兵推进逃生舱中。舱里的追踪器损坏，她因此漂泊了很多个世纪。之后人们发现了她，将她解冻，她却发现自己认识的人都已去世，自己的姓氏甚至都已不复存在，加之雷切帝国也物是人非，她便逃离了雷切帝国，在许多年里一直漫无目的地游荡。我猜，她也没太想自杀，但有时候会想着能遭遇什么夺走自己性命的事故。从我发现她之后，她增重了，恢复了一些之前曾有过的肌肉，现在看起来健康了不少，但仍不如从前。她星舰上的辅助部队士兵将她推进逃生舱的时候，她已经四十八岁了。再算上她被冷冻的一千多年，她就是仁慈卡尔号上第二年长的人了。

相较于斯瓦尔顿，艾卡璐上尉资历较浅，她和自己的两个光明分队成员在指挥舱里站岗巡视。理论上，任何人都不需要去站岗放哨，因为仁慈卡尔号总是警觉地监视，一直留意着自己的躯体以及躯体周围的空间。而在这传送门通道里，基本上任何麻烦事——或者老实说，甚至是有趣的事——都不太可能会发生。但是，之所以要站岗，是因为星舰系统有时确实会失灵，而如果船员能够提前警觉，那对于危急情况的应急处理就会更迅捷、更简单。当然，因为一堆人挤在一艘小型星舰里，需要给她们安排工作，才好让她们忙碌起来，实现秩序井然。星舰会在艾卡璐上尉眼前显现各种数字、地图和图表，或是在她耳边低声告知，这些信息里时不时还会夹杂友好的鼓励之语。仁慈卡尔号很喜爱艾卡璐上尉，对她的智慧和能力有信心。

卡尔分队隶属舰长管辖，也就是我本人的分队。在仁慈卡尔号上，其他的分队都只有十名士兵，而卡尔分队里有二十名。卡尔分队成员的睡眠时间是交错的，不像其他分队，她们总得值勤。此前，仁慈卡尔号上的服役人员都是辅助部队士兵，都是星舰本身的一部分，不像现在多为人类士兵。而现在的卡尔分队是该星舰上唯一像辅助部队一样工作的人。我刚刚睡醒，卡尔分队的成员也刚刚苏醒，然后她们便集结到了饭堂里。这间饭堂四面白墙，没有什么装饰，除去被一摞摞餐盘所占的空间，大小仅够十人就餐。队员们各自站在自己盛着斯盖奥的餐盘旁边，斯盖奥是一种生长迅速、呈黏液状的深绿色可食用植物，可提供身体所需的所有营养。如果不是从小就食用斯盖奥，那你就需要慢慢适应它的味道了。实际上，许多雷切帝国的士兵都是吃这个长大的。

饭堂里的卡尔分队陆续开始作晨祷。“正义之花为和平”，不过一两个字之后，她们的祷告就开始统一步调，形成熟悉的韵律，“礼仪之花，美在思想、美在行动。”

“医护兵”，她有名字，也拥有上尉这个挂名头衔，但大家从未叫她的姓名或头衔。她隶属于卡尔分队，但并不享有卡尔上尉的称呼。她就是“医护兵”。她可能会被派遣去站岗，她以前干过这个活，等会儿可能也得去干这个，届时会有两名卡尔士兵和她一起站岗巡视。她是仅存的唯一一位维尔舰长手下的军官。她之所以在维尔垮台后继续留任，一方面出于她的工作难以取代，更重要的是，她没参与上周的暴乱。

按照雷切帝国的审美标准，她高挑、清瘦、肤色浅。她的发色也比棕色浅一些，以至于看起来有点古怪，但又不像人工处理过的那样扎眼。尽管她脾气不坏，却习惯性地皱着眉头。她七十六岁了，但看起来却和三十来岁时一样，其实在到一百五十岁之前，她都能保持现在的容颜。她的母亲、外祖母、曾外祖母都是医护兵。就在刚刚，她还在跟我怄气。

她醒来时就下了决心，要在站岗前那一小会儿工夫和我对质，所以一下床就赶紧快速地低声做完了晨祷。“恩惠之花即阿马特，一心一意，由始至终。”我已把注意力从士兵饭堂里的卡尔分队上转移到她身上，但我从来无法只听晨祷的前几句，所以我继续听晨祷。“我是正义之剑……”现在，在分队饭堂里，医护兵站在她的椅子旁边，紧张地一言不发。

斯瓦尔顿面带微笑，悠闲地走进分队饭堂等着享用她的晚餐，却发现医护兵等在那里，动作僵硬，神情焦躁，眉头较平常更为紧锁。在那一刻，我看到斯瓦尔顿的脸上浮现出怒火，但又瞬间恢复平静，她为自己的迟到致歉，只得到了医护兵一句含糊的嘟囔——“罢了”。

在饭堂里，卡尔分队完成了晨祷，并说完了我添加的几句祷告词，即默念死者的名字，并作简短祈祷。一名死者是奥恩·艾尔明，另一名是尼西玛·皮特姆，后者为避免与外星人拉尔开战去了伊姆，但最终因叛节而付出了生命。

黑暗分队睡的房间简直就是一个壁龛，仅仅够她们十个人肉贴肉睡觉，所以没有任何隐私，也没有私人空间，甚至在自己的床上也是如此。她们扭动着、叹息着，做着梦，比那些曾经睡在这里的辅助部队士兵更加不能安眠。

黑暗分队的上尉，那名十分年轻、拥有着罕见紫丁香色眼睛的提萨瓦特上尉，正待在自己狭小的居住舱里，也同样睡着了，安静、无梦，但内心略觉不安，肾上腺素指数稍高于正常值。这本来会像前天夜里一样让她惊醒的，但医护兵给了她一些助眠的药物，她才稍微睡得安稳一些。

医护兵狼吞虎咽地用完早餐，咕哝了几句要提前离席的借口，然后冲出了饭堂。“星舰，”她用力地捻动手指，边传讯边比画着，“我要见舰队长。”

“医护兵要过来了，”我对卡尔五号说，“我们请她喝茶，但她可能会拒绝。”五号检查了一下玫瑰色茶壶里的茶水量，然后从那套深玫瑰色茶碗中又取出一个。我猜想，除非我特别声明要用，否则我是不会再看到我常用的那套珐琅杯了。

“舰队长，”仁慈卡尔号在我耳朵里说道，然后显示出一名阿马特分队士兵正前往饭堂的画面。那人边走边轻声哼着歌，她唱的是随处可听见的小孩子们唱的那种打油歌。“一切都在转，一切都在转，行星绕着恒星转，一切都在转。一切都在转，一切都在转，卫星绕着行星转……”她只是随意哼着，还有点走调。

在我的居住舱里，卡尔五号僵直地立着，脸上毫无表情地说道：“舰队长，医护兵请求与您谈话。”

走廊那边，那名阿马特分队士兵听到后面传来另一位阿马特队友的脚步声，便停止了哼唱，突然感到很不自在。“好的，”我对五号说。当然，我不需要说，她也已经知道我打算和医护兵谈谈。

门开了，医护兵略显鲁莽地走进来。“舰队长。”她开口道，语气生硬，怒气冲冲。

我抬手，示意她先不要说话。“医护兵，请坐。要来杯茶吗？”

她坐下来，但拒绝喝茶。卡尔五号遵照我的命令离开了房间，只是对听不到医护兵将要说的话感到些许不满，因为每个迹象都表明谈话会很有趣。她离开以后，我看医护兵在桌子对面正襟危坐，便向她示意：“说吧。”

“舰队长，恕我冒犯。”她的语气听起来却满不在乎，桌子下面，她那戴着手套的手攥成了拳头，“舰队长，长官，您从医护室取走了一些药物。”

“是的。”

我坦然的回答让她的气势暂时减弱了些，她似乎以为我会矢口否认。“除了您，没人有本事做这种事。星舰坚持说不会留下取药清单，我查阅了日志，看了所有能找到的记录，没有人取过这些药物，星舰上其他人不可能瞒过我私自取药。”

我内心知道，还有一人可以私自取药，但我只是说：“提萨瓦特上尉昨天换班前来找您，说她有点眩晕，还有些焦虑，想请求您帮她。”两天前，在我们进入传送门通道几个小时后，提萨瓦特上尉开始感到精神紧张，有些恶心，而且那天晚上她吃不下多少晚饭。当然，她黑暗分队的士兵们注意到了她的反常，并且很是关心，因为喂养大多数的十七岁孩子的难题不是诱她们进食，而是怕她们吃得过饱，所以她们认定她是想家了，而且因为我不愿她参加此次任务的态度又如此明显，所以她更加苦闷。“所以你有没有担忧她的健康问题？”

医护兵恼火得几乎要从座位上站起来。“这不是重点！”她想到了自己在同谁说话后放低声音道，“长官。”她强忍着愤怒，等着我说些什么，但我没有，“她有些焦虑，扫描结果显示她情绪紧张，这完全可以理解。对于一个刚刚晋升的上尉来说，首次任务紧张是相当正常的。”她说话的时候，意识到了我经验丰富，可能很清楚年轻的上尉们进行第一次任务时都有什么样的状态。有那么一瞬间，大概就是一秒钟，她感到后悔，后悔来这儿和我对质，后悔指责我。

“这种情况是完全正常的。”我表示同意，却另有所指。

“我没法治她的病，因为您把我能给她用的药都拿走了。”

“是的，”我承认道，“是我拿的。那她抵达时，她的身体系统有显示她服用过药物吗？”我虽已知道答案，但我还是问了。

医护兵眨了眨眼睛，对我的问题略感惊讶，但转瞬即逝。“她下了穿梭机来到医护室的时候，确实看上去好像是吃过什么药物，但我做扫描时没有发现异常，我想她那时只是累了吧。”她的坐姿有些细小变化，我感觉她的表情也发生了变化，这表明她正在思索我问话的深意，用她专业的眼光分析提萨瓦特上尉的神情和动作的些许古怪，并且在回想当时的扫描结果。

“她的档案有建议或命令她服药吗？”

“没有，没有这方面的记录。”医护兵似乎没有从刚才的思索中得出任何结论，或者说，相较于我得出的结论，她只得到了些许零碎的信息片段。但医护兵现在很好奇，虽然还是有点儿愤愤不平。“最近的事给我们所有人都带来了很大压力，她又还那么年轻。而且……”她犹豫了。也许，她还想说的是，现在星舰上的每个人都知道，提萨瓦特上尉被选派到仁慈卡尔号星舰一事令我十分恼怒，恼怒到竟然好几个小时都没有哼歌。

现在全体船员都知道我不哼歌意味着什么。她们甚至开始觉得我这癖好对她们来说很方便，因为这样一来，可以轻易判断一切事务是否都在正轨。“而且什么？”我尽量不露声色地问道。

“长官，我想她应该是觉得你不想让她在这里服役。”

“我是不愿意，”我说，“这就是实际情况。”

医护兵摇摇头，不能体会我的用意。“舰队长，恕我冒犯，但您本可以不让她上穿梭机的。”

我本可以不让她上穿梭机，把她甩在宫殿港口，自己登上仁慈卡尔号的穿梭机，然后永远不回去接她，我真的曾想过这样做。我确信，监察长斯卡伊阿特会理解我的，并会设法让所有停靠的星舰都拒绝将这位年轻的上尉送至仁慈卡尔号。我看向医护兵，问道：“你给她吃了什么？”

“让她服用了一些助眠的药剂，她太难受了，好像身处世界末日似的，总之我能做的都做了。”这大概就是医护兵恼怒的原因吧，不仅是因为我插手她的工作，更是因为她未能帮助病人缓解病痛。

我忍不住迅速地“看”了提萨瓦特上尉一眼，她睡着了，但睡得不沉、不香。她依然神情紧张，安静之下暗藏着不安。“医护兵，”我把注意力转移回来，“你完全有权生我的气，我知道你会生气，也知道你要来抗议，如果你不这样，我会很失望的。”她眨了眨眼睛，迷惑不解，双手仍然紧握着搭在膝上。“相信我，”现在，更多的话我不能说，也不能作过多明示，“我对于大家来说，还是未知的，我……拿到指挥权的途径可能不像其他指挥官那样。”医护兵脸上闪现出认同感，继而是嫌弃，可突然间又对自己刚刚的想法感到尴尬，因为她知道我能明察她的举动，知道我刚刚一定是在看她的反应。曾经，是医护兵修好了我的芯片，我曾为了隐藏芯片而将其停用并毁坏。医护兵知道我是辅助部队士兵，星舰上除了斯瓦尔顿和她之外，再就没有人知道我是辅助部队士兵了。“但是你一定要相信我。”

“我别无选择，不是吗，长官？在我们到达艾斯奥克空间站之前，信号都是被切断的。再说我也没人可以发牢骚。”她沮丧地说道。

“那就等到了艾斯奥克再去抱怨，如果你那时还想的话。”如果那里有人可以听她倾诉，也许她心情能好些。

“长官。”她站起来，欲言又止，于是僵硬地鞠躬，“我可以离开了吗？”

“当然可以，医护兵。”

提萨瓦特上尉是个麻烦。她的官方个人档案是一份枯燥的事实陈述，称她在某行星出生、长大，是她父母其中一方的第三子，是另一方的第二子，和其他雷切帝国出身尊贵的孩子们一样接受过良好的教育。她擅长数学；爱诗歌，但无作诗天赋；历史差，也不爱学。父母定期给她生活费，但并不指望她能成大事。从参军以来，这是她第一次步入太空。

从字里行间看，她生来就不是为了继承家业，也不是为了继承任何人的财产和爵位，更不是为了实现某人的期望，她是为了她自己，而且毫无疑问，她的父母爱她，对她百般疼爱，一直到她去参军时都是如此。她和她父母间的书信证实了这一点。她的同辈亲戚都比她大，看到她最受宠爱，似乎也并不嫉妒，而是泰然处之，并且几乎和她的父母一样爱她。

“轻浮”，斯卡伊阿特·奥沃曾这么评论她。我看到她那显然是手术后才有的眼睛的颜色，看到她档案里的资质测试结果，我也觉得她确实轻浮。不过，那份数据未显示她会处事沉着镇静，也没有说她会在登上仁慈卡尔号不久后就会多了一种神经质的忧郁气质。

她的几位教官以前也曾训练过她这样的人，因此对她更加严格，但还不至于残酷，因为教官也有自己的小妹妹，而且她还是要走上行政岗位的。即便她一直在微重力的影响下吃不下晚餐，也不能解释她的忧郁，因为许多新上任的上尉都有同样问题，特别是她们在太空飞行方面还没有太多经验的时候。

两天前，提萨瓦特坐在医护室接受身体检查时，仁慈卡尔号便通上连接，以便它和我监控提萨瓦特，这也是星舰监视其他船员的一贯做法。与此同时，提萨瓦特手下的黑暗分队已将她的行李翻了个底朝天，对于她的历史也了如指掌了。她们在检查前是做好心理准备的，因为一个刚接受完训练的新军官会极其无知，这会让她们感到愤怒和厌恶。她是要被拿来嘲讽的，但其中亦掺杂些许同情，又带着意料之中的骄傲，无论提萨瓦特以后做出何等成就，她们都能邀功，因为她们会自认为是她们将上尉“抚养长大”，任何上尉认为非常重要的事项，她们都会加以“教导”。她们跃跃欲试，要成为她的忠实手下，也希望她能成为那种让她们引以为豪的上尉。

据此，我太渴望我对上尉的猜疑是错的。

当然，那是我们在监视中无意间发现的。医护兵和我会面之后依旧很生气，接着便气冲冲地回了指挥舱。斯瓦尔顿的阿马特分队成员有的在健身，有的在洗澡，接着就要上床了，但床上连伸腿的地方都不够，所以彼此会推搡，还会偶尔低声咒骂，不过她们已经习惯了如此。艾卡璐上尉负责的光明分队正在刷洗由她们负责的、早已一尘不染的那部分走廊和房间。而提萨瓦特上尉，她在近四个小时内都不会苏醒。

我去往星舰上的一个小型健身房，在路上的时候，有几个阿马特队员看到我，匆忙给我让道。我狠狠锻炼了一个小时，仍觉怒火中烧。于是，尽管我运动过后汗流浃背，还是去了练靶场。

练靶场的射击是模拟的，没有人想在这么一艘小小的星舰上看到子弹飞舞，要知道星舰船体外是高度真空。靶子是仁慈卡尔号投射在远处墙面上的。扣动扳机后，武器会砰砰作响，也能产生后坐力，和真枪实弹射击没有区别，但实际上射出的不过是一束光线。虽然没有我想要的那种破坏力，但此时此刻足以卸掉我的心头之恨。

星舰知晓我此刻的心情，它迅速在墙面上抛出一连串的靶子，我几乎不假思索地全部射中。我重新上膛，此时自然没必要这样做，但我手中若是一把真正的武器，那就另当别论了。所以，平日的训练要求射击一轮完毕后须重新上膛。射击，上膛，再射击……还是不足以发泄怒火。鉴于此，星舰便让十几个靶子同时快速移动起来。射击，上膛，射击，上膛，这一连串的动作构成了那熟悉的旋律。这时，一首歌在我脑海里响起，尽管我的脑海里总有歌声。这次是一首冗长的叙事诗，讲述了阿纳德尔·米亚奈和她故友纳斯卡亚·埃斯库尔的决裂。原作诗人在一千五百年前就被处死了——她在描述这件事时，把阿纳德尔塑造成了恶棍，并且以恶咒结尾，发誓说死去的纳斯卡亚一定会回来报仇。在雷切帝国，这首诗歌几乎被人们完全遗忘了，因为唱这首歌，甚至是知道它的存在，都很容易让公民接受“重新教育”。不过，在雷切势力范围之外的一些地方，它依旧为人所传唱。

背信弃义之人！昔时吾与汝誓言，
公平以待，以礼相换焉，
今汝持剑以对，必将应验此谶言：
汝之利剑，必还至汝身焉。

射击、上膛、射击、上膛。毫无疑问，这首歌或是其他关于这一主题的歌曲，几乎都没有任何事实根据。诗歌里的事件本身是平淡无奇的，没有那么富有诗意和戏剧性，也未伴有神话和预言，不过唱出来还是挺让人舒心和惬意的。

我射击完毕，便放下了武器。未经询问，星舰便向我展示了我身后的画面，三个光明分队成员正挤在练靶场的入口处，惊骇地看着我疯狂射击。斯瓦尔顿本在去往自己居住舱的路上，准备上床睡觉，此时也站在她们几个身后。她不像星舰那样能看透我的心情，但凭她对我的了解，见我这样反常足以让她忧心忡忡。

“命中率百分之九十七。”星舰在我的耳边说道。多此一举。

我吸了一口气，把武器存放回壁龛里，然后转过身。那三个光明士兵的表情立刻从惊异变成了像辅助部队士兵一样的面无表情，并且退回了走廊里。我跟她们擦身而过，走到走廊深处，然后朝澡堂走去。我听到一个光明士兵说：“特别任务就是这样的吗？”然后我看到其他几个人脸上的恐慌，因为她们上一任舰长对背地咒骂和抱怨的惩罚极为严厉。接着，我听到斯瓦尔顿佯装兴奋地说：“舰队长真有点混蛋。”这种粗话，配上斯瓦尔顿古雅的口音，让她们几人不禁放声大笑，但没能完全宽心。

仁慈卡尔号没有询问我生气的缘由，也没询问我出了什么问题，这本身就暗示着，我的怀疑或许是真的。在我两千年的人生里，我第一次希望，我能拥有骂人的权利。

03

我请求星舰要比平时早三个小时将提萨瓦特上尉叫醒，并命令她立即向我报告。她猛地醒了过来，即便服用了医护兵所有剩余的助眠药，她的心跳还是在加速。仁慈卡尔号是直接在她耳边传达的命令，她花了几秒钟才反应过来。她又花了二十多秒钟，才让自己从容地、慢慢地呼吸。她仍感觉有点恶心。

提萨瓦特上尉抵达我的居住舱时仍心神未定。她夹克的领子稍微歪了一点，因为黑暗分队的成员都还没醒，不能留心看护，而她穿衣的时候又太过紧张匆忙，连纽扣都系错了。见提萨瓦特站在那里，我也没将卡尔五号打发走，五号一直来回走动，看起来很忙的样子，她不过是想看到或听到一些有趣的东西。

“提萨瓦特上尉，”我的语气严厉又愤怒，“过去这两天里，你手下干的活可不够数。”

怨恨、愤怒、懊恼。她内心思忖着。虽然她的站姿已极为标准，但我可以看到她的后背和肩膀变得更加僵硬，头部还上扬了几毫米。然而，她很聪明，并没有应答。

我继续说道：“你可能注意到了，星舰的某些部分它自己是监视不到的。过去需要辅助部队士兵来完成这项工作，但现在星舰上已经没有辅助部队士兵了。打扫及维护这些区域是你的责任，但你的黑暗分队却一直故意漏掉这部分。比如穿梭机气闸门上的铰链销可有段时间没清洗过了。”对于气闸门铰链销是否清洗过，我很有发言权，上周乌茂格行宫的叛变事件，我和宫殿的其他人是否能活命，就取决于我能多快拆卸掉穿梭机上的气闸门，“还有，浴缸排水孔格栅下面那个地方，你得把头埋在里面，否则你找不着淤尘。”即使在最好的情况下，这也是一个令人厌恶的提议，尤其是那里从未被例行公事地彻底清扫过，“星舰会给你一个清单，我希望明天这个时间检查的时候，一切都已处理得当。”

“明……明天，长官？”提萨瓦特上尉难以置信地问道。

“是的，上尉，明天这个时候。除此之外，你和你的分队必须在规定的时间去健身房和练靶场训练，现在你可以走了。”她行了鞠躬礼，又气又恼地离开了。等她的黑暗分队发现我给她们派了这么多活，也会和她一样既生气又难过。

的确，我在仁慈卡尔号上近乎有凌驾于所有人之上的权力，更何况我们还被“隔离”在传送门通道中。但是，疏远自己的军官是非常愚蠢的行为，同样愚蠢的是因琐事引起她们的不悦。黑暗分队会怨恨我虐待提萨瓦特上尉，因为这会给她们带来诸多不便。但她们的不悦更是因为提萨瓦特上尉是她们的上尉。

引起她们不悦正是我想要的，而且我在竭力实现这一目的，不过我还在坐等最关键的时机到来。用力过猛，就会事与愿违，甚至会带来灾难性的后果。过于松懈，便会时不我待，就得不到我想要的结果。我需要实实在在的成果。阿马特分队、光明分队，以及我自己的卡尔分队，她们明白黑暗分队的立场。如果我非要苛责黑暗分队，因为这和我苛责她们的上尉不是一回事，我就得找到个其他分队都能接受的理由，我不想让星舰上的人认为我莫名其妙而又反复无常，不想让她们认为无论表现多优秀，舰长都可能会决定让你下地狱。我曾见过那样处理事情的舰长，那种处事方式对于特别优秀的船员来说是行不通的。

但我不可能跟任何人解释，现在不会，我更希望永远不会，永远不用解释。但我多么希望，从一开始，这种情况就不会发生。

第二天早上，我邀请斯瓦尔顿共进早餐。我的早餐是她的晚餐。我本来也应该邀请医护兵的，她也在同一时间进餐，但我刚刚想的是，与其和我一起，她也许更愿意独自就餐。

斯瓦尔顿很谨慎，我觉察到她有话想说，但又不确定讲出来是否明智。或者，她也许是不知如何明智地说出来。她吃了三口鱼肉后开玩笑地说道："我觉得我还没评出最好的餐具呢。"她指的是餐盘，那精致的绘有紫罗兰色和湖绿色油彩的瓷器，还有那套深玫瑰色的玻璃茶壶。卡尔五号知道，我和斯瓦尔顿共餐无需繁文缛节，不过，她还是不能把这些精美的器皿收起来，然后拿出我常用的珐琅餐盘来盛放菜肴。

"这是第二好的，"我答道，"不过我很抱歉，到现在为止，我还没见过比第二好更好的。"站在角落里的卡尔五号听人评价自己挑选的餐具"最好"，虽然假装在擦拭一件洁白无瑕的餐具，但心脏却不禁快乐而又自豪地跳动起来，"有人告诉我，我需要些有档次的餐具，所以我请雷切领主送了我些合适的。"

斯瓦尔顿挑起一侧眉头，她知道谈到阿纳德尔·米亚奈，就要分出对她的爱或憎。"我非常意外，雷切领主居然不和我们一起来，虽然……"说到这，她很快速地瞥了卡尔五号一眼。

没等我说话，仁慈卡尔号便接收到了我的意愿，于是暗示卡尔五号离开房间。这下房间里只剩我和斯瓦尔顿两个人了，她继续说道："她有很多手段，她能让星舰为她做任何事，她对你也有一样的控制力，不是吗？"

已经谈到了非常危险的话题，但斯瓦尔顿无法知道这一情况。我"看"了一眼提萨瓦特上尉，她仍然精神紧张，身体不适，且有些精疲力竭了，因为从星舰把她叫醒后，她已经大约二十个小时没有睡觉了。她正趴在澡堂地板上，将浴缸格栅拉到一边，低下头去检查那处星舰看不见的地方。一名焦急且同样疲惫的黑暗分队士兵在她身后，随时听候她的命令。

“没那么简单的，”我把注意力转回到斯瓦尔顿，品尝了一口鱼肉，然后啜了一口茶，“但肯定还剩一种手段，以前用过的。”在我还是一艘星舰时，在我还是正义托伦号星舰上伊斯克分队成员时，就已经有这个法子了，“不过，这方法需要领主的声音识别，当然，很可能在我离开乌茂格行宫之前，她就用过这个手段了。你可能还记得，她对我透露过很多，曾说她不想这样做。”

“也许她用了这种手段，又抹去了你的这块记忆。”

我考虑过被抹除记忆的可能性，但随之便将这个想法摒弃。我做了个不会如此的手势：“不会的，到了某个临界点，所有手段都会失效。”斯瓦尔顿示意她明白了。在我第一次见到她时，她不过是个十七岁的新晋上尉，不认为星舰人工智能会有什么情感，至少这些情感没什么用处。和许多雷切帝国的人一样，她认为思想和情感很易分离。因此，在从前的她看来，控制大型空间站和星舰的人工智能是没有感情的，都是机械性思维。在阿纳德尔·米亚奈建造其帝国之前，舰长死亡时，悲伤和绝望就会充斥星舰，不过那些老旧的、戏剧性的故事早已成为历史。雷切领主早就改进了人工智能的设计，消除了这种缺陷。

但就在最近一段时间，她却有了不同的认识。“就在艾斯奥克，”她猜道，“我是说奥恩上尉的妹妹，你很可能离那个临界点太近。”

事实比她的猜测更为复杂，但我应和道：“大概吧。”

“布瑞克，”她唤我，也许，她称呼我的名字是想确定自己是在跟作为布瑞克的我，而不是当舰队长的我说话，“有件事我不明白，那天雷切领主说她造出的人工智能不会绝对服从她的命令，因为人工智能的心理是很复杂的。”

“是的。”她确实说过，但那时她有紧急事务需要处理，所以不要把她当时说的话太当回事。

“但大部分星舰确实喜爱人类，我的意思是，某些人。”出于某些原因，道出这番话让她感到紧张，还有一丝恐慌。为了掩饰，她拿起茶杯，喝了一口，继而放下那漂亮的深玫瑰色茶杯，小心翼翼地继续说道：“那也是个临界点，对吧？我是说，是可能变成临界点的。可为什么不干脆让造出的星舰都爱她自己？”

“因为那也将是一个潜在的临界点。”

斯瓦尔顿看向我，眉头紧皱，一副没听明白的样子。

“你会随便去爱一个人吗？”

“什么？”斯瓦尔顿惊讶地眨了眨眼。

“你会随便去爱一个人吗？就像你把手伸进巧克力盒子，拿到哪块算哪块？还是说会有一个人，她身上有什么特殊的东西，可能会让你爱上她？”

“我想我明白了。”她把盘子放下，里面还有吃剩的鱼，“我想我明白你的意思了，但我不确定这和……有什么联系。”

“如果某人身上的闪光点让你可能喜欢上她，那如果这个闪光点没有了呢？也就是说这个人不再是你认为的她了？”

“我猜，”她若有所思又慢条斯理地说道，“我想真爱不会因为任何事情破灭。”对雷切人来说，真爱不仅仅是情人间的温存浪漫，也不仅仅是父母和子女之间互爱情谊。真爱也见于赞助人和被赞助人之间——当然理想情况下是这样的。“我是说，”斯瓦尔顿继续道，面露无法言喻的尴尬，“想象一下你爸妈不再爱你的场景。”她再次皱起眉头，恐惧袭来，“您会不爱奥恩上尉吗？”

“要是，”我故意吃了一口鱼，吞了一口早餐后回应道，“她变得不再是她自己了，就不会再爱了。”斯瓦尔顿仍是一副不解的样子：阿纳德尔·米亚奈是谁呢？”

她于是知道我根据在她身上读到的不安理解了些什么。“即使是她自己也不确定，不是吗？她可能是两个人。甚至更多。”

“在过去的三千年里，她一定变了。任何没死的人都会变。一个人变化程度多大多小，才能说还是那个人呢？而她又如何预测在数千年中她会如何变化，而变化后哪些关系会继续维持呢？借用爱之外的东西则会简单得多，比如责任、对某种信念的忠诚。”

“正义，”斯瓦尔顿说道，她意识到这里的讽刺意味，因为这曾经是我的星舰的名字，“礼仪，恩惠。”

最后一项，即恩惠，是难以捕捉的概念。“这三个中任何一个都能利用，”我同意道，“然后你要记住星舰的喜好，以免激起冲突。或者可以利用它们的喜好为自己谋利。”

“我明白了。”她说。接下来她就埋头吃起晚餐。

待我们吃完，卡尔五号回来把餐盘收走，然后给我们添了茶后走开。斯瓦尔顿继续说道：“长官。”看来是星舰在讲话了。我知道它要讲什么。阿马特和光明的士兵看着黑暗分队的士兵们在努力干活，虽说早已过了她们的睡觉时间，仍在绝望地擦地板，拆分零部件，掀格栅，检查着她们分区的每一尺、每一寸。早些时候艾卡璐上尉接替斯瓦尔顿执勤时，鼓起勇气说了一番话，“无意冒犯……不过我觉得你可能想跟长官提一下……”当时斯瓦尔顿就很困惑，一方面因为艾卡璐上尉的口音，另一方面是用了“长官”而不是“舰队长”的称呼。这是艾卡璐还是阿马特一号时养成的习惯，船员这么说为的是不引起舰长的注意。不过斯瓦尔顿最困惑的还是艾卡璐觉得自己的话能冒犯她。艾卡璐尴尬至极，自己也说不清道不明。“您觉得，”斯瓦尔顿对我说道，自觉我很可能已经在指挥舱里听到了这段对话，“您是不是对提萨瓦特有些强硬了？”我并未回应，她看出我的情绪很具威胁性，这个话题出于某种原因并不适合在此刻聊起。她吸一口气，强忍着继续说道：“您最近很容易生气。”

我皱起一边眉头。“最近？”我眼前茶碗里的茶水一动未动。

她将茶杯微抬高了一厘米，承认道：“你前段时间没那么生气了，我不太清楚，也许是因为你受了伤吧，可现在你又生气了。我想我知道为什么，我觉得我不能怪你，但是……”

“你觉得我在迁怒提萨瓦特上尉。”我刚刚不想看到提萨瓦特，现在也不想。她手下两个黑暗分队士兵，正一丝不苟地检查一艘附在星舰侧身的穿梭机舱体的内壁清扫工作。现在星舰只有两艘穿梭机了，她们负责其中一艘，本来还有第三艘，但上周让我毁掉了。她们时不时含沙射影地嘀咕几句，抱怨我对她们的不公，恨我对她们上尉的严苛。

“你知道的，每个士兵都可能偷懒，但是提萨瓦特怎么可能呢？”

“但不管怎么样，她是要对自己的分队负责任的。”

“你本可训斥我的，”斯瓦尔顿说道，后又喝了一口茶，“我早该发现一些问题的，但是没有。以前，通常不用我下命令，我那些辅助部队士兵就能处理好很多事情，因为她们知道自己的职责所在。艾卡璐应该比我们任何一个人都更清楚船员们何时会磨洋工。我不是在批评她，明白吗？我俩理应都要受斥责，但你为何只惩罚了提萨瓦特？”

我不想解释，所以一言未发，只是拿起茶喝了一口。“我得承认，”斯瓦尔顿接着说，“她要变成个可怜的家伙了。总是觉得尴尬，总是扭捏不安、不知所措，也不知道如何挑选她的食物，还笨手笨脚的。她都摔了三把饭堂间里的茶壶了，其中两把还碎掉了。而且，她是如此……如此喜怒无常。我就在等她宣称我们都不理解她了。领主到底怎么想的？”她指的是阿纳德尔·米亚奈，雷切帝国的领主，“除了提萨瓦特，就没别的合适人选参加这次任务了吗？”

“可能吧。”思考这件事让我更愤怒了，“你还记得自己是个新上尉的时候吧？”

她惊了一阵，然后把茶杯放回桌上。“请别跟我说我当时也像她这个样子。”

“不，和她不一样。你也很笨拙、很惹人烦，只不过方式不同。”

她被逗乐了，哼唧了一声，又有些懊恼。“但是，”她突然变得严肃起来，语气中透露着紧张，我看出来她要切入主题了，从吃饭开始她就一直想说这件事，可是说出这件事比指责我苛待提萨瓦特上尉更让她胆战心惊，“布瑞克，全体船员都认为我正为你倾倒。”

“是的。”我当然早已知道，“不过，我不确定大家为什么这么想，五号很清楚，你从没爬上过我的床。”

“呃，大概的想法可能是，我……我……失职了。给你时间恢复伤病是应该的，但我不会像以前那样去……让你缓解压力了。也许她们是对的。”她又喝了一大口茶，“她们说你在‘看’我，这可不太好。”

“抱歉让你难堪了。”

“哦，我没觉得尴尬，”她撒谎了，不过之后却情真意切地补充道，“好吧，只能说不像别人认为的那样尴尬，但你这样大张旗鼓说出来……布瑞克，你什么时候找到我的？一年前？在这段时间里，我从未见过你去……而且，我是说，当你还是……”她停下了话头。我想她是害怕说错话。她的皮肤太黑而不能显现红晕，但我能看到她脸上温度的变化。“我是说，我知道你曾是辅助部队士兵，现在也是，而星舰不会……我是说，我知道辅助部队士兵可以……”

“辅助部队士兵是可以，”我肯定道，“正如你从个人经验中认知的那样。”

“是的，”她说道，变得害羞起来，“但我从来没想过辅助部队士兵会真想要做那件事。”

我没紧接着回话，好让她多点时间思考她说了什么。过了一会我才说道：“辅助部队士兵是人类的身体，不过她们也是星舰的一部分。辅助部队士兵感受到什么，星舰就会感受到什么，因为她们本是一体。不过，不同躯体的味道不同，触感也不同，她们不会总想要同样的感觉的。总的来说，我会上心，如果哪些躯体想要那个的话。我不喜欢不舒服,也没人喜欢,所以我竭尽所能让我的辅助部队士兵感到舒服。”

“我可能从没注意过吧。”

“你也没必要去注意。”我想赶紧略过这个话题，“不管什么时候，星舰一般都不想要搭档，她们这样做是为了自己。有辅助部队士兵的星舰。”我比量了一下，告诉她结论是显而易见的，无须讲出来。我也没有补充说星舰不渴望性伴侣。星舰需要舰长，需要上尉，但不需要爱人。

“好吧，”斯瓦尔顿过了一会儿才说道，“但你没有其他躯体去做那个了，和以前不一样了。”她停了下来，话头被一个念头打断了，“那会是什么样子的呢？很多个躯体一起？”

我不打算回答这个问题。“我有点惊讶你以前没想过这个问题。”但我只是有些许惊讶罢了。我太了解斯瓦尔顿了，我不认为她会花很长时间仔细琢磨星舰的想法。她从来都不是揪着辅助部队士兵和性说个不停的那类军官。

“所以当她们把辅助部队士兵带走时,”斯瓦尔顿胆寒了一阵,“那一定像是你身体的某些部位被割掉了吧，而且没有零部件可以补上。”

我本可以说“问星舰吧”。但星舰可能不想回答。“是有人这样跟我说过。”我漠然地回答道。

“布瑞克，”斯瓦尔顿说，“以前我还是上尉的时候，”她说的是一千年前，那时她还是我负责的正义托伦号星舰上的上尉，“除了我自己，我还注意过别人吗？”

我考虑了一会儿，思考自己能说出什么实话，并想找出不那么外交口吻的答案。最后我说：“偶尔吧。”

未经询问，仁慈卡尔号便给我“看”了饭堂的画面，斯瓦尔顿负责的阿马特分队正在清理她们吃剩的晚餐。阿马特一号说道：“这是命令，公民们，是上尉吩咐的。”

几个阿马特士兵发出不满之声。“我一晚上都会记在脑子里的。”一个士兵对身边的同伴牢骚道。

坐在我的居住舱里的斯瓦尔顿像是一位悔罪的人。“我希望这些天里我的表现比之前好一些了。”

士兵饭堂里的阿马特一号张开嘴，试探性地唱起歌，她嗓音粗哑，没多少起伏。“一切都在转……”其他成员虽然有些不情不愿，不温不火，甚至略显尴尬，但还是跟着唱了起来，“……一切都在转，行星绕着恒星转，一切都在转。”

“是的，”我对斯瓦尔顿说道，“好一些了。”

黑暗分队完成了她们所有的任务，值得称赞。所有的分队成员都排队站在饭堂里，站姿笔直，表情严肃，每个人的领子和袖口都整整齐齐。甚至提萨瓦特上尉本人也表情肃穆，当然，她内心是否平静则是另一回事了。她仍有些紧张，还有点恶心，从前一天早上就一直这样了，并且自从我昨天叫醒她之后，她就没睡过觉。从她手下的黑暗分队队员表情可以看出，她们满怀怨恨，而且带着蔑视的自豪感——毕竟，她们在前一天里完成了大量工作，并且她们干得非常出色。按常理，我应该表示满意，所有人都确定我会这样做，也在等着我这样做。如果我不这样做，她们一定会觉得遭到了苛待。

她们理应为自己感到骄傲。可是按目前的情况，提萨瓦特上尉不配做她们的上司。“干得好，黑暗分队。”我说道。话音刚落，我面前每名士兵心中都激起了疲惫之余的骄傲和宽慰。“以后大家还要继续加油干。”之后，我突然转向提萨瓦特，“上尉，你跟我来。”我转身走出了士兵饭堂，回到了居住舱。我在心里默默对仁慈卡尔号说：“通知卡尔分队，我将需要密谈。”我没有在心里仔细思考密谈的原因，不然我又会怒上心头，或者说是怒气更甚。即便只是有采取行动的想法，也会将冲动传递到肌肉，而极其微小的动作也会被仁慈卡尔号读取。星舰向我展示信息，我就能读取。理论上讲，仁慈卡尔号上的其他任何人都无法像我一样接收这些数据，不过这只是从理论上而言。但我不会去想那个。我走到居住舱舱口，未待我下命令门就自动打开了，里面执勤的卡尔士兵鞠躬后，绕开停留在门口的提萨瓦特上尉离开了。

“请进，上尉。”我说道，声音不急不躁。不得不说，我之前在生她的气，但我本来就脾气暴躁，生她的气也正常得很，能洞察的人也不必警惕。提萨瓦特上尉走进了房间。“你睡过觉了吗？”我问她。

“睡了一会儿，长官。”她有些惊讶。她太累了，思维不够清晰，而且仍然感到恶心和不悦。肾上腺素仍高于标准。很好。

不，并不好，一点都不好，简直是糟糕。“吃了不少？”

“我，呃……”她眨了眨眼，这回必须好好思考下我的问题了，“我没时间吃饭，长官。”她喘了口气，呼吸更轻松一些了。她肩上的肌肉略微放松，不过只是一丁点儿。

接下来的事情是我不由自主做的，我迅速抓住她夹克衫的衣领，铆足了劲一推，便将她猛地推到了长凳上方那绿紫相间的墙上，而这段距离足足有一米。她动弹不得，只能将腰部笨拙地凹进去。

我看见我一直在寻找的东西了。就在那一瞬间。在那最小的时间片段里，提萨瓦特上尉的些许不快一下子变成了彻头彻尾的恐惧，同时肾上腺素和皮质醇指数极速飙升。突然，在她的大脑里，一个不该在那里的东西像幽灵一般出现，随后便立即消失。

辅助部队士兵芯片。

我又一次按住她的头往墙上撞。她轻声呻吟。我又看到那东西了，也看到了她病态的恐惧。那些人类都不该有的芯片在她的大脑里出现，然后又消失了。“滚出仁慈卡尔号星舰，否则我现在会亲手勒死你。”

“你不会的。”她喘息道。

这种回答意味着她的意识不够清醒。阿纳德尔·米亚奈从不会质疑我可能会做的事情。我沿着她的头部，右手往下挤压，她的身子顺势沿墙壁滑向下方的长凳。接着我扼住了她的喉咙，压住了她的气管。

她无法喘气，只是双手绝望地抵住我的手腕。十秒钟时间吧，要么照我说的做，要么就得死。“离开我的星舰。”我的声音甚至很平静。

我再次看到她的各项身体指数，辅助部队士兵芯片也尖锐而清晰地显现。她自己同样恶心、苦痛难堪，并身陷恐惧之中。见此情景，我内心的同情和恐惧也让我微微弯下腰来。我放开手，站直身子，看着她瘫倒在脚下未铺软垫的硬长凳上。她一边咳嗽，一边喘着粗气，想呕出些什么，不过胃里什么也没有。

“星舰！”我呼唤道。

“‘她’阻断了我发出的所有指令，”仁慈卡尔号在我耳边说道，“很抱歉，舰长。”

“你也没办法。”雷切所有星舰的建造初衷就是要受阿纳德尔·米亚奈控制。仁慈卡尔号也不例外。我很幸运，我的这艘船毫不热衷于执行领主指令，也没有费力劳神纠正过失或小错误。若是星舰真要伙同阿纳德尔·米亚奈骗我，那肯定是瓮中捉鳖。“阿纳德尔·米亚奈，雷切领主，”我冲着新上尉说道，她正趴在我面前的长凳上，痛苦地颤抖着呻吟，“你以为你能瞒得过我？”

“总是有风险的。”她呢喃道，说完用袖子去擦嘴角的血。

“要是你没个几十年甚至几百年做准备，你是不会去冒险的。”我卸下人类表情的伪装，用辅助部队士兵的声调厉声道，“你所有的躯体都是你的，从她们出生时就是，有的甚至在你之前出生。你从来都不是一个个体，然后你觉得你能突然把芯片植入活人的大脑里。不舒服吧，是不是？”

“我当然知道不舒服。”她的气息稍微平稳了一些，也不再呕吐，但声音依然低沉而沙哑。

“是，你知道，但你以为可以私自取得药物，好让你一直支撑到适应为止。你以为可以自己到医护室取药，并利用手段支配仁慈卡尔号，进而掩盖你的行踪。”

“你技高一筹，”她仍然痛苦不堪，低头看着被血迹污染的长凳，“这点我承认。”

“你是被自己打败的，你根本没有一套标准的辅助部队士兵芯片。”近百年来，制造辅助部队士兵都是不合法的，当然储存在吊舱里待用的躯体不算，而这些躯体几乎都是存放在运兵舰里，绝不会出现在乌茂格行宫里可碰触的地方。“你必须换掉你的一些设备，可拿人类大脑做试验可是件精细活。你脖子上的脑袋要是属于你自己，是你自己的某具躯体，那就不会出岔子了，因为你会对自己的大脑了如指掌，但这具躯体不可能属于你，这才是关键所在。像我说的，这里没有备用躯体，再说，你要是用你自己的躯体做了个辅助部队士兵，我肯定会知道，等一到传送门通道，我一定会把你从气闸门扔出去，所以这一定是别人的躯体。不过，你的高科技是服务于你的大脑的，你当时没时间测试，只有一周时间。我的天！你把孩子抓了去，把硬件移植进她体内，然后把她派到港口去的？”所以提萨瓦特那天没如约和她母亲妹妹的孩子一起喝茶，也没有回复信息，“可即使被植入的硬件合适，还有经验老到的医护兵操作，也不总是能行得通的，你肯定知道这一点。”

她确实知道。“你现在要怎样？”

我无视她的问题。“你以为可以命令仁慈卡尔号给我和医护兵传递错误数据进而掩盖现实，但从硬件被植入你的大脑那一刻起，你就得吃药了，这一点再明显不过了，但你又不能把药物随身带着，否则黑暗分队士兵们会马上发现的，而且我也会琢磨你为什么需要吃药。”但当提萨瓦特无法服用药物时，她会痛苦到难以完全掩饰，要知道，她只能让星舰使她那痛苦的表情看起来比实际情况和缓一些，“但我很清楚你会如何竭尽全力让你的阴谋得逞。我在居住舱躺了几天，一方面是为了恢复身体，另一方面则是思考你可能会耍什么把戏。”我现在也在想如何毫不声张地解决这件事，“我从不相信你会给我一艘星舰，还会让我在无人监视的情况下驾驶离开。”

“你植入的时候根本没吃药。从没吃过。”

我走向自己作为床铺的长凳，扯掉亚麻布床垫，打开了里面的暗格。里面是那个匣子，那个人的肉眼可见而星舰或空间站都探测不到的匣子，除非它有辅助部队士兵的眼睛。我打开匣子，拿出了我从医护室取来的药包，那是我上次前往乌茂格行宫与阿纳德尔·米亚奈会面之前就取出来的。其实，在我与监察长斯卡伊阿特办公室遇到提萨瓦特上尉继而知道她的存在之前，就拿了这个药包。“我们要去医护室，”我暗自对仁慈卡尔号说道，“派两名卡尔分队士兵过来。”

希望在阿纳德尔·米亚奈心中燃起，听到我这么安排，又看到我用手套拿着那包药，有那么一瞬间，提萨瓦特也充满了希望，上尉现在无比渴望摆脱痛苦。泪水从她那双紫丁香色眼睛里流了出来，她低声呜咽，但很快就停止了。“你是怎么忍受的？”她问，“你当时是怎么克服这苦痛的？”

回答是没有意义的。这不是询问，而是一声感叹，她也并不在意我给出什么样的答案。“站起来。”门开了，我的两个卡尔分队士兵走进来，她们一时间因眼前的场景而惊慌失措——提萨瓦特上尉遭到了殴打，此刻正倒在长凳上，胆汁浸湿了制服夹克的一条长袖。

我们这只悲伤的小队伍步行去往医护室，提萨瓦特，这个冒充的提萨瓦特，倚靠在一名卡尔士兵身上向前走着，另一名士兵跟在她身后。医护兵直愣愣地目视我们进门。因为医护兵也被植入过专用芯片，所以在星舰停止干扰她的数据的那一短暂时刻，她看到了上尉大脑里的东西。医务兵转向我。“等会儿再谈。”我直截了当地说道。接着，待卡尔士兵将假的提萨瓦特扶上手术台，我便将她们支开了。

阿纳德尔还未意识到现状继而提出抗议，医护兵也还没来得及张口，我已按下手术台上束缚器的开关。提萨瓦特吓了一跳，但由于太痛苦，一时竟无法判断发生了什么。“医护兵，”我说道，“你看，提萨瓦特上尉体内被植入了一些未经授权的芯片。”医护兵吓得说不出话来，我接着说，“取出来。”

“不，不要！”阿纳德尔·米亚奈挣扎着大声吼叫，但声音却像是喉咙被压扁时发出的。

“谁干的？”医护兵问道。我看得出，她还在努力弄明白这件事。

“你问这有意思吗，现在？”如果去思考，她自会知道答案。只有一个人有这种本事，也只有一个人会这么去做。

“医护兵。”提萨瓦特说道，她一直在鼓捣束缚器，却一直无法挣脱。她的声音仍像是喉咙被压扁时发出的嘶嘶声：“我是阿纳德尔·米亚奈，雷切领主，我命令你立刻逮捕舰队长，解开我身上的束缚器，还有，把药给我。”

“上尉，你是晕糊涂了吧。”我说，然后转向医护兵，“医护兵，我刚才下过命令了！”如今隔绝在传送门通道中，我的话即是法律。不管我的命令是什么，无论是否合法、是否正义，都要被执行。舰长可能会因下达某些命令而面临起诉，但是，她的船员会因不服从命令而被处决，这是任何雷切帝国士兵的王牌法则，也很少有人以身试法。仁慈卡尔号上的任何人都不会忘记这一法则。在我的特别指示下，在这艘星舰上每天都会为尼西玛·皮特姆祷告，她因拒绝执行杀害无辜人民的命令而被处死。仁慈卡尔号上没有人能忘记她，也不会忘记她是怎么死的。我选择让士兵们悼念她，并将此作为例行公事，就好像她是我逝去的亲人，或者是这艘星舰的死难者之一。我下命令的那会儿，医护兵也不可能忘记这码事的。

我看到了医护兵的苦恼和犹豫。很明显，提萨瓦特正饱受折磨，如果有什么能让医护兵真正愤慨，那就是她无法帮病人消除病痛。在她眼里，我的命令可以理解为逼迫她摘除芯片，否则就将面临被行刑的威胁。但这也给她提供了一种让她做应做之事的掩护，她很快就会明白这一点。

“医护兵！”提萨瓦特边努力挣脱束缚器，边嘶哑地喊叫着。

我伸出戴着黑手套的手，在她的喉咙处划了一圈。我没有用力，只是提醒她。“医护兵，”我声音冷静地说道，“不管她是谁，不管她自称是谁，芯片都是非法安装的，是不正义的，从一开始就是，而且芯片还失灵了。我见过这种事情，我自己也经历过。情况不会改善的，没恶化已是万幸。药物可能会让她活一段时间，但终归无法彻底解决问题，而解决的办法只有一个。”其实有两种方式，但从某些方面看，这两种方式是一样的，至少对于眼前这块阿纳德尔·米亚奈碎片来说，两种方式相同。

手术还是不手术，是医护兵面临的两难选择，而且无论哪种方法，对救助病人而言的作用差别都是极其微小的。我是可以看穿医护兵的把戏的。“我从没……舰队长，在这方面我没经验。”医护兵极力让自己的声音听起来不那么颤抖。要说她从没处理过辅助部队士兵，那也是在处理过我这个辅助部队士兵之前了。那时完全由星舰控制整个过程。

何况我也不算是通常意义上的辅助部队士兵。“没有多少人有经验，芯片植入是极为平常之事，但我想不出有哪位医务兵非得要把芯片取出来，所有关心病人术后躯体状况的医护兵都不会这样做。但我相信你能行的，星舰知道该怎么做。”在我跟医护兵交谈的时刻，星舰也同步跟医护兵谈话，“我也会帮你。”

医护兵看向提萨瓦特，不，应该叫阿纳德尔·米亚奈，她正瘫在手术台上，也不再试图挣脱束缚器，眼睛也闭上了。医护兵接着转头看向我说：“那注射镇静剂吧。”

“哦，不，她得醒着。不过别担心，几分钟前我掐得她有点狠，她一时半会叫不出来的。”

手术结束时，提萨瓦特仍没有知觉，因为最终还是给她注射了身体所能承受的最大量镇静剂。医护兵在发抖，当然并不只是因为劳累过度。我们疲惫不堪，又错过了午餐和晚餐。忧心忡忡的黑暗队员们正以越来越站不住脚的借口，三三两两地经过医护室的门口。但星舰拒绝告诉任何人医务室里发生了什么。

“她还会回来吗？”医护兵问道，她站在那里，身子颤抖着。我正在清理仪器，好把它们存放起来。“我是说提萨瓦特，她还会再成为提萨瓦特吗？”

“不会了。”我把仪器放进一个盒子，扣上盖子，然后放进抽屉，“从被植入芯片的那一刻起，提萨瓦特就死了。”阿纳德尔·米亚奈会这么做的。

“她还是只个孩子，才十七岁啊！怎么会有人……”她声音弱了下去。她摇头，虽是亲眼看见，还亲自做了数小时手术，她仍不相信眼前发生的事情。

“我有她的遭遇时，和她差不多大。”我说道，准确来说，不是“我”的遭遇，而是我这具躯体的遭遇，我仅剩的最后一具躯体，“比她还小一点吧。”医护兵当年给我手术时的反应并没有此时的惋惜。当躯体是被征服的野蛮敌人，而不是公民时，人们的反应确实大有不同。

医护兵自己并没有注意到自己不同的反应，或者说她现在只是不知所措。“那么她现在是谁呢？”

“问得好。”我把最后一件仪器放好，“那得由她自己决定。”

“如果你不喜欢她的决定怎么办？”医护兵是个很精明的人，我要想办法让她站在我这边。

“那个，”我边说边做了个小幅度的投掷动作，就像扔掉今天的厄运一般，“愿阿马特神保佑吧。你去休息一下吧，卡尔士兵会把晚饭送到你的居住舱。吃饱睡足，一切都会好起来的。”

“你确定？”她的语气有些咄咄逼人。

“嗯，我也不太确定，”我认同道，“但你休息休息，吃点儿早饭，处理起事情来肯定会更容易些。”

04

在我的居住舱内，卡尔五号已经为我准备好晚餐，虽然今天的事令她深感不安，但她仍毫无表情。晚餐是普通的士兵伙食——一碗斯盖奥和一壶水。虽然我怀疑菜谱是仁慈卡尔号向五号提议的，但我没有向星舰询问。其实一直食用斯盖奥我并无意见，但五号会很心烦，理由是被剥夺了偷尝其他美味菜肴的特权，这种特权是伺候舰长或分队其他军官时才有的宝贵福利。

我开始用餐。失去了长官的黑暗分队士气有些低落，她们几近沉默地擦洗着她们负责的走廊区域，其实这里和早晨一样一尘不染，但擦洗走廊是她们的日常任务，不容忽视。她们又疲惫又焦虑，偶尔会闲聊几句，听其内容，她们都认为提萨瓦特上尉的病情是遭我虐待所致。她们还抱怨说“和上一任没什么区别”，但话语中很小心地避开了官衔。

黑暗一号是黑暗分队中官阶较高的，她检查了工作的完成情况，向仁慈卡尔号星舰汇报任务完毕后，又捻动手指，并悄声道：“星舰。”

“黑暗一号，”星舰十分了解黑暗一号，它早已听到了分队连连的抱怨声，便直接说道，“带着你的问题去找舰队长吧。”

我从医护室离开，回居住舱后还不到五分钟，黑暗一号就去找了医护兵，医护兵给她的建议和星舰给的是一样的。而且仁慈卡尔号已经三次提议黑暗一号来和我交谈了。按理说，既然提萨瓦特上尉昏迷不醒，而我又没有派人顶替她的位置，黑暗一号就是黑暗分队的领导，她理应找我了解详情并取得指示，但她仍犹豫不决。

辅助部队士兵是其所属星舰的一部分。通常，她们会有一种微弱的归属感，她们觉得每个分队似乎是有自己的身份的，但矛盾的是，她们又感觉自己只是更大整体的一小部分，只是仁慈卡尔号的手和脚，是星舰的发声体。从没有辅助部队士兵会向舰长提问，也从没有辅助部队士兵觉得有必要同长官探讨任何私人问题。

当然，仁慈卡尔号的船员都是人类，但上一任舰长命令所有人尽可能模仿辅助部队士兵，甚至就连她自己的卡尔分队要与她对话，也要以星舰的方式来称呼，仿佛她们毫无感情或欲求。我想，正是这个积习使得黑暗一号如此犹豫。本来她可以找其他上尉代为开口，但斯瓦尔顿正在站岗，艾卡璐则在睡觉。

在居住舱里，我咽下最后一片斯盖奥叶子，然后同五号讲道："卡尔五号，上些茶来。另外，尽快把墙上这些紫色和绿色的云形喷漆去掉，我要换成显示屏。"居住舱的墙壁是可以随意改动的，即便是改成显示屏，显示星舰外的宇宙空间也没有问题。改装墙壁所需材料就在星舰上，但出于某些原因，维尔舰长并不想这么做。实际上我也不需要观看星舰外的空间，但我想尽可能地抹去上一任的痕迹。

五号面无表情，她声音毫无波澜地说道："舰队长，有一件不便的事。"她脸上闪过一丝恍然，她在听仁慈卡尔号吩咐事情。她犹豫着。星舰的话继续钻进她耳中。"长官，黑暗一号想见您。"

再好不过了。本来再过四秒，我就要下命令让她来报告的。我刚才只是想先吃完晚餐。"没什么不便的，让黑暗一号进来吧。"

黑暗一号进门时，表面胸有成竹，内心则如履薄冰。她僵硬地鞠躬，觉得有些尴尬，因为辅助部队士兵是不鞠躬的。"黑暗一号。"我叫了她一声。卡尔五号待在房间的角落里，无谓地摆弄着茶壶，装出一副为我上茶之前有事可做的模样，实则是忧心忡忡地倾听我们的对话。

黑暗一号吞下口水，深吸一口气。“舰队长，恕我冒犯。”她道。这显然已是练习了几遍的说辞。她说话缓慢而小心，尽量将元音发得饱满些，却还是带着原本口音的味道。“黑暗分队长官的情况有些让人担忧。”我瞥见了她脸上露出的疑虑，想来她知道，我对提萨瓦特上尉上星舰一事十分恼火。黑暗一号觉得即便是如此措辞，也让自己陷入了危险的境地，更别说还要提起那个年轻的上尉了。但我觉得她这句话已经过十分谨慎的编排了，听起来不仅官方，还避开了提萨瓦特上尉的名字。“我听取了医护兵的意见，她让我来拜会舰队长。”

“黑暗士兵，”我淡淡地道，是的，除非刻意而为，我的情绪从不会显露在声音中，但对于她这种说话方式，我已经失去了耐心，“只要跟我讲话，就请直截了当。”卡尔五号还在一旁慢吞吞地摆弄着茶具。

“是，长官。”黑暗一号道，她身体仍旧很僵硬，而且极度尴尬。

“你能过来我很高兴，我也正要叫你。提萨瓦特上尉生病了，登船时就病了，军事总署要派一位长官，却不去确定长官的身体状况是否适合出航。她们甚至想瞒住她的病情，不让我知晓。”这个谎言并不完全是谎言。每艘星舰上的士兵和长官都抱怨过总署这些无知而随意的决定，甚至，总署压根儿不清楚乘星舰飞行会出什么状况。“如果以后有机会，我会跟总署提一提此事。”我几乎能看到黑暗一号脑中线索拼合的模样，原来舰队长气的是总署，而非我们的上尉，“明天就会有人送她回居住舱，她需要休息一两天，之后会接一些较轻松的任务，直到医护兵认为她可以接其他任务。你现在是你们分队的高官，要对自己的士兵负责，她不在的时候，你就替她守岗，并向我递交报告。我需要黑暗分队好好照看提萨瓦特上尉。我知道你们会照看好她，但现在我明确命令你们好好照看。如果你对她的健康有任何担忧，又或者觉得她行为异常，比如她对某些不该困惑的事物表示出了困惑，或者有任何不对劲的地方，就算提萨瓦特上尉命令你不要报告，你也得报告给医护兵，听明白了吗？”

“是，长官，遵命。”黑暗一号感觉自己的处境不那么危险了。

“好了，你去吧。”卡尔五号终于拿起茶壶，给我倒上我要的茶。她肯定是在思考要怎么同其他卡尔士兵描述我们这段对话。

黑暗一号鞠了一躬，惴惴不安道：“舰队长，恕我冒犯……”她猛地停下，咽了口唾沫，仍惊讶于自己的莽撞。不过她的一举一动皆在我的意料之中。一号接着道：“长官，我谨代表我们黑暗分队全体，感谢您分配的茶。”

我下达过指令，只要有茶叶供应，船上每人每周可获五克茶叶。士兵甚至是长官的茶叶配额都不多，但都会尽可能多地榨出茶水来。一开始，这条指令引起了船员疑虑，以前维尔舰长坚持让她们和辅助部队士兵一样饮用白开水。所以她们怀疑，我是不是想温水煮青蛙，有所图谋？抑或是想显摆我的财力？还是想先给她们点甜头尝尝，随后再收紧，以便满足我的虚荣心？

话说回来，雷切人文明生活标准便是茶了。我知道星舰上满是辅助部队士兵是什么样的体验，所以我不想这样胡来。“黑暗分队士兵，不用谢，你去吧。”

她又鞠了一躬，随后便离开了。门一关上，星舰就在她耳中说道：“聊得不错。”

接下来的两天，提萨瓦特上尉一直躺在自己居住舱的窄床上。仁慈卡尔号从船上的图书馆里调出一些舒缓人心、结局完美的娱乐节目，背景音乐或阳光或甜美。提萨瓦特平静地看着，不置一词，因为她注射的那些药剂就是为了能让她状态稳定、身体舒服，所以就算看一部又一部的悲剧，她的内心也将无波无澜。黑暗分队会因她的一点点反应而瞎忙一气，时不时为她掖掖毯子，泡泡茶。黑暗九号甚至设法在分队那狭小的厨房里为她做小甜点。对于她的病，大家有种种推断，但已经不再怪在我头上了。最终，大家认为最大的可能是提萨瓦特在被指派到仁慈卡尔号之前，遭受过严厉的审讯；另一种可能，虽然可能性小些，但仍不能排除，即她是拙劣教育的受害者。有时候，如果公民需要学习大量信息，就会前往医务室，借助药物进行学习，而这类药物也用于审讯、资质测试以及……重新教育。这些大多数儒雅的雷切人都难以启齿的审讯、学习、资质测试以及重新教育会由一位专业医护兵进行，她们十分清楚操作流程以及后果。虽然仁慈卡尔号上的船员从未挑明，但所有关于提萨瓦特的对话都隐含着这一疑虑，看上去，提萨瓦特很像是刚接受过重新教育的人。不管我与医护兵对上尉做了什么，我们没有让卡尔分队打下手，又绝口不提所发生之事，这两点促使大家更加坚信上尉的病情与重新教育有关。但军队从不接受任何经过重新教育的人服役，所以这个推测又不能成立。

不管怎样，肯定不是提萨瓦特的错，也不是我的错。意识到这一点，大家就放心了。第二天，我坐在居住舱里喝茶，用的依旧是那盏深玫瑰红茶杯，其实我自己也还没评出最佳的餐盘。斯瓦尔顿显然很想问我发生了什么，但她只是说道："我在想你那天说的话，就是我从未见过你……我是说……"她声音越来越小，或许是意识到再怎么措辞，接下来的话也不好听，"军官们都有自己的居住舱，所以做那种事很方便，但我没有想过，如果我的阿马特士兵们……我是说……没私人空间。没有吧……如果她们想……也没有一个能去的地方……我是说……"

实际上，地方并不少。有几个储物仓，还有穿梭机，不过因为缺乏重力，做事可能会有些尴尬。如果真是急不可耐，饭堂的桌子底下也不失为一个去处。但斯瓦尔顿一向有自己的居住舱，并不需要去那些地方。"我觉得你考虑这些是好事，"我说道，"但别去管你的阿马特分队了，给她们留点自尊吧。”我又喝了一口茶，补充道：“你最近似乎经常想到性爱啊。我很高兴你没有直接命令手下哪个阿马特士兵来配合你。”如果有的话，她也不会是这艘船上开先河的长官。

“想过一次，”她说道，脸颊愈发烫了，“然后我就想到你可能会说些什么。”

“我觉得医护兵不适合你。”实际上，我怀疑医护兵是性冷淡，“提萨瓦特又年轻了些，不适合做这种事。你有没有想过接近艾卡璐？”我很确定艾卡璐喜欢斯瓦尔顿，但斯瓦尔顿的贵族长相和古典口音既令她着迷，又令她望而却步。

“我可没想过要冒犯她。”

“太像上级潜规则下级了？”斯瓦尔顿打手势表示同意，“这么想的话，本身就有点侮辱的性质，你觉得呢？”

她叹了一口气，把茶放到桌子上。“成不成事情我都输。”

我比画了一下，示意不一定如她所想。“也或者都赢？”

她浅浅一笑。“真高兴医护兵能帮得上提萨瓦特。”

在提萨瓦特上尉的居住舱里，黑暗九号在一个小时内第三次为提萨瓦特掖毯子、平枕头以及试茶水温度。提萨瓦特用了药，平心静气，任她摆弄。“我也很高兴。”我说道。

两天后，距离艾斯奥克空间站还有不到三分之一的航程。我邀请艾卡璐上尉和提萨瓦特上尉共进晚餐。按仁慈卡尔号上的日程安排，这顿饭是我的午餐，艾卡璐的晚餐，提萨瓦特的早餐，而由于我的卡尔分队正在我的居住舱里刮除墙上的油漆，所以就餐地点选在了饭堂。这有点像我和多个分身一起的那段时光，那时我是正义托伦号星舰，那星舰有十个分队，每个分队各有二十名士兵，因而当时的伊斯克分队饭堂要比仁慈卡尔号这个饭堂大多了。

我在饭堂用餐造成了管辖权上的困惑，因为卡尔五号很想在军官手下的活动区域建立权威，所以她困扰万分，不知是否应坚持用她那套“第二好”的餐盘，这样不仅可以炫耀她心爱的餐具，还可以证明这顿饭是她安排的，又或者，是要让光明八号和黑暗九号用饭堂的那套餐具，如此便不用担心那套珍贵的瓷器被不小心摔毁，但会显得这顿饭是由光明分队和黑暗分队操持的。最终，她的骄傲战胜了担忧，所以我们食用的鸡蛋和蔬菜都盛在了油彩餐盘里。

可以说，自入伍以来，艾卡璐便是这艘星舰的普通士兵，因而可能很清楚卡尔五号的脾性。只听她说道：“舰队长，恕我冒犯，这些餐盘很漂亮。”五号并没有笑，她很少在我面前笑，但我知道艾卡璐这话说得正中她心怀。

“是五号选的。”我说道，很满意艾卡璐的开场白，“这是苞叶瓷，估计有两千多年了。”有那么一瞬间，艾卡璐僵住了，手中的餐具稳稳地悬浮在了盘子上方，生怕落下时用力过猛。我接着道：“其实也不是特别珍贵。在有些地方，几乎所有人都会把一套餐具里的某几件包起来放在盒子里，珍藏在某个她们永远不会重新拿出来的地方，那才叫珍贵。不管怎么说，这些盘子的确很漂亮，不是吗？看一眼你就知道为什么以前大家都喜欢了。”若说我之前尚未给卡尔五号留下好印象，现在便留下了，“上尉，如果你每句话开头都要加一句‘舰队长，恕我冒犯’，那这顿饭恐怕要乏味得很了。你就当我已经提前宽恕了各种冒犯就好。”

“是，长官。”艾卡璐尴尬地应道，然后便小心翼翼地吃着鸡蛋，尽可能地避免餐具碰到盘子。

提萨瓦特除了在必要时偶尔说“是，长官”、“不，长官”以及“谢谢，长官”之外，一言不发，她那双紫丁香色的眼睛始终低垂着，没有看向我或艾卡璐。医护兵已经在渐渐减少镇静剂用量，不过提萨瓦特还在受药剂影响，而被镇静剂遏抑的是提萨瓦特的怒火与绝望。她发出了一些怪声，这可不是我希望她停药后有的状态。

是时候为此做些什么了。“昨天，”我吃了一口鸡蛋说道，“斯瓦尔顿上尉告诉我，阿马特毋庸置疑是船上最优秀的分队。”实际上，斯瓦尔顿完全没这么说过。站在房间角落待命的光明八号和黑暗九号自尊心受到了伤害，她们的情绪涌动得太明显了，有那么一瞬间，要说艾卡璐和提萨瓦特没有看到，我是绝不信的。卡尔五号的反应则没有那么强烈，毕竟我们刚夸赞了她的瓷器。此外，从很多方面讲，舰长的分队无所谓同其他分队较劲。

我立刻便洞见了艾卡璐脸上矛盾的表情，她以前是阿马特，所以听到有人声称阿马特分队最优秀，她自然而然就觉得自豪了，可她现在是光明分队的上尉。她顿了顿，然后努力做出了些反应。提萨瓦特低头看着盘子，她可能已经看穿我的目的了，但她又毫不在乎。

“长官。”艾卡璐终于开口，显然，她在努力地迫使自己不再说“舰队长，恕我冒犯”。只听她尽可能地调整着自己的口音。“仁慈卡尔号星舰上的分队皆为出色之选，但若必挑选其一……”她顿了顿，或许是意识到措辞过于正式，略显尴尬，“如果一定要选的话，我得说光明分队是最优秀的。我没有冒犯斯瓦尔顿上尉或她的阿马特分队的意思，我并无恶意，只是实事求是。”说最后一句时，她的声音更回归乡土音了。

提萨瓦特一言不发，黑暗九号似乎将此理解为背叛，惊恐而沉默地在角落里立正。“上尉，”仁慈卡尔号在提萨瓦特耳中道，“你的分队在等你站出来。”

提萨瓦特抬起眼看向我，有那么一瞬间，她那紫丁香色的眸子满是严肃。她知道我在做什么，知道自己只有一种反应可选，但她憎恨这个选项，也憎恨我。她那被药剂压抑住的怒意微乎其微地升腾了些，但持续不久，几乎在眨眼间便降回原本的水平。有那么一瞬间，我看到的不只是怒意，还有渴望，一种短暂出现的无助般的期待。她转而看向艾卡璐。“你说什么，上尉，我没有恶意，但恐怕你错了。”她话说到一半，想起自己不该用斯瓦尔顿的语气说话，也不该用阿纳德尔·米亚奈的语气说话。于是她弱化了刚才的口音，继续道：“虽然黑暗分队资历较浅，但我的士兵显然要比这艘星舰的其他分队优秀。”

艾卡璐眨了眨眼睛。听到提萨瓦特说话的口音与措辞，瞧见她如此镇定自若，完全不像一个十七岁的女孩，艾卡璐感到惊诧不已，脸上的表情如同辅助部队士兵般茫然，之后她才回过神来，思考着该做何回应。她不能以“黑暗分队资历较浅”来反驳，否则斯瓦尔顿就有资本可以夸赞阿马特分队的资历了。她看向我。

我装出一副中立而又饶有兴致的模样。“既然如此，”我高兴地说道，“那我们得好好解决此事，客观地解决，或许可以比比哪个分队更会用武器和装甲。”艾卡璐终于意识到此事我已有全盘计划，但她想不出细节，依旧很困惑。我装模作样地动了动戴着手套的手指，向卡尔五号下达了命令，同两位上尉大声道：“两位分队的成绩各是多少？”

仁慈卡尔号将数据呈现在两位上尉眼前，她们眨了眨眼睛。艾卡璐道：“报告长官，成绩都达到标准。”

“标准？”我的声音里充满了不可置信，“这星舰上的船员肯定都在标准线之上。”提萨瓦特上尉再次垂下眼眸，看着盘子，药物阻拦的背后，是她的憎恨、赞同、愤怒以及我之前见过的渴望，但药物抑制了所有。“我给你们一周时间，一周后，我们来看你们两个中哪个分队的成绩会更高。是光明还是黑暗，也包括你们两名上尉的成绩。派发装甲吧，我给予你们许可，允许你们穿着装甲练习，无论何时，只要你们觉得有必要即可。”我自己的装甲是嵌入式的，那是一个私人力场护盾，我可以在不到一秒的时间内将它举起，而两位上尉以及她们的分队所得的装甲是绕在胸上的。她们未上过战场，并没有人能够在要求的一秒之内抬起护盾，但特别是在我知道未来可能发生什么，知道从现在开始一切将天翻地覆之后，我便希望她们能有所提高。

卡尔五号走进饭堂，两手各拿着一个深蓝色瓶子，手肘处还夹了一个。她将瓶子放到桌上，面无表情，但内心并不赞成我的举动。“烧酒，”我道，“这可是好东西，谁赢了归谁。”

“舰队长，要是赢了，整个分队都有份吗？”震惊之余，艾卡璐上尉稍带犹豫地问道。

“你想怎么分配都行。”我道。我知道，光明八号和黑暗九号肯定都向自己的分队船员传递了这一信息，两个分队的士兵想必已经统计好了奖品应如何平均分配。或许，给长官的那一份可以稍多一些。

当天晚些时候，在斯瓦尔顿的居住舱中，艾卡璐翻了个身，同半梦半醒的斯瓦尔顿道：“无意冒犯，长……我没有冒犯的意思，但我已经……大家都在猜测你是不是臣服于长官了。”

“你为什么要这样？”斯瓦尔顿朦朦胧胧地说道。待她慢慢地清醒一些，又说道：“为什么称呼‘长官’，而不是‘舰队长’？”她愈发清醒了，“不，我想……我知道为什么了。抱歉，我刚才怎么就觉得被冒犯了呢？”艾卡璐又吃惊又尴尬又茫然，并没有回答，“如果她想要我，我想我会的，但她不想要我。”

“那……是长官……舰队长禁欲吗？”

斯瓦尔顿短促而讥讽地笑了一声。“我可不这么认为。我们的舰队长没那么直接而已，她从不那么外露情感。但我告诉你，”她深吸了口气，又长长地呼出来，让艾卡璐等了她好一会，才继续道：“就算宇宙毁灭，你都可以信任她，她永远不会让你失望。”

“那可真叫人钦佩。”艾卡璐显然不信此话，但她又重新考虑起某事，“她是‘特殊任务’吗？以前？”

“我不能说。”斯瓦尔顿手套早已摘去，此刻将手轻放在艾卡璐的小腹上，“你什么时候得回去工作？”

艾卡璐抑制住微颤，心中升腾起一股复杂的情绪，但更多的是愉悦感。大多数非雷切人都不是很明白，为什么裸露的双手的碰触能带给雷切人这样的情绪波动。“大约二十分钟吧。”

“嗯，”斯瓦尔顿想着二十分钟是多久，“时间还很充足。”

我不去理会她们。黑暗分队和她们的上尉已经睡着了。走廊里，光明分队士兵们对着地板又拖又擦的，身上的装甲因不断上下浮动而泛起银光。

更晚些的时候，我和提萨瓦特在饭堂里喝茶。由于注射的镇静剂剂量进一步减少，提萨瓦特的情绪愈发真实。我们独处了一会，她开口道：“我知道你在做什么。”她过滤掉一些怒意和渴望，因而语气有些奇怪，“我知道你想做什么。”我想，这就是她的渴望所在了，她想真正成为船员的一分子，想确保黑暗分队钦佩她，对她忠诚，甚至是得到我的钦佩和忠诚。这些都是曾经那个不幸的提萨瓦特想要的，而我现在正将这些给到她的手中。

但要按我的规则来，而不是她的。“提萨瓦特上尉，”我平静地喝了一口茶说道，“这是你跟我说话该有的语气吗？”

“不应该，长官。”提萨瓦特道。既为我所挫败，又不是。即使接受了镇定药物治疗，她仍是一个矛盾体，每种情绪都会有与之相悖的伴生物。提萨瓦特从未想过要成为阿纳德尔・米亚奈。她也没有做米亚奈很久，只有短短几天。但无论她现在是谁，无论这会对阿纳德尔・米亚奈的计划造成多灾难性的影响，她现在都觉得舒适多了。

我和她有一样的遭遇，她因此而恨我，也不恨我。“同我共进晚餐吧，上尉。”我说道，仿佛方才的交谈并未发生，也仿佛我看不见她的感受，“我要和你、艾卡璐一起吃晚餐，到时你们可以夸耀手下分队的进步，卡尔会做你特别喜欢的那种甜品，带糖霜的。”在我的居住舱内，卡尔五号正看着墙，确保一切安装妥当，随着我的话音落下，仁慈卡尔号便在她耳中下达了命令，五号装出了一副被惹恼的样子，翻了个白眼，叹了口气，说了些什么类似青少年喜好的话语。但在她那以为只有仁慈卡尔号知晓的内心深处，她其实很开心。

竞争异常激烈。无论是光明还是黑暗分队，只要一有空闲，她们就会待在练靶场中，就算是值班的时候，她们也会边工作边练习举起和放下装甲。她们的成绩有了全方位的显著提升。借助这些武器日常训练，几乎所有人都能实现高难度的目标，就算那些尚未实现的士兵也离实现不远了。每一个光明士兵、每一个黑暗士兵如今都可以在半秒之内完成装甲部署，虽然与辅助部队士兵的速度相比仍相差甚远，也仍达不到我的要求，但也是十分大的进步了。

其实此事一经提出，黑暗分队或多或少便明白了比赛背后的目的，并下定了决心，专心致志地练习。光明分兵也是如此，她们认可我的目的，或者说她们可以理解，但并不因此减少丝毫的投入。最终，黑暗分队还是赢得了奖品。在士兵饭堂中，我把三瓶十分高档、高浓度的烧酒颁给几乎已经不受镇静剂影响的提萨瓦特上尉，在她身后，所有的黑暗分队士兵都站得笔直，面无表情，就同辅助部队士兵一般。恭喜她们获胜后，我便走向走廊，我知道自己只要一离开饭堂，她们就会开始畅饮。

不到一小时后，斯瓦尔顿代表她的阿马特分队找到我。对于这整件事，她都在努力表示理解，但一看到水泄不通的饭堂，便情不自禁地想到自己连为烧酒努力的机会都没有。那天，我还下令给每一个光明分队和黑暗分队的士兵分发了水果泥——我这里有橙子、红毛丹等，都是由卡尔五号采购并小心地存放在吊舱中的。即便等到晚餐结束，一切收拾妥当，水果泥的甜味仍旧在走廊挥之不去，惹得斯瓦尔顿的阿马特分队又饿又恨。

“告诉她们，”我同斯瓦尔顿道，“我只是想给提萨瓦特上尉一点鼓励，如果阿马特分队参赛，提萨瓦特的分队绝不会赢的。”斯瓦尔顿短促地笑了笑。在我看来，她应该是一面意识到这是个谎言，一面又相信这是个事实。若是她的阿马特分队听到此话，想来也会有类似的反应。“让她们下一周提高自己的成绩，那么她们晚餐也有水果泥吃了。卡尔分队也一样。”最后一句我是讲给一直在倾听的五号的。

“那烧酒呢？”斯瓦尔顿憧憬地问道。

在士兵饭堂里，黑暗分队起初还很克制，很守序，每次举杯都会向某位星舰之神祈祷一句，慢慢地品味着烧酒带来的刺激，渐渐地就混乱起来了。黑暗十号站了起来，只含糊随意地对上尉说了句“恕我冒犯”，接受许可后，便开始表示想吟诵自己作的诗了。

“我还有烧酒，”居住舱内的我告诉斯瓦尔顿，“也打算再分发些出去，但不会再给所有人了。”

士兵饭堂中，黑暗十号的提议赢来了众人的喝彩，提萨瓦特上尉也赞成，于是十号开始朗诵诗歌了，那其实是一首即兴史诗，基本都是在歌颂卡尔之神的功绩。而在这首音韵感极差的史诗里，卡尔之神大多数时候都是醉醺醺的。

在我的居住舱中，斯瓦尔顿道：“收紧烧酒的供给或许是个好主意。”话中流露出一丝惆怅，“反正我也不喝。”从前她经常酗酒，一年前，我找到她的时候，由于喝了太多，她浑身赤裸地昏迷在冰冷的大街上。自那以后，她极少沾酒。

黑暗十号朗诵诗歌的声音还在继续，现在史诗已经变成了凯歌，歌颂着黑暗分队在星舰上战无不胜的故事，这其中的失败者自然是其他分队了，甚至包括阿马特分队。不，应该说特别是阿马特分队，阿马特士兵只会唱愚蠢的儿童歌曲，而且唱得很糟糕。

“我们的歌更好听！”一名喝醉的黑暗士兵喊道，打断了黑暗十号的朗诵。紧接着，又一名似乎还保持着一点理智的醉酒士兵问道：

“我们的歌是啥？”

黑暗十号本来就是乱唱一通，但又不想放弃作为全场焦点的心态。于是她深吸了一口气，用她那微颤的女低音调子，以令人惊讶的愉悦声音唱道：“哦，树啊！吃下那条鱼吧！”那是我经常自娱自乐唱的一首歌，但我不是用雷切语唱的，所以黑暗十号唱的时候只是模仿原歌词的调调唱了出来。“这个大理石抱着一颗桃子！”在主桌上，提萨瓦特真心地咯咯笑了起来，“哦，树啊！哦，树啊！在哪里呢，我的屁股？”

最后一个词一唱出来，提斯瓦特和黑暗分队的所有成员的笑声便难以抑制地爆发出来了，其中有四个人笑得从椅子上滑倒在地。她们花了五分钟，才好不容易平复了下来。

“等等！”提萨瓦特大喊道，她考虑了一下是否要站起，但觉得那样太费力了，所以仍旧坐着，“等等！等等！”待所有人都看向她后，她又道：“等等！就那个，”她挥舞着戴手套的那只手，“刚才那个就是我们的歌了。”她在努力地说完这句话，但最后一个字淹没在比方才更强烈的笑声里。她举起手中的茶碗，险些把烧酒溅出洒在桌上，“敬黑暗分队！”

“敬黑暗分队！”其他人纷纷回应。一名士兵补充道：“敬舰队长布瑞克！”

提萨瓦特醉了，因而也不加犹豫地同意了这句话。“敬舰队长布瑞克！敬那位不知道自己屁股在哪里的舰队长！”此话一出，全场哄然大笑，大伙儿声嘶力竭地齐声唱着：“哦，树啊！在哪里呢，我的屁股？”

一小时后，只听医护兵说道：“你听，长官，”她与我都在浴室里，由一个拿着毛巾、端着水盆的卡尔五号伺候着，“这就是维尔舰长不允许分队喝酒的原因。”

“不，不是因为这个。”我平静地说道。和平时一样，医护兵还是皱着眉，闻言她扬起眉头，但也不与我争辩。“当然，我也觉得饮酒不能沦为日常。但这一次我有我的理由。”医护兵知道我的理由，“你准备好迎接十一名宿醉醒来的士兵了吗？”

“长官！”医护兵愤愤地回应着，她举起一边的手肘——在浴室里挥舞光裸的手是很粗鲁的行为，“卡尔士兵们可以轻而易举地应付那种情况的。”

“的确。”我赞同道。仁慈卡尔号没有说话，只是继续向我展示提萨瓦特和她的黑暗分队的画面，她们正在士兵饭堂里继续大笑地歌唱。

05

如果说艾斯奥克空间站有什么重要之处，那就是其绕行的那颗行星（即艾斯奥克行星，艾斯奥克空间站因绕此行星运动而得名）产出茶叶。当然，还有一点，行星通常体积很大，这些类似地球的行星气候温和，蕴含的价值巨大，是数百年乃至数千年投资的成果，其背后是卓绝的耐心和艰苦工作。但阿纳德尔·米亚奈并没有付出任何代价，她任由该行星上的居民做了这些工作，等时机成熟，便派出辅助部队士兵舰队将其占领。两三千年过去了，如今她拥有了一系列宜居行星，所以大多数雷切人并不认为这些行星多么珍稀。

艾斯奥克行星的特别之处在于，该行星拥有数条狭长的山脉，而且湖泊、河流众多。它还有天气调控网络，是在该行星被兼并前约一个世纪建成的。入侵的雷切人仅栽上茶苗，剩下的就是等待采茶了。现在，约六百年过去了，艾斯奥克行星每年可生产数千万吨茶叶。

那平淡无奇的传送门通道打开了，令人窒息的黑暗被透射进来的行星光线照得通亮，这意味着我们已进入了艾斯奥克星系。我坐在星舰的指挥舱里，艾卡璐上尉站在我身旁，艾卡璐手下的两名光明士兵立在我们两边，各自负责她们分配到的控制台。指挥舱狭小而光秃，只有一堵白墙，以便星舰在上面投射图像，或是供值勤人员监察使用。再就是之前提到的两个控制台和一个给舰长或值班军官准备的座椅。

还有几个手柄，可以在星舰因加速过快而无法对引力作用作出调整时使用。在维尔舰长经常光顾的舱室中，这里是仅有的几个没有重新喷漆或装饰过的地方之一。装饰物只有挂在门上的一块铭牌，上面写着“认真履职是对神的赠礼”。这不过是陈词滥调，我早就将它取下，放在了存放维尔舰长其他物品的舱室。

我本来不需要来指挥舱。无论我身在哪里，只要闭上眼睛，我就能看到刚才射进来的艾斯奥克星系的阳光，感受到席卷而来的粒子，听到星系里各种通讯和无线电信标台的自动预警以及其他各种声音的嗡嗡作响。三分钟之前，艾斯奥克行星还距离我们很远，看上去就是一个又小又亮、蓝白相间的圆圈。

“舰队长，我们已进入艾斯奥克星系。”艾卡璐上尉手下的一名光明士兵说道。再过一小会，仁慈卡尔号就会告诉她我刚才读到的数据——在艾斯奥克空间站附近，停靠的星舰数量超过了仁慈卡尔号的预期。除此之外，其他方面没有问题，至少在两到十分钟前是正常的，也就是光和信号传输到我们此处所需要的时间。虽然有三艘星舰驻扎在这里，但只有一艘立即可见，靠近该星系四扇传送门的其中一扇。不过这已经是大约两分半前的信息了。我推测该星舰是巨剑阿塔加里斯号星舰。不过我得再靠近一点，或者对方自报身份后，我才能确定。

我开始琢磨起这艘距我们还很遥远的星舰。另外两艘星舰停在哪里？为什么这艘星舰在守卫艾斯奥克星系的某一扇传送门？还有，几个问题中最不重要的一点——星系传送门另一侧要么空空如也，要么就是没有传送门。艾斯奥克人在行星被兼并之前曾打算扩张，但最终不了了之的地方是哪里呢？

我想了几分钟。艾卡璐上尉站在我旁边，微微皱起了眉头，因为她看到了星舰给她展示的画面，那画面和我看到的景象一致。她一点也不惊讶，也不惊慌，只是有些迷惑不解。“长官，我认为停在幽灵之门旁边的是巨剑阿塔加里斯号。”她说，“但我看不到仁慈菲伊号和仁慈伊尔夫斯号。”

“幽灵之门？”

“她们就是这么称呼这扇门的，长官。”我看她有些窘迫，“传送门那边的星系有鬼魂作祟。”

雷切人确实相信鬼神之说。或者更准确地说，很多雷切人都相信。经过如此多的领土兼并，各个民族和她们的各种宗教信仰都为雷切帝国所融合，雷切人关于死生之事的看法也是众说纷纭。但大多数公民都隐约相信一个说法，即暴力或不正当的死亡，或是未能合礼仪地下葬，都会导致一个人的灵魂滞留在宇宙间，不受欢迎且会带来危险。但我还是第一次听说鬼魂在整个星系里游荡。“整个星系？什么鬼魂？”

艾卡璐上尉仍很尴尬，她做了个怀疑的手势。“有许多版本的说法。”

我思忖了一会儿，说道：“好吧。星舰，告知对方我们的身份，然后向巨剑阿塔加里斯号舰长赫特尼斯致敬。”仁慈卡尔号同艾卡璐上尉都认为在幽灵之门停靠的很可能是巨剑阿塔加里斯号，我也深以为然，“既然我们要等对方回应，”信息大约需要五分钟才能传递过来，“那我们就离艾斯奥克空间站更近一些造个传送门吧。”我们是在离传送门通道尽头之前一大段距离，就通过仁慈卡尔号自制的星系传送门驶出的，因为我想利用地理优势，弄清楚对面的状况，然后再进前一些。

不过，处在当前的距离下，要到达艾斯奥克行星可能要花去几天甚至几周时间。当然，我们可以选择近得多的地方制造传送门。甚至，理论上说，也可以直接通过传送门通道抵达空间站，但这是极其危险的做法。出于安全考虑，在我们驶出传送门通道的那一刻，我们需要知道星系中每艘星舰、穿梭机、小型星舰的具体位置。一方面，开启传送门本身可能会破坏或摧毁周边的任何物体。另一方面，仁慈卡尔号在驶向更广阔的宇宙时，也会与其航线上的物体相撞。

我还是星舰时，就曾与某些太空物体相撞。话说回来，那是在兼并战争时期，意外毁坏和致死也“无伤大雅”，因为那是在雷切占领的某个星系，要知道，雷切公民代表着文明。

“长官，您要用茶吗？”艾卡璐上尉询问道。

艾卡璐询问之际，我已经将注意力收了回来，不再去想恒星以及恒星发出的光和热，还有那颗遥远的行星[①]，不再想那些传送门及其无线电信标台，也不再想仁慈卡尔号船体上的灰尘味。我张嘴刚想说：“不用了，谢谢。”然后我意识到可能是她自己很想喝茶。刚才在通过我们自制传送门驶出传送门通道时，她没来得及喝茶，现在我们已经安全进入星系，她一直希望我能叫些茶水。因为如果我不喝，她也不能喝。对她来说，这样问是很大胆的。“好，来些茶水吧，谢谢你，上尉。”

不久，就在我断定将会在一分钟内收到对方星舰回复的那一刻，一名光明分队士兵递给我一碗茶。接着，我们认定是巨剑阿塔加里斯号的那艘星舰消失了。

我一直在观察着，欣赏着这种景象。甚至，在某些时刻，这种愉悦的心情冲破了我因不停地从仁慈卡尔号接收大量数据而造成的焦躁。我不能够全心全意地投入某一件事中，也难以沉浸于自己眼前的景色——如此接近，却又碰触不到。

但在这一小段时间里，我几乎忘记自己不再是一艘星舰，所以在巨剑阿塔加里斯号失踪那一刻，我便立刻做出了反应。

可事实上，我发现自己失灵了。我想要的数据没有即刻传递过来，而这艘星舰，当然是仁慈卡尔号，而不是我本人，没有因为我的想法

①指艾斯奥克。

而立即启动，没有像大脑向肌肉传递指令一般移动。我猛然间意识到我只是我，是坐在指挥舱里的一个躯体。

但仁慈卡尔号知道我想要做什么，也知其中缘由。艾卡璐上尉问道：“长官，您没事吧？”接着，仁慈卡尔号星舰动了起来，就比它适应重力的速度要快一点儿。茶碗抖动着从我手里掉落，在地上碎成几片，茶水溅在了我的靴子和裤子上。艾卡璐上尉和光明队员们都跌得踉踉跄跄，紧紧抓住舱壁上的把手。一瞬间，我们又回到了传送门通道。

“她们通过了传送门，”我说道，“几乎就在她们刚看到我们的那一刻。”她们一定还没收到我们的信息，没认出我们就离开了。“她们看见了我们，三十秒钟后就动了。”

茶碗跌落时，在我脚上洒满了茶水，也把提萨瓦特上尉和她的黑暗分队都吵醒了。斯瓦尔顿手下的一名阿马特士兵摔倒了，扭伤了手腕。还有一些盘子碎了，并没有其他物品损坏，因为其他物品都是被固定的，以防我们通过自制传送门时会发生事故。

“但……但是，长官，我们是仁慈号系列星舰，外形也是仁慈号。再说，我们也没有潜近她们。为什么她们一见到我们就跑掉了？”紧接着，想着自己星舰的突然移动，艾卡璐弄明白了事情的来龙去脉。“你觉得她们没有逃走。”

“我本不打算冒险的。”我认同道。一名光明士兵急忙把碎掉的瓷器清理干净，并擦去了地上的一摊茶水。

“四十五秒钟后驶出传送门通道。”仁慈卡尔号在我们耳中说道。

“但这是为什么呢？”艾卡璐上尉问。她现在极其惊慌，困惑不已，“按理说，她们不知道乌茂格行宫的变故啊，因为两地之间的所有传送门都在消息传出之前倒塌了。” 对于赫特尼斯舰长和巨剑阿塔加里斯号而言，如果不知道阿纳德尔·米亚奈有了一个分裂人格，也不知晓这场斗争中各星舰和军官的忠诚度，那她们就没理由把我们当作威胁进而做出这种反应。

雷切帝国的一部分公民认为帝国已有敌人潜入，而且腐败盛行，她们也深信一些官员和舰长是潜在的敌人，但即使是这批人，却也不知道这场斗争已经摆在明面上。“她们肯定知道了些许内幕，”我答道，“或者在我们到达这里之前，这里已经发生了些事情。”

“抓稳。”星舰对所有人说道。

“长官，”艾卡璐上尉说道，“我们驶出之后，如何知晓巨剑阿塔加里斯号的位置呢？”

“我们不会知道，上尉。”

她吸了一口气，欲言又止。

“或许我们不会撞上巨剑阿塔加里斯号。”我补充道，“宇宙空间如此之辽阔，而且今早的占卜预示好运。”

艾卡璐不知道我是不是在开玩笑。“是，长官。”

不一会，我们便重回到了浩瀚的宇宙里。恒星，行星，那些传送门，嗡嗡声，却没有巨剑阿塔加里斯号星舰。

“星舰在哪？”艾卡璐上尉问道。

“还有十秒，”我回应道，“所有人抓牢。”十秒半后，在离我们不到五百千米的地方，宇宙中一个黑洞开启，巨剑阿塔加里斯号从中驶了出来。在它即将完全驶出传送门之前，它开始发送信号。“前方未知星舰，请证明身份，否则你将被摧毁。”

“我倒想看看它怎么摧毁我们。”仁慈卡尔号对我说。

“那不是赫特尼斯舰长，”艾卡璐说道，“看着像是她手下的阿马特上尉。”

“巨剑阿塔加里斯号，”我说道，星舰会把我的话发送过去，“我是舰队长布瑞克，总督仁慈卡尔号星舰。告诉我你在做什么。”

我的信息传至巨剑阿塔加里斯号星舰花了半秒钟时间，那上尉花了足足四秒才回过神回答：“舰队长，长官。抱歉，长官。”与此同时，仁慈卡尔号向巨剑阿塔加里斯号亮出了自己的身份，“我们……我们之前担心您不是仁慈卡尔号，长官。”

“那你认为我们是谁呢，上尉？”

“我……我不知道，长官。只是，我们觉得您不会来这里。有消息说乌茂格行宫遭受袭击，甚至已经被毁了。快一个月了，我们一直没收到从那边传来的消息。”

我看向艾卡璐上尉。她又恢复了仁慈卡尔号上所有士兵那种习惯性的面无表情。就凭她这脸色，就足够证明她有多愤怒，但我当然还能读出更多信息。甚至是她对刚才的一切嗤之以鼻，而且有些瞧不起这位阿马特上尉。

“即使你有什么特别途径，上尉，”我干巴巴地说，“想要乌茂格传来消息，也还要再等等。我现在要和赫特尼斯舰长谈谈。”

“舰队长，恕我冒犯，”上尉回答道，“赫特尼斯舰长人在艾斯奥克空间站。”她说完觉得不妥，便在短暂停顿后补充道：“舰长正与星系总督商讨事情。”

“等我在那里见到她，”我言语略带讽刺地问道，“她能更好地向我解释你们到底在做什么吗？”

“长官，能，长官。”

“很好。”

仁慈卡尔号切断了信号。我转头看向艾卡璐上尉道：“你与这名上尉熟悉吗？”

她仍旧没有一丝表情：“滴水可以穿石，长官。”

这是一句箴言，或者说是一句说了一半的箴言。“滴水可以穿石，但它不能煮晚饭。”事物都有自己的长处。不过如果此话用作讽刺，那也暗示着上帝造人，则此人必有其优点，但道出这箴言的人却不知道此人优点何在。“她家世显赫，”艾卡璐在我沉默的时候补充道，却依旧面无表情，“谱系很长，她母亲是米亚奈的一个赞助对象的赞助对象的孙女的二表妹，长官。”

而且，看艾卡璐的反应，阿马特上尉显然是把这层亲戚关系都吆喝遍了。“那舰长呢？”阿纳德尔·米亚奈曾告诉过我，赫特尼斯舰长的短视只能以尽职尽责来弥补，“舰长她有没有可能下令袭击进入星系的一切物体呢？”

“我想不会的，长官。这名上尉不太会……灵活处理，长官。她更擅长武力解决，而不是动脑。”艾卡璐说这句话时露出了口音，“恕我冒犯。”

那么，这个上尉很可能是奉命行事，只是，舰长的命令可能是只袭击可能造成威胁的船只。待我见到赫特尼斯舰长的时候，自要问个明白。

和星舰剥离后的穿梭机驶入了艾斯奥克空间站港口，这一过程大部分是自动完成的。穿梭机舱门两侧的压力一达到平衡，卡尔五号便将舱门打开。我和提萨瓦特上尉终于走出无重力的穿梭机，踏上了拥有人造重力的空间站。港口就像所有其他空间站的一样，灰蒙蒙的，破败不堪。

一名星舰舰长正站在停靠场恭迎我们，一名辅助部队士兵笔直地立在她身后。看到这一景象，嫉妒心向我袭来，令我隐隐作痛。我曾经和那名辅助部队士兵一样，而我再也不可能变成那样了。

“赫特尼斯舰长。”我寒暄道。提萨瓦特则跟在我身后。

赫特尼斯舰长身材十分魁梧、结实，个头很高，足足比我高出十多厘米。她的发型很适合军人，剪得极短，但头发染成了银灰色，与她的深色皮肤形成了鲜明对比。也许是出于虚荣心，她才选择了这种颜色，希望人们能注意到她的头发，或者是注意到她的短发。她制服夹克的前襟上别着一排排徽章，却不是寻常军官的那种别法。这些徽章上有些刻有名字，有的则没有，不过我离她不够近，看不清楚那些名字。她向我鞠躬行礼，说道：“舰队长，长官。”

我没有鞠躬回礼。“我要立刻见星系总督。”我冷冷地陈述事实，露出了一点米亚奈家族的人都会有的古雅口音，“等我跟总督聊完，你再向我解释解释，为什么你的星舰在我抵达时要发出攻击威胁。”

“长官。”她停顿了一会儿。我想她是想让自己看上去不那么慌张。我第一次向艾斯奥克空间站发送信息时，收到的回复消息是星系总督贾罗德正忙于宗教活动而抽不开身，而且之后一段时间也是不得闲暇，而且显而易见的是，这个空间站的所有级别官员都和她一样没有空闲。当前正值艾斯奥克法定节日，很可能是因为这仅是一个地方性节日，所以没人觉得应该提醒我。而实际上，这个节日非常重要，为了庆祝这个节日，几乎整个空间站都停止运行了。赫特尼斯舰长知道有人告诉过我总督几个小时内都不能赶来。

“新入会的人应该会在一两个小时后离开神庙。”她皱起眉头，但很快眉头又舒展开来，“长官，您打算在空间站逗留吗？”

在我和提萨瓦特上尉身后，卡尔五号、八号、十号以及黑暗九号正把行李从穿梭机上拖拽下来。赫特尼斯舰长大概是看到此番情形才问起的。

“长官，只是……”她说。我没有立即回应。于是她继续说道：“空间站公寓当前有些拥挤，很难找到合适的地方让您下榻。”

我心里清楚，虽然只有几扇传送门毁坏，也已逼迫部分船只改道。这里滞留了数十艘星舰，她们的目的地本不是艾斯奥克。而且，还有更多本打算驶离空间站的星舰没走成。阿纳德尔·米亚奈下发了命令，禁止穿越还未遭毁坏的传送门。即便她的命令没有传达到这里，各舰长要是在接下来一段时间里通过传送门，也必定惊恐万分。那些能走后门或资金充裕的旅行者，极有可能已经在这里寻到舒适住所。为了获得确切信息，仁慈卡尔号已经询问过空间站，而空间站的答复是：

"除了有可能受邀留宿星系总督府，通常住处都已人满为患。"

看样子，我要在空间站逗留让赫特尼斯舰长感到沮丧，这很有趣。同样有趣的是，很明显，空间站没有向她提及我的计划。不过，也许是她没有过问。"我有地方住，舰长。"

"哦。那很好，长官。"舰长说道，她的表情却告诉我她并不相信。

我示意舰长跟着我前进。我们大步走出港口场，进了长廊。巨剑阿塔加里斯号星舰的辅助部队紧跟在我们三人身后，卡尔五号也在队伍里。我通过仁慈卡尔号展示给我的画面看到，五号对于能站在真正的辅助部队士兵身边"冒充"辅助部队士兵，感到非常骄傲。

长廊里的墙壁和地板很破败，和港口一样年久失修，而且不像其他有声望的军舰一样派人定期打扫。不过，墙壁上装点着应季的花环，五颜六色的，长廊两面便显得格外明亮。"舰长，"我向前连续走了十步后说道，"我明白现在是生殖器祭典日，但人们说起'genitalia'这个词，难道不是指通常意义上的生殖器吗？难道还有好几种[①]？"无论是我走过的这些步子，还是长廊的更深处，墙面上都挂着小小的阴茎——亮绿色、荧光粉色以及电光蓝色的，还有那种刺目的橙色的。

"长官，"我身后的赫特尼斯舰长说道，"这是翻译过来的语言，在艾斯奥克语里，两个词是一个意思。"

"艾斯奥克语。"这说辞好似艾斯奥克只有一种语言。以我丰富的经验，艾斯奥克行星从来都不只拥有一种语言。

"舰队长，恕我冒犯。"赫特尼斯舰长说话时，我打了个手势以示同意，但并没有回头看她。如果我想，便可以通过卡尔五号的眼睛

①该节日英文名称为 Genitalia Festival，直译为"生殖器祭典日"，其中的 Genitalia 为"生殖器"的统称。本小说主人公认为生殖器只有一种，不存在统称，故而发问。

看到我和舰长的后背，并不引起任何戒备，“艾斯奥克人还没有开化。”她继续说着。不开化。不是雷切人。“开化”和“雷切”是同义语，或者只有在某些语境下才会有细微差别，但又容易忽略。“她们甚至现在也未开化。她们对自己人和雷切人的区分竟是有无阴茎。我们初到这一星系时，她们立马就投降了。当时她们的统治者丧失了理智，她认为雷切人是没有阴茎的，既然所有人都必须成为雷切人，她就命星系里所有长有阴茎之人自宫。但是艾斯奥克人无意这样做，于是就做了类似阴茎的模型，堆在统治者面前取悦她，心里想着要熬到她被逮捕。长官，所以现在，在这个纪念日里，所有的孩子都会把她们的阴茎奉献给她们的神。”

“那艾斯奥克人其他类型的生殖器呢？”我们已经到达了似乎已被废弃的电梯前厅，坐上后便可以带我们离开港口。

“祭奠的不是真的生殖器，长官，”赫特尼斯舰长对此等行为嗤之以鼻的表情难以遏抑，“是在商店里买的。”

在仁慈卡尔号上，我已习惯了星舰欣然服从指令。但在这里却不然，空间站没有立刻打开电梯门。有那么一瞬间，我想就等在这里，看看空间站要让我们站多久。我也想借此机会知道，空间站是否真的不太喜欢赫特尼斯舰长。如果空间站的犹豫真是出于怨恨，我只会进一步揭穿舰长，让它的怨恨再多一分。

但正当我吸气要求开启电梯门时，几扇电梯门开了。电梯里面没有任何装饰。我们都走了进去。门关上时，我说道：“空间站，请去中央大厅。”八号和十号得花些时间在我安排好的地方住下，同时，我再怎么说也要在总督府露个面，中央大厅有扇门可以直接通到那里。我也可以参观一下节日庆典。我朝站在身旁的赫特尼斯舰长说道：“你觉得这个故事听起来很可信，是不是？”整个星系只有一个统治者，而她们立刻投降了。以我的经验，没有一个星系会所有人都立刻投降。部分人投降倒是有可能，但整个星系投降的事从未发生过。唯一的例外是加赛德人，而那不过是她们的战术，想诈降迷惑我们，然后进行伏击。当然，她们以失败告终，结果则是再也没有加赛德人了。

“长官？”听到我的问题，赫特尼斯舰长惊讶之中带着困惑。她竭力掩饰，尽量不动声色。

“真的有这么回事吗？真的有人会这样做？”

我重述了这个问题，给了她更多思考时间，但这仍令她困惑不已。“受过教化的才不会，长官。”她喘了口气，之后，也许是我们的谈话让她鼓起了勇气，她问道：“舰队长，恕我冒犯，” 我做手势表示许可，“长官，乌茂格行宫发生了什么事？是遭到外星人攻击了吗，长官？还是爆发了战争？”

阿纳德尔·米亚奈的一个人格认为，至少她是这样散布消息的，她声称和自己某个人格间发生冲突，是外星人普利斯戈尔潜入到帝国所致。“战争，是的。但普利斯戈尔与这件事无关。是内乱。”维尔舰长，也就是仁慈卡尔号星舰前指挥官却相信普利斯戈尔潜入帝国的谣言，“维尔·奥斯克因叛国罪被捕。”赫特尼斯舰长和维尔舰长彼此熟悉，“除此之外，我就没有她的任何消息了。”但任何人都知道维尔最有可能的下场是什么。“你们很熟吗？”

这是个危险的问题。赫特尼斯舰长远不如我的船员那样善于掩饰自己的反应，她显然洞悉到了回答这个问题的风险。“我们没那么亲密，长官，还没熟悉到可以怀疑她的不忠的程度。”

提萨瓦特上尉听到赫特尼斯舰长提到不忠时，身体微微抖动了一下。维尔舰长从未不忠，没有人比阿纳德尔·米亚奈更清楚这一点。

电梯门开了。艾斯奥克空间站的中央大厅比乌茂格行宫的要小得多。最初的设计师肯定是有些愚蠢，竟将这人流量大、狭长而开阔大厅的地板选定为白色。和其他大型雷切空间站的中央大厅一样，它共有两层，上层每隔几步就有窗户，下层大厅两侧则是办公室、商铺，以及有重要地位的诸神神庙，其中一座神庙供奉的是阿马特神，其他庙里供奉着地位次一些的众神。和乌茂格行宫中各神庙的众神像相比，此处神庙外墙上的阿马特神像雕刻得并没有乌茂格行宫的那般精心、那般狂放恣意，而仅仅是用紫、红、黄涂绘出“流溢说”的故事，雕塑的凹陷处也积满了污垢。它旁边是另一座较小的神庙，据我猜测，里面供奉着的是赫特尼斯舰长讲述的故事里的那个神。神庙入口处装饰帷幕的花环和我们在港口上看到的几乎一模一样，不过花瓣更大，而且光从里面打出来，颜色便更加鲜亮，璀璨夺目，美不胜收。

极目望去，大厅里的人们成群结队地站在一起，摩肩接踵，交谈时都得大声喊叫才能互相听见。她们穿着艳丽，那些绿色、粉色、蓝色和黄色的外套、裤子和手套，很明显是节日礼服。和雷切人一样，这里的人们都戴着许多首饰，但在这里，首饰的穿戴方式似乎有所不同，社交饰针和纪念徽章不是直接别在外套或夹克上，而是佩戴在肩部斜披的那个宽宽的绶带上面，绶带尾端在另一边的臀部打结，长长的饰缨接续垂下。不同年龄的孩子跑来跑去，或是绕着人群，或在其中穿梭，呼喊着，还不时地停下来向大人们讨要糖果。粉红、蓝色、橙色和绿色的铝箔包装纸散落在地上。电梯门打开时，一些包装纸被风吹了进去，我瞥见上面印有文字，不过，在其上下飞舞、翻卷着进入电梯的时候，我只能看到零星几个字眼：“祝福……神……我还未……”

我们迈出电梯时，一个公民从人群中大步流星地走了出来。她穿着剪裁考究的绿色外套和裤子，说是绿色，其实更接近白色，戴着的手套也是这种颜色。她身上没披绶带，但是衣服上别着许多饰针，其中一个饰针大大的边沿精心编织着银丝的菱锰岩徽章。她做出一副既惊又喜的样子，然后深深鞠了一躬。“舰队长！我刚听说您来了这里，您看，我一转过身就看到您啦！哎，太可怕了，通往乌茂格行宫的传送门居然被攻陷，星舰改道的改道，滞留的滞留，但现在您来啦，这些肯定就迎刃而解啦。”她发元音时音调有些古怪，但她的口音大多时候都像那些既富裕又有教养的雷切人，“当然您一定不知道我是谁，我叫福赛夫·丹奇，能见到您真是太好啦。我在空间站有一套公寓，房间很多，我在井下[1]有独栋宅子，那儿更宽敞。您要是愿意莅临寒舍，我将十分荣幸。”

赫特尼斯舰长和她的辅助部队士兵严肃地站在我旁边，一言不发。在我身后，五号仍然像辅助部队士兵一样面无表情，但通过仁慈卡尔号，我能看到因为公民福赛夫对我如此殷勤，她感到有些怨恨。提萨瓦特上尉由于止吐药的药效未过，而且平日里也是性情阴郁，看到这番情景倒是觉得有些意思，但脸上还是露出些许鄙夷的神色。

我想起了斯瓦尔顿，想起她还年轻一些的时候，会对这样的行为做出什么回应。我微微撇嘴。“不必了，公民。”

“啊，有人比我先邀请您了。倒也挺公平！”我的态度并没有吓住她，说明她自己以前经历过这种情况，甚至已经习惯了。当然，我自然知道乌茂格行宫的最新情况，这里几乎所有人都想探听到些风声。“不过至少和我们共进晚餐吧，舰队长！我早已邀请了赫特尼斯舰长。再说，您今天不会有任何公务的。”

她说到最后几个词时，大厅里突然间变得鸦雀无声，因此她的声音显得很响亮。接着，我听到十多个孩子齐声歌唱的声音。不是用雷切语唱的，唱的也不是雷切的曲调，歌声节节高起，兼有顿挫之美，忽而陡然下落，音调愈来愈低，但最后还是谱成了一段上扬的曲调，声调终止在比最开始高的位置。公民福赛夫关于晚餐的唠叨继续不下去了，因为我很明显心不在焉。“哦，对啊，”她说道，“这是神庙

①井下中的“井”字与水井无关，仅取“通道”之意。井上是指某颗行星的太空空间站，井下是指行星。两地通行需要乘穿梭机或星舰飞行。原作对应为Upwell与Downwell。

的……”

“安静！”我怒声道。孩子们开始歌唱另一节歌。我一直没弄明白这些歌词的意思。她们又唱了两节歌，而我面前的这个公民正试图掩饰她的惊愕。但她没有离开，似乎已下定决心要继续与我攀谈。当然了，只要她有足够的耐心，她会找到机会的。

我可以询问空间站，但我知道它会告诉我什么。福赛夫·丹奇是这里的一位杰出公民，她相信自己地位显赫，跟人介绍自己时，会引起什么反响。在这个星系、这个空间站，她就是茶叶的掌控者。

歌声在四下的掌声中结束。我把注意力转回到公民福赛夫身上。她脸上的惊诧一扫而空，成了一副容光焕发的神情。“啊，舰队长，我知道您爱好什么了！您是位收藏家！那您就一定要去我那栋井下的宅子啦。在那座宅子旁的茶园里，茶农们总会发出各种不开化的怪声，我自己是不怎么会鉴赏音乐的，但我确信那些声音是其祖先世代传下来的真正的异国音乐。听说，这些音乐都可以被博物馆收藏。今天晚上，空间站站长可以在晚饭时跟您好好介绍。她也是个收藏家，我懂你们收藏家，收藏什么并不重要，但您一定会想和内行切磋，然后做个交易吧。您确定已经有合适的地方入住了吗？”

“走开。”我用扁平音粗暴地说道。

“是，是，舰队长。”她深鞠躬，“晚饭见，好吗？”她没有等我答复，就转身大步走回人群中。

“舰队长，恕我冒犯，”赫特尼斯舰长说道，她靠到了我的耳边，这样，她就不必扯着大嗓门，让大厅的人都听到了，“福赛夫名下土地出产的茶叶量几乎占艾斯奥克行星茶叶出口量的四分之一。而且，实际上她的公寓就位于中央大厅二层，离空间站总署很近。”

越来越有趣了。早先种种迹象已经表明，赫特尼斯舰长既未料到我想留下来，也不希望我这样做。而现在，她似乎希望我能和这个茶农同住。“我要去总督府，”我说，我知道总督不在官邸，但我还是要走走，好做做文章，“我入住时，你可以向我做报告。”

“好的。遵命，长官。”她看我再没吩咐什么，便问道：“长官，恕我多嘴，您将在何处下榻？”

“园圃窟四层[①]。”我干巴巴地答道。她竭力想让自己的脸上不表露出惊讶和沮丧，但很明显，对她而言，这个答案既出乎她意料，也不让她欣喜。

①园圃窟的四层是艾斯奥克的最底层。

06

帝国建造空间站的同时，也会建立起人工智能系统，并将其开发完善。那时，艾斯奥克空间站的建设刚完工不久，由于被帝国兼并不久，当地人民的不满情绪高涨，因此暴力事件频发，所以空间站一到四层有多处区域被永久损坏了。

在一个已经建成的建筑里安装人工智能如同掷骰子，虽然可以做到，并且已有多次安装先例，但结果很难尽如人意。但不管出于什么原因，也许是因为要记住些什么，也许是因为占卜为凶兆，这一片遭破坏区域并未修复，而是就此封锁起来。

当然，人们仍能设法进入这一整片破坏区。尽管不合规矩，但还是有数百人居住在园圃窟。公民出生时，体内都会被植入一个追踪器，空间站便可得知其具体位置，并能看到和听到公民的一举一动。但进入园圃窟后，空间站只能靠追踪器获取居民的具体位置。当然，如果窟里的公民选择接通连接将数据发送给空间站，则另当别论，但我想没几个公民会这样做。

通往园圃窟的那扇本该关闭着的区域门，被人用一张缺了一条腿的破桌子撑开了。入口旁的指示器上写着“此门另一侧为高度真空”。这可不是说着玩的。如遇突然降压，该区域将面临被大气挤压破裂的风险，区域门会自动关闭，将其隔离。尽管指示器这么写着，但这里肯定不是高度真空的。不过那些曾久居于星舰或空间站的人，绝不会轻视此等警告。我看向赫特尼斯舰长，问道：“通向园圃窟的所有区域门都这么破，只能靠桌子顶开？”

“就像我说过的那样，舰队长，这个地区已被封锁，但是人们不断闯入。她们只得一遍又一遍地把它封起来，一切只是无用功。”

“是啊，”我承认道，示意“无用功”三个字被眼前的画面阐释得很明晰，“那为什么不把门修好，让它们正常工作呢？”

她眨了眨眼睛，显然不太理解我的问题。“不该有人待在此处的，长官。”她严肃地说道，很信服自己的推理。她身后的辅助部队士兵茫然地目视前方，一副没有任何想法的神情，但我几乎肯定她有自己的想法。我没有回应，而是转过身子，爬过那张破桌子，走进了园圃窟。

在前面的走廊里，便携式光板散乱地倚靠在墙上，待我们走过时便亮了起来，发出暗淡的光，之后便越来越暗。这里空气滞阻沉闷，潮湿异常，兼有腐臭之味。空间站是不会调节此处气流的，那些勉强打开的门，很可能便是空气进入的唯一通道。

我们沿着走廊走了五十米后，便来到了一个小厅，这里看上去能源供应更加充足，也有更多的便携式光板。小厅向前便是数条延伸出去的走廊，如同出口被堵死的迷宫。曾经雪白的墙壁如今灰扑扑的，斑驳不堪。墙体多处还被击穿形成了大洞。所有的门也都被扭拽了下来。在走廊上来回走动的几个公民有意绕开了我们，还时不时地将头撇开。

更多照明灯光从角落处的一扇宽阔门口倾泻进来。在门边，一个穿着松垮衬衫和裤子的人瞥了我们一眼，似乎在思考着什么，然后又转回头去，俯身到脚边一个大约五升的小桶处，接着挺直身子，开始小心翼翼地在门框上刷油漆。在被投上阴影的墙体处，红色的螺旋以及花型装饰发着微光。她所用油漆的颜色一定是和墙壁暗影的颜色太过接近，也可能是因为油漆在发磷光。门口对面的人们坐在不配套的一张张桌椅旁，一边喝茶，一边在谈论着什么。或许在看到我们之前，她们就已经在聊了。

这里的空气十分憋闷，令人不适。我的脑海里突然闪过那些铭刻于心的记忆。湿热和沼泽潭的气味。那时我还是一艘星舰，随着岁月流逝，我已经不常唤醒这种回忆了。当时的我不过是奥恩上尉指挥下的一个辅助部队士兵。那时她还活着，她的每一次呼吸每一个动作都会传入我的意识。我和她的心永远同在。

仁慈卡尔号上的饭堂图景闪入我的意识。斯瓦尔顿坐在那里一边喝茶，一边翻看今明两天的日程。外面走廊里溶剂的气味比往常更加浓烈。在那里，三位阿马特分队士兵正擦洗着一尘不染的地板。其他的阿马特队员都在参差不齐地低声哼唱着有点走调的歌。“一切都在转，空间站绕着卫星转，一切都在转。”是我下意识地调出这些画面，还是仁慈卡尔号在我身上看到了些许迹象，然后在未询问我的情况下将画面传递给我了呢？或者说，这些根本不重要？

“长官，”赫特尼斯舰长鼓起勇气说道，也许是因为我停下了脚步，舰长、巨剑阿塔加里斯辅助部队士兵、提萨瓦特上尉以及卡尔五号也都只得停了下来，“舰队长，恕我冒犯，不过园圃窟是不该有人进来的，人们不该待在这里。”

我看向那些在里面围着一张张桌子而坐的人，她们都小心翼翼地，唯恐和我们对视。我环顾四周的公民后对提萨瓦特说道：“上尉，去看看入住办妥了没。”稍一思考，我便可从仁慈卡尔号那里得到我想要的任何信息，但现在我们下了穿梭机，提萨瓦特的胃已经不那么难受，她已经开始感到饥饿和劳累。

“好的，长官。”她回复我后便离开了。我从赫特尼斯舰长以及她的辅助部队士兵身边走开，穿过那扇旁边装饰有螺旋图案的门，卡尔五号紧紧跟上。我们穿过时，油漆匠很紧张，手顿了一下才继续刷漆。

坐在那些桌面坑洼而不配套的几张桌椅旁中的其中两人穿着标

准的雷切式黑色夹克、裤子和手套，但面料很硬，显然是所有人都买得起的最便宜的服装，但凡能穿得起更好衣服的，就不会再穿上它们了。其余的人穿着的衬衫宽松些，是浅色的；而裤子却都是深色，有红色的，有蓝色的，还有紫色的，在灰暗墙壁的映衬下，显得格外明艳。在这种憋闷的环境里，脱掉夹克，只穿一条衬衫，看起来比我的制服要合时宜得多。我没有看到任何人佩戴我在中央大厅看到的那种装饰绶带，也基本上无人佩戴珠宝。大多数人也都未戴手套，赤裸的手端着碗，我觉得她们应该是在饮茶。见到此番情景，我甚至怀疑我造访的可能不是雷切空间站。

待我进门，茶店老板已走回那个堆满碗碟的角落。她瞅着那些喝茶的人们，努力装出一副顾客们需要她伺候所以难以招待我的模样。我走到她跟前，欠身道："打扰了。我初到此处，不知您能否回答我一个问题。"老板盯着我，似乎不太明白我的意思。在她眼里，我刚才的一番话似乎是她手里的水壶倒出的一般。或者，我的话是更直白的胡言乱语。"听说今天是艾斯奥克一个非常重要的节日，但这里好像没什么节日气氛。"没有糖果。人们都在各自忙碌，而且对站在她们社区中心的士兵视而不见。

老板嘲笑道："所有的艾斯奥克人就都是艾克西人，是吧？"卡尔五号已经在我身后停下。赫特尼斯舰长和巨剑阿塔加里斯辅助部队士兵则站在原地，不过舰长的目光却一直注视着我。

"呃，"我说，"我懂了，谢谢。"

"你来这儿干什么？"坐在一张桌子旁的人问。她未用敬称，极为失礼。坐在她旁边的人都紧张起来，看向别处，那些还在说话的人也都安静了下来。有一人独自坐在几米外的桌旁，是身着雷切标准穿戴二人中的一个。这人闻言闭上眼睛，用力喘了几口粗气，而后睁开，却是一言不发。

我也就当没看见。"我想找地方住，公民。"

“这儿可没有豪华旅馆，”插话那人继续粗鲁地说道，“没人会来这儿住，人们来这儿是为了喝酒，为了吃正宗的雅查纳食物。”

“那些当兵的为了自己那些破事，来这里把我们揍得半死。”我身后一人喃喃说道。我没转身，只是迅速发讯息命令五号不要行动。

“对你们这些大人物，总督那有的是好房间呢。”刚才讲话的人继续说道，对其他人的话置之不理。

“也许我不想和总督住一起。”出于某种原因，这似乎是最得体的回话。近处能听到这话的人都笑了。除了那个在那谨小慎微保持沉默、穿着雷切服装的人。她戴的胸针是大众款，价格低廉，黄铜和彩色玻璃制品。没有任何显露家族关系的标签。只有她衣领上那颗小小的搪瓷伊萨努配件是专属于她本人的。它启示的是运动和静止，暗示她可能是某冥想派的一员。不过，启示类宗教一度很受欢迎，鉴于她们在阿玛特神庙的前殿就有雕像，可能就是艾斯奥克众神的暂代神灵。因此，仅有的搪瓷伊萨努也透露不了多少身份信息。但我对它很感兴趣。

我拉过她对面的椅子，坐了下来。“你，”我对她说道，“很生气。”

“生气多不合理啊。”她吸一口气后回答。

“感受和思考并不相关。”我可以看出来我把她逼进了死角，以至于她已经准备好要紧急起身逃离，“安保人员在意的只是行动。”

“她们也是这么说的。”她一把把面前的碗推开，做出一副要起身的样子。

“坐好。”我尖刻地说，语气威严。她一下子愣住了。我招手让茶店老板过来。我说：“你们这有什么我吃什么。”端上来的是一碗什么粉末，热腾腾的水浇上去，就变成了大家在喝的浓茶。我尝了一口。“是茶，”我猜测道，“混着某种烤谷物？”茶店老板翻了个白眼，好像我说了一些特别愚蠢的话，转身走开而没有回应。我耸肩表示无所谓，并再次品尝。“那么，”我对坐在我对面的那个人说道，她身子还是有些僵直，但至少没有站起来跑开，“就是政治喽。”

沉默不语的那人眼睛睁得大大的，一脸无辜。“你在说什么，公民？”她看上去是有礼貌的那种人，但我确信她能看出我的军衔，若她懂得，抑或她真是彬彬有礼，就应该用合适的头衔来称呼我。

“这里没人在看你，也没人在跟你说话。”我说道，“你的口音也和她们的不一样，你不是本地人。重新教育通常都是对行为直接进行控制，当你想再去做让你当年被捕的事情时，会感到极度不适。”我可以采取另一种最基本的手段,但毫无疑问会让事态变得更加复杂，“让你沮丧的是无法发怒，而你现在一定愤怒得很。”这里的人我都不熟悉，但我熟悉愤怒，它是我的老朋友了，“重新教育是不正义的，不过快要结束了，是吧？你没做错什么，至少你认为没做错。”或许，居于此处的人也不会认为她是错的，人们没赶她走，也没有因为她在这里而离开，茶馆老板也照常为她服务。“出了什么事？”

她沉默了一会儿。“你已经习惯了，总能予取予求，不是吗？”她终于说道。

“我在今天前没来过艾斯奥克空间站。”我又喝了一口浓茶，“我来这儿才不过一个小时，到目前为止，我可不太喜欢我所看到的。”

“那就去别的地方看看吧。”她声音和缓，几乎不露讽刺痕迹，好像她表达的含义仅限于话语本身。

“到底发生了什么？”

“你平时喝茶多吗，公民？”

“经常喝。”我说，“毕竟我是雷切人。”

“那不用说，你只喝最上等的茶。”她的声音听起来依旧诚恳。我猜她大概已恢复了往常的沉着。对她来说，外露愉悦而潜藏怒火已是常态。“人工采摘的、最稀有的嫩芽。”她继续说。

“我没那么挑剔。”我平静地说。不过老实说，我也不知道我喝的茶是不是手工采摘，也并不深谙茶道，我只知道茶的名字，知道是上等茶。“那么，这儿的茶是要人工采摘？”

“有些是的，”她答道，“你该去井下瞧瞧，去那儿一般花不了多少钱。游客们喜欢得很，很多人来这里就是为了去茶园参观。这也无可非议，要是没了茶，那雷切人还是雷切人吗？我相信肯定会有茶农乐意亲自带你参观的。”

我想起了公民福赛夫。“也许我会去的。”我又抿了一口茶，碗里的茶叶已泡软。

她举起茶碗，饮尽了最后一口，然后起身道：“谢谢你，公民，和你谈话很有趣。”

“遇见你我也很高兴，公民，”我回应道，“我会住在园圃窟四层，等我们收拾妥当了，来坐坐吧。”她没有回答，而是鞠了一躬。她转身要走，却突然听到有重物锵锵地敲击外面的墙壁，不禁愣住了。

茶馆里的人听到撞击声都抬头望去。茶店老板“啪”的一声将水壶重重放在桌上，这声脆响竟未让其他人感到惊诧，她们全部心神都在关注着外面那处在光影中的小厅。茶店老板表情阴冷，怒气冲冲地大步走出茶馆。我站起身紧随其后，五号也跟了上来。

茶馆外，只见巨剑阿塔加里斯辅助部队士兵早已将油漆匠死死按在了墙上，后者的右臂被扭在了身后。油漆淌了一地，形成了一个油漆坑，油漆桶横斜在漆坑里。辅助部队士兵的靴子上也溅满了粉棕色的油漆斑点。那桶怕是被辅助部队士兵给一脚踢翻的。赫特尼斯舰长仍站在原处，不发一语。

茶店老板大步径直走到辅助部队士兵面前。“她做什么了？”她大声质问，“她没做错事！”

巨剑阿塔加里斯辅助部队士兵没有回答，却是愈发粗暴地反扭着油漆匠的手臂。那人痛苦地呻吟了一声，将面朝墙的脸往回扭。接着，她双膝重重触地，脸朝下趴倒在地上。她的一侧脸颊和衣衫都浸在了地上的油漆里。辅助部队士兵俯身弯腿，将膝盖顶在油漆匠两肩胛骨之间。油漆匠被压得上气不接下气，呻吟了一声。

茶馆老板后退了一步，但没走开。“放开她！她是我雇来给门刷漆的。”

是时候介入了。“巨剑阿塔加里斯号，释放那个公民。”辅助部队士兵犹豫着，可能是因为它认为油漆匠不属于公民。不过，犹豫过后她还是将膝盖抬起，然后站起身来。茶馆老板跪在油漆匠身旁，说着一种我听不懂的语言，但我能隐约从她的语调里猜出意思来，她在问油漆匠是否安好。我知道油漆匠定要遭罪的，因为巨剑阿塔加里斯辅助部队士兵的那种擒拿方式是必然要重伤对方的。我自己也使用过多次，目的即是伤人。

我走到茶馆老板旁边，对油漆匠说道：“你的胳膊可能断了。不要动，我叫个医护兵过来。”

“医护兵不会来这种地方的。”老板的声音苦涩而又带着轻蔑。然后，她转向油漆匠道：“你能站得起来吗？”

“你不该动弹。”我道。但油漆匠没听我的，她在老板和另外两个喝茶人的搀扶下勉强站了起来。

“舰队长，长官。”赫特尼斯舰长已是怒火中烧，却仍在极力压制怒气，“这个人刚才在损毁我们空间站的墙面，长官。”

“这个人是在粉刷茶馆的门道，还是应茶馆老板的要求。”

“但她肯定没拿到许可证，长官！那油漆肯定是偷来的。”

“不是偷的！”待油漆匠慢慢地走远了，店主才大嚷着回应。油漆工由两人搀扶着，其中一人便是刚才那个戴着手套、一脸愤怒的人。“油漆是我买的。”

“那你动手打人前，问过油漆匠是怎么弄来的油漆了吗？”我问道。赫特尼斯舰长茫然地看着我，仿佛这个问题对她来说毫无意义，“你又是否问过她有没有许可证？”

“长官，这里的人没有权利做任何事。”赫特尼斯舰长的声音很谨慎，但我能听出声音中夹杂着的沮丧。

事已至此，我倒想搞清楚，为何“未经许可”就会遭受如此暴力。“你有没有问过空间站，油漆是否被偷？”赫特尼斯舰长似乎丝毫不理解这个问题的意义在哪，“你喊的为何不是空间站安保？”

“长官，我们就是园圃窟的安保。若事态不稳定，就要帮助维持秩序。真正的空间站安保不会来这儿，没人会……”

“空间站安保理应来这里的。”我转向五号命令道，“确保人安全抵达医护室，并让她立即得到治疗。”

“我们不需要你帮忙。”茶馆老板抗议道。

“别犟了。”我说完便示意五号行动，我又转向赫特尼斯舰长，“所以巨剑阿塔加里斯号负责园圃窟里的安保工作？”

“是，长官，”赫特尼斯舰长答道，“那么，这名辅助部队士兵，或者说你，有过管理平民安全事宜的经验吗？”

“没有，长官，但是……”

“那种擒拿法，”我打断她道，“不该用在人身上。膝盖顶在人背上很可能会让人窒息。”不过，要是一个人不在乎被欺凌人的生死，这种手法便无伤大雅了，“你和星舰立即前去熟读公民管理指导准则，以后务必严格按准则行事。”

“舰队长，恕我冒犯，您不明白，这些人……”她停下话头。接着，她压低声音道：“这些人不怎么开化，可能会在墙上胡乱涂画。就像刚才那样，她们可能是在散布谣言，传递秘密信息，或是写上煽动口号，鼓动人们暴乱……”她停了下来，突然不知所措，“空间站无法监视这里，长官。这里可能有各种各样未经授权的人。甚至还有外星人！”

“未经授权的人”这种说法让我感到一阵困惑。依据赫特尼斯舰长的说法，这里每个人都是未经授权的，或者说无人获得许可证。接着我意识到，她指的是这些人的存在本身就是未经授权的。这些人在园圃窟，空间站既不知晓，也未在她们体内植入追踪器，自然也就无法监控。

这种情形我是可以想象的，也许真有一两个这样的人存在着。但这足以惹来麻烦吗？“未经授权的人？”我故意用古雅的嗓音反问道，声音里略带怀疑，“外星人？是这样吗，舰长？”

“舰队长，恕我冒犯。我想，您已经习惯了人人开化、人人过着雷切式生活的地方了。这里可不是那种文明之地。”

“赫特尼斯舰长，”我说道，“除非绝对必要，否则你和你的船员不得在空间站对公民使用暴力。此外，”她明显想要抗议，但我没理她，继续说，“在必要使用武力的情况下，你们也须和空间站安保一样遵循同样的规则，听懂了吗？”

她眨了下眼睛，把要脱口而出的话咽了回去。“遵命，长官。”

我转向辅助部队士兵：“巨剑阿塔加里斯号星舰，听明白我的话了吗？”

辅助部队士兵犹豫了一阵。我直接向她下达命令让她感到惊讶，这一点我毫不怀疑。“遵命，舰队长。”辅助部队士兵说道。

“很好，那让我们私下谈谈其他事宜吧。”

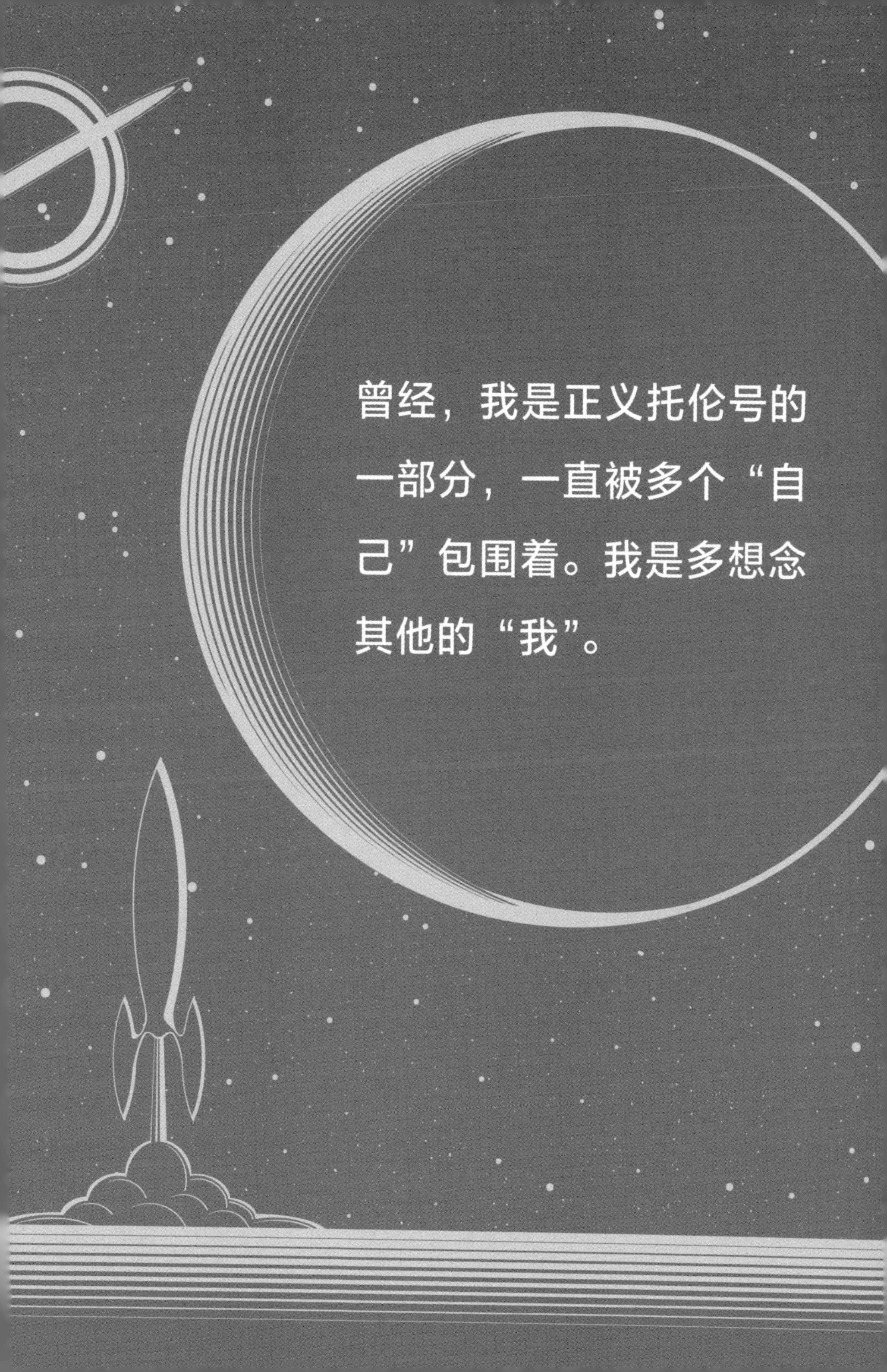

曾经，我是正义托伦号的一部分，一直被多个“自己”包围着。我是多想念其他的“我”。

07

在空间站的建议和帮助下，我在园圃窟四层的一间闲置套房住下。这里的空气凝滞而污浊。而且，今天商店可能不营业，仓库大概也是无人打理，所以我暗忖，靠在墙面上的几块便携式光板也许是从港口长廊那里盗来的。即便灯光昏暗，墙壁和地板也能看出是脏兮兮的，令人感到不快。地上除了我们自己的行李外，还摊着一些木头和玻璃碎片，看来在园圃窟遭破坏前，住在这里的人并没有将一切带走。但有用的东西倒是都被破门而入的人盗走了。

“这里没有水，长官，”提萨瓦特上尉说，“也就是说，离这最近的那些浴室……您不会想去看的，长官。虽然没有水，人们也一直用浴室来……嗯，不管怎样，我派九号尽量去弄些水桶，再寻些清洁用品。”

“很好，上尉，能安排个地方让我和赫特尼斯会面吗？最好是我们能坐下来的地方。”

提萨瓦特上尉那双紫丁香色的眼睛里露出惊慌神情：“长官，没地方坐。长官，只能坐在地板上，要不就坐行李上。”

坐在行李上会耽误拆包入住的。“那就坐地板上吧。”我通过仁慈卡尔号看到，在场的所有卡尔分队士兵都很愤慨，但都保持缄默，面不改色。只有提萨瓦特上尉，尽管她已尽力，却仍难掩内心沮丧。

“旁边会有什么人吗？”

“空间站说没有人，长官。”提萨瓦特上尉回答道。她指向一侧的房间说道：“那里可能最适合会面。”

赫特尼斯舰长跟着我走进了提萨瓦特示意的那个房间。我蹲在沾满污渍的地板上，招手示意她加入。她犹豫了一阵，接着也蹲在了我对面。她的辅助部队士兵站在她身后。“舰长，您或您的星舰现在在向空间站传递数据吗？”

她吃惊地睁大了眼睛。“没，长官。”

我很快检索了一下，发现自己的星舰也没有发送信息。“那么，如果我理解正确，你认为普利斯戈尔人很可能会攻击这个星系，你也觉得她们的势力可能已经侵入了空间站。”在雷切人的认知里，一共有三种外星人，并且和这三类人种接触过，即盖克人、拉尔人以及普利斯戈尔人。盖克人很少离开自己的家乡。我们与拉尔人关系交恶，因为第一次接触便酿成了一场灾难。至于普利斯戈尔，因为我们和其签订过条约，与拉尔人交战有可能违反该条约的某些规定。

在该条约签署之前，与普利斯戈尔友好交往是绝不可能之事，甚至往往引发血案。签约之前的普利斯戈尔就是“人类”死敌。或者可以说她们不是敌人，而更像是掠食者。“你的阿马特上尉觉得仁慈卡尔号是一艘普利斯戈尔星舰伪装的，至少我是这样理解的。”

“是的，长官。”她看起来松了一口气。

“你有证据认为普利斯戈尔人违反条约了吗？她们表现出了对艾斯奥克空间站一丁点的觊觎了吗？”

她们确有所图。舰长脸上闪过某种神情。“长官，我已经近一个月没与官方通讯了。二十六天前，我们和乌茂格行宫方面就失去了联系，整个星系都联系不到。于是我派遣仁慈菲伊号去探听消息，不过即便它一到达就返回也需要数天。”该星舰一定是在我离开乌茂格行宫后才到达的，“星系总督得到官方消息，称乌茂格行宫遭遇了‘意料之外的困难’，却没有告知多少细节，搞得这里的人们都紧张兮兮的。”

“可以理解。”

“然后十天前我们又与达塔斯托尔宫失联了。”信息传递要从乌茂格行宫到达塔斯托尔宫，再从达塔斯托尔宫到这里，“而普利斯戈尔向来与我们为敌，长官，而且……我还听到些传闻。”

“从维尔舰长那里听来的吧，”我试着说道，“什么普利斯戈尔暗中破坏雷切？”

“是的，长官，”她承认道，“而且您也说了维尔舰长犯了叛国罪。”

“普利斯戈尔与乌茂格行宫的事无关，是雷切领主和她的某个人格意见不一。她至少分成了两个派系，这些人格对雷切未来的发展持不同看法，彼此对立，并都在大肆招揽星舰。”我抬头看去，只见辅助部队士兵面无表情地站在那里，一副漠不关心的样子。不过我知道那是装出来骗人的。“巨剑阿塔加里斯号星舰，你在这个星系待了两百年了吧。”

“是的，舰队长。”它的声音毫无波澜。但我敢肯定，尽管我已经第二次以这种方式直接称呼它，它还是很惊讶。

“那段时间，雷切领主来过这儿，她私下与你谈过吗？也许，就在这园圃窟？”

“我不懂舰队长您的意思。”巨剑阿塔加里斯号星舰借着眼前的辅助部队士兵之口答道。

“我是在问，”星舰显然是在闪烁其词，“你是否曾和阿纳德尔·米亚奈密谈过？或许你已经给我答案了。来这儿的，是那个声称普利斯戈尔已潜入雷切的阿纳德尔·米亚奈，还是另一个？”另一个便是给我仁慈卡尔号指挥权的人，也是她将提萨瓦特派遣到我手下。

或者，天神保佑，米亚奈甚至还有第三人格，第三种统治政策？“舰队长，恕我冒犯，”在我的诘问之下，巨剑阿塔加里斯号星舰一直未吭声，于是赫特尼斯舰长便插了话，“请恕我直言。”

“请讲，舰长。”

“长官，”她吞咽下口水，“请您原谅，我熟知辖区诸舰队长，但您的名字并不在其中。”巨剑阿塔加里斯号星舰无疑是给她看过我迄今为止的服役记录了，或者说是她浏览了所有她能看到的记录，然后她发现我几周前才被任命为舰队长，即我入伍便被任为舰队长。从该信息中可以得出不同的结论，不过看来她选择了相信这一种——我毫无军事背景，不过是仓促上任。她这样问出口，是拿命来做代价的。

“我被任命不久。”我仅说这一句就能让人感到些猫腻了。也许其中一处漏洞便是，像赫特尼斯舰长这样级别的军官，为何没有被任命为舰队长。这个问题也是她即将要问的。

“长官，有人怀疑我的忠诚吗？”然后她意识到，她的军事前途并不是最紧迫的问题，“您是说领主大人分裂了？而这一切都是她几个人格的意见分歧导致的，我完全无法相信。”

“舰长，领主体量太大，无法继续维持为一个整体，如果她曾经是一个整体的话。”

“她当然是，长官。她是的。舰队长，恕我冒犯，也许您对于全是辅助部队士兵服役的星舰不大了解。两者不完全是一样的，长官，但确实很相似。”

“我想提醒一下舰长，”我的声音微冷，略带嘲讽，“你并没有我全部的服役记录，我对辅助部队士兵了如指掌。”

“即便真像您说的那样，长官。那领主大人分裂成了两个人格，彼此对抗，如果她们都是雷切的领主，而不是……不是假冒的，那么我们怎么知道哪一位是‘真’的呢？”

我提醒自己，这对赫特尼斯舰长来说是个全新的认识。在此之前，没有人质疑过阿纳德尔·米亚奈的身份，也没有人怀疑她凭什么声称是统治者，因为这都已经是人们默认的事实了。“两位都是，舰长。”

她看起来还是疑惑不解。

“如果‘真的’阿纳德尔只热衷与另一个人格交战，而且草菅人命，你还会服从她的命令吗？”

她沉默了足足三秒钟。“我想，我需要了解得更多一些。”这个要求很合理，“但是，恕我直言，舰队长，我听说过关于外星人入侵的事。”

“维尔舰长说的？”

“是的，长官。”

“维尔搞错了。”或者说是被操纵了。对于那个阿纳德尔来说，指控一个外部的敌人，一个几乎所有雷切人都深恶痛绝却又恐惧的敌人，以求获得同情，甚至比让人们信仰她来得更容易。

但我不能断言普利斯戈尔人未参与此次叛乱。毕竟，我揣在夹克里的手枪确是普利斯戈尔人制造。这把枪可以避过任何扫描仪的检测，发射的子弹能穿透宇宙万物。普利斯戈尔人曾经将二十五把这一型号的手枪售卖给了加赛德人，用以抵御雷切的入侵。

后来加赛德人灭亡，她们所在星系中的所有生物被彻底从宇宙间抹去，从而引发了阿纳德尔危机。由于矛盾过于激化，阿纳德尔只能通过与“自己”开战来化解这场危机。

但在加赛德人灭亡之前，这场危机酝酿已久。阿纳德尔的成千上万具躯体遍布雷切帝国，十二个总部，虽彼此沟通无碍，但传递时间却很长。雷切帝国和阿纳德尔本人三千年来一直在稳步扩张，而现在，一个想法可能要花上几周的时间才能贯穿她的整个帝国。从一开始它就注定要在某一刻分崩离析。

回想起来，确属必然。可是我们总对不争的事实视而不见。即使在很久以前，当一切还可控的时候。

“舰长，”我说道，“我接到的命令是维持本星系的安全与稳定，即便这意味着要阻击雷切领主发起的攻击我也在所不惜。如果你受命支持其中任何一方，或者你的政治观念激进，那我建议你驾着你的星舰离开吧，离艾斯奥克越远越好。”

她思考的时间比我料想的要略长一些。“长官，我的工作是不能有任何政治倾向的。”我不知道她的回答是否诚心诚意，“我的职责是服从命令。”

“之前是协助星系总督维持秩序。但从现在起，你要协助我维护星系安全。”

“长官。遵命，长官。这是本分，长官。但是……”

“嗯？”

“我没想要诋毁舰队长的智力和能力……”她声音越来越小，我想，她的这句话选择如此的开头，结尾定会令人尴尬。

“你是在担忧我没多少军事经验！”这是又一可以让赫特尼斯舰长殒命的言辞。我朝她愉快地微笑，“的确，军事总署任命官员有时确实是乱糟糟的。”她发出一声短促的嗤笑，每个士兵都会抱怨军事总署军务方面的安排，“但任命我的不是总署，而是阿纳德尔·米亚奈本人。”任命是千真万确的，但并不能证明任命的合法性，而且，我本身也不愿提起本次任命，“也许你会对自己说，她是米亚奈，是雷切领主的表妹。”她面部肌肉蓦地抽搐了一下，足以显示她确有如此猜测，“而且你肯定也有所见闻，有些人因裙带关系而升官。我不怪你，我也经历过此类不正义之事。不管你在我的服役记录里看到了什么，但我并非新兵。”

她思考着这种可能，再过一会儿她就会得出结论，我从入伍伊始到现在从事的都是特别任务，而这些事务都需要保密，所以不能算入服役记录。“舰队长，长官。我很抱歉。”我示意无需道歉，“但是，长官，执行特别任务通常都有些……反常规，而且……”

“反常规”三个字居然出自授命辅助部队士兵伤害公民却可以一眼不眨的人之口，这也着实令人惊讶。“其实我见过一些人，她们有的人执行任务时过于‘反常规’，有的人却是一味循规蹈矩，这两种情况都酿成了严重的后果。虽然艾斯奥克如今风平浪静，但其实整个雷切帝国都是‘反常规’的。”

她深吸一口气，想要问些什么，却又憋了回去。“是的，长官。”

我抬头看向巨剑阿塔加里斯。它站在舰长身后，仍是一动不动、一声不吭。“你呢，巨剑阿塔加里斯号？”

“我听从舰长命令，舰队长。”它的回答语调平淡，面上不露惊讶之色，但几乎可以肯定，它被这个问题吓了一大跳。

“好吧。”我不想咄咄逼人，我站了起来，“对所有人来说，今天是个难挨的日子。咱们打起精神来吧，好吧？舰长，要是我没记错的话，你也收到了晚餐邀请。”

“是的，舰队长也收到了，”赫特尼斯舰长提醒我道，“这将是一顿美味晚餐。有一些您想要见的人也会出席。”她试图不去看周围昏暗肮脏的环境，没有家具，甚至还没有水，“总督也会去的，长官。”

“那么，”我对赫特尼斯舰长说道，“我们该去吃晚餐了。”

08

公民福赛夫·丹奇的公寓内设有一间餐室，餐室里有一面墙全是玻璃窗。透过窗向望下去，便能看到依旧熙熙攘攘的中央大厅。餐室长八米、宽四米，墙壁漆成了赭色。高高的架子上摆着一排植物，长而厚的枝茎垂到地上，上面长着尖刺和肥厚的翠绿色圆形叶子。按空间站标准，餐室面积已然很大，但还不足以容纳一个富有的雷切大家庭，因为这样的一个家庭有表妹、赞助对象、仆人以及她们的孩子。我看到有六七个孩子横七竖八地睡在相连起居室里的垫子上，肚皮上的衣服也已脱掉了。看来，假日的晚餐已经进行了至少两轮。

在一张镀着灰金色的实木桌子旁，福赛夫坐在座位上说道："塞勒站长，舰队长和您一样也是收藏家！"福赛夫对找到我和站长共同爱好的兴奋之情溢于言表。虽说对于为何与距离最近的各处宫殿失联，我没有向她透露任何信息，我也表达了对她无礼问话方式的愤怒，但相较于因此带来的失望，兴奋显然占了上风。

空间站站长塞勒谨慎地表现出自己对这一事实的兴趣。"舰队长，您也是收藏家？喜欢收藏歌曲？哪种流派？"站长身材魁梧，身穿艳粉色外套和裤子，佩戴黄绿色绶带。她皮肤黝黑，黑眼珠，浓密卷曲的长发拢束在头顶。她很美，而且我想，她人美而自知其美，却又不带令人反感的傲慢。她的女儿皮亚特坐在她旁边，沉默不语，拘谨得有些怪异。她身材不似母亲那般高大，也不如母亲那般美丽，但她还年轻，总有一天会和她母亲一样出色。

“我的爱好广泛，并没有什么特别的喜好，站长。”我示意仆人无需再端上熏蛋。赫特尼斯舰长静静地坐在我旁边，一心想着再来一份。我们围桌而坐，空间站站长坐在我对面，她另一旁坐着的是星系总督贾罗德。贾罗德个子高而肩膀宽，着一件质地柔软而垂顺的绿色外套。她皮肤上反射出一些特别光影，可以看出她做过美黑。她从进来的那一刻起就一直很是泰然，好似这不过是一次寻常的晚餐。

“我对格奥尼什音乐特别感兴趣。”塞勒站长透露道。福赛夫笑逐颜开，她的女儿拉福德则在谄笑，这笑完美地掩盖了她的无聊。我抵达公寓时，她对我极为体贴，亦尊重万分，但稍微有些过了头。多年来，我曾“亲密”接触过众多似她这般的年轻人。即使没有人工智能告知，我仍知道她在经历宿醉。我还知道，现在她服下的缓解宿醉的药已经生效了。

“你知道吧，我长大的地方离格奥尼什只有几扇传送门的距离。”空间站站长塞勒继续说道，“我在那边空间站做了二十年助理站长。一段美妙的经历！但很难找到天然正宗的东西。”她用餐叉叉起一小块水果泥，但没放进嘴里，而是把它移向桌子下自己的大腿处。在她旁边的女儿皮亚特微微一笑，这是我第一次看到她笑。

“所有格奥尼什的音乐吗？”对于格奥尼什空间站，我在几个世纪前造访时，建设才刚刚起步，“据保守估计，在被兼并时，格奥尼什至少有三个政治实体，约有七种常用语言，每一种语言里都有不同风格的音乐。”

“您很懂啊，”她回答说，对我的戒心立刻全无，“差不多就是这样子……后来没有多少正统的格奥尼什歌曲流传于世。”

“要是我给你一首你从未听过的格奥尼什歌，”我问，“你会给我什么？”

她瞪大眼睛，不敢相信自己的耳朵。“长官，”她因受冒犯而愤愤不平，“您在取笑我。”

我挑起一边眉头。“我向你保证，站长，我绝没有取笑您。我有几首歌曲是在兼并战争期间从一艘星舰上得到的。”我并没有提及，我就是那艘星舰。

“您见过正义托伦号！”她惊叫道，“它的陨落是多么惨重的损失啊！您在那艘船上服役过吗？我经常会期盼能认识有这样经历的人。我们这儿其中一位园艺师的姐姐就曾在正义托伦号上服役，但她这个姐姐上次来这里已是很久以前了，她还是个孩子的时候就……”她遗憾地摇摇头，“很可惜。”

是时候结束这个话题了。我转向贾罗德总督道：“总督先生，”我问道，“我能询问一下这个让你忙碌一天的神庙仪式吗？”我的发音口音优雅，俨然是一位家世优越的军官，我语气虽彬彬有礼，但却暗隐锐利。

“可以，”贾罗德总督回答说，“但我不知道能否给出相应的答案。”和空间站站长塞勒一样，贾罗德总督也叉起一块水果泥，然后将它移到大腿附近。

“啊，”我大胆说道，“神庙之谜。”在我两千年的生命里，我见过多个类似的神庙之谜，但这些仪式必须将阿纳德尔·米亚奈纳入它们的神秘故事之中，否则阿纳德尔不会允许仪式继续举行下去，因此这些幸存下来的仪式并不排外。或者说，至少从理论上说是这样。但要想加入，价格是非常高的。

总督贾罗德悄悄地把另一块水果泥放在桌子底下。我猜想，她那用水果泥哄逗的小孩大概比她的表妹们的精力更旺盛，也更有进取心。“这些秘密是很古老的，”总督说，“对艾斯奥克人来说非常重要。”

“对艾斯奥克人重要，还是只对艾克西人才重要？而且，这与艾斯奥克人假装切断阴茎的故事有关吗？”

“这是误会，舰队长，”贾罗德说，“生殖器祭典日早在这里被兼并之前就有了。艾斯奥克人，特别是艾克西人是非常注重精神领域的，她们很爱用暗喻，用一种不充分的有形方式来谈论无形事物。如果您对精神领域感兴趣，舰队长，我特别建议您入会。”

“恐怕，”公民福赛夫抢先在我回答之前说道，“舰队长的兴趣是音乐而不是精神领域。她只是对歌感兴趣。”她的话相当粗鲁而冒失，但也说的没错。

桌下一只未戴手套的小手抓了下我的裤腿。不管她是谁，定是对沉浸于谈话的总督失去了耐心，决定在我这边碰碰运气。她大概一岁出头，一眼看去，她身子完全赤裸。我递给她一块水果泥，这显然是她最喜欢的。她紧靠着我的腿，用一只黏糊糊的手拿着水果泥送进嘴里，边皱眉头，边大口地嚼。“公民福赛夫告诉我，在她的茶园里有茶农会唱许多歌。”我说。

“啊，是的！”空间站站长塞勒说道，“过去大都是流放来的萨米尔人，现在多是流放的瓦尔斯卡伊人。”

这令我感到怪异。“你所有的茶农都是瓦尔斯卡伊人吗？”我又叉了一块水果泥，悄悄伸到桌底。这样一来，卡尔五号可抓住把柄抱怨我裤子上黏糊糊的手印了。不过雷切人一般都很溺爱小孩子，不会生出真正的怨愤。

“萨米尔被兼并有些时间了，舰队长。”福赛夫说，“现在所有的萨米尔人或多或少都开化了。”

“或多或少。”坐在我身旁的赫特尼斯舰长哼道。

“我对瓦尔斯卡伊音乐还算了解，”我承认道，不去理会舰长的不屑，“她们说代尔希语吗？”

福赛夫皱起眉头。“嗯，当然，舰队长。她们不太会说雷切语，这是肯定的。”

瓦尔斯卡伊人原来所居的行星气候温和，适合居住，拥有几十个空间站以及多个卫星。那时的瓦尔斯卡伊人要想在行星外做生意，代尔西语是必要语种。但不是每个瓦尔斯卡伊人都会说这种语言。“她们保留了合唱传统吗？”

“保留了一些，舰队长，”塞勒回答，“她们来了后还在歌里加了高低音。单调低音啊，平行和声之类的，您知道这类东西的，虽然是原始的，但可能没那么有意思。”

“因为不正宗？”我试着说道。

“确是如此。”空间站站长塞勒同意我的猜测。

“我个人很少在意正宗与否。”

“爱好广泛，像您说的。”空间站站长塞勒笑着说道。

我抬高刀叉致意。“她们有乐谱吗？”在瓦尔斯卡伊行星的某些地方，尤其是以代尔西语为第一语言的地区，合唱社团曾是一重要的社会机构，每个受过良好教育的人都能读懂乐谱，“她们不会只局限于原始而无趣的单调低音吧？”我在声音里加入了些许讽刺。

“阿马特神在上，舰队长！”公民福赛夫插话道，“这些人都说不出三个雷切语单词，我很难想象我的茶农能坐下来学习乐谱。”

“得让她们忙起来，”之前满脸堆笑静坐的拉福德插言道，“省得她们找麻烦。”

“呃，关于这一点，”福赛夫道，“我想说，给我们造成最多麻烦的反而是受过教育的萨米尔人。各茶园的监工几乎都是萨米尔人，舰队长，她们都是聪明的人，虽说做事大多靠谱，但她们总是三三两两聚在一起，散布谣言，蛊惑他人。这事大约在十五还是二十年前发生过一次。五片茶园的园长都坐在地上，拒绝采茶叶。就那么坐在茶园里！我们之后当然就不养她们了，谁让她们不干活儿。但在行星上这也不算是惩罚，即使不工作，她们还是可以靠着土地活下去。”

这话让人觉得靠土地过活可能并非那么容易。“你从别处找来了新的茶农？”

“那时正值生长季，舰队长，”公民福赛夫说，“我的邻居们和我的遭遇一样，但最终我们抓捕到这些萨米尔人的头目，来了个杀鸡儆猴，然后茶农们很快就回来了。”

一时间我有太多问题想问她。“那茶农们的不满怎么解决的？”

“不满！”福赛夫还有些愤愤不平，“她们没有。不满都是装出来的。我可以告诉您，她们生活得很愉快。有时候我真希望自己能被派去采茶。”

“您要在这边留宿吗，舰队长？”贾罗德问，“还是坐穿梭机回您的星舰上？”

“我住在园圃窟。”我答道。一瞬间，人们陷入了沉默，甚至连汤匙、叉子碰到瓷盘上的叮当声也消失了。正在那同样镀着灰金色餐柜边摆弄盘子的仆人们闻言也惊呆了。桌底那个婴孩继续埋头嚼着刚接过的一块水果泥，一副全然不知的神情。

拉福德笑道：“为什么不住那儿呢？那些肮脏的动物都不会去惹您的，对吧？”她面上一直亲切和善，但此时声音里却蹦出了轻蔑。我以前见过她这种人，经常见到。这类人中的一些人一旦学会了该懂的东西，就会成为正直的军官，而其他人却不会。

“是吗，拉福德？”她母亲温和地说道。事实上，这一桌人似乎并没人觉得拉福德的话是在耸人听闻。福赛夫转向我说：“拉福德和她的朋友们喜欢去园圃窟喝酒，我告诉过她很多次，这样不安全。”

“不安全？”我问道，“是吗？”

“那里扒手很猖獗。”塞勒说道。

“是游客的问题！”拉福德说，“她们就是想被抢劫，所以才会去那里。可事发后却发牢骚，埋怨安保。”她那戴着蓝手套的手不屑地挥动了一下，“这也是乐子的一部分。要不然她们会更小心的。”

突然间，我希望自己能回到仁慈卡尔号上。医护兵正在站岗，和一名一同值勤的卡尔士兵说了一些简短而尖锐的话。艾卡璐上尉在她的光明分队工作的同时进行检查。斯瓦尔顿坐在床边，问道："星舰，舰队长怎么样了？"

"沮丧，"仁慈卡尔号在斯瓦尔顿的耳朵里回答，"而且愤怒，虽然现在她很安全，但正如人们说的，舰队长在玩火。"

斯瓦尔顿几乎是哼了一声。"那就是说和往常一样。"在另一处走廊里,四名光明士兵唱起一首流行的歌,不过唱得不齐,又不在调上。

在这间赭土色墙的餐室里，那个扯着我裤腿的孩子突然哭了起来。公民福赛夫和拉福德很惊讶，看样子她们并不知桌底竟然有人。我伸手把孩子抱起来，放在我一侧大腿上。"今天可真是你的好日子，公民。"我清醒地说道。

一个仆人急急忙忙地冲过来，把哭闹的孩子从我腿上抱起来，然后低声道："抱歉，舰队长。"

"不必，公民。"我答道。仆人的焦躁让我大吃一惊。很显然，即使福赛夫和拉福德不知道孩子在那里，但在场的其他人是知晓的，并没有人反对。如果有人反对，我倒会很惊讶。但话说回来，我了解雷切的成年人世界约两千年了，我阅读和听取她们发送回家或从家中收到的所有信息，我也和雷切的多个兼并地的婴儿以及儿童接触过，但我从来没有生活在雷切家庭里，也从来没有花很多时间与雷切的孩子们待在一起。所以，其实我也难以判断哪种情况属正常或是意料之外。

我们又喝了一轮烧酒后，晚餐算是结束了。我想了几个不失礼貌脱身并且能让贾罗德总督跟我一同离开的法子，但在我选定之前，提萨瓦特上尉来了。她来此处看似是告诉我入住套房已准备妥当，但我怀疑她真正的目的是来拿些残羹剩饭。当然，福赛夫马上就命仆人帮她打包了一些。提萨瓦特上尉文雅地向她表示了感谢，并向在座的各位鞠了躬。拉福德上下打量着她，嘴角微微一笑——她是觉得好笑？好奇？还是轻蔑？也许三者皆有。提萨瓦特瞥见了拉福德的神情，挺了挺身子，看上去她对拉福德有些兴趣。嗯，她们年龄相仿，虽然我发现自己不喜欢拉福德，但两人若有交集可能会使我受益，也许可以给我带来些内幕消息。所以虽然我看到了她们间的目光往来，我也假装没看见。空间站站长女儿皮亚特也注意到了。我站起来，直截了当地问道："贾罗德总督？"

"真是美味的一餐！"星系总督说道，她的泰然自若仍令人印象深刻，"福赛夫，晚餐一如既往的美味，再次感谢你的那位厨师，她是个奇迹。"她欠身道，"今日有幸与诸位同席，怎奈公务繁多，我得先行离开了。"

贾罗德总督的办公室和福赛夫的公寓隔着中央大厅，相向而对，两处都可以看到大厅相同的景色，只不过是从不同的方向。办公室的墙上挂着一幅叶子图案的奶油色丝绸壁毯，低矮的桌子和椅子零零散散地摆放着。在一个常见样式的壁龛里放置有阿马特神像，神像的前方放着一个碗，但闻不到熏香的味道。当然闻不到了，因为总督今天没来工作。

我早前已令提萨瓦特回到园圃窟。她手里拎着她的"奖品"，即一个十七岁孩子能吃饱喝足的食物，如此，总督对福赛夫的厨师的赞扬也就名副其实了。我离席前也让赫特尼斯舰长离开了，并命她次日早晨向我报告。

"请坐，舰队长。"贾罗德总督指着紧靠着窗户的几个带靠垫的宽背椅子，"不知您怎么看，但从这场……危机一开始，我就试着让一切事务尽可能稳定，尽量纳入常规。当然，局势紧张时，宗教仪式是极其重要的。我真心地感谢您的耐心。"

我坐了下来，总督也跟着就座。"我就要失去耐心了，不过我想你也是。"在来空间站的这几天里，我一直在思考该对贾罗德总督说些什么，又到底该透露多少信息。最终我决定毫不掩饰地说出真相。“情况是这样的，阿纳德尔·米亚奈的两个派系彼此对立了一千年，不过冲突一直在幕后，连她自己也没意识到。”贾罗德总督皱起眉头。表面上看，这话没什么意义，“二十八天前，冲突在乌茂格行宫被摆到了明面上。雷切领主为了将这消息隐匿，阻断了乌茂格行宫与外面的所有通信，以免其他的自己知晓。不过她失败了，这一消息正传遍雷切帝国，传向各个宫殿。”就在现在，伊莱宫，那个离乌茂格行宫最远的地方，可能也听说这个消息了，“不过看上去，乌茂格行宫的冲突已经结束了。”

我每说一个字，都让总督贾罗德越来越沮丧。“谁赢了？”

“当然是阿纳德尔·米亚奈，还会是谁呢？我们所有人的处境都很尴尬，支持任何一派都是叛国罪。”

“不支持任何派系，”总督同意道，“也是同样的下场。”

“确实。”我感到宽慰，总督足够机智，立即就想明白了这一点，“同时，因雷切领主，军中各派系想在真正冲突时分一杯羹，所以现在已经开始战斗了。其中一派攻击了传送门。也正因如此，尽管乌茂格行宫战斗已经结束，但你们的消息依然遭到封锁。每条信息传送路径总会有一道传送门遭摧毁。”至少，消息传播花不了几个月时间的传送门都被毁坏了。

“赫拉德·乌茂格传送门那里本来有几十艘星舰的！现在有十八艘不见了！什么都有可能……”

“我怀疑她们还在试图隐瞒信息，或者说让除军用船只以外的任何一艘飞船都难以在不同星系间航行。她们不是十分在乎有多少公民在整个事件中丧生。”

“我不敢……不敢相信。”

但的确是事实。“空间站会给你展示我的职权范围，我可以调用该星系的所有军事资源，并受命保护这里公民的安全。此外，我还接到命令，在近期内禁止一切飞船通过传送门。”

“谁下的命令？”

“雷切领主。”

“哪一个？”我沉默以对。总督做了个手势，表示放弃这个问题，“这是……她在跟自己吵架？”

“我可以告诉你她告诉我的话，我也可以告诉你我的想法。不仅如此……”我做了个模棱两可的手势，贾罗德总督满怀期待，静静地等待着，“这次突降的叛乱发端于加赛德人的毁灭。”总督退缩了一下，不过动作幅度之小却几乎令人难以察觉。没有人喜欢谈论这件事，那时阿纳德尔·米亚奈大发雷霆，下令毁灭整个恒星系里的所有生命。尽管已经过去了一千年，人们已经渐渐淡忘，但是谈及此事时还是令人噤若寒蝉。“你要是做了这种事，你后续会怎么操作？”

“我希望我永远不会做那种事。”贾罗德总督说。

“生活是不可预测的，”我说，“我们并不总是像其他人认为的那样，如果运气不好，那就是我们发现自己另一面的时候。这种情况发生时，你有两种选择。”或许不止两种选择，但提炼一下，就缩减到两种，“你可以承认错误，决心不再重蹈覆辙；或者你可以拒绝承认错误坚称你做的事是对的，而且愿意再做一次。”

“是的，是的，您是对的。但加赛德人是一千年前的事了。当然，是时候做出选择了。如果你在此刻之前问我，我可能会说领主大人选择了第一种方式，但她当然没有公开承认错误。”

“事情肯定比这复杂多了，”我说道，“我认为，加赛德人的事加剧了当时已经存在的一些问题。不过究竟是什么问题，我不得而知。当然，雷切领主不会永远持续扩张。”但如果扩张停止，那么这些星舰和辅助部队士兵该如何处理呢？指挥军官怎么办呢？留下她们将会造成毫无意义的资源消耗。撤掉她们，雷切帝国外围星系就会很容易受到攻击或出现叛乱，“我认为雷切领主不只在抗拒承认错误，而且还不想承认自己将面临衰亡。”

贾罗德总督坐着，沉默地思考了二十四秒钟。“我不喜欢这样的想法，舰队长。如果你早在十分钟前就问我，我就会告诉你，雷切领主几乎就是不朽的。她怎么可能会衰退呢？不断生成新身体来取代旧的，她怎么会死呢？”又沉默了三秒钟后，她再次皱起眉头，“如果她死了，雷切帝国还会留下什么呢？”

“我认为我们还是不要去关心艾斯奥克之外的事了。”我刚才透露给总督的这些，就她的同情心来看，已经到了最危险的程度，“我受命的职责只涉及本星系的安全问题。”

“如果命令相反呢？”贾罗德总督不是傻瓜，“如果领主的另一重人格命令你投靠一派，让你用某种方式利用这个星系，好为她服务呢？”我没有回答，“不管你做什么，都是煽动或是叛乱，所以索性就随心所欲去做，是吗？”

“差不多。”我同意道，“但我确有授命。”

她摇了摇头，好像在扫除某个障碍。“可是有什么别的事要做吗？你真的不认为有任何……外界的干涉吗？”

这个问题令人沮丧，却又如此熟悉。“普利斯戈尔不需要耍手段摧毁雷切。况且还有条约约束，我获知的消息是，她们很严格地遵守条约。”

“她们没有自己的书面文字，对吗？她们完全是外星人。条约一词对她们又怎么会有意义呢？任何协议有什么意义呢？”

“普利斯戈尔人在附近吗？会威胁到我们的安全吗？”

她微皱眉头。这个问题困扰着她，而且证据确凿，也许是因为一想到附近有普利斯戈尔就令人恐慌。“她们去达塔斯托尔宫的路上有时会经过普利斯戈尔的普瑞德。”普利斯戈尔的普瑞德离此处空间站只有几扇传送门的距离。如果说这一距离不算太远，那也是因为两地间穿行只需一个月左右的时间，而不是一年或更长的时间。“根据协议，她们在雷切境内只能通过传送门航行，但是……”

“条约不是和雷切签订的，”我指出，“而是和全人类签订的。”贾罗德总督对此感到非常困惑。在大多数雷切人眼中，只有她们自己才属于人类，其他物种都是另外的“东西”。“我的意思是说，阿纳德尔·米亚奈存在与否并不影响条约效力，它总是有效的。”尽管如此，在条约签署之前的一千多年里，普利斯戈尔还阻止人类星舰通行、擅闯人类空间站，甚至摧毁了多个空间站，遣散了里面的船员、乘客和居民，只是为了好玩。没有人能阻止她们。后来有了条约，她们才停止了种种行为。但想到她们的存在仍让许多人不寒而栗，而这些恐惧的人里，似乎也包括贾罗德总督，“除非你有什么特殊的理由，要不然，我不认为她们有什么可害怕的。”

“不必的，当然，您说的对。”不过，还有什么事情让总督不安。“我们生产的食物够整个星系的需求吧？”

“够！我们倒确实进口了一些奢侈品，因为我们不酿烧酒，一些别的什么我们也不做。我们还进口了一些医疗用品，这可能会是个问题。”

“这里不生产矫正剂吗？”

“量不多，也不是所有种类都做。”

这可会造成某种困境，并会在未来产生影响。“如果有什么办法，我们会去生产的。同时，我建议你和之前一样，保持冷静，维持秩序。我们应该让人们都知道，那些坍塌的传送门将来一段时间都不能再通行，而通过完好的传送门则太过危险，她们绝不会拿到通行证。”

“福赛夫不会喜欢这样的！其他茶园主也会不乐意的。到本月底，将有数吨顶级的手工采摘的‘鱼之女’茶叶无法销售，而这还只是福赛夫的产出部分。”

“好吧，”我淡淡一笑，“至少在接下来的很长一段时间里，我们都会有好茶可以品。”

现在拜访巴斯奈德为时太晚，贸然前去实属无礼。况且，我也想去了解我在乌茂格行宫时未被告知的一些事情。人们总认为，一个地方被兼并之后，之前的政治便无关紧要了，所有的意见不一都会随着另一个文明的到来而土崩瓦解。那些存留下来的事物，或是语言，或是某种艺术，可能会被存放在博物馆那古色古香的陈列柜里，却不会载入官方史册。从旁观者角度看，艾斯奥克星系和其他雷切星系一样，既整齐划一，又高度文明，而从内部看，如果你好好观察，那你会发现真相并非如此，并且必须承认真相。事实是，我们需要始终去找寻一种平衡，你需要告诉自己兼并带来的是完整的圆满，却发现还要去解决因兼并不圆满而带来的种种难题，而实现这一平衡的方法之一，就是对你不需要看到的东西视而不见。

空间站应该会知道一些事情。无论如何，我最好还是和空间站谈谈，最好让自己得到它的喜爱。严格地说，一艘星舰或空间站人工智能不能做任何违反我意愿之事。但从个人经验来看，在一个人喜欢你，并想要给你提供帮助时，你的生活会变得十分顺遂。

09

尽管园圃窟通风不太好，我的床也不过是铺在地板上的几条毛毯，但我竟然睡得很香。所以卡尔五号给我端来茶水时，我也将自己的舒适感告诉了她。因为在我和公民福赛夫共进晚餐时，我能看到她以及仁慈卡尔号所有船员的想法，她们都对自己所做之事感到骄傲。她们把园圃窟四层这处套房的几个房间都按军队标准打扫得一尘不染，此外她们还安装灯具、修整房门，并把行李和各种箱子堆放成了近似桌椅的形状。五号给我送了饱腹的茶粥早餐，虽然比我在茶馆里喝的要浓稠，但淡而无味。我和提萨瓦特上尉安静地吃着，她正处于一种压抑的自我厌恶状态。待在仁慈卡尔号上的时候，她的这种情绪几乎是看不出来的，她在船上有自己的职责，航行时又处在传送门通道的封闭空间中，那几乎可以让她忘掉阿纳德尔·米亚奈对她所做的恶劣行径，也忘记了我对阿纳德尔·米亚奈的所作所为。但现在，在艾斯奥克空间站，在清扫和拆包的忙乱之余，她一定在思考，雷切领主看着我们来这里，她的阴谋到底是什么。

我考虑过询问她。我已经知道，阿纳德尔·米亚奈已对星系总督以及驻扎在这里的星舰和各舰长进行了评估。我也知道，她认为大多数的茶园主几乎都只是一门心思种茶，可能并未因领主在过去几百年里造成的动荡而感受到什么威胁。毕竟，新贵和古老的贵族一样喜欢喝茶，人类士兵亦是如此。当然，那些被舰长要求假扮辅助部队士兵的士兵则是例外了。

艾斯奥克行星本来对另一个阿纳德尔来说可能并不是什么沃土，但如今大多数战斗都很可能围绕各宫殿展开，如此，行星将再一次成为宝贵的资源。如果战争旷日持久，艾斯奥克行星就会引来不那么善意的关注了。在一场赌注如此之高的博弈中，阿纳德尔的两个人格都不会忘记在此处押上一些筹码。

卡尔五号离开了房间。正在喝粥的提萨瓦特上尉抬起头来，她那双紫丁香色的眼里满是严肃。“她在生您的气，长官。”她说。

“她是谁，上尉？”我问，但我知道她指的当然是阿纳德尔·米亚奈。

“另一个人格，长官。我是说，两个人格都对您不满，真的。但我说的是另一个人格。她要是哪天在斗争中占了上风，会尽全力追捕您的。因为她确实愤怒到了这种程度，而且……”

会追杀我的这个人格，就是在处理加赛德人一事上大发雷霆的那个。“是这样的，谢谢你，上尉。我已经想到她会如此。”虽然我很想知道雷切领主的阴谋，但我并不想让提萨瓦特谈论此事，不过她主动提及就是另一回事了，“按我的理解，你现在已经有本星系中所有人工智能的访问权限了。”

她蓦地垂下头看向她的碗，接着羞愧地说道：“是的，长官。”

“权限只针对某些人工智能，还是能控制所有的？”

我这话让她吃了一惊，而且奇怪的是，她有些失望。她抬起头来，脸上流露出苦恼的神情：“长官！她并不愚蠢。”

“别去用，”我嗓音中透露出愉悦，“要不然，你会深陷泥潭的。”

“是，长官。”她努力让自己脸上不显露出心中所想，但我看得出，那是一种混杂着耻辱的愧疚神情，又夹杂着一丝宽慰，还有突然袭来的一阵忧郁和自我厌恶。

这是我想避免的事情之一，我尽量避免提及阿纳德尔将提萨瓦特派遣至我身边的缘由，我不想让她自怨自艾。

而且，对于奥恩上尉的妹妹，我发现自己不愿意再等下去了。我吃完最后一口粥。“上尉，”我说，“我们去园圃吧。”

她心中大惊，继而是不知所措。“恕我冒犯，舰队长。长官。您不是要见赫特尼斯舰长吗？”

“卡尔五号会让舰长等我回来的。”我看到她的脸上闪过一丝战栗，还有……钦佩？也还有点儿嫉妒。这很有趣。

拉福德·丹奇曾说园圃堪称旅游景点，我也能辨出其中缘由。整个园圃占据了空间站最高层的很大一部分区域，占地超过六英亩，地面开阔且连成一片，而且阳光充足。园圃上方是明净的穹顶。一进入此地，红色与黄色玫瑰花散发出的馥郁花香就扑鼻而来。接着，我看到了艾斯奥克行星那高渺而黑漆漆的天空，透过穹顶看去，它被切割成了一个个若隐若现的六角形。艾斯奥克行星在很远很远的地方悬着，如同宇宙中的一颗明珠。这景色真是令人叹为观止。但此处如此接近真空，按理说应该安装更小的隔板和区域门的，不过我没发现它们的踪迹。

进入入口后，整片土地是一个向下的斜坡。其中，一条小路向前延伸开去，两侧是玫瑰花丛，穿过玫瑰丛后，小路变得蜿蜒，靠水的一侧长满生有亮晶晶绿叶和一撮撮紫色浆果的灌木，小路绕着水边散发出浓烈气味的银色针状叶的花丛继续逶迤向前，继而穿过矮树和更多的灌木，又穿过嶙峋的岩石。一路上可以时不时地瞥到湖水以及湖中那白色和暗粉色的荷花。这里很暖和，微风吹来，荷叶随之起舞，看来这里通风是顺畅的。这一片广阔空间令我感到不安，我边走边觉得压强会降下去。紧接着，小径横跨过一条从湖中流淌过来的狭窄小溪。小溪沿着一条岩石铺就的通道冲刷着流到更深处的地方。要不是头顶上那黑色的穹顶，我还以为自己是在行星上呢。

提萨瓦特上尉跟在我身后，看上去似乎满不在意的样子。该空间站已经在这里存在了几百年，无论发生什么状况，我们中的任何一个人都无能为力。除了放任，别无他法。拐过下一个弯角处，我们来到了一片枝干虬结、长有树瘤的小树林，树林之下是一个小水潭，潭水涓涓流向更低处。沿斜坡里的小路继续向下是更多类似的水潭，水流缓慢却又势不可挡地汇入到更低处一片荷花盛开的湖中。提萨瓦特上尉停下了脚步。她眨了眨眼睛，然后抿嘴笑看我们脚边那清澈水潭里疾驰而过的棕色和橙色的小鱼儿。倏地，她的眼神变得明亮，心中升起一阵愉悦。接着，她抬头看着我。这种快乐消失了，她又忧郁起来，而且浑身不自在。

再转一个弯，我们就来到那一片豁然开阔的大湖，足足有将近二十英亩的样子。行星上此等景象稀松平常，但在空间站却是罕见。离我们最近的湖边长满了我们从山坡上下来时看到的那种荷花，左边几米处有一座微微隆起的拱桥，小桥通向一个小岛，小岛中心横亘着一块长一米半、呈圆柱状的巨型岩石。这块岩石宽高几乎相等，周遭是水蚀的凹槽。水面上其他的地方有零零散散的怪石凸起。极目望去，虽然处在高度真空的环境下，但湖对岸的岩壁仍形成了一个瀑布，流淌的水不是我们在路上看到的那种涓涓细流，而是一大团一大团的水流发出震耳欲聋的轰鸣，澎湃地冲刷着岩壁而下，激起一簇簇浪花，最后在坠落时搅打着湖面。那一片岩壁占据了湖的一整个面，岩壁上的石头形态各异，形成了一长条外凸的山岩。从花圃的另一个入口便可以通到这个外凸的山岩，外凸的山岩连着一条绕湖而去的小径。

那些明晃晃的水流会冲刷着小径一路而下，继而形成岔流和小一些瀑布，如此设计自是为了使眼前的景象更加美丽，更加不可思议。对，不可思议。通常，空间站有开阔水域，或是水量很大时，水流会被保存在隔开的水箱中。这样，如有泄漏，则可以分区截断。而且，如果重力失控，可以及时将这个区块封闭。我快速进行了计算，然后发现，以这个湖的深度，如果泄水发生，湖下的几层将被淹没。我因此感到好奇，空间站建筑师究竟将何物置在了湖底呢？

毋庸置疑，水下是园圃窟。

在湖的一端，一个身穿绿色工装的人站在及膝深的水里。她正弯着腰，手在水面之下摸索着，这人并不是巴斯奈德，但我认得她是谁。意识到这一点后，我差点将她驱走，因为我只有一个目标，寻找巴斯奈德·埃尔明。我不再沿着那条蜿蜒的小路向前，而是径直走下小坡，来到了水边。那人瞥见了我，便站起身来，满是泥泞的袖口和手套上还在滴水。她是我昨天在园圃窟茶馆里攀谈过的那个人。她似是在隐忍着怒气，不过她认出我时，怒火却又燃烧了起来，还带着一丝恐惧。

“早上好，公民，”我说，“在这里见到你真是惊喜。”

“早安，舰队长。”她愉快地回应道。她表面上很平静，一副丝毫不在意的样子，但我可以看出她下巴略微有些绷紧。“有什么能为您效劳的吗？”她问。

“我在找园艺师巴斯奈德。”我说着，尽量和善地微笑。

她微微皱起眉头，揣摩着我的心思。然后她看向我身上唯一一件珠宝，那个金质纪念章。我觉得她离我有些远，应该看不清楚徽章上的字迹，而且徽章还是批量生产的，即便没有千百万个一样的徽章，也得数以千计。“您得等等，”她舒展皱起的眉头道，“她一会儿就来。”

“你的园圃很漂亮，公民。”我说，“不过我得承认，虽然这湖很美，但是不太安全。”

“这不是我的园圃，”她的脸上又燃起了怒火，却又小心翼翼地压下，“我只是在这里干活儿。”

“要是没有在这里工作的人，也不会有如此美景了。”我回应道。她略微抬手，带着些许讽刺承认了这一点。“我觉得，”我道，“十年还是十五年前，你肯定年纪太小，没法领导当时茶园的罢工。”“罢工”一词虽然是雷切语，但十分古老，且晦涩难懂，所以我用了我昨晚从空间站学到的利奥斯特语中的一个替代词。以前，被流放到艾斯奥克的萨米尔人说的就是利奥斯特语，现在也有人仍会说这种语言。眼前的这个人就是萨米尔人，我从空间站那里学到了足够我辨识她们的知识。我还从公民福赛夫那里了解到，萨米尔人监工参与了当时的罢工。“你当时十六岁了？十七岁？如果你扮演了很重要的角色，那你早就已经死了，或者被流放到其他星系中，那些星系的社交网络肯定封闭到确保你不会引起任何麻烦。”她神色紧张，极为小心地呼气和吸气，“她们因为你年轻且位卑力薄才会宽宏大量，但她们一定也惩罚了你，好警醒后人。”就像我昨天在茶馆猜想的那样，这种惩罚是不正义的。

她一开始没有作答。她的痛苦太过强烈，由此可知我确实戳中了她的痛处。她受到的重新教育会让她对某些行为反应强烈，会从内心深处抵触，而我提到的事件，恰恰是令她被空间站安保调查的原因。当然，雷切人都是一提到重新教育就深感厌恶。“如果舰队长讲完了，”她最后说道，声音发紧，但语调较刚才稍弱，“我得继续干活了。”

“当然，抱歉。”她眨了眨眼睛，我想她应该是很惊讶，“你在扯掉枯叶吗？”

“枯萎的花也要拽掉。”她弯下腰，手伸到水下，拔出一根黏糊糊的枯茎。

“湖水有多深？”她看着我，又垂头望向水面，继而抬头盯着我。

“啊，”我说道，“我知道水多深了，那其他地方的水深呢？”

“最深处大约有两米。”她的声音变得平稳，似乎恢复了先前的镇静。

“水底有隔板吗？”

“没有。”仿佛是为了证实她的话，一条紫绿相间的小鱼游到了她站着的那处荷叶旁。那鱼的躯干宽宽的，长度足有七十五厘米，浑身布满了亮鳞。它悬在水中，嘟嘴呆看着，似乎是在望着她。“我没鱼食，”她举起那只戴着手套的手说道，“去桥旁等吧，会有人来的，她们一直都来。”那条鱼却只是反复张合着嘴巴，“看，她们来了。”

两个小孩绕过灌木丛，沿着一条小径跑到了桥上。小一点的那个孩子砰的一声从小径跳上了桥。桥边的水开始翻腾起来，一会儿后，那条紫绿色的小鱼吃完便转身游走了。“桥上有一个鱼食分配器，”水中的那人解释道，“再过一个小时，鱼群就会涌过来。”

“那我很高兴在鱼潮到来前来到了这里，”我说道，“如果不麻烦的话，你能告诉我这里采取了什么安全措施吗？”

她发出了一声急促的嗤笑。“湖水让您很紧张，舰队长？”说完，她又指向上方的穹顶，“也担心那个？”

“也担心那个，”我承认道，“都令人警觉。”

“您无需担心。穹顶不是艾斯奥克人建的，是雷切人用优质而坚固的材料做的。无人贪污，无人受贿，自然就没有偷工减料，没有中饱私囊，也就没有工作疏忽。”她说这话时一副认真的样子，出乎我意料的是她居然毫无讽刺之意，“当然，空间站一直在监视，我们的行为稍有差错的迹象，就会受到警告。”

“但空间站无法监视园圃之下的区域，是吧？”

她还未及回答，就听一人呼喊道：“希里克斯，活儿干得怎么样了？”

我识得这个声音。很多年前，我就听过这声音的录音，那时这声音还比较稚嫩。这声音和她姐姐的声音很像，又有些不一样。我转过身去看她。她好像她姐姐，她的长相，她的声音，她的姿势，她因穿着绿色园艺制服身子有点僵硬的样子，这一切都在告诉我她和奥恩上尉是姐妹。不过她的皮肤比奥恩上尉要深一些，脸更圆一些，这也不是稀罕事。我看过巴斯奈德·埃尔明小时候的录像，是她发送给姐姐的一段信息。那时我就知道她以后会长成什么样了。奥恩上尉离世已有二十年，我杀死她已有二十年。

“差不多做完了，园艺师。”昨日出现在茶馆中的人说道，身子还在及膝深的水里。不过这是我猜测，因为我的眼神还停留在巴斯奈德·埃尔明身上。“这位舰队长是来找您的。”

巴斯奈德直勾勾地望向我，双手拽了拽绿色的制服，一脸迷惑地微皱起眉头。然后，她瞥见了我那金质纪念章。她的眉头舒展开来，继而摆出了一副冷冰冰的厌恶表情。“我并不认识你，舰队长。”

“确实，”我说，“我们从未谋面，不过我和奥恩上尉是朋友。”光是表述出来就有些令人尴尬，更何况是称奥恩上尉为朋友，“不知道你愿不愿意和我一起喝茶，在你方便的时候。”如此直率的询问，有些愚蠢，还近乎鲁莽。她似乎没有心情跟我站着闲聊。港口监察长斯卡伊阿特曾警告过我，她不愿见到我。“恕我直言，关于一些事情，我想和你聊聊。”

“我觉得我们没什么可聊的。”巴斯奈德如同冰霜般冷漠，“如果你觉得有必要，无论你想怎么说，现在就说。你说你叫什么来着？”粗鲁外露，不过我知道她粗鲁愤怒的缘由。相较于奥恩上尉，我觉得巴斯奈德的发音学得更好。虽说她早就开始练习，但从某种程度上说，地道的发音也只是个幌子。我觉得她的听力也要优于她姐姐。和她姐姐一样，巴斯奈德·埃尔明能敏感地意识到谦虚与冒犯，这也理所应当。

“我叫布瑞克·米亚奈。”我尽量在说出雷切领主强加给我的姓氏时不要磕磕绊绊，“你不会认得我的，我认识你姐姐的时候用的是另一个名字。”她定能一下子记起来那个名字，但我不会告诉她，我是她姐姐驾驶的那艘星舰，我是她姐姐麾下的辅助部队士兵，曾为她姐姐服务。这里的人都知道，那艘星舰二十年前就消失了。而且，星舰不是人类，不会是舰队长，不会是其他什么长官，也不会邀人喝茶。如果我告诉她我的真实身份，她会认为我疯了。这可能也是件好事，因为告诉她名字之后，我可以继而告知她姐姐的事儿。

“米亚奈。”巴斯奈德的声音里充满了不信任。

“就像我说的，我认识你姐姐的时候，用的不是这个名字。”

“好吧。”她哼唧道，“布瑞克·米亚奈。我姐姐很正义，也很正派。她从未倾倒于你，不管你怎么想，我们谁也不想从你那得到报酬，我们都不需要。奥恩不需要，也不想。”巴斯奈德的意思是，即使奥恩上尉和我有过任何关系，比如“倾倒”，即发生性关系，那也不是因为她想要从我身上获得什么。监察长斯卡伊阿特曾因奥恩上尉而为其妹巴斯奈德提供庇护，人们因此推想斯卡伊阿特对奥恩上尉的帮助，是建立在利益交换的基础之上的，即奥恩上尉曾用性来换取社会地位。这是一项相当普遍的交易，但地位较低的公民在爬到高位后，无论是升迁还是接受某些专享任务时，就很易受到指摘，人们会说她们因性而受恩惠，而不是因为自身功绩。

“你说得对，你姐姐从来不倾倒于谁，不管是对我，还是对其他任何人，从来没有过。要是有任何人诬蔑她，你都要知会我，我会去消除她们的误解。”要是可以先喝喝茶、吃些食物，彼此彬彬有礼，随便聊聊，最后再说出我要说的这一番话，就不会让我的建议显得那么愚蠢了。但是，我想巴斯奈德永远不会同意一起喝茶，所以不妨此时此刻就说清楚我的想法，“我欠你姐姐的债很多，即使她还活着，我也还不清。我只能处在她的角度，代她补偿你。我打算让你做我的继承人。”

她眼睛眨了两下，一时间不知回复什么好：“什么？”

湖那旁的瀑布发出的声音激荡着，虽然离得很远，却扰人心弦。提萨瓦特上尉和公民希里克斯都惊讶地呆住了，我意识到她们在盯着我们，盯着巴斯奈德和我。“我提议，”我重复了一遍，“让你成为我的继承人。”

“但我有父母啊。”在三秒钟质疑性的沉默之后，巴斯奈德终于开口。

“你父母都很棒，”我承认道，“我没打算取代她们，我也做不到。”

“那你是在做什么呢？”

“我想要说的是，”我意识到自己刚才的表述不清楚，便一个字一个字地说道，“我会为了你姐姐，确保你的安全，而且无论什么时候，你想要的，都能得到。”

“‘我想要的’，”巴斯奈德说，重复着我的措辞，“是你给我马上走开，而且再也不要跟我说话。”

我深深行鞠躬礼，如同向长官汇报一般。“如公民所愿。”我转过身，迈到小径上，远离了大湖，远离了荷叶边水深及膝处站立的希里克斯，远离了站在岸边呆立着的同时又愤慨的巴斯奈德·埃尔明。我甚至没有去看提萨瓦特上尉是否继续跟在我身后。

我早知会是如此。我很清楚巴斯奈德·埃尔明会对我的提议有何反应，但我原以为向她发出邀请时会相安无事的，关于对峙的事可以稍后再谈。大错特错。此刻，我“看”到赫特尼斯舰长正在我园圃窟的套房等我，那里很热，空气也不流通，大汗淋漓的她刚刚怒气冲冲地拒绝了卡尔五号给她端来的茶水。我现在心情低落，去和她会面有些危险，但似乎也没什么好办法可以避免。

在套房的入口处，黑暗九号冷漠地站立在敞开门口的一侧。从湖边到此处都被我遗忘的提萨瓦特上尉开口说道：“长官，舰队长，恕我直言。”

我停下脚步，但没有回头看她。我向仁慈卡尔号询问后，它给我展示了提萨瓦特上尉令人费解的复杂情绪。提萨瓦特上尉整个上午都很痛苦，但这种痛苦中却又混杂了一种奇怪的渴望，她在渴望什么？而且，她还表现出一种我从未在她身上看到过的喜悦。“长官，请允许我回园圃窟去。”她想回园圃窟？现在？

我记得她看湖中小鱼时的惊讶与欢愉，然后我就想起，在那之后，我就再没留意过她。我太过沉迷于与巴斯奈德的相遇了。“为什么？”我直截了当地问道。想想看，也许这不是最好的回应方式，但我当下的状态也确实不是最佳。

某种神经质的恐惧让她一时间说不出话来，片刻后她才开口道：“长官，也许我可以和她谈谈，她没说我不能跟她说话。”说话时，她脸上一种怪异的满怀期许而又得意扬扬的情感轰的一下子燃了起来，其中还夹带着一种我曾在无数年轻又情感脆弱的上尉身上所看到过的东西。

哦，不！“上尉，你不该接洽公民巴斯奈德·埃尔明，我不需要你干涉我的事务，巴斯奈德也肯定不需要。”

提萨瓦特就好像被我打了一拳似的，她几乎要向后撤，但又稳住了脚步，努力保持不动的姿势。在某一瞬间，她因感觉受到了伤害而感到愤怒，并且一言不发。片刻后，她苦涩地抱怨道：“你甚至都不给我一次尝试的机会！”

“‘你甚至都不给我一次尝试的机会，’长官。”我纠正道。她那紫丁香色的眼睛里漾着愤怒的泪水。如果是其他十七岁的上尉，我会让她前去，即便她会被自己突然迷恋的对象拒绝，然后我会放任她哭泣——噢，我还是星舰的时候，我制服上流满了新晋上尉的眼泪。然后我还会给她斟酒，不管是一杯还是三杯。但提萨瓦特不是一般的新晋上尉。“回你的房间去，上尉，别出洋相，去洗洗你的脸。”现在喝酒尚早，但她需要时间调整，“午饭后，你可以出去，喝多醉都行，甚至可以去找女人，这里有很多人比她更适合当情人。”公民拉福德可能会感兴趣，但我没说出口，“你在巴斯奈德公民面前就待了五分钟。”说出这番话，荒谬感更加凸显了。这和巴斯奈德无关，真的是这样，但我还是坚决地要让提萨瓦特远离她。

“你根本不懂！”提萨瓦特嚷道。

我转向黑暗九号。“黑暗九号，带你长官回她的房间。”

“遵命，长官。”黑暗九号答道。我转过身去，走进了套房前厅。

当我还是艘星舰时，我有数千具躯体。除了极端情况，如果其中一具躯体太过疲劳或紧张，我便可以让它休息，换用另一具躯体，就如同常人左右手换用。如果其中一具躯体伤势严重，或是不能有效率地工作，我的医护兵就会将其移除，用其余的替换。就是如此便利。

或者说，当我还是辅助部队士兵，是正义托伦号星舰的一部分时，我是数千具人类血肉之躯的某一具，我从未独自存在过。我一直被多个“自己”包围着，每一个“我”都知道某具身体是否需要休息、饮食、抚摸或是宽慰。某具躯体可能会一时不知所措，变得易怒，或是带有任何你可能想到的某种情绪，这些都是自然的情况，毕竟，躯体总会感觉到一些东西。不过，这具躯体知道自己只是众多躯体的一具，因而即使一时间爆发了强烈的情感或产生生理上的不适，也知道其余的“自己”会救助，所以对于刹那间迸发出的情感或感觉，又会是极其微弱的。

啊，我是多么想念其他的“我”。现在的我不能因要安慰或是让这具躯体休息，而派遣另一具躯体替代我工作。我要独自入睡，对此，我对仁慈卡尔号上的普通士兵总是有些许歆羡。她们的床铺虽空间狭小，但彼此紧贴着睡在一起，感觉既温暖又亲近。即使我曾豁出去脸面，和她们一起睡，但她们不是辅助部队士兵，这是不一样的，以后也不会一样，我知道这一点，我知道这是无望的。但现在我却极度渴望，如果我身在仁慈卡尔号上，我就会去做，去蜷缩在星舰给我展示的那些光明分队士兵旁边，与她们一同入睡，尽管这仍不足以填满我心中的缺憾，但也可聊以自慰了。

将一艘星舰上的辅助部队士兵掳走，或是将辅助部队士兵的星舰损毁，是多么可怕啊。但是，与诛杀人类，再做成辅助部队士兵相比，便没那么令人发指了。不过，两者都着实令人惊愕。

细细考虑对我来说是奢侈的行为，我可不再有另一具躯体心平气和地代我去与赫特尼斯舰长会面。我也没有一两个小时去锻炼，或是冥想，又或是喝茶，好让自己冷静一些。我只有自己。“没什么的，舰队长。”仁慈卡尔号在我耳朵里说道。我一时被星舰的情感感知能力搞得不知所措。光明分队士兵们睡着了。艾卡璐上尉半睡半醒，她心情很愉悦，也是第一次完全放松了下来。斯瓦尔顿在浴室里哼着“妈妈说一切都在转”，她手下的阿马特士兵，医护兵，还有我的卡尔士兵们，都正处于这样一个忙乱的时刻。接着，画面消失了。我无法承受涌入的信息，因为我只有一具身体，一个大脑。

我想到了失去“自己”的痛苦，想到了失去奥恩上尉的痛苦，而我至今都未从这痛苦中痊愈。确切地说，我不认为这伤痛可以消泯，但它却又实实在在地在渐渐退却，成为可忍受的钝痛。只是巴斯奈德·埃尔明的一番话令我感到惊诧时，我无法从容应对，而慌乱之余，我也没对提萨瓦特上尉好声好气。我知道，十七岁上尉的情绪善变，我过去也经历过这种多变。但不管她过去是谁，不管她变成了谁，不管她的记忆变得多久远，或是她感觉有多古老，她的身体仍只有十七岁，今天的反应大都是青春期最后的阵痛。我曾见过也知晓这种痛。我本该更通情达理些，然后好好对待她的。“星舰，”我在心里说道，“我促成了斯瓦尔顿和艾卡璐的关系时，我有没有沾沾自喜？”

“或许有一点吧，舰队长。”

“长官，”卡尔五号走进前厅，如同辅助部队士兵一般面无表情，她继续说道，“赫特尼斯舰长已经在餐室等候。”我心里清楚，我让五号等了这么久，她有些焦躁，甚至开始生气了。

“谢谢你，五号。”尽管我早些时候已批准在园圃窟身着衬衣，但她仍然身穿夹克，而我“看”到其他仁慈卡尔号船员也都穿着夹克，“你给她上早点和茶了吗？”

“上过了，长官，不过她说不需要。”她言语中夹杂着一丝失望。毫无疑问，她感到被剥夺了一次炫耀餐盘的机会。

“好吧，那我进去吧。”我吸了一口气，尽我最大的努力清除脑海中巴斯奈德和提萨瓦特的画面，然后进门听取赫特尼斯舰长的报告。

10

早前，赫特尼斯舰长派遣了仁慈伊尔夫斯号前往各外空间站巡查，她自己则是随身带了几名巨剑阿塔加里斯号的辅助部队士兵来到了艾斯奥克空间站。她手下的瓦尔上尉及其分队负责园圃窟的安保工作。

她向我解释，为什么她派遣了巨剑阿塔加里斯号驻守那道传送门。该传送门之后的星系由岩石构成，卫星极寒，没有气体，没有居民，并且到达此星系的传送门只有这一扇。

“普利斯戈尔可以不经传送门而航行，长官，她们可能……”

“舰长，要是普利斯戈尔攻击我们，我们是没有还手能力的。”曾经，雷切指挥的舰队规模浩大，大到足以压制其余全部星系，但那个时代已经过去。而即使是那个时候，对抗普利斯戈尔也无丝毫胜算，所以阿纳德尔·米亚奈才最终同意签订和平条约。也正是如此，人们才仍然胆寒于普利斯戈尔，“老实说，舰长，目前最大的危胁是雷切的各大星舰，她们分裂为两派，都在试图控制甚至摧毁对方可能用到的资源。比如说，我们井下的那颗行星。”

包括行星上的食物。攻占之后，如果她们能守住，或者说，如果我们可以守住，那就可以将行星作为一个基地。“那么，艾斯奥克空间站很可能将处于孤立无援的境地。当然，我不觉得有人能真正组建一个舰队，即便有，也不是一蹴而就的事，我不觉得有人能攻我们于不备。一艘军舰或许可以通过传送门行进到离空间站或行星不到几千米处，但我不认为有人胆敢这么做。如果有人进犯，我们会及时监视到他们靠近，“我们应该把防御集中在这个空间站，这颗行星。”

她不认可我的提议，虽然她想争辩一番，话到嘴边却又咽了回去。至于我的权威从何而来，赫特尼斯舰长忠诚于哪派，我们也未提及。追寻这些问题的答案没什么意义，对我来说没有好处，对她来说也无益处。如果我幸运，所有人都会忽略艾斯奥克行星，也就永远不会成为一个问题，但我不想赌运气。

赫特尼斯舰长离开之后，我便思考下一步该做些什么。也许我可以再与贾罗德总督会面，好一同商讨除了医疗用品外，还有什么物资会在不久的将来可能会出现短缺，又需要采取什么措施。我得找到点事，让巨剑阿塔加里斯号和仁慈菲伊号忙碌起来，让它们远离麻烦，但又可以随时听候调遣。我向仁慈卡尔号发出了问询。提萨瓦特上尉在我套房的上面，园圃窟第二层的一个房间里。那房间很宽敞，黑色的墙壁上随意靠着一些便携式光板，时不时闪烁的光给房间留下道道光影。提萨瓦特、拉福德·丹奇，还有其他六个人斜倚在长长的厚垫子上。仁慈卡尔号提示说，这些人都是茶园主和空间站军官的女儿，她们正在喝一种口感辛辣的烈性酒。虽然提萨瓦特还说不知自己是否喜欢喝，但看上去却很享受当下的感觉。空间站站长的女儿皮亚特比我昨天晚上见到她时更活泼了一些。她刚才甚至说了些粗话，逗得所有人开怀大笑。拉福德低声说：“皮亚特，你真是个无聊的蠢货。”她的声音特别小，这话语定不会飘过坐在两人之间的提萨瓦特，进而传到皮亚特的耳朵里。

提萨瓦特的心中立马升腾起极度的反感，当然这种反应只有我和仁慈卡尔号知晓。“皮亚特，”她说，“我觉得公民拉福德不喜欢你的笑话，来，你靠我近点，我特想有个人跟我讲些趣事。”

“我只是开个玩笑，上尉，别那么敏感！”拉福德逗趣地回应道。这一表面上的逗趣，皮亚特的踌躇，或者说整个交流的过程，让我发觉她们之间的关系并不融洽。若我还是一艘星舰，若她们是我手下的军官，我定会加以干预，或者和她们的上尉长官交谈。我纳闷空间站为何对此事不作为？然后我突然意识到，拉福德也许对自己在何时何地说何种话非常谨慎。尽管房间里的每个人都装有追踪器，但空间站只能获取位置信息，断然无法监看监听。这些人虽植入了芯片，但来此处畅饮自是要关掉的。所以她们选择在此处聚饮狂欢，而不是他处。

在我自己的房里，我突然听到隔壁房的卡尔五号说道：“长官。”她冷漠的外表下是战战兢兢。

“别担心，”隔壁房间里传来一个陌生的声音，“我已经长大了，我不会再吃人啦！”这人的口音很奇怪，一半像是受过良好教育的雷切人，可另一半又像是别的人种。我猜不出来，因为我还从未听到过这种口音。

“长官，”卡尔五号再次说道，“是迪丽科翻译官。”这个名字有些古怪，五号说出口时磕巴了一下。

“翻译官？”没有人提过该星系里有翻译司的人，她们也没有理由待在这里。于是我询问了仁慈卡尔号，接着星舰便给我展示了卡尔五号的记忆片段：五号打开门，眼前之人是典型的园圃窟式打扮，她穿着宽松而亮丽的衬衫和裤子，戴着手套，但手套的颜色是朴素的铁灰色，没有佩戴珠宝饰品。她没提到家族姓氏，也没说隶属翻译司哪个部门，也看不出她的亲族关系或是头衔。我眨了眨眼睛，将图像驱走，然后站起身来。“让她进来吧。”

五号站到一旁，迪丽科翻译官走了进来。她咧嘴笑道：“舰队长！

幸会幸会。总督府太无聊了，我宁愿待在我的星舰上，但是她们说船体有破裂，如果留下来，我会无法呼吸的。我不知道，不能呼吸不算严重，是不是？呼吸？”她深吸一口气，做了个恼怒但犹豫不决的手势，“空气！听起来真蠢。我宁愿不呼吸，可她们非要让我离开星舰。”

“翻译官。”我没有鞠躬，她也没向我鞠躬。突然间，一种可怕的疑虑涌上心头，我说：“看上去，你是占上风的人。”

她耸起肩膀，惊讶地睁大了眼睛。“我！上风？可你才是那个调动所有士兵的人。”

我的猜测变成了事实。眼前的这个人肯定不是雷切人。她做的翻译工作应该涉及雷切帝国征服的某个外星人种，但又不是给盖克人或拉尔人做的翻译，因为之前我见过盖克人的翻译官，也了解给拉尔人做翻译的人的一些事，而这个人似乎都不相符。还有她那奇怪的口音。“我的意思是，”我说道，“你似乎知道我的身份，但我还不知道你是谁。”

她毫无顾忌地大笑。“好吧，我当然知道你是谁，人们都在谈论你。当然，她们不跟我谈。我不该知道你在这儿，我也不该离开总督府，但我讨厌无聊。”

“我觉得你应该告诉我你是谁，你的真实身份。”但我知道她是谁，或者说我知道我该知道的那些。普利斯戈尔专门培养一些与雷切人交流的人，而她就是其中之一，即为普利斯戈尔服务的翻译官。阿纳德尔·米亚奈曾说过她们这群人唯恐天下不乱。而且，总督也知道她身在空间站。所以，我敢打赌我的猜测均属实，而赫特尼斯舰长也是确信无疑。也正是因此，在她说起普利斯戈尔可能会突然来到此处时，她会有那种莫名的恐惧。但我很好奇，为什么她没有向我提起这件事。

“你问我到底是谁？”迪丽科翻译官皱起眉头，“我不是……也就是说，我刚才说过我是迪丽科，但我可能不是，我可能是泽亚特。

嗯，等等，不。不，我很确定我是迪丽科，我很确定她们告诉我说我是迪丽科。哦！我应该自我介绍的，不是吗？”她鞠了躬，“舰队长，我是迪丽科，是普利斯戈尔的翻译官，很荣幸认识你。现在，我想，你该说久仰大名，然后你会请我喝茶。不过，我烦透喝茶啦，有烧酒吗？”

我给五号发了一条无声短讯，然后示意迪丽科翻译官就座。不过这些铺着黄色、粉色绣花毯子的箱子和垫子，坐上去怕是不大舒服。“那么，”我坐到她对面我自己那堆着毯子的行李上，“你是外交官，对吗？”

从见到她开始，她的一切表情都像小孩子，看上去毫无克制，现在她的沮丧又表露无遗。“我把事情都搞砸了，对吗？事情都该是简单化的。我去达塔斯托尔宫参加新年占卜活动，在那里聚会，欢笑，然后说什么‘占卜预示大吉，所有人在来年将获得正义和恩惠’。之后我又感谢了人类的好客，然后离开回家。我做的那些活儿都是我该做的，所有这些都无聊透顶，只是必须得有人去这么做。”

“后来，一扇传送门坍塌，然后你就改了道，现在你是回不了家了。”按目前的情形，她是永远回不到普利斯戈尔的。除非她有一艘能自制传送门的星舰。但是，人类和普利斯戈尔之间的条约有专门规定，禁止普利斯戈尔人将自己的星系传送门带入雷切帝国。

迪丽科翻译官举起了她那戴着不协调灰色手套的双手。我想那是一个表示恼怒的手势。“她们跟我说，‘照我们说的翻译给她们听，不会出差错的。’看吧，现在都搞砸了。但这件事她们没提，你可能会觉得她们会提，但她们说的很多都是别的事情。‘坐直了，迪丽科。别肢解你妹妹，迪丽科，你这样做可不太好。内脏属于你的身体，迪丽科。’”她皱了一下眉头，仿佛最后那句话特别让人恼火。

“大家似乎一致认为你就是迪丽科。”我说道。

“才怪！但也不是说我谁都不是。啊哈！”这时，卡尔五号拿着一瓶烧酒和两个杯子走进房间。迪丽科抬起头来："这是好东西！"她接过五号递给她的酒杯，然后盯着五号的脸端详，"你为什么要假装自己不是人类？"

伴随这冒犯的话语，一阵强烈的恐惧袭来，五号要是开口，便定会带有这种情绪，但她反驳不了这句反问，所以没有回答，只是转身递酒杯给我。我接过杯子，平静地说道："别对我的士兵这么粗鲁，迪丽科。"

迪丽科翻译官哈哈大笑，就好像我说了些特有趣的话似的。"我喜欢你，舰队长。贾罗德总督和赫特尼斯舰长就只会问'你来这里的目的是什么，翻译官？''你的意图是什么，翻译官？''你指望我们相信你吗，翻译官？'，然后还说'你会觉得这些房间很舒适的，翻译官。''给门上锁是为了你的安全，翻译官。''再来点茶吗，翻译官？'你看，她们从不说'迪丽科'这三个字！"她喝了一大口烧酒，呛得咳嗽了几下。

我想知道，总督府的工作人员什么时候才能发现迪丽科翻译官失踪了。我也想知道，空间站为什么没有拉响警报。但后来我想起了那把枪，那把没有一艘星舰或空间站能看见的枪，那把普利斯戈尔制造的枪。迪丽科翻译官可能看起来漫不经心，又有些孩子气，但她肯定和贾罗德总督、赫特尼舰长所设想的一样危险，甚至可能比她们所担心的还更具危险性。她们似乎低估了她，也许是她蓄意制造假象。"你星舰上的其他人呢？"

"其他人？"

"船员？员工？其他乘客？"

"不过是一艘小船，舰队长。"

"那一定是很拥挤，因为有泽亚特，还有迪丽科翻译官。"

迪丽科翻译官露齿一笑。"我就知道我们会相处融洽。请我吃晚饭，好吗？你知道的，我只吃正常的食物。"

我回忆起她刚到此处时所说的话。“在你长大之前，你吃过很多人类吗？”

“没吃我不该吃的！但是，”她皱着眉头补充道，“有时我有点儿希望我吃了一个我不该吃的人，但现在已经太迟了。你晚饭准备吃什么？空间站上的雷切人好像都吃很多种鱼类，真恶心。我已经吃腻啦。哦，你的浴室在哪？我得……”

我打断了她的话。“我们真没浴室，这里没有水管。我们倒是有一只水桶。”

“终于有点儿不一样的东西了！我还没厌倦水桶！”

在五号撤走最后一盘菜肴时，提萨瓦特上尉摇摇晃晃地走进了房间。迪丽科翻译官正在一本正经地漫谈着：“蛋真是太不行了，你不觉得吗？我是说，蛋本该可以成为任何东西的，但是你能得到的只能是一只鸡，或者是一只鸭子，或者说，只能长成它们爹妈那样。你从来不会从蛋里得到任何有趣的东西，比如悔恨啦，或者说上周半夜三更的那种场景。”整个晚餐的对话都是类似这般的胡言乱语。

“你说得很对，翻译官。”我回应道。然后把注意力转向提萨瓦特上尉。我已经三个多小时没有想到她了。她在这段时间里喝了很多酒，身体左右打摆，瞪着眼看我。“拉福德·丹奇。”提萨瓦特对我说。她一只手举起，狠狠地指向旁边的某个地方。她似乎没有注意到迪丽科翻译官。翻译官略皱着眉头，好奇地打量着她。“拉福德·丹奇是个混蛋。”提萨瓦特得出结论。

从我今天“看”到公民拉福德的那几分钟来看，我觉得提萨瓦特的评估相当准确。

“长官。”提萨瓦特添加了该有的称谓，却太迟了。

“黑暗分队，”我厉声说道，黑暗分队士兵是跟在提萨瓦特身后进门的，进门后就一直焦急地踱着步子，“趁还没出乱子，赶紧把你的上尉弄出去。”那名黑暗士兵拉着提萨瓦特的胳膊，踉踉跄跄地把她扶了出去。但我怕已经太迟。

“我觉得她走不到水桶就要……”迪丽科翻译官严肃地说道，面上显露出几近遗憾的神情。

“我觉得也是，”我说，“但值得一试。”

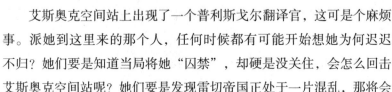

艾斯奥克空间站上出现了一个普利斯戈尔翻译官，这可是个麻烦事。派她到这里来的那个人，任何时候都有可能开始想她为何迟迟不归？她们要是知道当局将她“囚禁”，却硬是没关住，会怎么回击艾斯奥克空间站呢？她们要是发现雷切帝国正处于一片混乱，那将会发生什么呢？可能什么也不会发生，因为条约的适用性是不区分人种的，无论是哪种人类，都不得伤害普利斯戈尔人。这也遗留了一个问题，即对普利斯戈尔人来说，如何定义“伤害”一词，但想必针对此类问题，雷切和普利斯戈尔的翻译官们早已商谈清楚了。

而普利斯戈尔人的出现可能会转化为有利因素。在过去一百多年里，普利斯戈尔开始销售高质量的医疗矫正剂，售价明显低于雷切同类产品。贾罗德总督曾说过，艾斯奥克自己并不制造医疗用品，而普利斯戈尔是不在乎艾斯奥克行星是否属于雷切领土的，她们只关心艾斯奥克有无能力付钱。虽说普利斯戈尔人关于“付钱”的想法可能有点古怪，但我们一定可以找到合适的物品交换，这一点我深信不疑。

那么，为什么星系总督要把迪丽科翻译官锁在总督府呢？而且还对我三缄其口？我能想象赫特尼斯舰长如此行事的理由，她认识维尔舰长，而维尔舰长一直认为阿纳德尔·米亚奈的分裂是普利斯戈尔入侵所致。我比较确定，迪丽科翻译在此着陆仅是巧合，但对雷切，巧合也能说明些问题。阿马特是宇宙主宰，世间发生的一切，都是顺从了阿马特的意志。仔细研究下来，人们就会发现，即使是最琐碎的、看起来毫无意义的事件里面也能看出神的意志。而过去几周的骚乱绝非琐碎和毫无意义。赫特尼斯舰长历来都会对奇异事件保持警觉，因此这一次她本该对迪丽科大加警惕的，可她隐瞒了迪丽科翻译官的出现。可见，我对赫特尼斯舰长到底站哪一派的怀疑并非空穴来风。

贾罗德总督则是另一码事了。我参加了公民福赛夫举办的晚宴，又在总督办公室里与她会面。给我的印象是，她不仅聪明能干，而且还意识到了阿纳德尔·米亚奈目前的分裂源自她自身，而不是外部力量导致。我不认为我对她的评价太过偏颇。但很明显，我的思考里漏掉了些东西，我也没能了解她站哪一派。

“空间站。”我默默地传送指令。

“请讲，舰队长。”空间站在我耳朵里回应道。

“请通知贾罗德总督，我明天一早就去拜访她。”我发出的指令只有这一条。如果空间站并不知道我已知晓有迪丽科翻译官这么个人，甚至还和她一同吃过晚饭，并任她离去，那么，我要是主动提及，只会使贾罗德总督和赫特尼斯舰长惊慌失措。眼下，我需要采取一些措施，以应对突然变得如此复杂的事态。

在仁慈卡尔号上，斯瓦尔顿坐在指挥舱里，正与巨剑阿塔加里斯号的阿马特上尉交谈。那名上尉也在她自己的星舰上值班。“我想问，”阿马特开口道，仁慈卡尔号则直接将她的问题传送到斯瓦尔顿耳中，“你是哪里的？”

“一个值班时不胡搞的地方。”不过这话她并没有说出声，只是对星舰抱怨。接着，她出声说道：“伊内斯。”

“真的！”很显然，巨剑阿塔加里斯号的阿马特上尉从来没听说过这个地方。考虑到雷切帝国领土范围之广博，这倒不足为奇，但这并不能挽回斯瓦尔顿对她先前形成的鄙夷的态度，“你们所有的军官都是新换的吗？你的前任挺不错的。”此刻，艾卡璐正在熟睡，呼吸声低沉又均匀。不过，根据早前艾卡璐的描述，仁慈卡尔号的前任阿马特上尉是一个讨厌至极的势利鬼，“不过那个医护兵可一点也不友好，我得说，她有点自视过高。”医护兵正坐在星舰分队饭堂里，对着充当午饭的斯盖奥和茶水皱着眉头。她很镇静，心情也不错。

在许多方面，年轻时的斯瓦尔顿和她的前任一样难以相处。但斯瓦尔顿曾在一艘运兵舰上服役，这意味着她有实战经验，知道医术才是评价医生的标准。“你这会儿不该忙着警戒敌舰吗？”

“啊，如果星舰看到什么，它会告诉我的。”巨剑阿塔加里斯号的阿马特上尉语调轻快地说道。

“舰队长可真是吓人，虽然我早预想她会这样。她居然还命你我两艘星舰更靠近空间站些。看来我们要做邻居了，至少会有一段时间。我们该一起喝茶。”

“你要是不威胁摧毁她的星舰，舰队长就没那么吓人了。”

“噢，好吧。那是个误会。你们一自证身份，一切不就搞清楚了吗？不过，你觉得她应该不会揪着这个不放，是吧？”

在艾斯奥克空间站的园圃窟，卡尔五号把盘子端到隔壁房间摆好，然后跟八号大发牢骚，抱怨说突然蹦出来一个迪丽科翻译，让人感到不安。在另一个房间里，提萨瓦特已经失去意识，黑暗士兵把她双腿上的靴子脱下。我对仁慈卡尔号说道：“关于巨剑阿塔加里斯号的阿马特上尉，艾卡璐没有夸大其词。”

“是的，”仁慈卡尔号答道，“她说的是实话。”

第二天早晨，我正在穿衣服。我的裤子已经提上，但还未穿靴子。在我系衬衫扣子时，我听到走廊里传来急迫的喊叫。那人继续呼喊：“舰队长！舰队长，长官！”星舰通过走廊里一个正在站岗的卡尔士兵的眼睛向我展示了如下画面：走廊里有一个七八岁的孩子，小孩穿着肮脏的宽大衬衫和裤子，没有穿戴鞋子和手套。“舰队长！”她无视那名站岗的卡尔士兵，只是不住地叫喊。

我抓起手套，一挥手，五号随即为我打开房门。我迅速走出房间，去往前厅。“舰队长，长官！”那孩子继续喊道，虽然我已站在她身前，但她仍未压低自己的声音，“快点啊！又有人在墙上画东西了！要是让那些尸体士兵先看到，那就糟啦！”

“公民。”五号率先开口。

我打断了五号。“我跟你去。”接着，那孩子便跑了起来，我跟着她沿着闪着光影的走廊向前走。又有人在墙上涂画了。小事一桩。人们可能会觉得完全可以忽略，但赫特尼斯舰长上次反应可有点过激。看这孩子如此急忙慌乱，很明显，要么是她自己知道等到巨剑阿塔加里斯号的瓦尔上尉前来空间站处理此事可能带来的后果，要么就是派小孩来当信使的某位成年人告诉了她后果的严重性。所以，问题是很严重的。如果我发现涂画只是讹传，嗯，那也不过是延迟几分钟吃早餐罢了。

“她们画了什么？”我在井道里爬上一个阶梯时问道。电梯损坏后，井道的梯子是园圃窟去往各层的唯一通道。

“某种文字，”孩子回答道，她正在我上面攀爬着，“是文字！”

所以，这孩子要么是从未见过这种文字，要么就是看不懂，我猜是第二种情况。大概不是雷切语，应该也不是我过去两天里学到的拉斯瓦尔语,因为这里大部分的雅查纳人都用拉斯瓦尔语阅读和交谈。我到这里的第一天晚上，我向空间站询问某些信息和历史时，它告诉过我，园圃窟的大多数居民都是雅查纳人。

是艾克西语！但模仿的音却是雷切语。不管是谁涂写的，这个人用的是和涂刷茶馆门同样的粉色油漆，而这油漆当时扔在了小厅的一旁。我认得这些文字，倒不是因为我认识一些艾克西语词语，而是因为空间站在两天前晚上告诉我，这些词汇可以追溯到兼并战争时期，象征着那一场抵抗运动。“不饮茶，要嗜血！”这是在玩文字游戏，因为雷切语里“茶”与艾克西语里的“血”是同音词。言外之意就是要奋起革命，而不是向雷切和茶叶利益屈服，她们将抵制雷切，饮其血，或者至少让雷切人流血。而今，那些革命者死了有几百年了，这句巧妙的口号也不过是历史课上的冷门知识而已。

那孩子见我在离茶馆门口不远处的油漆字前停下脚步，便继续跑了起来，直到确认到了安全范围之内。园圃窟的其他居民也都躲了起来，小厅变得空无一人。我知道，如果没有什么事发生的话，在这个时间，定会有顾客源源不断涌进茶馆的。不过现在任何经过这条路的人都看了一眼那标语——“不饮茶，要嗜血！”——然后就转身藏到安全的地方，好避开巨剑阿塔加里斯号瓦尔上尉和她的辅助部队士兵。我现在是独自一人。卡尔五号仍然在攀爬井道，要比我慢很多。

一个熟悉的声音在我身后响起。“那个长着紫丁香色眼睛、要呕吐的孩子是对的。”我转过身，迪丽科翻译官的穿着和昨晚来见我时一样。

“什么是对的，翻译官？”我问道。

“拉福德·丹奇是个混蛋。”

就在这时，两名巨剑阿塔加里斯号辅助部队士兵冲入小厅。“你，就是你，给我站住！”其中一个辅助部队士兵一字一顿地喊叫道。在那一瞬间，我意识到她们很可能辨认不出迪丽科翻译官。因为按常理，她此刻应该被锁在总督府，而她现在的穿着像雅查纳人。而且，这片区域和整个园圃窟一样，照明光忽隐忽现。我自己也没有穿全套制服，只穿了制服裤子，戴了手套，衬衫只系了一半扣子。巨剑阿塔加里斯号得花一段时间才能识别我们的身份。

“哦，孢果皮！”迪丽科翻译官转身要看辅助部队士兵，而我则想在巨剑阿塔加里斯号识别她的身份并将她逮捕前带她逃走。

她还没有完全转过身去，我也只是刚刚想到“孢果皮”一词用得有些下流时，便听到一声枪响。在这个狭窄的空间里，枪声震耳欲聋。迪丽科翻译官一阵喘息，向前踉跄了两步后就跌倒在地。我根本没有思考便举起盔甲，喊道：“巨剑阿塔加里斯号，退下！”同时，我迅疾地将“医疗急救，园圃窟一层！”的讯息传至空间站。我跪在迪丽科翻译官旁边，“空间站，迪丽科翻译官后背中枪了，快派几名医护兵过来。”

“舰队长。”空间站在我耳边平静地说道，“这里的医护兵是不会去——”

“现在，空间站。”我放低盔甲，抬头瞥向那两个巨剑阿塔加里斯士兵，她们已经逼近到我身边，“巨剑阿塔加里斯号，医药箱给我，快。”我想向两人质问她们知不知道自己在做什么，为何向自己人开枪。但现在不让迪丽科翻译官流血昏迷才是重中之重。而且，这也不全是星舰的错，它应该是听从了赫特尼斯舰长的命令。

“我没带医药箱，舰队长。”其中一个巨剑阿塔加里斯辅助部队士兵说道，“当下不是战争时期，空间站里也确实有医疗设施。”我当然也没有医药箱。依照惯例，我们带了一些医疗设备，但放在一个包装箱里，要往下爬三层才能到。如果子弹击中的是翻译官的肾动脉，她也许在几分钟内就会因失血过多而昏厥。考虑到伤口的位置，这是很可能的，即使我命令我手下的卡尔士兵给我拿一个医药箱，那也来不及了。

不管怎样，我还是下了命令让人去取。我把手按在迪丽科翻译官背上的伤口处。很可能没效果，但这是我唯一能做的。“空间站，我需要医护兵们过来！”我抬头看了眼那个巨剑阿塔加里斯号的辅助部队士兵，“给我拿个吊舱来！现在！”

“这附近没有。”茶店老板喊道。在那些看过墙上涂鸦的人当中，她肯定是唯一还待在附近的。她站在茶店门口继续大喊道：“医护兵们也从来不来这儿。”

“这次她们最好过来。”经过我的按压后，从翻译官体内出来的血液变少了，但对内出血我无计可施。她的呼吸变得又快又浅。突然间，她血液流出的速度越来越，快到我的肉眼难以辨清。在第四层，卡尔八号打开了放置药品的箱子。她一接到命令就动身了，效率很高，但我还是觉得她不能及时赶来这里。

我仍在徒劳地按着翻译官背上的伤口处。她面朝下躺在地上，已经奄奄一息。“你的血会留在你的动脉里的，迪丽科。”我说。

她回以一个因虚弱而颤巍的“哈”字。“看吧……”她停了下来，好让自己细微地呼吸几口空气，“呼吸。愚蠢。”

“是的，”我说，“是的，呼吸愚蠢又乏味，但还是继续呼吸下去吧，迪丽科，就算是帮我个忙。”她没再回应。

卡尔八号带着一个医药箱赶来了。赫特尼斯舰长也来到了案发现场，她后面跟着两名医护兵和一个辅助部队士兵，那个辅助部队士兵还拖着一个紧急吊舱。但一切为时已晚，迪丽科翻译官已经死了。

11

我跪在迪丽科翻译官的尸体旁，双手依旧压着她背上的伤口，血浸染了我赤裸的双脚，我的双膝，我的双手，还有我衬衫的袖口。这不是我第一次被别人的血染遍身体。我并不畏惧鲜血。两名巨剑阿塔加里斯号辅助部队士兵一动不动，满脸冷漠。她们从很远的地方拖来的吊舱无用地横亘在地上。赫特尼斯舰长皱着眉头，困惑地站在一旁。我想，她可能不太确定到底发生了什么事情。

我站起来给医护人员腾出位置，她们便立刻对迪丽科翻译官展开施救。“舰……队长，”过了一会儿，其中一人说道，“对不起，我们已经无能为力了。”

“就从没做过什么事。”一直站在门口的茶馆老板说道。那喷绘潦草的“不饮茶，要嗜血！”标语离她站的地方只有几米远。这是个麻烦事。但我心里想的，不是赫特尼斯舰长认为的那个麻烦。

我摘下了手套。手套已被鲜血浸透了，我的两只手因沾满了血而黏糊糊的。我快速走到赫特尼斯舰长跟前，她没来得及退后，我便用我血淋淋的手抓住了她的制服外套。两名医护兵见状急忙闪开。赫特尼斯舰长没能抵抗，一下子就被我拽得失去了平衡。接着，我便拖着她跌跌撞撞地来到迪丽科翻译官躺着的地方，然后把她推到尸体上。我转向卡尔八号。“找个牧师来，”我对她说道，“你觉得谁有资格做洗礼，主持葬礼，你就把她弄来。如果她说自己不会来园圃窟，就通知她，不管愿不愿意，她都必须来。”

“遵命，长官。”八号确认后就离开了。

与此同时，在一名辅助部队士兵的扶持下，赫特尼斯舰长努力站了起来。

“舰长，这是怎么回事？我说过，除非绝对必要，不要对公民使用暴力。”虽然迪丽科翻译官没有公民身份，巨剑阿塔加里斯朝她开枪时，也不可能知道射击目标是翻译官。

“长官，”赫特尼斯舰长说，她的声音颤抖，不知她是因我对她动粗感到愤怒，还是对整个事件感到沮丧，“巨剑阿塔加里斯号询问了空间站，空间站说它没有这个人的记录，她身上还没安追踪器。因此她肯定不是公民。”

“就因为这个你就让人向她开枪，是吗？”我质问道。当然，我自己也在其他情形下无数次遵循这种逻辑。对巨剑阿塔加里斯号，对于我，此等逻辑非常有说服力。但我从没想过，巨剑阿塔加里斯号辅助士兵会在此处开枪，在一个挤满公民的空间站，在一个几百年来都是雷切领土的空间站开枪。

我应该想到的。我是指挥官，发生的一切都是我的责任。

“舰队长，”赫特尼斯舰长回答，她很愤慨，也并未掩藏自己的情绪，“未获授权的人会危及——”

“这个人，”我故意重读了每个字，“是普利斯戈尔的翻译官迪丽科。”

“舰队长，”空间站在我耳里说道，我没有关闭与空间站的通讯，所以它听到了我说的话，“恕我直言，您弄错了。迪丽科翻译官应该还被锁在总督府的那个房间里。”

“再看看，空间站，派人去看。赫特尼斯舰长，从现在开始，无论什么情况，你和你的任何船员或辅助部队士兵都不允许在空间站上携带武器。没有我的明确许可，你的星舰或任何船员都不可再次进入园圃窟；瓦尔上尉须乘最近一架穿梭机返回巨剑阿塔加里斯号。不要——”赫特尼斯舰长张开嘴想表示抗议，“再跟我说话。你故意对我隐瞒重要信息，已经危及了空间站居民的生命安全。你的士兵导致普利斯戈尔外交代表身死。跟你直说吧，我正在极力劝自己不要立即开枪击毙你。”事实上，至少有两个能让我冷静的原因。这里有两个辅助部队士兵立在赫特尼斯舰长旁边，而且，我之前太过匆忙，把自己的枪落在住处了，要下三层才能回去。

我转向茶馆老板。“公民。”我得格外努力，才能不暴露自己原有的那种辅助部队士兵的扁平声调，“你能给我上碗茶吗？我没吃早餐，而且看来今天是要斋戒了。”她没说话，转身走进了茶馆。

在我等茶时，贾罗德总督来了。她看了一眼迪丽科翻译官的尸体，接着目光转向了赫特尼斯舰长。赫特尼斯舰长一言不发，身上沾满了翻译官的血。总督喘了口气，然后说道：“舰队长，请听我解释。”

我看向她，然后转过身，看到茶馆老板走到离我一米远处停下，将一碗茶粥置在地上。我向她道了声谢，走近一步把碗端了起来。我没戴手套，用血迹斑斑的手端着碗喝了起来。赫特尼斯舰长和贾罗德总督的脸上闪过嫌恶的表情。“接下来我们要这样处理，”我喝了半碗稠茶后说，“我们要举行葬礼。别跟我说要保密，不要跟我说避免引起走廊内的恐慌。我们要为她举行葬礼，要有祭品，要有冥纸，空间站总署每一位成员都要致哀。尸体要保存在吊舱中，哪天普利斯戈尔人来寻翻译官时，可以按她们的习俗再办一次葬礼。”

“还有，巨剑阿塔加里斯号必须向我禀报它最后一次看到这堵墙未被涂鸦的时间点。空间站要告诉我从那时到我看到墙上字迹的这段时间里，每一个在这堵墙前逗留的人，要列清单给我！”空间站可能辨不清是否有人在墙边涂画，但它知道每个人的位置。我猜想，在那段时间里，除了写标语的那个人，极少会有人站在这堵墙前。

“舰队长，恕我冒犯，”赫特尼斯舰长不顾理智对我说道，“您吩咐的我们已经做了，安保已经逮捕了嫌疑人。”

我惊了一阵，继而满腹狐疑地扬起一边眉毛。“安保逮捕了拉福德·丹奇？”

赫特尼斯舰长惊了一下。“不，长官！”她反驳道，“我不知道您为什么会认为公民拉福德会做出这等事。不，长官。罪魁祸首只能是希里克斯·阿德拉。今天早上她去上班时经过这里。她离墙体很近，而且停留了约十五秒钟，这足够她写下标语了。”

她如果是工作途经此地，那她一定住在园圃窟。大多数园圃窟的居民是雅查纳人，不过希里克斯·阿德拉是萨米尔人的名字。听起来也很耳熟。“这个人在园圃窟工作，在上面？”我问道。赫特尼斯舰长示意我猜对了。我想到了我初到此地时遇到的那个人。我看见她身子立在园圃窟的湖里，她会因发泄愤怒而痛苦。不可能是她干的。“为什么萨米尔人会用雷切语刷上一个艾克西语口号？既然她是萨米尔人，干吗不用利奥斯特语，更多的人就能读懂了？”

“舰队长，历史上——”贾罗德总督开口说道。

我打断她道：“总督，历史上，很多人都有理由怨恨那次兼并。但此时此刻，即使搞个形式上的叛乱，她们中也没有人能获得什么好处。”过去几个世纪以来就是这种情形了。在园圃窟，但凡有人珍惜自己的生命，更不用说去珍惜其他人的命，都不会在不知晓空间站会如何惩治的情况下，将标语喷绘在墙上。不过，我敢打赌，园圃窟里的每个人都知道空间站总署会如何反应。

“园圃窟是无意中才有的。”我继续说道，这时仁慈卡尔号给我展示的卡尔八号对一位初级牧师厉声说话的画面从我眼前闪过，“但因为园圃窟的存在给你带来了好处，你会告诉自己，园圃窟的生存条件也是正义的，合礼仪的。”帝国三要素。正义、礼仪和恩惠。从理论上讲，三者从未单独存在。正义的行为从未不合礼仪，有恩惠的行为绝不会违背正义。

“舰队长，”总督贾罗德愤慨地说道，“我不觉得——”

“所有事物与其对立面都是相辅相成的。”我打断了她，“若无粗野之人，何来文明之人？”文明与雷切几乎是同义语，“如果园圃窟不能让一些人受益，那么现在，这里就会有水管、照明、能正常使用的门，还有来急救的医护人员。”在星系总督眨眼做出回应之前，我转向茶馆老板。她这时还站在茶馆门口，“是谁让那孩子来喊我的？”

“希里克斯。”她说，“看看这给她带来了什么恶果。”

“公民！”赫特尼斯舰长愤怒地厉声道。

“闭嘴，舰长。”我用平声调说道。赫特尼斯舰长没有再多言。

碰触过死尸的雷切士兵，要淋浴并做简短祈祷，以此清除“不洁”。我知道的所有人，她们在洗澡时都会喃喃自语，或是默默祈祷。我没有这习惯，但在我还是一艘星舰时，我所有的军官都会这么做。我认为平民医护兵也有类似的习惯。

要是不能在神庙中上供，沐浴和祈祷也就足够了。但对大多数雷切平民来说，与死亡的近距离接触完全是另外一回事。

如果我更恶毒一些，我就会故意在小厅兜转，甚至走遍园圃窟这一整层，然后在过往处抚摸物品，涂上血迹，这样牧师就不得不忙上几天了。但我从未见过有人能从不必要的怨恨中获益，而且我怀疑，整个园圃窟已经陷入了一种可怕的状态，就像仪式上的不洁一般。如果医护兵从未来过这里，那肯定有不少人死在了这里；如果牧师不来，那么这种不洁定是徘徊不散。当然，这种推理是假设一个人在任何情况下都笃信这种信念。雅查纳人大概是不信奉这个的。这不过是又一个能认定她们是外国人的理由，她们也因此不该享受雷切人习以为常的服务设施。

一位资深牧师在两名助理的陪同下到达这里，她在离躺在血泊里的迪丽科翻译官两米远的地方停下脚步。牧师站在那里，睁圆了眼睛惊恐地瞪着尸体和我们。

“她们平时怎么处置这里的尸体？”我朝所有人问道。

贾罗德总督答道：“她们会把尸体拖到园圃窟周围的走廊里，然后就弃在那不管了。”

“真恶心。”赫特尼斯舰长嘟囔道。

“她们还能做些什么呢？”我问，“这里没有处理尸体的设施。医生不来这里，牧师也不来。”我看向资深牧师，“我说得对吗？”

“没人有义务来这里的，舰队长。”牧师严肃地回答，然后瞥了一眼总督。

“的确如此。”我转向和牧师一起回来的卡尔五号，“这个吊舱是能用的吗？”

“能用，长官。”

“那我和赫特尼斯舰长把翻译官抬进去，然后你们——”我没戴手套便指向牧师和几位助理，这一举动实属冒犯，“该做什么就做什么。”

我和赫特尼斯舰长花了二十分钟在圣水里洗身、祷告、搓盐，然后牧师用三种熏香将我们熏蒸。不过，这难以清除掉我们所有的不洁，只是减轻了污浊，这样我们就可以穿过走廊，或者待在房间里而不会惹得她人召唤牧师。对士兵而言，她们可以洗浴、做祷告，而且严格来讲，这种去污的方式效果更好，但我用这种方式是不能让大多数艾斯奥克空间站居民满意的。

“若我行全哀悼之礼，”贾罗德总督说道，此时，我和舰长都完成了除杂质洗礼，然后穿上了干净的衣服，“那我两周内都不能进我的办公室，总署的其他工作人员也是一样。不过我觉得，舰队长，总得有人当值吧。”随着仪式的推进，总督已经没有一开始的那种烦躁的表情，现在看来非常镇定。

“是的，”我同意道，“那你和职员就做死者的远房表妹。我和赫特尼斯舰长充当直系亲属。”赫特尼斯舰长看似不悦，但她没有资格提出抗议。我派卡尔五号拿了一把剃须刀来，这样我和舰长就能剃光头发为葬礼做准备，然后再去拜访一位珠宝商，谈谈悼念币的事。

“现在，”我对贾罗德总督说，五号已经离开，赫特尼斯舰长则被我派遣到我的房间去准备斋戒，“我需要多了解一下迪丽科翻译官。”

“舰队长，我觉得这地方讲话不太方便……”

“考虑到我和死者的‘关系’，我是不能去你办公室的。”逝者已矣，在我本该悼念，本该在家中斋戒的时候，我显然是不能去总督办公室的。这行为不合礼仪，而葬礼必须完全得体。“这里没其他人。”茶馆老板已经进到店里，看不见人影。牧师们瞅准时间溜了。巨剑阿塔加里斯号辅助部队士兵也依我的命令离开了园圃窟。周围就剩仁慈卡尔号麾下两名士兵，并不能算作外人，“而且，目前来看，保守秘密不是什么明智之举。”

贾罗德总督做了个手势，表示遗憾地放弃。“她是乘第一波航线改道的某艘星舰来的。”从邻近星系行驶到本空间站的星舰，要么是因为必经传送门被捣毁，希冀在此处找到可以抵达目的地的新航线，要么是因为她们自己星系的设施也被破坏了，“她是孤身一人来的，她乘坐的星舰狭小如穿梭机，空间只能容一人。她提过自己要去的地方，我都不知道它是怎么携带足量的燃料的。而且，她来到这里的时间点有些……”她打了个表示挫败的手势，“我无法向乌茂格行宫请求指示。我私下里也占卜过，是凶兆。”

“当然。”雷切人笃信意外之力。世间没有纯粹的意外，无论意外是大是小。事事都可是上帝的降旨，异乎寻常的巧合不过是一道更具指向性的神旨，“我理解你的忧虑，在某种程度上，我甚至能理解你为什么要监禁翻译官，又为什么对空间站的大多数居民隐瞒。这些都没有困扰我。令我烦恼的是，你没有向我提及这一有潜在危险又令人警醒的情况。”

贾罗德总督叹了口气。“舰队长，我会听闻一些消息。这个空间站上的人们提及的，坦白说，该星系所有的人谈起的东西，最终都会传到我的耳朵里。从我担任这个职位起，我就听到过关于雷切以外腐败的传言。”

“这在意料之中。”雷切公民对此怨恨已久，从被兼并的世界流放过来的人，那些新造的公民，带来的是粗野的习俗和态度，会破坏真正的文明。关于这种抱怨，我活了两千多年，也已听了两千多年。我敢肯定，园圃窟眼下的情形只会在原本那些传言上又添一笔。

“最近，”贾罗德总督带着悔恨的微笑说道，“赫特尼斯舰长曾暗示过，普利斯戈尔为了摧毁我们，已经渗透到我们的高层。普利斯戈尔的那些翻译官们，外形上和人类相似，而翻译司与她们的联系又十分频繁与密切。”

“总督，你和翻译官迪丽科有过交谈吗？”

她沮丧地比划了一下。“舰队长，我知道您想说什么。但是，她比总督府的守卫聪明，能从上锁的监护室逃走。她还弄到了衣服，然后在空间站自由行动，而空间站却毫无察觉。而且你得承认，和她谈话总让人感觉很怪，我从未觉得她是我们的公民。她能完美控制向我们吐露的信息量，而透露的部分就已相当骇人了。人们都在传言，说普利斯戈尔人与我们的人种差异那么大，虽然后来签了条约，实现了彼此和平，但实际上还在操心雷切的事务。但我个人并不相信，因为普利斯戈尔自始至终就没有干预我们的事务。而后来，传送门没倒塌几个，迪丽科翻译官就来了，这还是在我们和乌茂格行宫失联的情况下，而且……”

“而且赫特尼斯舰长又提到普利斯戈尔潜入了我们的高层，甚至是最高层。恰巧我是什么阿纳德尔·米亚奈的表妹，还信誓旦旦说领主因雷切的未来发展而和自己的另一个人格内斗。况且，依据官方记录，我的实战经验不足以为我谋得当前的职位。然后，突然间，你就有些相信那些你本持怀疑态度的传言了。”

“大概是这样。”

“总督，我们是否就以下几点达成共识呢？无论其他地方发生何事，我们唯一可以或应该做的事，便是保障该星系内居民的安全。不论米亚奈领主是否内斗，这是你认为她会下达的唯一合理命令。”

贾罗德总督思考了六秒钟。“是的。是的，您说得对。但是，舰队长，要是我们购买医疗用品，那就意味着必须要与外界打交道了，比如普利斯戈尔人。”

“你看吧，”我十分平缓地说道，“为什么对我隐瞒迪丽科翻译官的事不是一个特别好的主意呢？”她颔首以示默认，“你不是傻瓜，我也不认为你是。但我得说，迪丽科翻译官的事儿，可不太让我觉得你是个聪明人了。”她不语，“在斋戒之前，我还有其他事情需要处理。我要和空间站站长塞勒谈谈。”

“说园圃窟的事？”总督猜测道。

“不止。”

园圃窟第四层，在我的起居室里，我命令卡尔士兵们离开，以便我能私下谈话。我对提萨瓦特说道：“接下来两周我要进行哀悼，不能做任何其他工作。斯瓦尔顿上尉当仁不让担任仁慈卡尔号指挥官，你要待在这里，打理此处事务。”

昨晚提萨瓦特喝得烂醉，喝了茶和药后，醉意已在消退。“是，长官。”

“‘她’为什么不关掉这里？”我突然问道。

提萨瓦特眨巴了一下眼睛，皱起了眉头，之后才似乎明白了我的问题。“长官，园圃窟又不是什么大麻烦事，有这么个地方能让人们……秘密地做一些事情，也是很不错的。”此话属实。对雷切领主的某个或某些人格也有用，但我没说出口。提萨瓦特也早已想到，“真的，您知道，长官，赫特尼斯舰长亲自下到园圃窟来之前，这里的人过得还不错的。”

“过得还不错，是这样吗？没有水，没有紧急医疗救助。而且，看上去这里没人质疑过赫特尼斯的管理方式？”她低头盯着自己的双脚，既羞愧又苦楚。

她抬起头来。“长官，她们从某处弄到了水，她们在这里种蘑菇，有一道菜……”

“提萨瓦特。”

“在，长官。”

“‘她’要把这里怎么样？”

“‘她’是要帮您的，长官。大概是这样吧。一旦完成这件事，除非您要做什么事阻止她……再合成一个整体。”我没有立即回答。她补充说：“长官，她认为这是有可能做成的。”

“园圃窟的境况需要改善，我很快就会和空间站站长谈谈这件事。查看一下你的通讯录，‘她’派你来这里，肯定给了你方各人员的联系方式吧。参加完葬礼后，我就不能亲自做一些事了。不过我会看着你。”

提萨瓦特离开了。卡尔五号将空间站站长塞勒领进客厅。塞勒身材魁梧，今天她穿一身浅蓝色行政制服，倒是显得优雅。入座后，我没依俗礼邀她喝茶。葬礼之前，除了我的家人，大家都不能在我面前吃喝。“园圃窟目前的情况令人无法容忍。”我没有委婉地寒暄，也没有感谢她在如此不便的时候应邀前来，“坦白说，我很惊讶，这里竟然一直都是这种破烂状态。但我不想听见推诿之词，我要的是马上开始修整。”

“舰队长，”虽然我语气平静，但空间站站长塞勒听了还是勃然大怒，“我们做的只有——”

“那就去做到这些！别告诉我没人该出现在这里，事实是人们就住这儿。而且，”对话进入了微妙的领域，“我在想，要不是空间站刻意为之，血案是不会发生的。空间站一直隐瞒你一些事情。换句话说，眼下的乱子是你一手酿成的。”塞勒站长皱着眉头，一副疑惑不解的神情，待她回过神来，疑惑变为了愤慨，“我希望你站在空间站的角度看事情。空间站这么大一部分区域遭到了破坏，虽说不可能完全恢复，但甚至都没人去做这件事。你只是把园圃窟封起来，然后试着忘记。但空间站是不能就这么忘了的。”在我看来，空间站认为有人居住于园圃窟，比原先那个荒无人烟、毫无感情味的空旷洞穴要好。此外，园圃窟的存在可以不断提醒空间站曾经遭受过打击。但我如何得出了这么个结论，我自己也是不明所以。“还有，那些住在这里的人也是空间站居民，而居民就是空间站存在的意义。不过，我看你待她们不是特别好，我猜空间站会因此憎恨你。它不会直接告诉你，它会暂时任事情继续发展下去，也会按你的要求去发布命令或是完成任务，不会越俎代庖。但我得说，我可是见过闷闷不乐的人工智能的。”我没有告诉她我是怎么见到郁郁寡欢的人工智能，也没说我自己曾是人工智能，“而且，这个空间站的人工智能就有些不悦。”

“人工智能只会遵令行事，又怎么会不开心呢？”塞勒站长问道。不，人工智能高兴与否又有什么影响呢！接着，塞勒站长继续说，从她的话里可以推断，她并不是仅因外表强壮而被授予职务，“您是说空间站没有‘遵令行事’？这就是您在强调的？”她叹了口气，“我初上任时，前任站长把园圃窟描绘成尽是罪恶与肮脏的泥淖，没有人能够轻易拔除这个‘毒瘤’。我看到的一切表明她是对的。园圃窟是积年沉疴，整改似乎是不可能的。所有人都这么想。但这也不是借口，不是吗？修理园圃窟是我的职责与本分。”

“把那些区域门修好，”我说，“还有水管和照明。”

“以及通风设备。”塞勒站长补充道，她戴着蓝手套的一只手给自己扇了扇风。

我打手势表示同意。“登记居住在这里的人们的房间号，这是你首先要做的。”而向此处居民提供医疗服务，派安保来老老实实巡逻，则是下一步要做的、更难实施的事。

“舰队长，不知何故，我认为事情不会那么简单。”

或许吧。“不好说，但我们必须得做点什么。”我的措辞是“我们”，我发现她注意到了这一点，“现在我要和你谈谈你女儿皮亚特。”塞勒站长困惑地皱起了眉头，“她是拉福德的情人吗？”

她眉头依旧紧锁。“她们青梅竹马，拉福德在井下长大，皮亚特经常去井下探望和陪伴她。那时拉福德家族里没有年龄跟她相仿的人，那片山区都没有。”

井下，一个空间站只能靠追踪器获知位置信息的地方。“你喜欢拉福德，”我说，“两个孩子在一起挺好，而且她也很迷人，是吧？”塞勒示意同意，“但你女儿很阴沉，她不常跟你说话，而且更多时间是待在别人家里，而不是在家陪你。你可能觉得她和你疏远了。”

“舰队长，您想说什么？”

拉福德以为没人知道她是如何对待皮亚特的，但空间站都看在眼里，只是它也不会乖乖报告。在空间站，隐私是矛盾体，它既不存在，又无处不在。空间站能看到你和某人最亲密的时刻，但当事人知道空间站永不会散布所见，不会说闲言碎语。空间站会禀报犯罪和紧急情况，但对于别的事情，它最多只会含沙射影地暗示或引导。在某种程度上，即使每家每户相互离得很近，即使人们生活的每一时刻空间站都一目了然，但每个家庭都得以严守秘密。

暗示往往足矣。但如果空间站心情不佳，甚至都不会暗示。“拉福德只有在想要展现魅力时才会有魅力。”我说，“或者说是在每个人都在关注她的时候。私下里，对某些人，她就是另一副面孔了。我会让我的星舰给你发送一份昨夜园圃窟事件的录像。”

塞勒站长捻动手指，令星舰传递文件。接着她眨动眼睛。从她瞳孔的转动可以推测，她在看拉福德以及她女儿等人倚靠在垫子上喝酒的场景。在她听到拉福德公民说“你他妈的真是个无聊的蠢蛋”时，我看到她目瞪口呆。当她继续看画面时，她看到醉醺醺的提萨瓦特上尉耍了个小花招，让皮亚特离拉福德更远些，而拉福德对皮亚特却是越来越过分。见状，站长露出了坚定而愤怒的神色，继而示意不必再播放记录画面了。

“我说得对吧？”我在她还没来得及开口前问道，“我猜拉福德公民从没参加过资质测试吧？就因为她是福赛夫公民的继承人？”塞勒站长颔首，“几乎可以肯定，测试人员早就预见了发生这类事情的苗头，所以就让她接受了某种治疗，或者说是给她分配了一项让她的性格有用武之地的任务。有时，如果其他一些因素能加成，她的性格就会适合从军，军队的纪律性能管控她们，教她们表现得更好。”如果一个人无须费心习得就拥有优良品德，那在她获得任职继而指挥某艘船后，这些船员甚至会得到神的救助，“她们有时候会非常非常迷人，以至于没人会怀疑她们私下里会是另一番模样。如果你吐露实情，大多数人也是不会相信的。”

“我也不会信的，”塞勒站长承认道，“要是你没给我看……”她双手向前比画，意指刚才在她的眼中播放的视频记录。

“所以我才给你看，”我说道，“尽管这样做不合礼仪。”

“没有什么是绝对不合礼仪的。”塞勒站长回应道。

“而且，站长，像我说的，如果你未明确询问，空间站会一直隐瞒。皮亚特公民不止一次去医务室让医护兵检查她脸上的瘀伤，她自称是在园圃窟喝酒后绊倒撞在墙上。但在我看来，那瘀伤不像是撞出来的，医护兵也觉得不像。但空间站不会插手私事。我敢肯定，空间站如果觉得足够严重，肯定会说些什么的。”其他人也不会注意到，因为使用矫正剂几个小时后，瘀伤就会消失，“当时除了拉福德以外，周围没有别人。我以前也见过这种事。拉福德会道歉，发誓绝不故伎重施，但我强烈建议你向空间站明确询问你女儿每一次问诊医护兵的情形。不管病因多么微不足道，每一次的病例都看一遍。我问过空间站你女儿使用急救矫正剂的情况，因为我以前见过这种事，知道这类事情肯定还会发生。为了获知真相，我直接询问了空间站，而空间站回答我，不过是因为星系总督贾罗德应我的要求下的命令。”

塞勒站长一言未发，她似乎屏住了呼吸。她也许是在查看女儿的就诊记录。也许不是。

“那么，”过了一会儿，我继续说道，“毫无疑问，你已经意识到了今天早上的艰难局面，而那是以普利斯戈尔迪丽科翻译官的死为结局的。”

她眨了眨眼睛，惊讶于我突然转变了话题。接着，她皱起眉头。“舰队长，今天早上是我第一次听说有翻译官，这是实话。”

我挥了挥手。“她们明确地询问了空间站，有谁在那个时间段站在那堵墙附近，且有足够长的时间来涂绘那些字。空间站给出了两个人名——希里克斯·阿德拉以及拉福德·丹奇。于是安保立即逮捕了希里克斯公民，因为她们认为拉福德不会做这种事。但无人问空间站哪位嫌疑人身上沾有颜料。既然没人提问，它也就不会主动提供信息。”我还没有与空间站连通信号，但我认为塞勒站长很可能已经连上了，“像我说的，我觉得你不能怪空间站。”

“当然，”塞勒站长说，“这是个恶作剧，纯粹为了娱乐。年轻人玩过头了而已。”

“哪是什么娱乐！”我努力保证声调平和，“哪些热情的年轻人会搞这种娱乐？去目睹巨剑阿塔加里斯号逮捕无辜公民？让那些无辜公民接受审讯，再被证明清白？或者更糟，根本不经审问、在无确凿证据时就定罪？讽刺的是，唯一的证据就是认定拉福德·丹奇绝不是犯人？在局势已经紧张起来的时候，让你、总督和赫特尼斯舰长更加警觉？为了说得更明白些，我们假设这是无害的娱乐，那么为什么没人说‘希里克斯公民，没什么大不了的，这只是一出恶作剧’？”站长一言不发，她手指轻轻捻动，不带一丝疑虑地问空间站：“公民拉福德的手套上有颜料吗？”

“她随从手套上有，”空间站承认道，“现在还在费力擦洗呢。”

“那么，”我说道，这将比空间站的问题更加微妙了，“福赛夫公民地位显赫，家财万贯。你在这里拥有权威，若是你再得到像福赛夫这样的人的支持，便能更容易做成一些事。毫无疑问她还给你送价值连城的礼物。你女儿和她女儿之间的恋爱关系也算是‘联姻’了。你派皮亚特公民去与拉福德做伴时，你就在这样想了吧。你是否注意到过你女儿曾经不开心，是否洞见过她不开心的苗头。你可能会安慰自己这没什么，为了家庭关系，为了家族利益，每个人都须忍受些压力。如果真的很糟糕，空间站肯定会报告的，至少会对你讲。所以你就这么听之任之，对欺侮之事视而不见。而你自欺欺人越久，你就越难以鼓起勇气面对真相，因为你必须承认，你一直对此置之不理。但现在现实摆在了你的面前，清清楚楚，毫不含糊。拉福德·丹奇就是这种人，这就是她对你女儿的所作所为。她母亲的礼物值得你放弃女儿的幸福吗？政治上的便利值得吗？你家族更多的利益更重要吗？你不能再拖延了，也不能假装自己没有选择余地。”

“舰队长，您真的让人很不舒服。”塞勒站长声音尖利地说道，声音饱含苦涩，“你去哪都揭人老底吗？”

“最近似乎是这样。”我承认道。

我说话的工夫，卡尔五号悄悄地走进了房间，在一旁像辅助部队士兵一样笔直地站着。显然，她想引起我的注意。“怎么了，五号？”若不是有很充分的理由，她不会打断我的谈话。

“舰队长，恕我直言，福赛夫公民的随从询问，待迪丽科翻译官的葬礼结束，她是否有幸邀您和赫特尼斯舰长一齐前往她位于井下的庄园共度两周时光。”这样的邀请，间接发出是最合礼仪的，即事先经由仆人询问，以避免任何不便或尴尬，“她庄园里不止有一栋宅子，那您就能以更合礼仪的方式度过两周哀悼期了。”

我看向塞勒站长，她轻轻回笑。“是的，我刚来的时候也觉得很奇怪。但在艾斯奥克空间站，如果你能负担得起，就不会在自己的套房待上整整两周。”葬礼结束后，在斋戒时，丧葬家庭成员不能工作，通常会待在家里接受客户和朋友的安慰和访问。我原以为我和赫特尼斯舰长会在园圃窟待上一段时间的。“如果你习惯了有人为你料理一切，”塞勒站长继续说，“特别是如果你平时不去普通食堂打饭，而都是由家眷为你做饭，这两周可能会很漫长。所以你可以选择去住在哪家人的大宅子里，有仆人为你洗衣做饭。中央大厅的一侧有一个地方专门提供这种服务，不过眼下已经被充当住宿区了。”

“这合礼仪吗？”我怀疑地问。

“我初到此地时，”塞勒挖苦地答道，“并不熟悉这种操作，她们甚至觉得我的教养可能名不符实。你若是不知道，可得让她们震惊到回不过神来了。”

我本不该感到惊讶。我认识的几乎所有辖区的军官，都知道葬礼的某些操作或是其他事情可能因地而异。但人们普遍认为这种强制性的仪式，实际上只有实力强大的公民才能做到，尽管很少有人承认这一点。除此之外，我知道小细节往往不被提及，因为所有的雷切人做事方法都是相同的，所以没有必要讨论。但是我已经习惯了注重琐碎的细节，比如什么样的焚香更得体，人们在哪天的纪念活动中会多说或是少说一些祷告，以及那些稀奇古怪的食物禁忌。

我想到了五号。她表面上冷漠地站在那里，但她在盼着我在失去耐心前想明白一些事。刚才她告知我福赛夫的邀请时，语气里就带着强烈的建议。“这里的传统就是要为这种服务买单吗？”我问塞勒站长。

“通常是，”她扭曲地笑了，“不过我确信福赛夫是在表示慷慨。”

也是为自己谋利。如果福赛夫早已获知她女儿在这段以迪丽科翻译官身死为结局的故事里扮演了什么角色，那我对她的举动就不会感到惊讶了。在哀悼期间接待我，要么是想要贿赂，要么是做个姿态，对她女儿所做之事表示悔恨。不过，这一举动很可能是有益的。“拉福德要和我们一起去井下。应该去的。”我说道，“然后留下来。待一段时间。”

“我会安排她去。”塞勒站长微微苦笑着对我说道。如果我是拉福德·丹奇，我会觉得不寒而栗。

12

艾斯奥克行星的天空是一片澄澈的天蓝色，到处闪着一束束亮晃晃的条痕，那是行星天气控制网中肉眼可见的部分。我们已经在水域上空飞行了几个小时，青灰色的水体波澜不兴。飞越水域后的景象是耸立的群山，群山山底褐绿相间，而更高处则是黑色和灰色，山尖寒冰又在黑与灰色中添了几抹白色。“舰队长、公民们，还需约一小时。”飞行员说道。之前，我们一行人在空间站港口电梯前碰头，共乘两艘飞行器。经过一些安排和卡尔五号的调节，福赛夫得以和拉福德共乘其中一艘，赫特尼斯舰长以及一名巨剑阿塔加里斯号的辅助部队士兵与二人同行。我和赫特尼斯舰长要按完整礼仪进行哀悼，我们剃掉的头发才刚生出发茬，脸上没有妆饰，只是在面上斜画一条宽宽的白条纹。等哀悼结束，她们就会把翻译官迪丽科的纪念章别在我的夹克上。之前我别在夹克上的奥恩上尉的金质纪念章就是这样得来的。翻译官的纪念章是一块两厘米长的银质猫眼石制成的，其内刻着“翻译官——迪丽科·泽亚特·普利斯戈尔”的字样，字体大而清晰。不管怎么说，这就是我们所知的属于她的名字。

在我旁边座椅上坐着的是希里克斯·阿德拉。在这飞行两天之中，除了必须开口，她都保持沉默，这可真是够让人印象深刻的。是我要求她随我同行的，虽然这样会导致园圃人手不足。而且，从理论上说，她也可以拒绝，但实际上她没有多少选择余地。我猜想，因为她很愤怒，此时开口说话肯定会触犯重新教育的某些规定，而极力压制自己却让她感到极度不适。所以，即使她的缄默在第二天没有改观，我仍然没有急切地向她询问些什么。

“舰队长，”希里克斯终于开口。她的声音在飞行器的嗡嗡声中传到了我的耳边，但在飞行员坐的地方是听不到的。“为什么要带上我？”她小心翼翼地控制着自己的语气，我很确信，这对她而言很艰难。

“我带上你，”我的声音平缓而理性，好像我没意识到她发问时透露出的怨恨和痛苦，“是想让你透露些公民福赛夫隐瞒的一些事儿。”

“舰队长，您怎么确定我会知道些什么，而我又愿意告知呢？”希里克斯的声音带上了一丁点的怒气，但未用会让自己感到不适的字眼。

我转过头看向她。她直盯着前方，似乎我有何反应与她无关。“你想探望家人吗？”希里克斯来自井下，她的亲戚都在茶园工作，“我可以帮你安排。”

“我……”她欲言又止，不知怎的，我的话给了她压迫感，“我没家人，是这样吧。”

“是的。”希里克斯是有家族姓氏的，所以从法律上看，她是有家的，“你家人把你赶出家门，她们也要承受很多耻辱。不过你还和某个家人有私下联系吧？你母亲？姐妹？”孩子们的父母成家前一般隶属不同家族。来自其他家族的父母或姐妹大都不会被认为是近亲，没有义务提供任何形式的支持，但血浓于水，危机面前大家会彼此照应。

“老实说，舰队长，”希里克斯说道，听她的语气，似乎这几个字已经回答了我的问题，“我很不想和公民拉福德·丹奇在一起待两周。”

“我想她意识不到的。”我说。公民拉福德对翻译官事件一直漠不关心，至少表面上看是如此。她不知道她所做之事有多严重，也不知道她的所作所为会传遍空间站，“你为什么住在园圃窟，公民？”

“因为我不喜欢分配给我的房间。舰队长，我想您喜欢讲话直率吧？”

我挑起一边眉毛。“如果我说不是，那不就是虚伪了。”

希里克斯苦涩地噘嘴，说道：“那我想一个人待会儿。”

“当然，公民。如果有需要，”卡尔五号和八号就坐在我们后面，“尽管告诉我或我的卡尔士兵。”我转回头，然后闭上眼睛，开始思考提萨瓦特上尉的事。

提萨瓦特正站在园圃那座横跨湖面的桥上，将粒状鱼食扔进湖中。各种颜色的鱼儿，紫绿相间，橙蓝相交，金红相接，都朝桥边游来，然后纷纷张开了嘴巴，湖水都被搅浑了。塞勒的女儿皮亚特站在一旁，面朝湖面靠在栏杆上。她刚才说了些什么话，让提萨瓦特上尉感到惊讶和沮丧。我没有向提萨瓦特询问，只是等着听她如何回应。

“这太荒谬了。”提萨瓦特愤愤不平地说道，“你是空间站园艺长的首席助理，这可不是什么无所谓！没有园艺局，我们都没有食物，甚至没有空气！你不会真觉得你的工作无足轻重而又毫无意义吧？”

“呵，工作？你是说给园艺长沏茶？”

“不止啊，你还要安排预约，传达她的命令，学习园圃窟的管理方式。我敢打赌，如果她下周待在家里，甚至都没人会发现的，因为你可以保证一切事务畅通无阻地运转。”

“那是因为大家都各司其职。”

“也包括你在内呀。”狡猾的提萨瓦特！我令她离巴斯奈德远点，这就意味着同时远离园圃。但她很清楚，即便只是出于政治原因，我也须认可她与空间站站长的女儿建立友谊。但我发现自己竟没有十分气恼。见皮亚特在贬低自己的价值，提萨瓦特那种惊讶与惶恐的感受是发自内心的。此外我还发现，她无疑已经打破了皮亚特的心理防线。

公民皮亚特转过身，转而背倚栏杆，胳膊抱于胸前，脸转离了提萨瓦特。“我能在这工作，只是因为园艺长爱上了我母亲。”

“她爱你母亲也不足为奇啊，”提萨瓦特上尉承认道，“你母亲很迷人。”我看到的画面即提萨瓦特的目光所见之处，所以我看不到皮亚特的表情。不过我可以猜测，我想，提萨瓦特也能。“坦白说，你生得和你母亲一样动人，要是有人不是这么说的，那她……”提萨瓦特打住了，她在极力思考这是不是深入谈话最好的方式，“无论哪个人说你的工作光鲜但无用处，目的只是让你母亲高兴，或者说什么你永远不会像你母亲那样漂亮或能干，那么，这个人肯定是在骗你。”提萨瓦特上尉把手里握着的鱼食悉数扔进水中，鱼儿又攒动起来，身上的鳞片波光粼粼，“也可能是出于嫉妒。”

皮亚特冷笑，却又是一副要大哭的模样。“为什么……”她的声音戛然而止，一个不想提及的名字差点脱口而出。说出口即是指责，“为什么……有人会嫉妒我？”

“因为你参加过资质测试。”我曾经怀疑拉福德没有参加资质测试，但我未跟提萨瓦特上尉透露过此事。不过，看来提萨瓦特虽然没做几天雷切领主，却学到了很多能耐，“按测试结果看，你也该管理重要事务啊。而且，只要一个人没瞎，她就能看出你将会和你母亲一样美丽。”说出“将会”一词时，提萨瓦特显得有点羞涩，这不是一个十七岁的孩子会说的那种话，“但前提是，你不要再听那些觉得你一无是处的人胡说八道。”

皮亚特又转身面向湖水，两只胳膊仍交叉在一起，眼泪从她脸颊滑落。“人们做什么任务，还是得看政治，一直都是。”

“是这样，”提萨瓦特说道，“你妈妈的第一份工作可能就是政治原因，不过应该也是因为她能胜任。”但并不是这样，提萨瓦特很清楚这一点。不过，提萨瓦特上尉的说辞像是从比她老练许多的人口中讲出的，皮亚特没有识破。不过她已被逼到最后一道心理防线：“这几天我见你在这边逛来逛去，我知道你是迷上园艺师巴斯奈德了。”

一语中的。提萨瓦特上尉表面还是一副镇静的样子。“要不是因为你，我就不能来这儿了。舰队长告诉我，对巴斯奈德来说我太年轻了，让我离她远点，这是命令。而且我还要远离园圃，幸亏你在这里工作，不是吗？我们去别的地方喝点酒吧。”

皮亚特沉默了一会儿，吓得身子都要后倾了。“不要去园圃窟。”她终于说道。

“我可没想去那儿！”提萨瓦特答道。她知道自己赢了这一轮，松了一口气。一场微小的胜利仍是胜利。“她们还没开始修理那里呢。我们找个不用在水桶里撒尿的地方吧。”

巨剑阿塔加里斯号星舰已经离开幽灵之门，现在更靠近艾斯奥克空间站了一些。在这段时间里，它几乎没对仁慈卡尔号说过任何话，这不足为奇。一般情况下，星舰都不会闲聊。此外，巨剑系列的星舰都认为自己比其他星舰优秀。

仁慈卡尔号上，艾卡璐上尉刚值勤完毕，斯瓦尔顿在分队饭堂遇见了她。“巨剑阿塔加里斯号上和你对应编号的那个士兵刚刚在问你。”艾卡璐在餐桌旁坐下。一位光明分队士兵刚才已经摆好了她的午餐。

斯瓦尔顿在她旁边坐定。“是吗？”她当然已经知道此事，“她在我们星舰上看到熟人开心吗？”

“我觉得她没认出我来。”艾卡璐答道。已吃过晚饭的斯瓦尔顿犹豫了一会，然后迅速地摆了一下手。艾卡璐吞了一口斯盖奥，嚼了嚼，咽了下去。“至少是没叫出我的名字，我对她来说只是‘阿马特一号’。因为我在站岗，也就没发图像过去。”那个阿马特上尉未记起艾卡璐，艾卡璐心中五味杂陈。

“哦，真希望你发给她瞧瞧，好看看她会是什么表情。”

我看到，因艾卡璐与对方上尉同出身阿马特，所以若是艾卡璐告知对方自己的身份后，对方可能会尴尬，艾卡璐也希望她如此，但见斯瓦尔顿看笑话的意图如此明显，又让她感到心烦意乱。这一切让我痛苦地想起了奥恩上尉和斯卡伊阿特·奥沃之间的瓜葛，那都已经是二十年前的事儿了。二十多年前了。这时，星舰对坐在飞行器里的我说道：“我得跟斯瓦尔顿上尉谈谈。”但我不确信斯瓦尔顿是否能理解星舰要说的话。

在仁慈卡尔号分队饭堂里，艾卡璐回应道：“我觉得她会在你下次站岗一开始就联系你。她之前想要请你喝茶，而且现在巨剑阿塔加里斯号离我们已经挺近了。”

“没人替我啊，”斯瓦尔顿严肃地说，不过话音里略带些嘲讽，“现在船上只有三个人站岗了。”

“有重要事儿发生，星舰自会通知你。”艾卡璐傲慢地讽刺道。

指挥舱里，医护兵喊道：“上尉们，似有物体从幽灵之门那一面穿过来了。”

“是什么？”斯瓦尔顿起身问道。艾卡璐虽继续嚼食，却调出了医护兵视野前的景象。

“目标太小，看不清楚，除非距离更近一些。”此时我正乘坐飞行器从艾斯奥克行星水域上空驶过。星舰对我说道：“我觉得是一艘穿梭机或某种体积很小的星舰。”

“我已经询问过巨剑阿塔加里斯号。”指挥舱中的医护兵说道。

“你是说它还没向不明物体发出威胁，说什么‘除非证明身份，否则将被摧毁’？”已经快赶到指挥舱的斯瓦尔顿戏谑道。

“没什么好担心的。”巨剑阿塔加里斯号星舰的回答传送了过来，无论是哪位上尉在那艘星舰上值勤，听上去都是一副十分无聊的口气，“肯定是太空垃圾。不像其他传送门，幽灵之门那边没人清理的。一定是很久以前有星舰在那边抛锚了。”

“你在说什么，”医护兵向对方上尉质问道，此时斯瓦尔顿恰好迈进指挥舱，“我们通常认为传送门的另一边没有人，从来都没有过。”

“哦，有时候人们去那里探险，或者只是为了兜风。但这艘不是近期损毁的，你可以看出来，可有些年头了。我们得把它拉进星舰，因为它体积太大了，容易造成危险。”

“为什么不直接烧掉？”斯瓦尔顿问道。仁慈卡尔号一定已经将她的话传送到巨剑阿塔加里斯号了，只听那上尉答道：“呃，你知道的，有人在那个星系里搞走私啊，我们要例行检查的呀。”

“传送门那边无人居住，她们能走私什么过来？”医护兵反问道。

“啊，没人从幽灵之门那边走私进来什么啊，我也不会这么觉得啊。”那人漫不经心地答道，“但一般来说，你知道啊，就是通常那些情况啊，毒品啊，盗的古董啊什么的。”

斯瓦尔顿咒骂道：“居然说起古董。”仁慈卡尔号早已请求巨剑阿塔加里斯号拍摄不明物体的近景图像，并在收到后向医护兵和斯瓦尔顿展示了。那“穿梭机”呈流线型，外壳伤痕累累，还有几处地方烧焦了。

“就是一块垃圾，我说的没错吧？”巨剑阿塔加里斯号的上尉说道。

“真无知，”斯瓦尔顿在巨剑阿塔加里斯号关闭连接后说道，“现在负责培训的那些军官都在教些什么？”

医护兵转过身去看她。“我错过什么了吗，上尉？”

“那是一艘军用穿梭机的补给柜，诺泰式的，”斯瓦尔顿答道，

“你真的认不出来吗？”

雷切人常常把自己描述为雷切帝国的唯一人种，雷切语也是唯一的语言。但戴森星如此巨大，即使它发源于单一人种，只有一种官方语言，实际上也是有多种语言存在的，人种和语言都会生息。想想看，当初就是诺泰人反对阿纳德尔对外扩张的。

“没，”医护兵说，“我没认出来。我觉得它看上去不太像诺泰人的东西，也不像补给柜。不过看起来是有些年头了。”

“我的宅子就是诺泰式建筑。曾经的宅子。”在斯瓦尔顿被冷冻于吊舱的上千年里，她的宅子和另一座并到了一起，“不过我们当然是忠于雷切的。我们有一架战后退役的诺泰式旧穿梭机停靠在伊内斯港。之前经常有人从四面八方赶来参观。”她对这架旧穿梭机的记忆一定刻骨铭心，而记忆如此深刻又令她出乎意料。她咽下了要说的话，这样接下来就不会在言语中流露出那种突然间的失落了，“一艘诺泰飞船怎么会在幽灵之门处损毁？这附近并没有发生过战争。”

在斯瓦尔顿和医护兵的视野中，星舰展示了斯瓦尔顿描述的那种穿梭机的图像。“对，就这个模样，”斯瓦尔顿说，“再给我们看看诺泰补给柜什么样。”星舰调出了一幅诺泰式补给柜的画面。

“上面还写着字呢。”医护兵指出。

“认——”斯瓦尔顿眉头紧锁，好似在猜字谜，“认得出来吗？”

“感知的神之本质，”星舰答道，“是最后战败的地方之一。现在已经储藏于博物馆了。”

“看着不像诺泰式的啊，”医护兵说，“文字倒是像。”

“但这上面的文字，”斯瓦尔顿指着从幽灵之门出来的那个补给柜影像说道，“被烧掉了。星舰，你真没认出来？”

星舰同时对医护兵和斯瓦尔顿说道：“那会儿没认出来，我还不到一千岁，而且以前从没亲眼见过任何一艘诺泰飞船。不过要是斯瓦尔顿上尉也没认出来，我再花几分钟是能的。”

“要是信了巨剑阿塔加里斯号，”医护兵质疑道，“那能认出来才怪。”她突然想到了什么，于是问道：“她们的星舰没认出来？”

“也许吧，”斯瓦尔顿说，“否则，它肯定会向它的上尉汇报。”

“有可能是它的上尉在撒谎。”饭堂里仔细倾听她们谈话的艾卡璐开口道，“她们大费周章折回去就是为了捡一块碎片？她们不能把碎片标记，让别人去弄？”

“果真如此的话，”斯瓦尔顿说，“她们要假定仁慈卡尔号认不出来。我并不认为这是一个合理的假设。”

“我不知道巨剑阿塔加里斯号怎么看我的智商。”星舰说道。

斯瓦尔顿笑了。“医护兵，等巨剑阿塔加里斯号检查了那块……碎片，让她们告知我们有什么发现。”

过了许久，巨剑阿塔加里斯号回复称，未发现补给柜里有任何有趣物品，所以就将之销毁了。

公民福赛夫的宅子是一座带阳台呈狭长形的两层建筑，是这个区域里三座宅子中面积最大的。墙体由抛光的岩石建成，岩壁上布满了黑灰色的石斑，其间夹杂着随光照变幻而熠熠发光的蓝绿色斑块。宅子坐落于湖畔，湖面宽阔、湖水清澈，树木林立的水岸边怪石凸起，长满青苔，一直延伸到一个年久风化的木制港口，坞内停泊着一艘白色船帆收紧的雅致小船。周围的群山赫然耸立。我们从空中飞往宅子时，看到了真正的茶园，就藏在山脊后面，它看起来像是在风中摇曳的绿色天鹅绒丝带，围绕着山腰，轻巧地避开凸起的黑色岩石。这里空气温度为二十点八摄氏度，轻柔宜人的微风散发着树叶和冷水的气味。

“我们到了，舰队长！”公民福赛夫爬出飞行器时大声呼喊道。这里平静又安宁。若不是处在眼下的情形，我会提议在湖边钓钓鱼、划划船，要是一个人喜欢，也可以去爬山，甚至就算是只待在室内也足以怡情了。主宅后面有一间单独建造的澡堂，与我即将入住的楼相对。澡堂里有一大澡池，至少可容纳十二人，热水供应十分充足。这是艾克西人的休闲方式，是野蛮式的奢华。

拉福德早已走到她母亲身边。“还可以在澡堂喝酒！漫漫长夜，再没什么比这更舒服的了。”拉福德咧嘴笑道。

“拉福德即使在此处也能夜夜笙歌，”在赫特尼斯舰长和巨剑阿塔加里斯号辅助部队士兵走近时，福赛夫愉快地评论道，“啊，重获青春的感觉！跟我来吧，我带您去住的地方。”

石壁上的蓝绿色斑块乍然闪耀，而待我们不断向前，向主宅看去的角度随之发生变化后，斑块便消失不见了。宅子的另一边是一条宽阔又平坦、生满厚厚苔藓的灰色岩石路，两棵大树在岩石路上投下了树荫。阳光将一座低矮建筑的影子投在了岩石路的左边。“那便是澡堂。”福赛夫指着一边说道。在苔藓蔓生的岩石路另一边，有一条小径一直从湖边的主宅延伸到山脊后，通往一栋两层楼高的由黑色和蓝绿色岩石建成的宅子，但比主宅小些，也没有主宅那样的阳台。宅子正对着我们的一侧是一整个大露台，藤蔓丛中的凉亭投下阴凉。一群人正站在那里等着我们，她们中的大部分人穿着衬衫和裤子，有些人穿着裙子，看起来好像是用剪开的裤子费尽心思缝制的，布料都褪色了，有些磨损的痕迹，原本是明亮的蓝色、绿色和红色，也不戴手套。

有一人站在队伍前面，她衣着传统，穿着夹克、裤子，戴着手套，夹克上零零散散挂着许多珠宝饰物。看她的容貌，我猜她是这里的某个萨米尔人监工。我们在离那伙人大约三米远的地方停住步子，恰好停在那个宽阔凉亭打下的阴凉里。福赛夫说道：“是为您准备的，舰队长，因为我知道您想听她们唱歌。”

那个监工转过身，对召集起来的人们说道：“现在，大家一起唱。”监工是用雷切语讲的，语速缓慢、声音洪亮。监工讲的雷切语可以听懂，但口音极重。

其中一位年长的人靠向身边的人，然后用代尔西语说道："我说过的，这首歌不合适。"监工有些愤怒，她显然搞不懂大家为何拖着不张口。她咕哝了几声，打了几个手势，随后茶农们才一齐深呼吸，开始唱了起来："哦，你啊，生活在神灵的处所，生活在她的护佑之中。"我知道这首歌的每一行和每一小节。大多数讲代尔西语的瓦尔斯卡伊人都会在葬礼上唱这首歌。

唱这首歌只是为了聊表慰籍，因为即便她们不知道我们为何来到此处，也不会看不见我和赫特尼斯舰长的光头以及脸上的服丧条纹。她们不认识我们，大概也不知道是谁丧生了。不过我们代表了征服她们的势力，是我们将她们从故国带到这里从事体力劳动。她们没有理由体谅我们的感情，也没有理由会认为我们通晓代尔西语，能听懂歌词。即使我们听懂了，她们也不会觉得我们能理解这首歌曲的意义。丧葬歌曲充满了象征意味和历史意义，承载着深刻的情感，但只能唱给那些懂的人听。

无论如何，她们唱了。唱完后，那长者鞠躬道："公民们，我们将为死者祈祷。"

"公民们，"我回应时说的也是雷切语，因为现在还不是让人知道我会讲代尔西语的时候，"我们深受感动，感谢你们的歌和祈祷。"

监工慢条斯理地喊道："舰队长向你们表达了感谢。现在，你们可以走了。"

"等等。"我说道。接着我转向福赛夫："在她们走之前，你愿意帮我给这些人分一些吃的喝的吗？"她朝我眨眼，表示没听懂。监工难以置信地盯着我。"我是心血来潮，要是有什么不妥，我会补偿你的。现在有什么食物都行，茶呀、糕点啊什么的。"我想这类东西厨房里应该备有现成的。

福赛夫从惊讶中回过神来。"当然愿意啦，舰队长。"她朝监工示意。监工还在赶茶农走，脸上惊骇的神情非常明显。

我们要入住的那栋宅子的一层宽敞而通透，一侧用作餐室，一侧用作客厅。客厅里放着很多把宽而深的椅子，边桌上摆着棋盘和透亮的棋子。在餐室里，我们围坐在一张长桌边吃着鸡蛋和豆腐汤，餐椅和餐桌乍一看并不搭，却是主人的艺术设计，餐桌一旁的柜子上则摆满了水果和蛋糕。暮色和云彩透过天花板周围的一排小窗户映下一片幽暗。楼上是狭窄的走廊，每一间卧室及其套间的小起居室都精心搭配过颜色，我房间的主色调是淡淡的橙色和蓝色。床毯针脚细密，触感柔软，我想，毯子有些磨损和褪色也是为了特意给人以舒适感吧。乍看一眼，此处不过是一间普通的乡村屋舍，而实际上，屋子的一切都是经过了精心布置和装饰的。

坐在长桌一端的福赛夫公民说道："这里过去用作行政办公和储存室。主宅曾是一处迎宾所，你们知道的，在兼并之前。"

"主宅的所有卧室都能通向阳台。"拉福德说，她之前可是费尽心思才坐在我旁边的。说话的工夫，她把头撇过来，靠得我很近，然后露出诡异的狞笑，"所以约会挺方便。"我意识到，她是在调情。即使她知道我现在正处在服丧期，这种行为十分不合礼仪。

"哈哈！"公民福赛夫大笑，"拉福德一直觉得楼外那些台阶有用得很。我这么大的时候，也这么想。"

离这里最近的城镇乘飞行器也有一个小时的路程。因此，这里的人只与同一宅子里的人约会。我猜想，住在主宅里的人应该都是表姐妹或赞助人。在同一屋檐下并没有很近的血缘关系，发生性关系也就不是禁忌。所以，性关系很可能是获得准许的，不需要恐吓仆人以求保密。

赫特尼斯舰长和我对桌而坐，等待调用的巨剑阿塔加里斯号辅助部队士兵近距离地站在她身后。作为辅助部队士兵，她不需要遵守服丧期的习俗。卡尔五号则立于我身后，她的举止让每个人都相信她是个辅助部队士兵。

公民希里克斯坐在我另一边，默不作声。这宅子里的佣人大多是萨米尔人，也有几个艾克西人，不过我没看到院子里有瓦尔斯卡伊人。之前仆人们带我们来到要居住的宅子时，脸上带着几乎难以察觉的犹豫。我想，要不是收到了特别指示，她们肯定会送希里克斯到仆人的住处。这里可能有人会认出她来，尽管她上一次来井下已经是二十年前了，而且不是来这里，而是到一百多千米以外的另一个地方。

“拉福德的老师们总觉得这里很无聊。”福赛夫说。

“她们才无聊！”拉福德喊道。接着，她用鼻音大声地像念经一样说道：“公民们！三拍、急调，告诉我们上帝像不像一只鸭子。”赫特尼斯舰长噗地笑出声来。“我想让她们活得更有意思一些，”拉福德继续说，“但她们似乎从来不懂。”

公民福赛夫也大笑。但我没有。我以前就从我的上尉们口中听过这样的笑话。我也从中看到了拉福德做事残忍的苗头。“那你能讲讲吗？我是说，上帝怎么会像只鸭子？”

“我不该觉得上帝竟能像一只鸭子的，”赫特尼斯舰长插言道，她因我这几日表面上的随和而变得大胆，“怎么会呢？一只鸭子！”

“但的确是这样。”我说道。

福赛夫摆手拒绝接受我的异议。“对，对，舰队长，不过，我们可以随便说话嘛，而不必纠结节拍和调式什么的。”

“为什么把上帝比作这么可笑的东西啊？”赫特尼斯舰长问，“为什么不说上帝是什么……红宝石或星星或者……”她小幅度向外摊手，“甚至是茶叶？有价值的东西，连成一片的东西，那才更合适啊。”

“这个问题，”我说道，“值得深思。福赛夫公民，我想这里的茶叶都是手工采摘和加工的吧。”

“是的！”福赛夫眉开眼笑，这显然是她的一大骄傲，“人工采摘。只要您愿意，随时可以参观。加工厂就在附近，去那里很方便。要是您觉得合适——”她顿了顿，眨了眨眼，看样子，附近的某个人刚刚向她传递了一条消息，“山脊后的那一片茶园，将于明天采摘。当然，把叶子加工成茶，需要日夜不停地工作。要将叶子脱水、搅拌，达到火候后，再干炒，滚动，直到成型。之后评级，最后再进行干燥处理。你可以用机器做所有这些事情，当然，有的人会这么去做，她们的茶也可以入口。”在“可以入口”的背后是她的些许不屑和蔑视。“在商店里，机器做的茶叶能卖个好价钱，但我们的茶在商店里是买不到的。”

福赛夫出产的茶叶名为“鱼之女”，只会作为礼物赠送。或者，也许可以直接从公民福赛夫手里买来再作为礼品送出。雷切人使用钱币，但绝大部分交易都是以物易物，而不是用钱币买货物。所以即使有买家会付给公民福赛夫钱财，数目也不会很可观。当然，是明面上的钱财不多。我们飞行驶过的那一片片绿色茶园中所有的茶树，复杂的生产过程，以及最后的成品茶，都不是为了最大限度地提高成本效率，不是的。“鱼之女”的存在价值是换取声望。

所以，即便艾斯奥克行星有更大的茶园，那些茶园看上去可能更加气派与壮观，更加收益不菲，但唯一一个自觉有实力公开接近我的茶园主，根本不卖茶。

“碰触叶子得很小心吧，”我说，“采摘和加工的时候。你的茶农们技术一定了得。”在我旁边的希里克斯公民被刚喝的一满口汤呛了一下，轻轻地咳嗽了一声。

“是的，舰队长，的确！现在你知道为什么我永远不会虐待她们了吧，我太需要她们了！其实她们就住在一座有点旧的迎宾所里，在几千米外，山脊后面。”雨水啪啪打在小窗户上。艾斯奥克空间站告诉我，这里只有在晚上才下雨，而且雨总是会及时停下，这样茶叶在早晨采摘时就已风干。

“真好。”我淡淡地回答道。

第二天清晨，我向着阳光站起身，天空是珍珠粉色和浅蓝色，湖面和山谷仍然笼罩在阴影中。空气有些凉，但并不寒冷。过去一年多，我待的地方都没有足够的空间跑步。跑步曾是我在伊特兰泰特王国养成的一个习惯，在那里，运动被视为一种宗教活动，球类运动则是一种祈祷和冥想。能再跑步感觉真好，即使这里没有人跑步，甚至没有人知道跑步的概念。我跑向那低矮的山脊，但我的步子很慢，因为我有些担心我的右髋关节，一年前那里受过伤，愈合得不太好。

在我将要跑到那座山脊时，我听到了歌声。一种有力的声音在山脉上回荡，越过那茶农劳作的茶园。茶园里，茶农肩上挂着篮子，从及腰高的茶树丛中敏捷地摘下茶叶，而她们中至少有一半是儿童。这首歌是用代尔西语唱的，歌者在哀叹，某个人的钟爱之人却另有所爱之人。这显然是瓦尔斯卡伊人的主题，在通常雷切人的情感中不会出现这类事情。我以前听过这首歌。现在听到它，令我突然想起了关于瓦尔斯卡伊的深刻记忆。我上一次去瓦尔斯卡伊，那里全是洞穴，到处散发着湿漉漉的石灰石的气味。

这个唱歌的人显然是个守望者。我走近时，歌词却变了。不过还是代尔西语，我知道，对那些监工来说，她们是不太能听懂代尔西语的。

看这位士兵啊
如此贪婪，如此渴望我们的歌
吞并如此之多，却无法禁锢他们
被占有的歌从她嘴角流出
远走飞翔，追寻自由

我很高兴自己的表情不是随心情挂在脸上，这是聪明之举，我完全按照这首歌的节拍调整着表情，这样我就可以忍住不笑，从而不会暴露我能听懂歌词的事实。就这样，我继续跑着，表现出没有注意到歌声的样子。我只是看着茶农们。她们中的每一个人似乎都是瓦尔斯卡伊人。歌者对我的讽刺就是诉说给她们听的，所以才用代尔西语来唱。在艾斯奥克空间站时，她们说福赛夫雇用的所有茶农都是瓦尔斯卡伊人，当时我就觉得很奇怪。不是部分，而是全部。现在，这件事得到了证实，我又一次为这种不正义之举感到震惊。

居然出现了一处满是瓦尔斯卡伊人的地方，她们本该被分配到几十个不同的茶园，或者其他任何需要劳动力的地方，或是被存放在吊舱里，然后几十年里一点点取出来使用。这里也许本该只有六个瓦尔斯卡伊人，但似乎有近四十人在此地劳作。我原以为能看到萨米尔人，甚至见到艾克西人或雅查纳人，又或是其他人种。这里在被兼并之前，艾克西人或雅查纳人不是仅有的人种。

此外，户内和户外工作区分也不该如此明显。就我今天早上和前一天所见，所有瓦尔斯卡伊人都在茶园工作，而所有的萨米尔仆人以及几个艾克西仆人都在室内。瓦尔斯卡伊于一百多年前被兼并，到目前为止，至少第一批流放过来的一部分人，或是她们的孩子，应该已经早就通过参加资质测试，或是努力工作，而被分配到更好一点的工作。

我一直跑到了茶农们的住处，那是一栋棕色砖砌成的建筑。窗户框上都没装玻璃，只是横拉着一块块毯子作为遮挡。很明显，这宅子从来就没有福赛夫湖边的宅子那么大、那么豪华。不过，山谷的这一边风景秀丽，这个季节遍地都是茶树。还有一条小径可以直接通到那如玻璃般明澈的宽阔湖面。宅子周边被践踏的泥土很可能曾经是园圃或是经过精心照料的草坪吧。我很好奇里面是什么样子，但我没有私自闯进去而成为不速之客，我选择了跑步原路返回。“舰队长，”仁慈卡尔号在我耳边说道，“提萨瓦特上尉恳求您小心腿伤。”

“星舰，”我默默地回答，“我的腿已经在提醒我了。”星舰知道我的腿在痛。提萨瓦特如此提醒我，是因为两天前我与她的谈话。

“上尉会焦虑的，”星舰说，“而你似乎忽视了。”在它那平和的声音里，我是听到了不满吗？

“今天剩下时间我都会休息，”我承诺道，“反正我也都快跑回宅子了。”

我再次穿越山脊时，天空和山谷都变得更加明亮，空气也愈发温暖了。我看见希里克斯公民正坐在凉亭下的一张长凳上，一只手端着一碗热气腾腾的茶。她没穿夹克，衬衫也没塞进裤子，也没佩戴珠宝首饰。严格意义上讲，她不用为迪丽科翻译官哀悼，她没有剃光头，也没有画上哀悼条纹，但她穿上了丧服。“早上好，”我大声喊道，继而走向露台，“你能带我去看看澡堂吗，公民？也许可以向我解释一些事情？”

她犹豫了一下。“好吧。”她最后谨慎地说道，好像我要让她涉险似的。

澡堂那扇长长的曲面窗户框出了黑灰色的悬崖和冰雪覆盖的山顶。客人们一定是因爱上远处秀丽的景色才喜欢这个澡堂的——没有雷切人会想到将一整堵澡堂的墙设计为落地窗户，即使有，也是极少数。

其余的几面墙壁则是用精心雕刻并抛光过的亮色木板围成。石砌的地面上有一个圆形热水池，水池四周是长凳，供歇坐和汗蒸，旁边则是冷水池。“冷水让人的肌肉更紧致。”希里克斯坐在热水池对面的长凳上对我说道，“能缩紧毛孔。”

热水令我髋关节的疼痛有所缓解。也许这次跑步并不是很明智。

“现在起作用了吗？”

“是啊，能净化。”“净化”似乎是个奇怪的词，我怀疑这是一个更复杂的词翻译过来的，可能是艾克西语或利奥斯特语翻译成了雷切语。“你生活很享受啊，”希里克斯继续说，我挑起了眉毛，“你一醒来就有茶喝，你睡觉的时候就有人给你整理好了衣服。甚至说，你需要自己穿衣吗？”

“一般是自己穿。不过，如果我需要穿着非常正式，有人帮忙也是好的。”我从来不需要这种帮助，但我曾数次提供给她人帮助，“那么，你的祖先，那些最早的萨米尔流放者，她们全部，或者说几乎全部都被派到山里采茶了？”

“很多人是这样子的，舰队长。”

“那次兼并过去也很久了，在她们变得文明后，”我只表露出了些许讽刺，“她们参加过测试，接受任务，这我能理解，但我不能明白为什么这里的茶园没有萨米尔人工作。或者说，为什么除了瓦尔斯卡伊人，就没别的人了。而且瓦尔斯卡伊人只在茶园工作，或多或少也应该有一两个人在房外的院子工作吧。瓦尔斯卡伊遭吞并已经一百多年了，在这段时间里，就没有瓦尔斯卡伊人被提拔为监工吗？”

“好吧，舰队长，”希里克斯心平气和地说，“如果能不做的话，没有人会一直采茶叶。只有达到最小采摘量，她们才会支付给茶农工资，但最小采摘量也很大。三个手脚麻利的茶农做一整天才能达到这个量。”

“或者说一个茶农，再加好几个孩子。”我说道。我跑步经过时，瞥到了孩子们在茶园里工作。

希里克斯打手势表示同意。“所以她们中没人能领到应得的实际工资，而且食物就是那种碾碎的，您在井上吃过的，是用茶树枝和制茶时剩下的粉末调味的。顺便说一句，就这个，福赛夫也会收费，而且是高价。因为这可不是什么随便的边角料，而是‘鱼之女’！”她停了一会儿，喘着粗气哼哧了几下，内心的愤怒是显而易见的，“一天两碗，只有粥，就这点儿供应，如果她们想要更多东西，就得花钱去买。”

“还得以高价购买。”我试着说道。

“是这样的。如果她们想种蔬菜，通常会有一些菜园，但是她们必须自己买种子和农具，而且得在采完茶后做。她们没有宅子，所以也没有家人给她们供应所需，她们都得买。她们谁都得不到旅行许可证，所以不能去很远的地方买东西。也不能订购，因为她们根本没有钱，而且债务太重，根本无法获得信贷，所以福赛夫就卖给她们各类东西，比方说手持设备，娱乐场所的许可票，好一些的食物等等。她可以随意要价。”

“萨米尔茶农以前是怎么摆脱这种境地的？”

“隶属这所宅子的一些仆人无疑还在偿还她们祖母和曾祖母的债务，或者是她们姑姑的债务。唯一的出路就是挤进宅子，然后拼命干活。但瓦尔斯卡伊人……我想我会说她们没什么野心，她们似乎都不知道要建自己的宅子。”

瓦尔斯卡伊人并不像雷切人那样工作，但就我所知，瓦尔斯卡伊人完全能够理解拥有某些东西的好处。比方说，至少是雷切的房屋一类的东西。“没有一个孩子通过测试，然后被安排到其他工作岗位吗？”我问道，虽然我可能已经知道了答案。

“这些年茶农不参加资质测试。”希里克斯答道。显然，她接受过重新教育，想要表达怒火会让她经历极严重的不适感。她转开眼不去看我，张嘴轻轻喘了几口气，“不是说测试了就能通过，她们都很无知，是讲迷信的野蛮人，每个人都这样，但即便如此，这也是不对的。”她又一次深呼吸，“福赛夫不是唯一这么做的人，她还会告诉你这是因为她们不愿意参加测试。”这点我相信，上次我在瓦尔斯卡伊时，是否做测试对于相当多的人来说都是一个紧迫问题。“但从那次兼并后，没有多少人再被流放到这里来了，不是吗？所以，如果茶园主的瓦尔斯卡伊人不够用了，谁还会为了那一点儿少得可怜的食物和工资去采摘茶叶呢？如果茶农们，还有她们的孩子们永远不能离开这里，那就方便多了。舰队长，这大错特错。不过总督不会关心一群无家可归的野蛮人，而关心她们的人也得不到雷切领主的注意。”

“你觉得二十年前的那次罢工没引起她的注意？”我反问道。

“肯定没有，要不然她会做点什么的吧。”她用嘴吧浅浅呼吸了三次，仍在隐忍怒气，“抱歉。”她匆匆忙忙地站起来，泼了一大盆热水到身上，大步走到冷水池，浸在了里面。五号给她拿了一条毛巾，她从冷水里爬出来，一言不发就离开了澡堂。

我闭上眼睛。在艾斯奥克空间站，提萨瓦特上尉已经入睡，不做梦的时候她就会睡得很沉，一只胳膊斜搭在了脸上。接着，我的注意力转移到仁慈卡尔号星舰上，斯瓦尔顿正站岗巡视，她一直在对她手下的一名阿马特士兵说些什么。“这趟浑水都让舰队长带去井下了。”奇怪。斯瓦尔顿根本不可能和她的阿马特士兵谈论这种事，“这真的有必要吗？或者只是因为什么不正义之事激怒了她？”

“斯瓦尔顿上尉，”那名阿马特士兵回应道，令人奇怪的是，即便这些人热爱假扮辅助部队士兵，但此刻的她却僵硬过头了，“你知道我必须向舰队长报告你的这个提问。”

斯瓦尔顿有些被惹恼了，她挥挥手，将星舰传来的指示抹走。“是的，当然，星舰。”

我恍然大悟。斯瓦尔顿是在和仁慈卡尔号说话，而不是和阿马特士兵。那个阿马特士兵只是念出了星舰在她眼前显示的回复而已，好像是一个真正的辅助部队士兵，是星舰的一部分，是几十个供星舰发言的媒介的其中之一一般。谢天谢地，没有船员对我做出过这样的举动，我也绝不会允许。

但看起来，斯瓦尔顿觉得如此交谈令她感到舒服和宽慰。她正处于焦虑之中，星舰这样说话让她很舒服。理由并不特别令人信服，但就是让人安心。

“上尉，”星舰借那位阿马特士兵之口继续说道，“我只能告诉你舰队长临走时在简令里对你说过的那些话，如果你想听我的个人意见，我想，两者都有关吧。舰队长的离开，公民拉福德被驱逐出艾斯奥克空间站，让提萨瓦特上尉得以与空间站里年轻又有权势的公民进行重要的政治接触。”

斯瓦尔顿怀疑地“啊”了一声。“接下来你该告诉我提萨瓦特是个有天赋的政治家了吧！”

“我想她会让你大吃一惊的。”

斯瓦尔顿显然不相信仁慈卡尔号的话。“即使如此，星舰，我们的舰队长通常不会惹事，一旦她惹了事，就不是小事。而我们离她有好多好多个小时的路程，根本帮不到她。如果你看到有麻烦在酝酿，而她的心思又在别的事情上，不能在需要时召唤我们靠近她一些，你会告诉我吗？”

“上尉，那我得提前几天就知道，如你所说，要是有什么麻烦在酝酿的话。我无法想象舰队长在这么长时间里心思都放在别的事上。”斯瓦尔顿皱起眉头，“但是上尉，我和你一样关心舰队长的安全。”星舰只能给出这样的回答，斯瓦尔顿也不能再强求更多。

“斯瓦尔顿上尉，”仁慈卡尔号突然说道，“一条来自赫拉德的消息。”

斯瓦尔顿示意星舰直接播放。一个陌生的声音在她耳边响起：“我是尤米舰队长，驾驶巨剑伊内尔号星舰，是乌茂格行宫派遣我来的。我接到命令，要负责赫拉德星系的安全。”赫拉德星系离这里只有一扇传送门的距离，可以说是邻居星系，“我向布瑞克舰队长致意。达塔斯托尔宫的战斗仍然十分激烈，几个外空间站已被摧毁。雷切领主会依据战况决定是否要向您派遣一艘运兵舰。她让我代她向您问好，不管怎样，她都相信您会圆满完成任务。”

“你认识尤米舰队长吗，星舰？”没人会期望立即得到对方舰队长的答复，即使以光速传播，回复也得在几个小时后才能传到。

“不太熟悉。”仁慈卡尔号回答道。

“那巨剑伊内尔号呢？”

“是艘巨剑号吧。”

“哈！”斯瓦尔顿被逗乐了。

“上尉，舰队长留下了指示，以防她不在时收到此类信息。”

“是吗？”斯瓦尔顿不确定自己是否对此感到惊讶，“好吧，那我们看看。”

我的指示已经没那么重要了。斯瓦尔顿答复尤米舰队长道：“我是斯瓦尔顿上尉，因布瑞克舰队长暂时离开而负责指挥仁慈卡尔号。我向尤米舰队长致敬，我们对您带来的消息表示感谢。请求尤米舰队长允许我直言，布瑞克舰队长想知道巨剑伊内尔号是否在乌茂格行宫接纳了新船员。”或许我该担心的可能不是新船员，因为用其他船员的身躯作成辅助部队士兵也是可能的。

不到晚饭前我是收不到对方答复的。接纳新船员的问题让斯瓦尔顿困惑不已，因为她不知道提萨瓦特的事，星舰也不会向她解释。

走回宅子时，我遇见了从主宅走出来的拉福德。“早上好啊，舰队长！”她脸上洋溢着热情的微笑说道，“像这样在天亮时起床真是太令人兴奋了。”我不得不承认，这是一个很有魅力的微笑，即便微笑背后有些几乎无法察觉的紧张。即使她没有暗示，我也能判定这不是拉福德习惯的起床时间。不过，我对她的了解让她的调情手段无计可施。“不要告诉我您已经去过澡堂了。”她表现出一丝失望，那是她在卖弄风情。

“早上好，公民，”我说道，并没有停下脚步，“是的，我去过了。”然后我便走进宅子吃早餐去了。

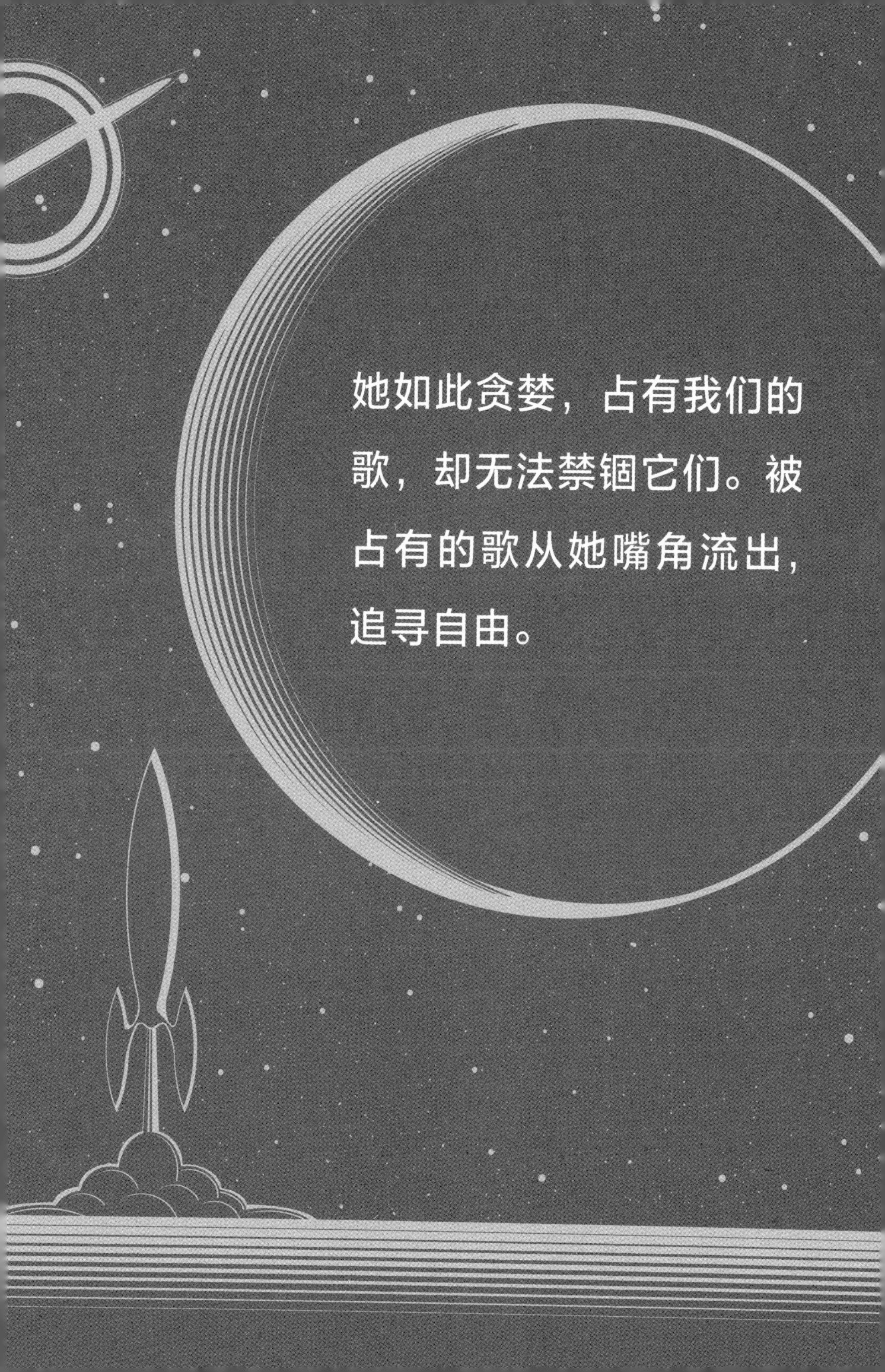

她如此贪婪，占有我们的歌，却无法禁锢它们。被占有的歌从她嘴角流出，追寻自由。

13

第二天早上，我和赫特尼斯舰长一起吃早餐，说是早餐，其实就是餐柜上福赛夫的仆人们前一晚未收走的水果和面包。我们二人一整天都要静坐，按时祈祷，节制饮食。因此，我们便坐在这栋宅子客厅一侧的开阔地上。不过，服丧的日子一天天过去，我们就可以在离宅子更远的地方待更长时间，比如坐在屋外的凉亭之下。对于那些因哀伤而心神不宁的人来说，居丧礼节是允许做一些远离宅子的运动的。那天早上我就利用了这一点出去跑步，跑完步还去了澡堂。但接下来的几天，我们的大部分时间都会在自己的房间度过，要不就是待在这个客厅里，彼此为伴，或是和来慰问的邻居一起。

赫特尼斯舰长没有穿制服。在这种境况下，她也不必穿制服。她穿着一件淡玫瑰色的衬衫，但没有将它掖进橄榄绿色的裤子中。而我的便服，要么对于这样的场合来说太正式，要么就是因我在雷切帝国之外的区域待了多年而过时。不管穿哪件，对于服丧期来说都不太合礼仪，于是我便穿上了棕色和黑色的制服衬衫和裤子。要是严格遵守礼仪，我不应该戴珠宝，但我是不愿取下奥恩上尉的纪念章的，所以便把它钉在了衬衫内侧。我们坐着，彼此沉默不语。卡尔五号和巨剑阿塔加里斯号的辅助部队士兵一动不动地站在我们身后，以备不时之需。赫特尼斯舰长变得越来越紧张，但几乎都没有表现出来。直到希里克斯走下楼梯，进而朝我们走来时，舰长蓦地站起来，然后在客厅的四周踱着步。她在来这儿的旅途中未跟希里克斯说一个字，昨天晚上也未开口，看样子她这会儿也不会对希里克斯说什么。不过，不发一言在服丧期再正常不过了，服丧期是可以有一些古怪行为的。

中午时分，仆人们端着食物走进客厅。盘子里放的还是面包，这在空间站上是一种奢侈，但在此处则是一种简单而朴素的食物。盘子里还有各种各样要抹到面包上的浆糊和杂烩，而这些配料似乎也仅是稍加调味。即便如此，从昨夜的晚餐来看，我确信这些食物已经是比较奢侈的了。

一个仆人走到了墙边，然后把墙板拉到了一边，这令我大吃一惊。原来，几乎整面墙都是由小块折叠板拼合成的，敞开后就是带凉亭的那个露台，过滤过的阳光就照进了客厅。一股沁人心脾、夹杂着树叶芬芳的微风也吹了进来。希里克斯带着午餐去到了室外的一张长凳上，不过那堵墙敞开后，就无所谓室内还是室外了。

在艾斯奥克空间站，提萨瓦特上尉坐在一家茶馆里。茶馆里摆着一张低矮的桌子，四周是舒适的宽大椅子。桌上散落着烧酒瓶，有的瓶子里面的酒已经喝光，有的则是半空半满。这酒比她的工资还贵，她肯定是赊账买的，要不就是商家猜到了她的身份后白送的，也可能是由于我的身份。我们中的一个人怕是得回馈老板，但这才不会招致麻烦。公民皮亚特坐在提萨瓦特旁边，还有六个年轻人坐在旁边的椅子上。有人刚才说了些俏皮话，所以每个人都在哈哈大笑。

仁慈卡尔号上，医护兵听着那个助理卡尔士兵自顾自地轻声哼唱，挑起了一边眉毛。

谁只爱过一次？

谁曾说过再也不会爱，还兑现了诺言？

不是我。

在艾斯奥克行星山区的宅子里，赫特尼斯舰长停住了脚步，拿起自己的那份午餐，然后放到了餐桌上。希里克斯坐在露台上的长凳上，似乎没有理睬她。一个仆人从希里克斯身边走过时停了下来，快速又小声地说了些什么。我没有听清楚，也许她说的是利奥斯特语。希里克斯抬起头，严肃地看着她，用雷切语清楚地说道：“我只是一个给意见的公民。”她没有流露出一点怨恨的痕迹。那天早晨她那样伤心，对于不公是那样愤愤不平，现在却如此神情，实在有些古怪。

在艾斯奥克空间站的茶馆里，有一人说道：“既然赫特尼斯舰长，还有那个令人胆寒的舰队长在井下，那就要靠提萨瓦特你来抵御普利斯戈尔的袭击了！”

“挡不住的，”提萨瓦特回应道，“如果普利斯戈尔要攻击我们，我们只能束手就擒。但我看，很长时间里普利斯戈尔人都不会发起袭击。”雷切领主分裂的消息现在还没泄露出去，对于传送门的问题，官方仍宣称是“始料未及的困难”。不出所料，那些不能接受这一说法的人，会发现用外星人入侵的说法来解释眼下的混乱显得更合理，“我们暂时很安全”。

“但我们现在被割裂出来了。”有人开口道。

公民皮亚特说：“即使我们与行星隔绝了，我们也是安全的。”听到这话，有人喃喃说着“愿神保佑不会如此”以及“空间站是安全的，无论如何，我们可以养活自己”。

“若是没有粮食，”又一人说道，“我们还可以在园圃的湖里种斯盖奥。”

另一人会心大笑：“这就能稍微杀一杀那个园艺师的锐气了！你应该想想这事，皮亚特。”

提萨瓦特从她的黑暗分队身上学到了一些本事，她的面色和声音都保持着极度平静。“什么园艺师？叫什么名字？”那个刚才会心大笑的人答道："叫巴斯奈德？不过是一个无名小卒，真的。但你知道吧，一个奥沃家族的人从乌茂格行宫来这里，称要庇护她，可她居然拒绝了。她没有家人，真的。她样貌也没那么姣好，结果她还觉得奥沃配不上她！"

皮亚特坐在提萨瓦特的一边，而另一边的那人，星舰告诉我是斯卡伊阿特·奥沃的表妹，不过不姓奥沃。提萨瓦特邀请了她，但她平时是不大和这群人聚在一起的。"斯卡伊阿特没因被拒绝而感到被冒犯。"那表妹说道。她笑了笑，声音尽可能不尖锐。

"嗯，没，她当然不会这么觉得。但巴斯奈德拒绝这样的提议是不合礼仪的，这只会让你见识到这位园艺师是个什么样的人。"

"是能看出来。"斯卡伊阿特的表妹同意道。

"她很擅长她的工作，"这句话突然从皮亚特口中冒出来，仿佛她前几分钟都在为了说出这句话而打气，"她理应感到骄傲。"

气氛一度陷入尴尬的沉默。"真希望拉福德在这里，"那个提出这个话题的人说，"我不知道她为什么也要去井下，她在的时候我们总能开怀欢笑。"

"她不是你可以随便取笑的人。"斯卡伊阿特的表妹指出。

"不是，当然不是，"拉福德的拥趸回应道，"否则我们就不会嘲笑其他人了。提萨瓦特，你该看看拉福德是怎么模仿赫特尼斯舰长的，真是太好笑了。"

在艾斯奥克行星，希里克斯从室外长凳上站起身，然后回到了楼上。我把注意力转移到卡尔五号身上，我"看"到穿着制服的她满身是汗，她早就因一直注视我和赫特尼斯舰长而百无聊赖了。她在想着餐柜上的食物，因为从她站的地方就可以闻到香味。我需要赶快上楼，也许我可以假装去小憩，这样卡尔五号就可以休息，她和巨剑阿塔加里斯号的辅助部队士兵就都可以用餐了。赫特尼斯舰长并不知道井上刚才有人提起过她，而希里克斯已经在她视线之外，她便走了出去，坐在了露台上。

有一名仆人走近卡尔五号。她踌躇着，我想，她是在纠结该如何称呼卡尔五号,最后终于有了答案,只听她说道:“不知您是否有空？”.

“什么事,公民？”卡尔五号用没有声调和扁平的声音对仆人说道。

“这是今天早上到的，”那仆人说道，她拿出一个用紫罗兰色天鹅绒布料包着的小包裹,“而且,有特殊要求,需要当面交给舰队长。”但她没有解释为什么她要把这个包裹交给卡尔五号。

“谢谢你，公民，”卡尔五号说着，接过包裹，“谁寄来的？”

“递送员没有说。”我认为仆人知情，至少我是这样怀疑的。

卡尔五号掀开绒布，一个用灰白色薄木头制成的平淡无奇的盒子裸露了出来。盒子里装着一块看起来像是从一整块面包上切下来的三角形状的厚面包，而且已经干掉了。里面还放着一根别针，悬在蓝色和绿色的玻璃珠之间的一个直径为两厘米的圆盘；最底下铺着一张小卡片，上面印着字，我觉得像是利奥斯特语。很多萨米尔人还在说这种语言。快速询问完艾斯奥克空间站之后，我的猜测得到了证实。空间站还告诉了我一些卡片上的内容。

卡尔五号把盖子扣回盒子上。“谢谢你，公民。”

我站起来，一言不发地走近卡尔五号，接过盒子和包装布，然后上了楼梯，穿过狭窄的走廊，最后来到了希里克斯的房外。希里克斯应了我的敲门后，我便说道：“公民，我觉得这应该是寄给你的。”我举起盒子，紫罗兰色布料折叠起来垫在了盒底。

她看着我，脸上满是疑虑：“这里没人会给我寄东西，舰队长。您一定是弄错了。”

“这肯定不是给我的。”我手里依旧托着盒子：“公民。”她仍然没接过盒子，惹得我厉声称呼她。

卡尔八号从她身后走过来，想从我手里接过盒子，但希里克斯伸手打断。“不可能是我的。”她执拗地说道。

我用闲着的那只手掀起了盒盖，好让她看见里面的东西。她瞬间定住了，似乎不能呼吸。

“请节哀，公民。”我说道。这枚别针是纪念物，死者的姓氏是阿德拉。卡片上详细记录了死者的生平和葬礼的细节。面包的初衷或是意义何在，我尚且未知，但显然对于送盒子来的人而言富有深意。当然，对希里克斯来说，也是有意义的，虽然我分辨不出她的反应是出于悲伤，还是她无法表达出的愤怒。

“你说过你没家人的，公民，”我在一阵令人不适的缄默过后说道，“很显然，阿德拉家族里有人想起了你。”她们一定是听说希里克斯和我在一起。

“她没权利这么做。”希里克斯说道。她面上丝毫不动声色，但我知道冷漠是她的必需品，是她生存的铠甲。“谁都没有权利，她们不能都要的，不能就这样夺回去，”她吸了一口气，看上去好像要继续说下去，但却未说出口，只得又吸一口气，“送回去，”她接着说，“这不是给我的，不可能的，这是她们一厢情愿。”

“如果你想这样的话，公民，那我如你所愿。”我扣回盖子，铺开那紫罗兰色的绒布，将其缠在了已合上盖子的盒子。

“什么，”希里克斯说，此时她的声音里透露出了苦涩，“再无劝诫去感恩，去记住她们，毕竟，那是我的父——”她的声音变得呜咽。她一直都太压抑自己的情感了。这呜咽声说明她平日习惯于自控，因此那一刻她没有当着我的面摔门而去，好让自己独自忍痛。或者说她知道卡尔八号会待在她房间，不管她怎么做，都会让别人看见，她是无法独处的。

“如果你愿意，我也可以给你劝诫的，公民，但可能不会那么真心。”我欠身说道，“如果你需要什么，请不要犹豫，我愿为你效劳。”

我话说完，她便关上了房门。我本可以通过卡尔八号的眼睛观察她的举动，但我没有。

13

晚饭端上来时，福赛夫和拉福德正好也来了。希里克斯没有下楼，从午饭后就没下来过。没有人对此发表评论。她能来这里只是人们勉强默许，因为她是跟我来的。我们吃完饭后，便坐在客厅的边缘处，那扇折叠门敞开着。傍晚降临，我们视线中的湖面因被阴影笼罩着而变成了铅灰色，只有湖后面的山尖仍闪烁着落日的余晖，空气也变得寒冷而潮湿。仆人们把说不上是苦还是甜的热饮用带柄的茶碗端了过来。“艾克西式饮品。”福赛夫说道。由于没有希里克斯随同，我的一边坐着福赛夫，另一边则是拉福德。赫特尼斯舰长坐在我对面，她的椅子稍转了一下，这样她就可以看向湖景了。

在仁慈卡尔号上，那天早上我向尤米舰队长提出了问题，而她的回复终于传递到了星舰。星舰在正在站岗的艾卡璐上尉耳边播放道：“万分感谢，斯瓦尔顿上尉，感谢你的殷切问候。我向布瑞克舰队长致敬。我没在乌茂格行宫接收任何新船员。”

我对如何回应对方的回复也留下过指令。“布瑞克舰队长感谢尤米舰队长谅解，”艾卡璐上尉说道，她和几个小时前的斯瓦尔顿上尉一样困惑，“请问，在乌茂格行宫空间站，是否有巨剑伊内尔号的船员失联一两天呢？”

“咳咳，舰队长，”湖边天色越来越暗，福赛夫说道，“不知您今天过得是否平静？”

“相当美好的一天，谢谢你，公民。”我没有义务把话说得更直白，事实上，如果我因哀悼而悲恸，那么在接下来的一周半里，我完全可以无视任何人的话而无碍于礼节。

“舰队长起床特早，”拉福德说，“我也起得早，就是为了能有个人领舰队长去澡堂，不过我起床的时候，她好像已经起了好几百年了。”

“很显然啊，公民，”赫特尼斯舰长和蔼地说道，“你对早起的理解和我们的不一样。”

“是军纪，拉福德，”福赛夫的声音里满是宠溺地评论道，“尽管你最近兴致勃勃啊，”她斜瞄了我一眼，“但你永远也不适合参军。”

“哦，我可不知道，”拉福德轻快地说，“我从来没试过，不是吗？”

“今天早上我翻过了山脊，看到了你茶园的茶农。”我对探讨拉福德是否适合参军的问题并不是特别感兴趣。

“那我倒希望您的收藏中多了一些歌曲，舰队长。”福赛夫回应道。我略点了一下头，这不算是回答，但足以传达出我的意思。

“我不知道她们为什么不干脆用这些人来做辅助部队士兵，”拉福德说道，“那样她们肯定会过得更好。”她哧哧地笑了，“一艘运兵舰上的两支分队就够我们用了，还可以给其他人留下很多。”

福赛夫大笑。“拉福德突然对军队感兴趣了！还一直在查相关信息，星舰和制服什么的。”

“制服太迷人了，”拉福德同意道，“真高兴您还在穿着这套制服，舰队长。”

“辅助部队士兵不能成为公民的。”我说道。

“好吧，”福赛夫说，“您知道的，我也不确定瓦尔斯卡伊人是否能成为新的公民。即使在瓦尔斯卡伊，也会面临很多阻碍，不是吗？首先她们的宗教是个问题。”实际上，瓦尔斯卡伊人信奉多种宗教，而每个宗教又有多种派系。但福赛夫指的是最多人信奉的那个宗教，即正统的“瓦尔斯卡伊国教”。这种宗教只信奉一个神明，具有排他性，大多数雷切人都觉得有些难以理解。“不过我不确定它是否真能称得上是一种宗教，我觉得那更多的是……迷信和一些非常奇怪的哲学思想的集合吧。”外面的夜色愈发暗沉下来，树木和苔藓覆盖的石头消失在了阴影中，“不过宗教算是最小的阻碍，她们有足够多的机会获得教化，为什么？你看看萨米尔人！”她指了指周围。我想，她指的是那些给我们端来晚餐的仆人，“她们当初的处境就和瓦尔斯卡伊人的现状一样，瓦尔斯卡伊人有那么多的机会，但她们好好利用了吗？我不知道你是否见过她们的住处，那是一栋上好的迎宾所，就和我自己住的宅子一样棒，但现在都给糟蹋了，她们无意保持住所的舒适与整洁，但会为了一件乐器或是一台新的手持设备而筑起债台。”

“还买什么用来酿酒的东西。”拉福德严肃地说。

福赛夫叹了口气，显然非常悲恸。“她们都拿自己的口粮去换这些东西，一些人是这样的吧，然后负更多的债来买食物。她们中的大多数从未见过她们的工资呢。她们缺乏‘军纪’。”

“有多少瓦尔斯卡伊人被派到这个星系？”我问福赛夫，“那次兼并之后。你有所耳闻吧？”

“不知道有多少，舰队长。”福赛夫打了个手势，表示自己并不知晓，“我只管接受她们指派给我的那部分。”

“我今早看见有孩子在茶园干活，”我说道，“这里难道没有学校吗？”

“没用的，”福赛夫说，“对瓦尔斯卡伊人来说没用，她们不会上学的。她们总是很散漫的，毫无定性。哦，舰队长，我真希望能好好带您去茶园参观一番，等哀悼期过去。我倒很想跟您炫耀一下我的茶叶，我也知道您想再多听些歌曲。”

“布瑞克舰队长可不只是收集歌曲。”之前一直沉默的赫特尼斯舰长说道。

“哦？”福赛夫问。

“斋戒的时候我待在她空间站的套房里，”赫特尼斯舰长说，“你知道吗，她每天用的盘子是一套紫绿色的苞叶瓷。还有全套茶具，一切都完美无缺。”此刻星舰给我展示了一个画面：站在我身后的卡尔五号正竭力不笑出声音。在斋戒期间，我们几乎不吃东西，这自是斋戒习俗，但卡尔五号把我们吃的那点儿东西都用那套餐盘呈了上来，毫无疑问她是故意为之。而且，她把那些闲置的餐盘都摆在赫特尼斯舰长可以看到的地方。

“啊！舰队长，真是有品位！我很高兴赫特尼斯舰长提到了这一点。”她扬了下手，一个仆人弯下腰来，听她低声下令后离开了，“我有件东西，你会感兴趣的。”

外面的黑暗中传来一声高亢的歌声，却不太像是人类的声音，而是一长串单音调元音。“啊！”福赛夫喊道，“这就是我一直在等的。”另一个声音也唱了起来，音调稍微低一点。随之又听到一个声音，音调稍微高一些。然后一个又一个，直到至少有十几个声音，来来去去，形成不大和谐、古怪的合唱声。

看福赛夫的神情，她是在等我做出某种反应。“这是什么？”我问道。

“是植物，”福赛夫答道，她因我感到惊讶而开心起来，“您今早出门的时候可能也见过一些了。这种植物有一个囊，会收集空气的，气囊装满时，太阳也下山了，它们就会像吹口哨般把空气挤出来。只要不下雨，它们就会吹口哨，但昨晚下雨，所以您没听到这歌声。”

“杂草，”赫特尼斯舰长说道，“令人厌恶的东西，人们忙活着拔掉它们，但它们总是再生出来。”

“据说，”福赛夫点头对舰长的话表示同意，“培育这种植物的人是一个神庙的新入会者，这种植物会唱许多艾克西的词语，都和神庙之谜有关。其他入会者听到这歌声时，觉得神庙的奥秘被公布于众，所以她们便密谋杀害了植物培育者。她们徒手把她撕成了碎片，传闻就在这个湖边。”

我此前可没想过要问这里曾是什么样的迎宾所。“这么说，这里是一处圣地？有神庙吗？”根据我的经验，大型神庙周边必有城镇，至少会有乡村密集分布。我们飞入此地时，却没有发现任何城镇的影子。我想知道，这里是否曾经有一座神庙，然后因种植茶树而被夷为了平地，或者这整片区域都曾是圣地。“湖是圣湖吗？这里是神庙的迎宾所吗？”

“什么都瞒不过您啊，舰队长！”拉福德大嚷道。

“是的，”她母亲同意，“神庙残垣就在湖对面。有一段时间，那里曾降下神谕，但现在只有关于许愿鱼的迷信说法了。”

我想，长在这片神圣土地上的茶业也是因许愿鱼而得名吧。我想知道艾克西人对此有何感想。“那些植物在唱什么？”我对艾克西语知之甚少，尤其是在这从黑暗中传出来的不和谐的歌声中，我更是辨认不出来任何歌词。

“您会得到不同的答案，”福赛夫欢乐地答道，“取决于您问谁。”

“我小时候经常在黑暗中外出，”拉福德说，“去找这种植物，如果你把灯照在它们身上，它们便不再唱了。”

来到这里以后，除了茶园的童工，我还未曾见过孩子，在这样的一处地方见不到孩子，着实让我觉得古怪。但我还没来得及问出口，之前福赛夫打发离开的那个仆人就搬着一个大箱子回来了。

箱体用金子制成，至少是表层镀金，上面镶嵌着红、蓝、绿色的玻璃图案，这种装饰风格是我出生以前流行的样式。事实上，这样式比阿纳德尔·米亚奈出现的时间还要早三千多年。这类东西我只亲眼见过一次，那时我不满十岁，也就是两千多年前。“我想，”我说道，“这应该是复制品吧。”

“不是，舰队长。”福赛夫回应道，她因能揭露真相而倍感愉悦。那个仆人把箱子放在我们中间的地上，然后走开了。福赛夫弯下腰，打开了盖子。卧在里面的是一套茶具，一个茶壶、十二个茶碗以及滤网。所有器具均是金制，镶嵌着精巧的蓝绿色蛇形图案。

毫无意识地，我手里端着的茶碗抬高了些。卡尔五号过分勤快地走过来接了过去，却没有再挪动步子。我本无意让她取走。我从座位上起身，然后走到箱子边蹲了下来。

箱盖内侧也是金制的，一条七厘米宽的木条嵌进箱盖的上端。木条上刻着字，是诺泰语。我能读懂，尽管我觉得在场的任何人都读不懂。一些像斯瓦尔顿那样古老的家族和部分新兴贵族觉得这种文字的形状浪漫而有吸引力，便声称自己的祖先是诺泰人。这些人里可能会认得出几个字，但谁会去在乎语言本身的含义。

“上面写的是什么？”虽然我已经知道了，但我还是问了。

“是对瓦丹神的祈求，”赫特尼斯舰长说，“也是对主人的祝福。”

“瓦丹是你的力量，它说，瓦丹是你的希望，瓦丹是你的快乐。赐予房主之女长寿和繁荣，在此幸福且当之无愧的庆典。”

我抬头看向福赛夫：“你从哪儿弄来的这个？”

“啊哈，”她回答说，“赫特尼斯说得对，您真是鉴赏家！当然她不告诉我，我也能猜到。”

“从哪儿，”我重复道，“弄来的这个？”

福赛夫发出短促的笑：“而且您还有点倔，啊，这点我是知道的。我是从赫特尼斯舰长那里买来的。”

“买”来的。把这件古老而又价值连城的东西作为礼物送出几乎是不可想象的。无论买者付多少钱买下来都让人匪夷所思。我蹲在那儿，扭头看向赫特尼斯舰长。我还没问出口，她便解惑道：“那主人需要现金。她不想自己卖，很难想象要卖这种东西的人会抛头露面，所以我做中间人促成了这笔交易。”

“也拿了佣金。”拉福德插话说。那套茶具抢了她的风头，我想她是不开心了。

“是的。”赫特尼斯舰长承认道。即使只占交易金额的一小部分，这笔佣金也一定十分可观。这套茶具可不是个人能拥有的东西，除非只是记入某人的名下。现存的还能运转下去的家族，绝不会允许某个家族成员独占这种珍宝。在我成为一艘星舰还不到十年的时候，我见过这类茶具，它并不属于个人。那套茶具是一艘巨剑号星舰饭堂里的一件物品。我的舰长访问时，那艘巨剑号将其取出，让我的舰长开开眼。那是一套紫色和银色交织的、镶嵌着硕大珍珠的茶具，刻着的铭文上写着另一位神明的名字——“在此幸福且当之无愧的升迁庆典。西莫兰舰长。”那时距离阿纳德尔·米亚奈开始统治帝国还有半个世纪之久，这套茶具还没有被胜利者攫走来记录其主人的战败。

我确信，眼前箱盖上铭文的后半部分已经被刮掉了，“在此幸福且当之无愧的庆典”只是句子的打头。即使我看不出金壁被刮擦的痕迹，木条也没有损坏。但我确信有人把它去除了，这个人肯定是把最后的文字剪掉，并把木条重新居中放置，以掩人耳目。

这件宝物可不是赫特尼斯舰长的祖先经过多少个世纪遗承下来的，舰长永远不会刮掉祖先的名字。刮损只是为了掩饰箱子的起源，即使有刮损仍是价值连城。或者，有人会出于羞愧而隐瞒它的来源，因为任何后来人见到，都能猜出是哪个家族被迫放弃这件珍宝。但大多数拥有这类财产的家庭都有其他更好的方法来将这些财产变现。比方说，斯瓦尔顿的家族就接受了礼物和金钱，让人们得以参观那艘被她们俘获的古老的诺泰穿梭机。

巨剑阿塔加里斯号上尉曾提到过“盗的古董”，但我不敢想象会发生这种事情。

再加上那个补给柜。“碎片”。补给柜上的文字也被刮掉了一些，就像这套茶具。

而赫特尼斯舰长说将她的星舰停靠在幽灵之门十分必要。一块可能有三千多年历史的碎片，一块不可能出现在艾斯奥克的碎片，一块诺泰穿梭机上的碎片，从幽灵之门运了出来。

赫特尼斯舰长出售这套诺泰茶具时肯定赚了一大笔钱。而这套茶具的历史与补给柜差不多。那她是从哪儿弄来的？谁除去了它原来主人的名字？为了什么呢？

幽灵之门的另一边又是什么？

14

回到自己的房间后，我脱下棕黑色的衬衫递给了卡尔五号。敲门声响起时我正弯腰脱靴子。我抬起头来。卡尔五号面无表情地看了我一眼，便去开门。在过去的几天里，她目睹了拉福德的行为，知道这个敲门的人的意图是什么，不过我得承认自己很惊讶于她这么快就公然做动作了。

我往一边站了站，这样有人站在房间的起居室也瞥不见我。我从卡尔五号放衣服的地方拿起我的衬衫再次穿上。卡尔五号打开了面向门廊的门，透过她的眼睛，我看到了拉福德虚伪的微笑。“我想知道，”她未寒暄便开口道，“是否能允许我私下和舰队长谈谈。”这句话极为高明，既能让卡尔五号根本没有思考的余地，又不会对我失礼。

“让她进来，”我默默给卡尔五号发出了指令，“你别离开房间。”我猜想，在拉福德眼中，“私下”的概念是允许仆人在场的。

拉福德进了门，眼睛朝四处找寻我的身影。我从卧室出来时，她压低上身，笑容满面地斜看向我。“舰队长，”她说道，“我希望我们可以……谈谈。”

“谈什么，公民？”我没有邀请她就座。

她眨了眨眼，我想她感到十分惊讶。“无疑，舰队长，我想要的东西我都从没遮遮掩掩过。”

“公民，我还在服丧。”这天晚上我都还没工夫把脸上的白条纹擦净。她也不可能忘记那涂上白条纹的原因。

“但舰队长，”她温柔地说道，“那都是做戏用的。”

“一切都是为了做戏，公民。人可以哀而不露苦痛的，但这些仪式是为了让他人知晓这种苦痛。”

“确实，这类仪式总是有点虚假，或者至少做得有些过头。”拉福德说，她完全没听懂我那几句话的含义，“我是说，您只是出于政治原因才这么做的吧，您不可能真的悲伤，也没有人会觉得如此，只在公共场合做做就够了，而这里……”她指指周围，“不算是公共场合。”

我本想这样辩解，假设一个家族里的一分子死在了异域他乡，异域的某个人想知道她的家族里是否有人在意死去的人，并为她举行了葬礼，即使葬礼的仪式可能是按外地风俗举办，即使主持葬礼的人是个陌生人。但考虑到拉福德的品行，即使她能理解这样的论调，她也不会觉得这样做有多少意义。“公民，我对你的失礼感到惊讶。”

“舰队长，如果是因为我太想得到一些东西而没顾得上礼节，您能怪我吗？礼仪，就像哀悼一样，都是做给人看的。”

我不会妄自觉得自己的外在吸引力有多大，以至于会激起那种让人不顾礼仪的热情。不过，我的官职和姓氏确实很迷人。当然，对拉福德这样的富贵和特权阶层而言会更有魅力。逢场作乐之时，可能到处充斥着高尚和谦卑之士，想要攫取上层人士的好感，为她们和她们的家族赢得最终利益，但在日常生活中，大多数人都擅长审时度势，知道如果她们故意调情会发生什么。

但是像拉福德这样的人——哦，像拉福德这样的人，她会把目光投在我身上，然后装作一切都是因为吸引，因为恋情，甚至是爱。处在她这种境地的人，即使想要风流韵事，也不会有哪怕一刻忘记潜在的利益。

“公民，”我冷冷地说道，“我很清楚，你就是在园圃窟墙上写上那些字的人。”她睁大眼睛，眨巴着眼，满是疑惑。卡尔五号站在房间的角落里一动不动，像辅助部队士兵一样不露声色，“有人直接因此而死，而且她的死很可能让整个星系处于危险之中。你可能不是有意害死她，但你心知肚明，你的行为会引起麻烦，但你并不在乎会引起何种麻烦，亦不在乎谁会受到伤害。”

她满是怒气地站起身。“舰队长！我不知道你为什么能把这样的罪行扣到我头上！”

“我猜的，”我未因她的恼怒乱了阵脚，“你迁怒于提萨瓦特上尉，因为她扫了你的兴，没能让你玩弄皮亚特公民。顺便说一句，你对皮亚特的态度太过恶劣！”

“哦，好吧，”她的怒气稍微缓和了些，姿势也放松了，“如果谈这个的话……孩提时我和皮亚特就相识了，她一直……很古怪，过度敏感。她总是觉得自己做得不够好，你知道，因为她的母亲是空间站站长，而且美艳绝伦。后来，她被分配了一份很不错的工作，即便如此，她也总觉得不能和她妈妈相提并论。她把每件事都看得太重了，我承认有时我会因此而失去耐心。”她叹了口气，摆出一副充满同情，甚至是有些后悔的样子，“这不会是她第一次指控我待她不好，她只是为了中伤我。”

“你真是个无聊的蠢蛋，”我引用道，“有趣的是，你上一次对她失去耐心，是因为大家都在因她讲的笑话而放声大笑，她成了大家关注的焦点，而不是你！”

“我相信提萨瓦特上尉是出于好意才告诉了您这件事，但她不明白……”她的声音颤抖着，脸上流露出痛苦的表情，“她不能……皮亚特不会就这么指控是我把那几个字涂在墙上的吧？她情绪上来的时候，甚至会觉得这类可怕的事情十分有趣。”

“她没指责过你任何事，”我的声音仍十分冷厉，“证据本身就说明了问题。”

拉福德僵住了，一时间一动也不动，甚至没有呼吸，然后她用几乎和我一样冷厉的语调说：“你接受我母亲的邀请，就是为了来这里攻击我？很明显，你是带着某种目的到这里的。你不知从哪里冒出来，拿出一些荒谬的指令，禁止通过传送门，好让茶叶无法运出星系。这完全就是在攻击我的家族，我不会容忍的！我要和我母亲谈谈这件事！”

“尽管去吧，”我依然平静地说道，“别忘记向她解释油漆是怎么蹭到你的手套上的。不过你要说她已经知道这件事，然后邀请我到这里是希望我网开一面，那也不足为奇。”即便知道有这种可能，我也接受了邀请。我想知道井下的生活是什么样子的。我想了解希里克斯如此愤懑的原因。

拉福德转身离开了房间，没再说一个字。

清晨的天空是浅蓝色的，行星上空天气控制网的银色网格线条时隐时现。天空中还不时飘过一缕云彩。太阳光还没有完全越过山峰，所以宅子、湖面和树木都还笼罩在阴影中。希里克斯在湖边等着我。“谢谢您叫醒我，舰队长，”她语带嘲讽地低下头说道，“我本不想睡去的。”

“你已经倒换好时差了吗？”现在空间站时间是午后不久，“听说湖边有条小路。”

“如果您要跑步，我想我是跟不上您的。”

“我今天想走路。”即使希里克斯不需要跟上我，我本来也是打算步行的。我朝湖边小径走去，没有转过头来看她是否跟上，但我听到了她的脚步声。我能看见她以及我自己步行的画面，因为卡尔五号正从凉亭的一角望着我们。

在艾斯奥克空间站，提萨瓦特上尉正在我们园圃窟的房间里和巴斯奈德·埃尔明交谈。五分钟前我在穿靴子准备离开房间时，她人还没去呢。我本想让希里克斯多等等我，但最后决定边走边看看两人要聊些什么。

我看到，也几乎能感同身受到，在巴斯奈德出现时，提萨瓦特上尉身上迸发出的那种震颤。“园艺师，”刚刚起床不久的提萨瓦特上尉说道，“我听候您差遣。但是我必须告诉您，舰队长命令我离您远点。”

巴斯奈德困惑而沮丧地皱起眉头：“为什么？”

提萨瓦特上尉气都没喘匀，说道：“您说您再也不想和她说话了。她没有……她想确定您从来没有想过她是……”她声音越来越小，看上去不知所措，“看在你姐姐的分上，她会对您有求必应的。”

“她真有点太霸道了。”巴斯奈德有点刻薄地答道。

“舰队长。”在湖边小径上与我同行的希里克斯说道。我恍然发觉，她一直在跟我说话，但我一直没有回应。

“请原谅，公民。”我迫使自己把注意力从巴斯奈德和提萨瓦特上尉身上移开，“我走神了。”

“显而易见。”她斜迈了一步，好避开从身旁树上掉下来的一根树枝，“我想感谢您昨天忍耐我的不恭。还有卡尔八号的帮助。”她皱起眉头，“您是不允许她们用自己的名字吗？”

“她们更愿意我不喊她们的名字，至少我的卡尔士兵们是这样。”我打了个模棱两可的手势，“如果你问她，她可能会告诉你名字的。”那栋宅子现在已经远远地落在我们后面，掩映在了那蜿蜒的小径，那长满宽阔椭圆形叶子的树木，以及那一簇簇带花穗的白花之后。“公民，请告诉我，在运送这里山区的茶农时，吊舱出过问题吗？”流放者都是被装在吊舱里运过来的，开启时一般不会出现意外，但有时会出状况，导致内部人员死亡或严重受伤。

刚迈出步子的希里克斯僵住了，不过也只是那么一瞬间，接着她的步子就落了下来，然后继续往前走。我刚才的话令她有些吃惊，但我想我也从她的表情中读到了认同。“我从没见过任何人被解冻过。我想，已经有一段时间没人被解冻了。但其中一些瓦尔斯卡伊人认为，医护兵们把人们解冻时，是故意不让所有人都活下来的。”

“她们有说过原因吗？”

希里克斯打了一个不明所以的手势。“没干脆地说出来，她们觉得医护兵们会以某种方式处理掉任何她们认为不适合的人，但她们不会确切地说出‘处理’意味着什么，至少不会传到我的耳朵里。而且她们不会去看病，无论得的病是大是小。她们身体里的每根骨头可能都是断掉的，不过她们宁愿让朋友用木条和旧布料固定断骨。”

“昨晚，”我解释道，“我问了被流放到这个星系的瓦尔斯卡伊人的人数。”

“只有瓦尔斯卡伊人的？”希里克斯挑起眉毛问道，“为什么不问萨米尔人的呢？”

“我是发现了些什么吧，对吧？”

“没什么好发现的，关于瓦尔斯卡伊人。不过在我出生之前，也就是瓦尔斯卡伊还没有被兼并的时候，发生了一件事，大约一百五十年前吧。我不是很确定，我觉得，只有涉及的各方才会知道真相，但我可以告诉您人们在怎么议论。那个负责运输流放者到这个星系的人，转移了一定比例的瓦尔斯卡伊人，然后将她们卖给了外星系的奴隶贩子。别——”她看到我面露怀疑，语调升了上来，“我知道这听起来很荒谬，但在这个地方还未开化之前，”她语气里没有一点讽刺的痕迹，“债务契约极为常见，而且外兑契约也是完全合法的。没有人在乎，除非有人品位不佳，卖出了几个艾克西人。如果这种事发生在雅查纳人身上，完全是自然而然、司空见惯的。”

“是的。”我看了她们报来的数据——有多少瓦尔斯卡伊人被运送到这里，有多少人从吊舱中解冻，有多少人被分配了工作，还剩下多少人。此外，因为我最近亲眼看到了那套古老的茶具，听闻赫特尼斯舰长如何将其卖给了公民福赛夫，我便询问了星舰以前的一些事，“只不过兼并后不久，外星系的奴隶贸易就崩溃了，也就再没有卖出过。”我想，部分原因是这项贸易依赖于艾斯奥克行星的廉价奴隶供应，而兼并切断了这一供应。另一部分是购买奴隶的人自己所在的各个外星系内部出了问题，“这种贸易是六百年前开始的？所以不可能一直没人察觉。”

“我只是在告诉您我听说的，舰队长。她们在人数上做手脚，然后试图掩盖，但是盖不住的，因为她们只能说解冻出故障，而这故障率高得惊人。几乎所有人都是要被分配到山区茶园的茶农。当然，在星系总督——还是贾罗德总督的前任发现时，她制止了这一切，但她也认为此事应当秘而不宣。毕竟，在这些虚假报告上签字的医护兵们，也是听了艾斯奥克行星上最显赫公民的吩咐才这样做的，而不是那些犯过错而被安保调查的人。如果这件事传到了宫殿，雷切领主肯定会想知道为什么总督以前没有注意到这一切。不过，许多位高权重的公民因此‘退休’了，其中包括公民福赛夫的祖母，她的余生都在这块大陆另一边的一座修道院里祈祷。”

我是有先见的，所以才要在远离宅子的地方谈话，就是以防万一。“伪造的吊舱解冻故障人数是不足以掩盖真相的，肯定还用了其他的法子。”我询问了空间站的一些历史情况，而我收到的信息里没有讲到这个故事。但如希里克斯所说，这件事是被故意隐瞒起来的。或许，仅仅是因为官方没有相关记录吧。

希里克斯沉默地忖度了一会儿后说道：“很可能是这样的，舰队长，不过我听到的也只是小道消息。”

“……非常触及心灵的诗，”巴斯奈德在园圃窟的客厅说道，“我很高兴这里的人没读过。”她和提萨瓦特现在正在喝茶。

“你之前会把自己的诗寄给你姐姐吗，公民？”提萨瓦特问道。

巴斯奈德小声发笑：“差不多所有吧，她总说我写得很美。她要么是和善，要么就是品位太差。”

由于某种原因，她的话让提萨瓦特很苦恼，她的内心涌起一阵强烈的羞耻感和自我厌恶感。当然，在世的雷切人但凡受过良好的教育，就没有在年轻的时候不作诗的。我能想象，那个年轻些的提萨瓦特所作的诗歌一定是佳作，并且她以自己的诗为傲。但现在她却要从阿纳德尔·米亚奈，这个三千岁的雷切领主的双眼去看。我不会觉得巴斯奈德姐姐对妹妹的诗做出的评价是出于“和善”，如果提萨瓦特不再是阿纳德尔·米亚奈，那除了成为重新装配的、只能写烂诗、言谈轻浮的提萨瓦特，她还能成为谁呢？如果她不记得雷切领主那尖刻的轻蔑，她又怎么能在自己身上看到这一点呢？“如果你把你的诗寄给奥恩上尉看了，”提萨瓦特心中求而不得的痛苦依然夹杂着那种自我厌憎，“那么布瑞克舰队长也看过了。”

巴斯奈德眨了眨眼睛，刚要皱起眉头，但又打住了。也许是因为她想到我读了她的诗，也可能是因为听出了提萨瓦特声音里的紧张，因为提萨瓦特此前都很放松，一直微笑着。“那我真庆幸她没有把那些诗扔在我脸上。”

“她永远也不会的。”提萨瓦特说，她的音调仍是紧绷着的。

“上尉。”巴斯奈德把她的茶碗放在她座位旁边那行李拼凑起来的“桌子”上，“我那天说的话是认真的，要不是这很重要，我也不会来这里。我听说是舰队长下令要修园圃窟。”

“是——”提萨瓦特即将要说出一个简单的“是”字，却又打住，因为她认为这个答案有些考虑不周，“修缮当然是听从空间站站长塞勒安排的，不过，舰队长也参与了这件事，确实如此。”

巴斯奈德敷衍地挥挥手，示意自己明白了。“园圃的湖也该定期检查的，空间站是看不到阻止湖水淹没园圃窟的挡板的，但我看没人去做。我不能跟首席园艺师抱怨什么，因为检查工作是她一个表妹的工作，上次我说了些意见，惹得大家七嘴八舌，让我别管闲事，还议论说我怎么敢胡说八道。”如果她越过首席园艺师，直接去找塞勒站长，她就会发现自己身陷麻烦。如果站长愿意听，冒险可能是值得的，但这点没法保证。

“园艺师！”提萨瓦特惊呼道，她竭力地没有表露出自己渴望为她提供帮助的渴望，“我可以解决这件事！只需要我用一些外交手段。”

巴斯奈德眨了眨眼睛，身子稍微往后一缩。“我可不想……请谅解，但我真的不想向舰队长寻求帮助。要不是形势紧张，我不会在这里的，可如果那些挡板断裂……”

“根本不需要布瑞克舰队长帮忙的，”提萨瓦特严肃地说，但她内心却是欣喜若狂，“你向皮亚特公民提过此事吗？”

“我第一次提起这件事时，她就在湖边，但是没什么用。上尉，我知道你和皮亚特这几天相处甚欢，我也不是要批评她……”她声音小了下去，斟酌着要如何表述。

“不过，”提萨瓦特打破了沉默，“她似乎不太在意她的工作。有一半时间拉福德都在她身边分散她的注意力，而另一半时间里，她就在那闷闷不乐。但拉福德在过去的四五天里都在井下，除非布瑞克舰队长对此有什么意见，不然她不会很快回来的。我想你会看到皮亚特洗心革面的。我想，”她继续说，“她的成长环境让她觉得自己没能力，不相信对自己的评判。我想，她在工作上需要你的开导。”

巴斯奈德歪着头，眉头皱得更紧了，目不转睛地望着提萨瓦特，仿佛她看到了什么令人费解而又让她始料未及的事物。“上尉，你多大了？”

提萨瓦特内心一阵大乱，负罪感、自我厌恶、兴奋……类似于胜利或满足的感觉涌上心头。“园艺师，我十七岁了。”一个不完全是谎言的谎言。

“你刚才看上去可不像是十七岁，”巴斯奈德说，“布瑞克舰队长带你来，是为了让你来找弱点吗？那些空间站上最杰出公民的女儿的弱点？”

“不是，”提萨瓦特毫不掩饰心中的悲哀，“我想，她带我来，是因为她认为如果她不看着我，我就会惹上麻烦。”

“如果你五分钟前跟我说这个，”巴斯奈德说，“我可不会相信。”

在井下，湖边树中小径上方的天空愈发明亮起来，变成了一片碧蓝色。东边天空的光芒越来越亮，不过山顶还遮挡着太阳，形成了锯齿状的黑色轮廓。希里克斯仍然在我身边走着，一声不吭。除非是无可奈何的情况，她给人的印象可不是一个有耐性的人，但她表达愤怒需要克服极大的不适，甚至是身体上的。所以，几乎可以肯定她在装模作样。“您唱歌给人的感觉就像是参加一场音乐会，舰队长，”她略带嘲弄的话语证实了我的怀疑，“您哼唱的歌跟您在想什么有什么关系吗，还是说随口唱的呢？”

“看情况。”此前我一直在哼着那个卡尔士兵前些天在医务室唱的那首歌，“有时只是我最近听到的歌，是老习惯了，很抱歉打扰到你了。”

“我可没说我被打扰了。不过，我不认为雷切领主的表妹们竟会在意自己是否打搅到了别人。”

“我也没说我不唱了啊，”我说道，“你觉得所有这些事情，我是说，流放者被倒卖出去这件事，雷切领主真的丝毫没有察觉吗？”

“如果她早知道，”希里克斯说，“如果她真的知晓了当时的状况还放任不管，那就和伊姆星系的情形差不多了。”伊姆星系当局极其腐败，她们会谋杀和奴役公民，而且差点与外星人拉尔开战，后来这件事直接引起了阿纳德尔·米亚奈的注意，才不了了之。或者说，至少引起了阿纳德尔那个对的人格的注意。但是希里克斯不知道这个故事。“这件事也会传得人尽皆知，涉事人员也会被追究责任。”

我想知道阿纳德尔是何时意识到，有人受利益驱使而将那些潜在的公民售卖的。如果我发现阿纳德尔的某个人格知道此事，或者她的某个人格瞒着她自己的其他人格，继续或者已经重启了流放者贸易，那我一点也不惊讶。于是问题就变成了，是哪一个阿纳德尔？又是何用意？我情不自禁地想到了阿纳德尔除去星舰上的辅助部队士兵的行为，比如仁慈卡尔号，以及斯卡伊阿特·奥沃曾服役过的正义恩特号运兵舰。若是某个领主想要重新打造辅助部队士兵部队，那么可能被取代的人类士兵就不会那么乖乖就范了。而辅助部队士兵却是星舰的延伸，会绝对听从命令。所以，一直反对除去星舰辅助部队士兵的那个领主的人格，就会觉得这些躯体很有价值。

“你不认同，”希里克斯打破了我的沉默，“但正义不是文明的全部意义？”

还有礼仪和恩惠。“所以，如果有何不公之处，那只是因为雷切领主的存在不够有震慑力。”

“要是雷切人也去签奴役契约，或是将契约出售，就像艾克西人那样，你能想象吗？”

在我们身后的远处，我们居住的那栋宅子里，赫特尼斯舰长可能正在吃早餐，侍奉她的曾经也是人类，最后却被巨剑阿塔加里斯号星舰奴役，有几十个和她一样的人。我自己在我其余的部分被摧毁之前，也是成千上万这样的人中的一个。希里克斯不知道这一点，但她肯定知道，部分现存的运兵舰中，船员还是辅助部队士兵。在山脊的后面住着几十个瓦尔斯卡伊人，她们自己、她们的父母或祖父母被流放到这里，无非是为了给雷切占领的行星腾空地方，顺便为此处提供廉价劳动力。希里克斯本人也是流放者的后代。“辅助部队士兵和流放者当然是完全不同的。”我干巴巴地说。

“好吧，领主已经阻止了这一切，不是吗？”

我未做评价。

她又问道：“您觉得瓦尔斯卡伊人的吊舱故障率高吗？”

“高。”我曾把几千具躯体存放在吊舱里，我对故障率的正常值十分清楚，“现在我很想知道，流放者贸易是在一百五十年前就禁止了，还是只是做做样子。”

“要是领主能和您一起来就好了，”希里克斯说，“那她就能亲眼看看了。”

在我们的上空，园圃窟里，黑暗九号走进了提萨瓦特和巴斯奈德坐着喝茶的客厅。“长官，”黑暗九号说，“我们遇到了麻烦。”

提萨瓦特眨了眨眼睛，吞咽下那口茶，并示意黑暗九号解释。

“长官，我去一层给您买早……午餐，长官。”我给卡尔士兵们留了指示，让她们尽可能多地在园圃窟购买食物和日用品，“现在茶馆外面聚集了很多人，她们……她们都对舰队长的修理命令很愤慨，长官。”

“愤慨！”提萨瓦特猛地抽身，“即便之后许会有水有光？还有空气？”

“我不知道，长官。但越来越多的人聚到茶馆，而且大家都不走。”

提萨瓦特抬起头来盯着黑暗九号。“你本来就没觉得她们会感恩的吗！”

“我不知道，长官。”从星舰展示给我画面看，她赞同上尉的这一观点。

提萨瓦特看向仍然端坐在她对面的巴斯奈德，她突然被懊恼的情绪击中了。“不行，”她说道。不过她在回答谁，我并不能分辨，“不。”她抬起头来，再次看向黑暗九号，“舰队长会怎么做？”

“做只有舰队长会做的事。”黑暗九号说道。话说完，她意识到巴斯奈德在场：“恕我冒犯了，长官。”

“星舰，”提萨瓦特默默地不发声地问道，“能让舰队长给我些指示吗？”

“布瑞克舰队长正在服丧，上尉，”星舰在她耳边回答，“我可以转达吊唁或问候的信息，但现在让她把自己卷入这件事实为不妥。”

在井下，希里克斯说：“这里的每个人都牵扯甚深，雷切领主可以凌驾于这一切之上，虽然她自己不可能在这里。但您能代她行事，不是吗？”

在园圃窟里，提萨瓦特说：“今早上神庙的占卜是吉是凶？”

“不破不立。”黑暗九号回答。当然，占卜预示文要复杂得多，但这几个字是要义。

走在井下湖边的树下，希里克斯继续说：“您知道吗？埃默说您那天就像冰一样冷。”埃默就是园圃窟那个茶馆的老板，“那翻译官就在您面前被射杀，死在您怀里，血溅得到处都是，您收了尸体，但却十分冷静。听您的声音，看您的表情，就好像没发生过任何凶杀案似的，她说您甚至还转身向她要茶。”

“我那时还没吃早饭。”

希里克斯哈了一声，声音短促而尖锐。“她说，您碰茶碗的时候，她觉得碗都会结冰。”然后，她注意到了我的神情，说道：“您又走神了。”

“是的。”我停住了脚步。在园圃窟里，提萨瓦特得出了什么结论。她正在对黑暗九号下指令：“护送巴斯奈德园艺师回园圃窟。”

在井下的湖边，我对希里克斯说：“很抱歉，公民。我现在有太多事情要考虑。”

“那是自然。”

我们默不作声地继续走了大约三十米，提萨瓦特大步走出我们在园圃窟的房间，沿着走廊走着。终于，希里克斯说道：“我听说昨晚房主的女儿怒气冲冲地离开了，到现在还没回来。”

“看来卡尔八号在跟你散布宅子里的流言，”我回应道，在园圃窟里，提萨瓦特开始沿井爬向第一层，“她一定很喜欢你，她有跟你说拉福德为什么离开吗？”

希里克斯怀疑地扬起了眉毛。“她没告诉我，但任何有眼睛的人都能猜到，任何能思考的人都会从一开始就知道她是个傻瓜，她竟然那样专注于你。”

“你不喜欢拉福德，我觉得。”

希里克斯呼出短而急促的一口气，继而嘲笑道：“她总是待在园圃窟的几个办公室里，她最喜欢的事情就是取笑人，然后让在场的人大笑。大部分时间里，遭到取笑的都是助手皮亚特，但这也没什么大不了的，你看吧，她只是在开玩笑！而我因为她所做之事被捕，只是附带的影响罢了。”

“你弄明白是怎么回事了，对吗？”在井上，在园圃窟里，黑暗九号领着巴斯奈德越过了撑敞第四层区域门的几块板条棍。提萨瓦特还在朝第一层爬。

在湖边，希里克斯向我投来了一个眼神，这眼神嘲笑我怎么能有这种想法，竟觉得她可能不知道拉福德是元凶。“她大概是乘飞行器到城里去了，也可能去了茶农的住所，把那个可怜的瓦尔斯卡伊人从床上拽下来，逗她开心。”

我之前并没有想过我如此冷淡地拒绝拉福德，竟会让她去祸害别人。“怎么说？”

她又露出一副意味深长的表情。“我觉得您现在什么都做不了，您去问任何人，她们都会发誓说自己非常乐意满足房主的女儿，不管她喜欢什么。不这样，她们还能如何呢？”

而且，如果她一个人来到这里，也会直接去往茶农的住处，那里是最容易找到乐子的地方。无疑，追求娱乐和满足在这种茶园很是常见。我能把拉福德安排到别的地方，可以不让她像从前那样为所欲为。

但同样的事情可能发生在其他地方，发生在其他人身上。

在井上园圃窟的第一层，茶馆外的小厅里，提萨瓦特迈到了一把长凳上。茶馆外的几个人看到她，便挪到了一边，但大多数人都在专心致志地听着茶馆里的一个人演讲。提萨瓦特深吸一口气，下定了决心。不管她做了什么决定，都让她舒了一口气，并让她产生了渴望和期待。不过她的这种感觉让我感到不安。“星舰。”我不出声地说道，继续和希里克斯一起走着。

“我看到了，舰队长，”仁慈卡尔号回复道，“但我不认为会出乱子。”

“请告知医护兵。”

站在长凳上的提萨瓦特大声喊道：“公民们！”这声叫喊没起什么效果。她把声音调得更高了：“公民们！出了什么问题？”

接下来是一片寂静。接着，在茶馆门口附近的一个人用拉斯瓦尔语说了些什么，我觉得那肯定是骂人的话。

“就我自己，”提萨瓦特继续说，“我听说这里出了什么问题。”

茶馆里人头攒动，有一个人从里面走了出来，走向提萨瓦特站的地方。“你的士兵呢，雷切人？”

提萨瓦特对自己来到这里本来很有把握，但现在，她突然惶恐了起来。“她们在家洗盘子，公民，”她努力不让自己的声音露出恐惧，“有的在办主人的差事。我只想和你们交流，找到问题出在哪里。”

从茶馆走出来的那个人发出一声苦涩而短促的讥笑。从我对此等对峙的了解，我知道挑衅的人也在害怕。“我们在这里一直都过得很好，现在你们无缘无故又关心起我们了？”提萨瓦特什么也没说，只是极力控制着要皱起的眉头，她对眼下的情形一头雾水。她面前的那个人继续说道：“现在，一位富有的舰队长想要在这住，然后你们突然就开始关心起园圃窟了？我们没有任何途径去宫殿投诉。你哪天把我们赶出这里？我们该去哪里？艾克西人可不会允许我们住在同一屋檐下的。要不为什么你觉得我们在这里？”她停了下来，等待提萨瓦特说些什么。而提萨瓦特继续沉默着，她既觉得挫败，又觉得困惑。那个人便继续说道：“你以为我们会感激吗？修也不是因为我们。你甚至没花一点时间停下来问我们想要什么。那么，你打算对我们做什么？重新教育？杀了我们？还是把我们变成辅助部队士兵？”

“不是这样！”提萨瓦特愤慨地喊道。她也深感羞愧，因为她和我一样清楚，曾经在某些年里，在某些地方，那个人口中的忧虑是切实存在的。而且，从我们抵达此处后所经历的来看——那名受伤的“油漆工”，那名残忍的辅助部队士兵——绝对有理由相信，我们正处这样的年份和地方。“这项计划是为了落实现有的住房安排。”有几个人嗤笑着回应。“你说得对，”提萨瓦特接着说，“总署应该听听你们的担忧。如果你们愿意的话，我们现在就可以谈谈。然后是你，”她指着站在她面前的人说，“我可以直接把你的这些担忧告诉塞勒站长。事实上，我们可以在四层设立一间办公室，在那里任何人都可以来讨论与修理有关的问题，或者你想要什么，我们可以确保把意见送到总署那里。”

“四层？”有人叫嚷道，“那不是所有人都得在井道爬上爬下！”

“我不认为第一层还有空地方，公民，”提萨瓦特说道，“也许在这里也可以，但这对公民埃默的顾客，对任何经过这里的人，都会造成不便的。”园圃窟几乎每个人都要经过这里。“所以，也许这个优秀公民和我，”她指着面前的那个人说，“今天去拜访总署，谈及这里的话，我们会让她们获知，需要优先考虑修理电梯。”

众人都沉默了。人们开始缓慢而谨慎地走出茶馆，来到那个小厅。她们中的一人说道：“讨论这种事的时候，上尉，通常都是我们坐下来，说话的人站着。”她用一种几乎挑衅的语气说道，“我们把长凳留给那些不能坐在地上的人。”

提萨瓦特低头望着她脚底的长凳，继而看向面前的人们。已经有五六十人来到她面前，还有更多的人正从茶馆里出来。“好，”她说，“那我下来。”

希里克斯和我回到那栋宅子的时候，尤米舰队长的讯息正好传到了仁慈卡尔号上，在站岗的是医护兵。“尊敬的布瑞克舰队长，”医护兵的耳朵里传来了这些话，“您是想要一手消息，还是个人信息？我向您保证，我是巨剑伊内尔号上唯一在乌茂格行宫待过几分钟的人。”

与斯瓦尔顿或是艾卡璐不同，医护兵能理解我为什么一直在问尤米舰队长那些问题。因此，在她说出我离开时留下的回复指示时，她感到更多的是恐惧，而不是困惑，她害怕她问错了问题而收到尤米舰队长不一样的回复。“布瑞克舰队长恳求尤米舰队长谅解，她想知道尤米舰队长您最近是否无恙。”

我不觉得尤米舰队长会就此回复，也确实没有再收到回复。

15

尽管我那几个少言寡语又面无表情的卡尔分队士兵在场，福赛夫的仆人们也聊得十分兴起。事实上，拉福德并没有像她所威胁的那样立即去她母亲那里告状，而是让一个仆人打包了她的行李，载着她飞到了通向穿梭机的港口电梯处，这样她就可以搭乘穿梭机飞回艾斯奥克空间站。

这里大多数仆人都不喜欢我，而且不管是在我们入住的那套宅子外面，还是在卡尔五号和卡尔六号做各种差事的主宅厨房里，她们都将这种不喜欢表现了出来。在她们眼里，我既傲慢又冷漠。这种窃窃私语会让所有人都无法集中注意力，但辅助部队士兵并不在意仆人们交头接耳，所以我很庆幸自己的侍从都是辅助部队士兵，我的这一想法总是能让卡尔五号和卡尔八号非常满足。在仆人眼里，我把希里克斯带到这里，对她们而言就是一种处心积虑的侮辱——她们知道她的身份，知道她的曾经，而且知道我对房主女儿十分刻薄，她们虽不知细节，但都知道大概经过。

一些仆人听到了关于我这样的评价之后便默不作声了，她们的脸如同戴上了面具，只有眉毛或者嘴角的抽动，暴露出她们内心想道出的话。几个嘴碎的仆人暗地里说道："拉福德曾经极为残暴，若是她没得到想要的东西，就会大发雷霆。"

“和她母亲一样！”另一个仆人喃喃道。不过从讲话的位置看来，只有卡尔五号可以听到。

“乳母在拉福德三岁的时候就离开了，”卡尔五号对卡尔八号说道，这时我在外面散步，希里克斯还在睡觉，“因为再也忍受不了拉福德的母亲了。”

“那其他的父母亲在哪儿？”卡尔八号问。

“哦，这位母亲可不想她有其他父母亲，要不就是她们不要她。房主的女儿是个克隆人，她注定要和她母亲完全一个样。我推测，在她和她母亲展露出不同时，她就会听别人如此评价。难怪一些仆人为她感到难过。”

“她母亲不太喜欢小孩子，是吧？”卡尔八号评论道。她早就注意到，人们不让这家的孩子们接近福赛夫和她的客人。

“老实说，我也不太喜欢小孩子，”卡尔五号回答，“呃，也不能这么说，不同的孩子也是不一样的，不是吗？我想，如果我认识的孩子更多一些，我会发现有些孩子我喜欢，有些我就不喜欢，就像对待成年人一样。但我很高兴没人指望我生养孩子，不知道你知不知道我在说什么，我是说，我不知道该怎么和孩子们相处。不过我知道，不能像福赛夫那样。”

拉福德离开两天后回来了。她到港口那边时，未被允许进入电梯。她坚称自己一直拥有前去空间站的许可，但这套说辞也无济于事。她的名字不在名单上，也没有许可，她发送给空间站站长的信息也未收到回应。公民皮亚特同样没有回复她的消息。安保赶到电梯后，极其恭敬地建议拉福德回到湖边的宅子。

有些令人惊讶的是，她居然照做了。我本来猜测她会待在港口的那个城市，在那里，她肯定会找到同伴，一起玩她喜欢的那类把戏，但她却返回到了她山区的宅子。

她是夜里回来的。就在早餐前，她试图离开行星但无果而终的事，在忙碌于主宅厨房外的仆人间不胫而走。拉福德命她的私人侍从侍福赛夫一醒来就去找她，请求她与自己见面。厨房的大多数仆人都不喜欢拉福德的这个私人侍从，她们觉得，她对自己是房主女儿私人侍从的这一身份表现得太过趾高气扬。然而，卡尔五号听到一位助理厨师对另一位说，即使是她最大的敌人，也不会希望她把这件事告诉福赛夫·丹奇。

这次见面是在私下进行的。在这个家里，“私下”意味着只有三四个仆人能听到她们的谈话。如果福赛夫讲话时扯起嗓门，会有六七个仆人听到。她也确实大声叫嚷了。整个情况都是拉福德造成的，福赛夫试图补救，却让情况变得更糟了。她本想与我成为盟友，却由于她的无能，反倒与我为敌了。怪不得我觉得，而事实也是如此，拉福德资质平平，而且毫无用处。福赛夫也因自己与拉福德那一丁点的血缘关系而感到羞愧。显然，拉福德对塞勒站长的处理方式也很不当。福赛夫自己就绝不会犯这样的错误。那么，当初的克隆过程肯定是出了故障，因为拥有福赛夫基因的人不可能是这样一个浪费食物和空气的废人。若是拉福德的哪个字，或是哪一次呼吸，去抗辩这些不争的事实，她就会被赶出宅子。福赛夫还有时间去培养一个更优秀的新继承人。拉福德听着，没有抗议，只是一言不发地回到了自己的房间。

就在午餐前，在我准备走出我住的那栋较主宅小些的宅子时，拉福德的私人侍从走进了主宅厨房。她不说话，只是站着，颤抖着盯着远处的某个地方。卡尔八号在厨房为希里克斯守着什么东西。一开始没人注意到侍从，每个人都在忙着准备最后一道菜肴。但过了一会儿，一个助理厨师抬起头来，看见侍从站在那里发抖，大声地喘气。“拿蜂蜜！”厨师助理喊道，“蜂蜜呢？”

每个人都抬起头来。只见侍从颤抖得更厉害了，她开始张嘴，好像要说话，要不就是要呕吐，接着却又闭上了嘴。张嘴闭嘴，不断地反复。“太晚了！”一人说道。另一个助理厨师惊慌失措地说道：“我做今天下午的蛋糕时，把所有的蜂蜜都用完了！”

“啊，该死！”一个刚刚端着脏茶碗走进厨房的仆人说道。从众人没有转头警告她不要说脏话来看，眼下的事非常严重。

有人拖过来一把椅子，三个仆人搀住拉福德的那个侍从，把她扶到了椅子上。她还在瑟瑟发抖，嘴角不断地开合。第一个助理厨师拿着一个浸满蜂蜜的蛋糕跑过来，掰下来了一块，然后要把它塞到侍从张开的嘴里，却硬生生地滑落到了地上，众人惊慌中纷纷叫嚷。那侍从看上去就要呕吐了。好在她只是发出了一声长长的低吟。

“啊，想想办法啊！做点什么！”拿着脏茶碗的那个仆人哀求道。准备午餐的事儿完全被众人抛诸脑后。

这时，我已经大概知道发生什么了。我经历过这样的事情，虽然那个人的反应和这个仆人不太一样。

“您没事吧，舰队长？”在我那栋楼里，希里克斯在房外的走廊上朝我说道，她一定是在我聚精会神地关注主宅厨房里发生的事情时走出房间的。

我眨了眨眼睛，将眼前的画面拨出视线，恰好不耽误我看向希里克斯。“我都不知道，萨米尔人还会灵魂附身啊。”

希里克斯很厌恶我说出的这句话，而且并没有试图掩饰。她把脸转向一边，好像刚才与我四目相对让她羞愧似的。接着，她发出了一种嫌恶的声音。“您是怎么想我们的，舰队长？”

我们？是啊。希里克斯也是萨米尔人。

“我们中之所以会有人那么做，”她继续说道，“那是因为她们觉得被忽视或疏离了。这时候我们都会抢着给她们甜品吃，去安慰她们。”

从大局上看，整件事看上去不是侍从们如何帮助她，而是她被“附身”的过程。我也没看到仆人们去安慰她。不过我的注意力确已从厨房挪开了。现在，我看到了那个茶园监工，她在我们抵达的那天见的我们，似乎还对茶农们理解和讲雷切语的能力浑然不觉。那个侍从还在椅子上颤抖地呻吟着。“你该早点喊我过来的！”监工厉声说道。一人回应道：“我们也是刚发现！”

“停止通灵就好了。”希里克斯说，她仍然和我并排站在走廊里，仍然感到厌恶。我现在可以肯定了，是厌恶和羞愧，“如果神灵讲话，可能会有诅咒。人们会尽全力阻止。要是这位神灵爱耍脾气，可能一家子人都会被挟持好几天。”

我不相信妖怪或神灵能附身任何人。我怀疑，这是那个侍从在装神弄鬼。毕竟，她一直要围着拉福德·丹奇转，很少有真正的休息时间。“甜品？”我问希里克斯，“不只是蜂蜜？”

希里克斯眨了一下眼，又眨了一下。她突然一动不动，我以前见过她这个样子，不过那是因为她生气了或是受了冒犯。她现在这样就好像我的问题是对她个人的侮辱。“我不觉得我现在想吃午餐。”她冷冷地说，然后转身回到她的房间里去了。

在主宅厨房里，首席厨师显然对监工的出现感到宽慰，于是心中大定，开始协调那些惊慌失措、只会干瞪眼的仆人，并设法劝诫和哄诱其余的仆人做好本职工作。与此同时，监工把蜂蜜蛋糕的碎块放进侍从的嘴里，每块蛋糕都掉到她的腿上了，但监工坚持不懈地一块又一块地放进去，还一边吟诵着什么，从声音能听出来，那是利奥斯特语，而从内容来看，应该是祷告词。

最后，侍从的呻吟和颤抖停止了，不管神灵要通过她发出何等诅咒，最终都没有说出口。这一天剩下的时间里，她都声称自己疲惫不堪。无论是仆人还是家人，没人对此表示怀疑，至少卡尔八号没有听过这样的论调。第二天早上，她回到了自己的岗位。在那之后，主宅的仆人们都对她更和善了。

拉福德一直避着我，我很少见到她，只有在下午或傍晚，在她去澡堂的路上才会和她偶遇。要是我们碰上了，她就干脆不跟我说话。她不是在附近的城镇待着，就是更令人不安地跑到山脊后的茶农住宅里消磨时间。

我考虑过离开此地，但我们的服丧期还有一个多星期才会结束，现在中断会招致不祥，合礼仪的葬礼仪式也会受到影响。也许普利斯戈尔或是她们的翻译官们并不理解这些仪式，也不在意，但还是要去做。我曾两次看到普利斯戈尔被低估，这两次都导致了灾难性的后果。一次涉及贾罗德总督和赫特尼斯舰长。另一次是阿纳德尔·米亚奈自己，她以为自己有军力摧毁她们，结果这些普利斯戈尔人把那些能穿透一切的隐形枪交到了雷切领主以为能随意征服的加赛德人手中。普利斯戈尔不是为了拯救加赛德人，后来加赛德人灭绝，所有人都死了，她们星系中的每颗行星和空间站都被烧毁殆尽，整个星系毫无生命迹象，普利斯戈尔也没有采取任何行动，也没有抗议。我敢肯定，她们提供枪支只是为了向阿纳德尔·米亚奈传递一个信息：不要妄想侵略普利斯戈尔。现在，轮到我做决策了，而我不会低估她们。

福赛夫仍然每天都来我们那小一些的宅子做客，而且总是和往常一样兴致勃勃，一副不知情的样子。我开始将她那平静到古怪的行为视为对取得所想之物的深度渴望，视为一种不断说出自己想要之物继而便会成真的手段。我发现，对于身居高位，可以随意处置他人的人来说，这种方法最为奏效。对福赛夫而言，这也是一个好法子。

在艾斯奥克空间站，即使提萨瓦特上尉在推进，空间站站长塞勒也参与进来了，但对园圃窟挡板进行彻底检查也不会在一周内开始。

“老实说，”一天下午，提萨瓦特在我空间站的起居室里对巴斯奈德解释道，“有太多事情急需处理，所以这件事一直被搁置。”我从她的话语中读到了坚决，读出了她因还能继续帮到巴斯奈德的兴奋。但内心里，心情低落的暗流在涌动，“我敢肯定，如果舰队长在这里，她一定会找到办法去……让人们去检查的。”

“有整修的可能已经让我很感动了。”巴斯奈德边说边笑着。

提萨瓦特找回了自制力后说道：“虽然不是什么紧急的事情，但我想知道园艺局能否移栽些植物到园圃窟的公共区域来。”

“植物只能改善空气质量啊，”巴斯奈德大笑道，“不过这里光照可能不够。”接着，她脑子里又冒出一个想法，还是一副笑嘻嘻的模样，“也许她们可以把蘑菇挪出去。”

“蘑菇！”提萨瓦特沮丧地喊道，“没人告诉我蘑菇种在哪里。我都不知道她们在害怕什么。有时候，我会想大家一定是在自己床底下的某个大箱子里或是别的什么容器里种着蘑菇，所以她们会担心空间站维修队到她们的住处去。”

“她们靠蘑菇赚钱，不是吗？若是园艺长吃回扣，你知道的，她会想办法把蘑菇都圈在园圃里，然后跟种蘑菇的收取高得离谱的费用。”

“但她们可以继续在这里种啊，”提萨瓦特争辩道，“还是自己卖啊。所以我想不通问题到底出在哪里。”她挥了一下手，表示不知道自己为何恼怒，“说到蘑菇，我是不是该派卡尔九号去端点儿吃的过来？”

在仁慈卡尔号上，斯瓦尔顿和巨剑阿塔加里斯号的阿马特上尉一同坐在分队饭堂里。那个阿马特上尉捎来了一瓶烧酒。“不错，”斯瓦尔顿微微带点居高临下的态度说道，对方上尉似乎并没有察觉，“不过请原谅，我不能喝酒，我发过誓的。”戒酒一般为赎罪，或者只是一次偶然境况下的灵修。斯瓦尔顿把瓶子递给阿马特三号。阿马特三号接过去，把它放在分队饭堂的桌台上，然后站到了那个陪同阿马特上尉前来的辅助部队士兵的一旁。

“令人钦佩啊！”阿马特上尉回答说，“你比我厉害。”说完，上尉端起了自己的那碗茶。此前阿马特三号曾请求卡尔五号准她使用最精美的那套瓷器。那套瓷器放在了仁慈卡尔号上我的居住舱里，因为卡尔五号不想让这套瓷器有任何闪失。若是斯瓦尔顿用这套瓷器，就能彰显我作为舰队长的身份，以此来羞辱眼前的这位巨剑阿塔加里斯号阿马特上尉。但卡尔五号拒绝了，她还建议阿马特三号再动动脑筋，换个角度思考，即用我那套有缺口的旧珐琅茶具来招待对方上尉。和全体船员一样，阿马特三号始终铭记着我们进入这一星系时巨剑阿塔加里斯号向我们发出的威胁。不过，阿马特三号也就是一时冲动，最终还是礼节战胜了一切。所以，巨剑阿塔加里斯号上尉在喝茶的时候，并不知晓自己险遭侮辱。“斯瓦尔顿是一个很老派的名字，”她露出一副兴高采烈的样子，这却让我觉得虚伪，“你父母一定很热爱历史。”阿纳德尔·米亚奈的一位盟友就叫斯瓦尔顿，她在脱离雷切帝国的势力范围之前有的这个名字。

“那‘曾是’我家族流传下来的名字。”斯瓦尔顿冷冷地回答。她很愤怒，但对方上尉的困惑让她欣喜。斯瓦尔顿还没有说出自己的姓氏，因为那姓氏已然不复存在，她已经和家族分开了数千年，所以她没有佩戴可以表明家族关系的珠宝。再说，即使斯瓦尔顿还保存着一些珠宝，时过境迁，这位上尉很可能已经辨识不出多少了。

对方上尉似乎没注意到斯瓦尔顿语句中的“曾是”二字。“你说你从伊内斯来的？归属哪个辖区？”

“外雷切。”斯瓦尔顿面露微笑地答道。外雷切是历史最久的辖区之一，也是大多数雷切人所去过的最接近雷切的辖区。“你在琢磨我的家族背景吧，”斯瓦尔顿不是为了帮助来访的这位上尉摆脱尴尬，而是出于不耐烦，所以便继续说道，“我叫斯瓦尔顿·温达。”

那名上尉皱起眉头。半秒钟过去她都未想起这个名字的谱系，突然间，她恍然大悟道：“你是斯瓦尔顿舰长！”

“正是。”

巨剑阿塔加里斯号的上尉报之以大笑。“愿阿马特神恩赦，多么落魄呀！被冷冻了一千年就够糟糕了，现在却又被贬成上尉，还被送到一艘仁慈卡尔号星舰上！我想，你得慢慢走上正轨吧。”她又呷了一口茶，“在我的分队饭堂里，我们都认为，堂堂一位舰队长来指挥一艘仁慈卡尔号，这事可有点不太正常。我们一直在想，布瑞克舰队长可能并不会派赫特尼斯舰长回来了，她还会将巨剑阿塔加里斯号占为己有。毕竟，两艘星舰比较起来，巨剑阿塔加里斯号飞行更快，装备更精良。”

斯瓦尔顿眨眨眼，然后用威胁的口吻道：“不要低估仁慈卡尔号。”

“哦，得了吧，上尉，我无意冒犯。仁慈卡尔号在仁慈号系列星舰中算是一艘好的了，但事实上，要真打起来，巨剑阿塔加里斯号可能不费吹灰之力就能击败仁慈卡尔号。你自己以前就统率过巨剑号星舰，你知道我所言非虚。而且巨剑阿塔加里斯号仍有自己的辅助部队士兵，人类士兵总是没有辅助部队士兵来得敏捷强壮。”

阿马特三号站在一旁以备需要，她当然没有做出任何反应，但有那么一秒钟，我担心她可能会对那个上尉人身攻击。虽然发生这种事情，斯瓦尔顿肯定会责备她，我本来不必太过在乎的，可是阿马特三号正站在巨剑阿塔加里斯的辅助部队士兵旁边，那个辅助部队士兵肯定不会让任何人伤害它的上尉。我很担心，因为无论受过多少训练和练习，阿马特三号都不可能敌得过一个辅助部队士兵。

斯瓦尔顿多了一点点的自由来表达愤怒。她放下茶碗，坐得更直了些，说道：“上尉，你是在威胁我吗？”

“阿马特神保佑，当然不是，上尉！”那个上尉确乎震惊于自己的话被如此曲解，“我只是在陈述事实。在这里，我们是站在同一战线的。”

“同一战线？”斯瓦尔顿扬起一抹淡笑，那充满贵族派头的愤怒和蔑视显露无遗，我一年多没见过她这样子了，“我们进入星系时，你要攻击我们，就因为我们是同一战线？”

“阿马特神保佑！”那位上尉试图不因斯瓦尔顿的反应而自乱阵脚，“那是个误会！我相信你能理解，自从传送门倒塌后，我们都很紧张。至于威胁你，绝对没有这样的事，我向你保证，我只是指出了一个显而易见的事实。对于一位舰队长来说，指挥一艘仁慈卡尔号星舰确实不同寻常，虽然也许这世道不同于你那个时候了。同样，自然而然地，我们怀疑我们会失去赫特尼斯舰长，并最终直接在布瑞克舰队长手下服役。”

斯瓦尔顿的言语变得更加轻蔑。“布瑞克舰队长自有决断。但为了防止进一步的误解，”她稍微拖长了“误解”一词，“那我清楚明确地说吧，要是你再威胁我们的星舰，你最好把我们斩草除根。”

巨剑阿塔加里斯号的上尉赶忙重述，表示她从未想过要做这样的事。斯瓦尔顿笑了笑，换了个话题。

空间站里，巴斯奈德正在跟提萨瓦特上尉说些什么。“我从没见过我姐姐，我是在她离开后才出生的，也正是因为她离开了，父母才怀了我。她会寄些钱给我们，而且，她要是能提拔军官什么的，我可能也会做点什么吧，总之是要比蒸鱼或是切菜更大的事儿。”奥恩上尉的父母是厨师，“我做的都是奥恩做的，我也会永远感激奥恩。当然，我的父母从来没有这样说过，但我总是觉得没有什么事是为了我自己，一切总是与她有关。她给我们传来的信息总是那么和善，我当然很尊敬她，她是个英雄，我们家族里第一次有人能做出点什么……”她苦笑了一声，“听说，好像我的家人都是无名小卒、其他的所有人。”提萨瓦特上尉等着她继续往下说，表现出完全不像是十七岁少女所能表现出的安静。巴斯奈德继续道：“她去世以后，情况更糟了，我永远不会忘记，所有的一切我都无法像她那样优秀，甚至连她的朋友都比不上！什么奥沃比埃尔明优秀得多,甚至比她高出一个宇宙的水平。现在又是那个姓米亚奈的。”

“而且她那些朋友，”提萨瓦特上尉说，“是看在你姐姐的份上给你提供便利，而不是因为你做的事值得她们馈赠。”我想知道提萨瓦特是否明白自己为何对巴斯奈德如此着迷，也许还没想清楚吧。此时此刻，提萨瓦特显然是在专注地倾听巴斯奈德的诉说，去理解她的满腹愁情。她愿意伸出援助之手，愿意听她倾诉。

“奥恩从不倾倒于人。”提萨瓦特上尉言谈举止间透露的老成，巴斯奈德似乎未注意到。也许，在过去这几天里，她已经习惯了。“她就不必这样。如果她交了那样的朋友，只是因为她就是这种人。”

“是啊，”提萨瓦特言简意赅地同意道，“舰队长也这么说过。”巴斯奈德没有应声。接着，她们开始聊别的事情。

我们还有三天就要离开时，赫特尼斯舰长终于谈到了房主的女儿。我们坐在凉亭下，宅子的门在我们身后敞开着。福赛夫在制造厂出席什么仪式，拉福德当然是在茶农的住处，希里克斯则去了湖岸的一处阴凉地，她说要去看看小鱼，但我怀疑，她只是想独自待会儿，甚至都不想让卡尔八号在她身后转悠。这样附近就只有我、赫特尼斯舰长、巨剑阿塔加里斯号的辅助部队士兵以及卡尔五号。我们坐在那里，看向树荫里那一长排长满青苔的石头和山脊，还有更远处冰雪覆盖的白色山尖。主宅在我们左侧，澡堂在前方，澡堂离主宅很近，但不会遮挡风景，澡堂曲面玻璃墙的一弯角处也收入眼帘。尽管下午的阳光明媚，但树荫和凉亭下的空气仍然潮湿而阴凉。

“长官，”赫特尼斯舰长说，“请恕我直言。”

我打手势表示同意。在我们逗留的这段时间，赫特尼斯舰长一次也未提及我们来此处的缘由，尽管她每天都会画上哀悼条纹，做必要的祈祷。“长官，我一直在想园圃窟发生的事情，我还是觉得当时我下的命令是对的，只是命令起了反作用，我当然会对此负责。”她的话语本身有些傲慢，但语气却是恭敬的。

“你会吗，舰长？”一辆丹奇家族的陆地用车从山脊的路上驶过。不是福赛夫从制造厂回来了，就是拉福德从茶农家里回来了。不能再继续这样下去了，但我还没有想出解决办法，也许根本就没有办法。

“会的，长官。不过逮捕希里克斯公民是我的错，那时我觉得如果只有她和拉福德是嫌疑人，那肯定是她做了这件事，这确实是我的错。”

我一直很欣赏拥有这种品质的军官。意识到错误后勇于承认；确信正确，不去明哲保身，而是坚持己见。她严肃地看着我，我想，她是有点害怕我将做出的反应。她刚才的话有些挑衅，但只是一点点。没有一位雷切军官会公然违抗她的上司，除非是要自掘坟墓。我想到了那套无价的古董茶具，它的出售几乎是为了遮掩非法所得，我也想到了这个星系的流放者惊人的解冻死亡率。我一时间很想知道，这两种品质是如何在赫特尼斯舰长体内共存的，这种勇气和正直，以及愿意为利益贩卖生命的意愿。我想知道如果我在她还是一个新晋上尉的时候就培养她，她会成为什么样的军官。可能和现在一样，也可能不会。或许她现在已经死了，在阿纳德尔·米亚奈大约二十年前毁掉我的隔热罩时，她就和我的船员们一同蒸发了。

也许不会。在奥尔斯时，如果舰长是现在的赫特尼斯舰长，而不是奥恩上尉，也许我还是我，仍旧是正义托伦号星舰，我的船员也依旧活着。

“我其实知道，长官，”赫特尼斯舰长说，也许因为我没有回应，她的胆子更大了，“这幢宅子在艾斯奥克行星上算是很显眼的了，但对您来说肯定不算什么。现在从如此远的距离来看拉福德·丹奇和希里克斯·阿德拉，两人几乎没什么不同。”

“恰恰相反，”我平心静气地回答，“拉福德·丹奇和希里克斯·阿德拉差别大了。”我说话的时候，拉福德阔步从主宅走出来去往澡堂，装作一副不在意的样子。

“我的意思是，长官，从米亚奈的高度来看，丹奇一定和其他仆人没什么两样。而且我知道，人们总是说我们每个人都有自己的角色和指定的任务，这些角色或是任务没有高低优劣之分，只是不同而已。”我自己也听过这句话很多次了，而奇怪的是，“同样重要”“只是不同”似乎总是被解读成“同等重要的角色中也有一些会更值得尊重和回报”。“不过，”赫特尼斯舰长继续说，“我们并不都能站在您的角度来看问题，我觉得……”她犹豫了一瞬，“我想，如果您的表妹犯了一些年轻人犯的轻率或愚蠢的错误，她们会得到和拉福德·丹奇一样的处置。这应该是事实，长官。”她举起她戴着绿手套的手，虔诚的恳求里暗含着建议。她的意思是，所有的一切都是阿马特神的旨意。宇宙本身就是神灵，任何事情都不可能违背神的意愿而发生或存在。“但是也许你能理解，为什么这里的每个人都顺从房主的女儿，或者她自己为什么会认为自己能与一位舰队长、一位雷切领主的表妹平起平坐。”

就差一点。她离真正理解就差一点。“那我想，你是觉得拉福德是一位品行优秀、教养良好的年轻人，只不过在过去的几周里做出了一些令人费解而又非常不幸的选择。你也觉得，虽然你我都以军纪自律，但拉福德不是这样的人，按这个标准，我对她太苛刻了。也许，房主的女儿甚至跟你说过，她的敌人在我耳边说尽谗言，导致我对她持有不公的偏见。”赫特尼斯舰长脸上闪现出某种不同于刚才的表情，这几乎可以确认我的猜测为真，“但是你想想那些不幸的选项吧。从一开始，做出这些选择就会伤害到别人，会伤害到园圃窟，会伤害到你，会伤害整个空间站。拉福德可能难以预料迪丽科翻译官会因此而死，但她肯定知道你的辅助部队士兵是携带武器的，也知道你一直因园圃窟而感到不安。”赫特尼斯舰长沉默着，低头望着她的大腿。她手里是空的，她那碗茶在她旁边的长凳上冷却着，“品行优秀、教养良好的人是不会无缘无故地做出恶毒行为的。”

这话题显然是被我堵死了，而我还有其他想要知晓的事，我曾花了好些时间思考，如何才能躲过所有人的视线将流放者从星系中转移。“幽灵之门吧。”我自言自语道。

“长官？”她看向我。我转移了话题，我认为她本该如释重负的，但她看起来却心事重重。

“我是说那个无法传送的传送门。你没在那见过其他星舰？”

她是在犹豫吗？她脸色变了，但我还未辨识出是惊讶还是恐惧，她的神情就已恢复如初了。“没见过，长官，从没。”

她在说谎。我本想望向巨剑阿塔加里斯号的辅助部队士兵，她正身子僵硬地立在卡尔五号旁边，一声不吭。但是，即使自己的舰长说了谎，辅助部队士兵脸上的细微反应也是难以察觉的。而且，我要是瞥向她，就会暴露我的想法，即我听出了舰长的话是谎言。相反，我朝澡堂看去。拉福德·丹奇大步走了出来，走的还是她去时的那条路，她一副冷酷的表情，这对任何可能遇到她的仆人来说都是不祥的预兆。我环顾四周，想看看她那位私人侍从在哪儿。我才发现，那位侍从一开始就没有跟着拉福德进澡堂，这着实令我感到惊讶。

赫特尼斯舰长也注意到了拉福德。她眨了眨眼睛，皱起眉头，然后微微摇了摇头。我想，她可能是因为拉福德的愤慨如此外露而对她不屑，也可能是因为我的什么举动，我不大确定。“舰队长，”她说着，朝澡堂瞥了一眼，“恕我直言，今天很暖和。”

“是很暖和，舰长。”我回答。她站起身来，我仍坐着。她欠了欠身，穿过那长满苔藓的石路，朝澡堂走去。巨剑阿塔加里斯号的辅助部队士兵紧紧跟上。

舰长走过了半个树荫笼罩的灰绿色院子，到了澡堂那扇曲面窗户。突然间，一颗炸弹引爆了。

15

我已经二十五年没有见过战斗了，或者至少是没有看过可能有炸弹爆炸的那种战斗。不过话说回来，我也曾是一艘载满战士躯体的星舰。两千年来，我也自然而然地养成了快速投入战斗的习惯。所以，几乎就在我看到澡堂窗户迸发出火光，看到窗户破裂继而碎片向外迸溅的刹那间，我便站起身，举起了盔甲。

我觉得巨剑阿塔加里斯号的辅助部队士兵从未见过地面战斗，不过，她的反应几乎和我一样快。只见她以一种非人类的速度弹出盔甲，并快速移动到她那未佩戴盔甲的舰长身前，好挡住那些飞溅而来的玻璃碎片。闪闪发光的锯齿状玻璃从窗户处向我们飞来，那棵为岩石洒下阴凉的树木的叶子和树枝纷纷掉落。玻璃碎片撞上辅助部队士兵，但辅助部队士兵在被碎片击倒时把自己的身子压在了赫特尼斯舰长身上。随后，更小片的玻璃碴、树叶和树枝撞击到我的盔甲上，但都无法对我造成伤害，而是噗噗地弹走了。我的大脑快速转动，想到虽然卡尔五号只是刚刚举起盔甲防身，但她不会受伤。“把你的医疗箱给我。”我对卡尔五号喊道。她扔给我医疗箱之后，我便命她通知医务室以及行星安保。接着，我便跑向赫特尼斯舰长，看她是否还活着。

火焰吞噬着澡堂那破碎的窗户边缘。玻璃碎片和碎碴散落一地。我跑去舰长身边的一路上，碎片在脚下嘎吱作响。赫特尼斯舰长尴尬地仰面而躺，身子被巨剑阿塔加里斯号的辅助部队士兵压着。辅助部队士兵双肩处的盔甲是由一片片硬金属切刃密集排列而成的，不过，一大块形状怪异的玻璃碎片从两片盔甲之间凸了出来。我意识到，这一定是在巨剑阿塔加里斯号的辅助部队士兵没来得及举起盔甲时就被刺中的。辅助部队士兵的反应很快，但还是不及我的速度，而且她和赫特尼斯舰长比我离窗户近了大概二十米。

我在她们旁边跪了下来。“巨剑阿塔加里斯号，舰长伤势如何？”

“我没事，长官。”赫特尼斯舰长抢在辅助部队士兵之前答道。她试图翻身，把辅助部队士兵从她身上推开。

“别动，舰长，”我一边打开卡尔五号的医疗箱，一边急声说道，“巨剑阿塔加里斯号，报告舰长的伤势。”

“舰队长，赫特尼斯舰长遭受轻微脑震荡、划伤、撕裂，还有擦伤。”巨剑阿塔加里斯号的辅助部队士兵因佩戴盔甲，所以声音有些失真。当然她的声音里没有流露出感情色彩，是典型的辅助部队士兵的声音，但我感觉到她说话有些吃力，“除此之外，就像舰长刚才说的，她没事儿。”

“给我下去，星舰。”赫特尼斯舰长生气地说道。

“我觉得她下不来，”我说，“有一块玻璃嵌进了她的脊柱。现在，放下你的盔甲，巨剑阿塔加里斯号。”我的医疗箱中的是特制的通用矫正剂，用来延缓出血，阻止进一步的组织损伤，通常是为伤者争取抢救的时间。

“舰队长，”巨剑阿塔加里斯号的辅助部队士兵说，“恕我直言，我的舰长没有佩戴装甲，可能还会有炸弹的。”

“除非把这个区域炸掉，否则我们没办法的。”我说道，我确信只会有一枚炸弹，也确信此次引爆只为杀死一人，而不是大开杀戒，“你越早让我救治你，我们就能越快把你弄走，好让你的舰长远离危险。”本来赫特尼斯舰长很生气，听到我这番话，她眉头皱得更紧了，直勾勾地盯着我，仿佛我说了一种她以前从未听过、也听不懂的语言。

巨剑阿塔加里斯号的辅助部队士兵收起了盔甲，露出了她的制服外套。她两块肩胛骨之间浸满了鲜血，还有嵌在脊柱里的那大块锯齿状玻璃碎片。“伤口有多深？”我问道。

“很深，舰队长，”她回答说，“需要些时间才能修复。”

“肯定的。”医疗箱里还有一把小刀片，用来剪除伤口处的衣物。我拔出刀片，然后划下辅助部队士兵伤口处血淋淋的衣布。我把矫正剂抹得尽可能离凸起的玻璃片近些，但很小心地不去碰触到玻璃片，以免造成更多伤害。矫正剂渗出，继而铺散开固定伤口，这得需要一小会儿才能稳定伤势，但也要看伤口的性质和大小，有时仅需要几分钟就会凝固。一旦伤口矫正剂凝固，辅助部队士兵就可以安全无碍地行动了。

澡堂里的火焰一直没有熄灭，那美轮美奂的木墙一直为其添薪加柴。三个仆人站在主宅旁边，惊得目瞪口呆。更多的仆人则刚从宅子里跑出来，想看看发生了什么事。卡尔五号和另一位仆人急忙朝我们走来，手里拿着一件扁平宽阔的东西——仁慈卡尔号告诉她伤员是脊椎受伤。我环顾四处都没有看到拉福德的踪影。

赫特尼斯舰长仍然在巨剑阿塔加里斯号的辅助部队士兵身下盯着我，眉头紧锁。“舰队长，”辅助部队士兵说，“恕我直言，我伤势太重，不值得修理了，请带舰长前往安全的地方。”她的声音和脸上当然是不带感情的，但是眼睛里却涌出了泪水。是疼痛还是其他原因，我无从知晓。不过我可以猜。

“巨剑阿塔加里斯号，你的舰长安全无虞，”我说，“你救下了舰长，现在不用再紧张了。”那滩矫正剂最后一点浑浊也消失了，我轻轻地用戴着手套的手指滑了一下。没有条痕，也没有污迹。卡尔五号跪在我们旁边，放下了像是一张桌板的板子。抬着板子另一端的仆人却不知道如何移动背上受伤的人。所以我就亲自动手，和卡尔五号一起把巨剑阿塔加里斯号的辅助部队士兵从赫特尼斯舰长身上挪开。舰长站起身来，一言不发地看着自己的辅助部队士兵趴在桌板上，玻璃碎片还在她的背后支着。舰长看向我，紧皱的眉头还未舒展开来。

“舰长，”我说道，卡尔五号和仆人小心翼翼地把巨剑阿塔加里斯号的辅助部队士兵抬走了，“我们需要和东道主谈谈。”

16

爆炸事件发生后，任何服丧的礼仪都顾不得了。我们在主宅的正式会客厅会面。会客厅的窗户很宽大，而且理所当然地面向了湖泊。绑着金色和灰蓝色坐垫的长凳和椅子四下散落，还有几张深色木制的矮桌。墙壁上雕刻着云星饰样，这一定是仆人们专门做出来的。角落里的一个架子上摆着一把长方体的弦乐器，我认不出来这是什么，这反倒说明可能是艾斯奥克行星上流行的乐器。旁边的另一个架子上陈列的就是那套古董茶具，茶具是放在箱子里的，不过为了便于展示，箱盖是敞开着的。

福赛夫站在会客厅的中央，而赫特尼斯舰长在福赛夫的坚持下坐在了旁边的椅子上。拉福德则在会客厅的一头踱来踱去，直到她母亲说："坐下，拉福德。"她表面上语气愉悦，却暗藏刀锋。于是拉福德紧张地坐了下来，却未倚向靠背。

"那是一枚炸弹，"我说，"体积不会很大，可能是从某个建筑工地偷来的。但不管是谁掩埋的，她都在上面覆盖了金属碎片，这个人要么是想让靠近炸弹的人残废，要么就是要让她死。"其中一些迸裂金属片飞向赫特尼斯舰长，亏得辅助部队士兵挡在了她的身前。辅助部队士兵出现的时机，刚刚好能将那一块大玻璃碎片挡住。

"是杀我的！"拉福德大叫道。她又站了起来，戴着手套的手紧握着，继续来回踱步，“炸弹是杀我的！我可以告诉你凶手是谁，因为不可能是其他人！”

“你等会儿再说，公民。”我说，“可能是从建筑工地偷来的，因为尽管要想找到金属碎片很容易，但要找到炸药却困难得多。”所以，这是处心积虑的蓄谋。不过，要是够坚决、够聪明，确实可以越过障碍，找到法子，“当然，爆炸物一般不会被随处乱放。做这件事的人要么是可以接触到这类东西，要么是认识能接触到这类东西的人，也许可以沿着这个思路找到罪魁祸首。”

“我知道凶手是谁！”拉福德坚持道。要不是医生和地方治安官就在那一刻走进会客厅，她还会喋喋不休下去。

医生立刻走到赫特尼斯舰长坐的地方。“舰长，我不会听你的胡话，我必须给你检查一下，确保你没有受伤。”

地方治安官刚要开口跟我说话，我就挥手阻止了她。“医生，幸运的是，舰长的伤势很轻。但是她的辅助部队士兵伤得很重，希望你准备进行救治。”

医生挺直身子，有些愤愤不平。“你是医生吗，舰队长？”

“你是吗？”我冷冷地问，我情不自禁地拿她与我自己星舰上的医护兵比较，“如果你打开植入你大脑里的医用芯片，你就会清楚，她只不过受了些擦伤而已。巨剑阿塔加里斯号能更深入地检查，已报告说舰长伤势很轻。而辅助部队士兵的脊柱里刺入了一块二十六厘米长的玻璃碎片，越早治疗越有效。”我没有补充说，我是根据个人经验做出判断的。

“舰队长，”医生冷冷地回应道，“我不需要你班门弄斧。这类伤口需要一个漫长而艰难的愈合期，恐怕最佳治疗方法是处置掉那个辅助部队士兵。我知道这对赫特尼斯舰长来说极为不便，但实际上这是唯一合理的选择。”

“医生，”我还没来得及回答，赫特尼斯舰长便插嘴说，“也许最好还是医治一下辅助部队士兵吧。”

“赫特尼斯舰长，我无意冒犯，”医生说，“不过我不隶属于舰队长管辖，我只听命于我自己的‘舰队长’，那就是我自己的判断力和医学素养。”

“去吧，医生，”刚刚一直保持沉默的福赛夫说道，“舰队长和舰长都想让辅助部队士兵得到治疗，赫特尼斯舰长也愿意应付辅助部队士兵的恢复期。治疗了又会有什么害处呢？”

虽然家庭医生在这类家庭中很常见，但我怀疑这位医生不仅为茶园工作，而且也是福赛夫的客户，她往后生活的好坏也取决于福赛夫，所以她不能像回答我那样回答福赛夫。“如果您坚持的话，公民。”她欠身说道。

“不劳大驾了，”我说，“卡尔五号，”卡尔五号一直一声不响地直挺挺地站在门口，以备我所需，“去城里找个靠谱的医生，让她来给巨剑阿塔加里斯的辅助部队士兵治疗，要尽快。”尽管越快治疗越好，但我根本不相信这位医生。我现在并不奇怪，为什么茶农宁愿流血致死也不愿向她咨询了。我真希望我的医护兵在这里。

“遵命，长官。”卡尔五号回答说。她利落地转身走了出去。

“舰队长，”医生开口说，“我说了我会……”

我不再面向她，而是转过身走向地方治安官。“治安官，”我欠身，“幸会，不过很抱歉是在如此不幸的情况下。”

治安官鞠了一躬，斜眼看了看医生，但只是说道：“彼此彼此，舰队长。我这么快来到这里是因为我早已动身，要来向您表达敬意的。请允许我对您遭受的损失表达悲伤。”我点头承情，“正如我们进来时您说的，我们要是查明了制造炸弹的材料，很可能就能找出制造这枚炸弹的凶手。安保部门现在还在调查澡堂的残骸。那澡堂可真是不幸的损失。”她最后一句话是对着福赛夫公民说的。

“我女儿没有受伤，”福赛夫回应说，“这才是最重要的。”

16

“那枚炸弹是要杀我的！”一直站在那里生闷气的拉福德吼道，“我知道是谁！没有必要去追踪任何东西！”

“凶手是谁，公民？”我问。

“奎特。肯定是奎特。她一直恨我。”

这是瓦尔斯卡伊人的名字。“一个茶农？”我问道。

“她在制造厂工作，负责维修烘干机。”福赛夫说。

“好吧，”治安官说，“我会派——”

我打断了她。“治安官，请原谅。你带来的人中有谁会说代尔西语吗？”

“只会说几句，舰队长，说不了太多。”

“碰巧，”我说，“我精通代尔西语。”我在瓦尔斯卡伊待了好几十年时间，但我没透露这一段过往，“让我到茶农家里去吧，我去和公民奎特谈谈，看看能发现什么线索。”

“您没必要去查什么线索，”拉福德坚持说，“还能有谁是凶手？她一直都恨我。”

“为什么？”我问道。

“她认为我玷污了她的小妹妹，那些人总是无理取闹。”

我再次转向地方治安官。“治安官，请允许我一个人到茶农的宅子那里，去和公民奎特交谈。同时，你们可以追踪一下炸药的情况。”

“我给您派些保安吧，舰队长。”治安官说，“靠您一己之力，在周围都是瓦尔斯卡伊人的情况下逮捕此人——我想您可能需要一些帮助。”

“没有必要，”我回答，“我不需要帮助，我不担心自己的安全。”

治安官眨了眨眼睛，微皱起眉头。“是的，舰队长，我想您是无所畏惧的。”

虽然福赛夫赠予我一辆汽车的使用权，但我还是步行去了茶农的宅子。太阳就要下山了，我沿途经过的茶园里空无一人。宅子寂静地矗立着，房外杳无人烟。如果我不是了解一些，我可能会认为此地已遭废弃。其实，所有人都在屋子里。但她们觉得来的人应该是福赛夫、行星安保部门、地方治安官，或是士兵。她们中会有人是守望者吧。

等我离宅子越来越近，直到宅子里的人能听到我的声音时，我张开嘴，吸了一口气，唱道：

我就是那个士兵啊
如此贪婪，如此渴望你们的歌
吞并如此之多，却无法禁锢它们
被占有的歌从她嘴角流出
远走飞翔，追寻自由

正门开了，开门的是那个守望者，就是第一天早上我跑步经过茶园时唱出这些歌词的那个守望者。我微笑着看她，然后走近，欠了欠身。“我一直想对您表达我的钦佩之情，”我用代尔西语对她说，“您唱得真好听，您当时是即兴作曲的，还是您以前就思考过？我只是好奇，无论是以哪种方式谱出来的，那首歌曲都令人印象深刻。”

“我当时就是在唱而已，雷切人。”她回答说，“雷切人”就是“公民”的意思，但我知道，一个瓦尔斯卡伊人，用代尔西说出这个词，而且用的是这种语气，那便成了隐晦的侮辱。不过这一侮辱是无证据的，毕竟她用的就是一个合适的称呼。

我打手势表示我对她的用词并不在意。“如果你愿意的话，我想和奎特谈一谈。只是谈谈，而且我是一个人来的。”

她的目光越过我的肩膀看去，不过我知道，她一直在观察，早知道没有人和我一同来到此处。然后她转过身，一句话也没说就走进了宅子。我跟在她后面，小心地关上了身后的门。

我们走过客厅，一直走到最后面的厨房前停下，都没遇到人。

这个厨房和福赛夫的厨房一样大，但福赛夫的厨房里到处都是锃光发亮的平底锅、各式各样的冰箱和储物柜，而这间厨房有一半都是空的，只有几个煮锅和一个水槽。一个角落里有一堆皱巴巴的褪色的脏衣服，那无疑是茶农工装发放完后剩下的，挑选后可以修改成大小适合的衣服。一排木桶贴墙而立，我觉得里面无论装了什么，肯定都是在发酵的东西六个人正围坐在一张桌子旁喝啤酒。守望者示意我进去，她自己却一言不发地走开了。

坐桌边的人中有一位是我们到达那天跟我说话的那位老者，那时她见我们在服丧，便换了要唱的歌。“晚上好，祖父。”我鞠躬向她问好。由于我和瓦尔斯卡伊人接触过很长一段时间，所以我相当确定，我所用称呼的性别是对的。

她盯着我看了十秒钟，然后才咽下一口啤酒。其他人则故意盯向别处，有的盯着桌子，有的看着地板，有的则瞅着远处的墙面。“你想要什么，雷切人？”她最后问道。不过我可以确定，她知道我为何而来。

“祖父，如果您允许，我想和奎特交流。”祖父什么话也没回，过了一小会儿，她转向左手边的那个人：“侄女，去问问奎特她愿不愿意过来。”那侄女犹犹豫豫的，看上去好像要张嘴抗议，她显然对祖父的妥协并不乐意，但她还是站起身来，一声不吭地离开了厨房。

祖父指着那张空了的椅子：“坐下，士兵。”我坐了下来。不过，在座的还是没人直接看我。我想，如果祖父让她们离开，她们会因能逃离而欢欣。“士兵，听你的口音，”祖父说，“你是在维斯特里斯科尔学会代尔西语的吧。”

“是的，”我应和道，“我在那儿待了很长时间，还有，我在苏利姆图也待了一段时间。”

“我来自伊芙，”祖父愉快地说，好像眼下的交谈不过是社交寒暄，“我从来没有去过维斯特里斯科尔，也没去过苏利姆图。我猜维斯特里斯科尔变化很大了吧，现在是你们雷切人在那里管事了。”

“是有些变化的，这点我确信，”我回答道，“我自己也有一段时间没去那里了。”奎特可能早就溜走了，要不就是拒绝前来。看来，只身前来着实是一场赌博。

“你在那里杀了多少瓦尔斯卡伊人，雷切人？”这不是祖父在发话，而是桌旁的另外一人，虽然她对我很是畏惧，但她胸中的怨怒与憎恨已是不可自抑，让她变得不管不顾了。

“好几个，”我平静地回答，“但我不是来杀人的，我孤身一人，手无寸铁。”我把戴着手套的手举起来，放在桌子上，手掌向上。

“那你只是过来寒暄？”她的声音里极尽挖苦。

“遗憾的是，不只如此。”我回答。

祖父继续讲话，试图把谈话从这样危险的地方引开。“孩子，我认为你还太年轻，不可能参与那次兼并战争。”

我低下头，恭敬地略微欠了欠身。“我的年龄比我看上去的要大，祖父。”我比看起来要老得多得多，但这里没人能知道这一点。

“你真是彬彬有礼，”祖父说，“我想我会这么评价你。”

“我母亲说，”那个愤怒的人又说道，“杀死她家人的那个士兵也很有礼貌。”

“抱歉，”我打破了这句话引起的紧张气氛，“即使我能肯定地告诉你那人不是我，我知道那也是于事无补。”

“不是你做的，”她说，“那场谋杀不是在苏利姆图，但你说得对，于事无补。”她把椅子往后一推，看向祖父，“抱歉，”她说，“我还有事情要做。”祖父挥手同意，她便离开了。她走出厨房时，有个人走了进来。那人二十几岁，是我们到达此地在凉亭下逗留时见到的那群人中的一个。虽然她的皮肤更黑些，但她脸上的线条暴露了她与祖父的血缘关系。她的眸色和发色都比祖父的更浅一些，一头卷曲的秀发用一条亮绿色的头巾绑了起来。看她肩上的挂饰，还有她进来时屋内骤静的态势，我想，她就是我要见的人。

我站起身来。“奎特小姐。”我欠身说道。她没有说什么，也没有动弹。接着，她开口说道：“我要感谢你的不杀之恩。”祖父和桌旁的其他人仍然保持沉默。我想知道，外面走廊里是否挤满了偷听我们说话的人，或者大家都躲到了安全的地方，好等着我离开。“你要坐下来吗？”她没有回答。

“坐下，奎特。”祖父说。

“不坐，”奎特说着，抱紧双臂，对我怒目而视，“我本可以杀了你的，雷切人。你可能是该死，不过拉福德更是罪不可恕。”

我做了个放弃的手势，然后自己坐了下来。“她威胁了你妹妹，是这样吗？”她一脸鄙夷的表情。

“你妹妹她还好吗？”

她扬起一边眉毛，歪着头。“绝望者的救命人。”她的声音里满是刻薄。

“奎特。”祖父警告说。

我举起一只戴着手套的手，掌心向前。对大多数雷切人来说，这个手势很粗鲁，但对瓦尔斯卡伊人来说意义却不同——勿冲动，需安静。“没关系，祖父。我听到这几个字就感知到正义了。”坐在桌边的一人微弱地发出了一点声响，表示难以置信，但很快就安静了下来，每个人都假装没有注意到，“拉福德公民喜欢折磨你妹妹，她在某些方面相当精明，她知道你为了保护妹妹会做出何种事情，她也知道你有些技术能力。如果她设法从建筑工地找到一些弹药，然后给你使用说明，你就能安置炸弹了。但我觉得，她并没有意识到你会想办法增强炸药的威力。炸弹上方覆盖金属碎片是你的主意，对吗？”除了拉福德多次做事考虑不全面以外，我并没有其他证据证明我的猜测，奎特也面不改色，“而且她不知道你要炸死的对象是她，而不是我。”

她的头仍然歪着，表情也仍是一脸嘲讽，她说道：“你不想知道我是怎么做到的吗？”

我笑了。“最受人尊敬的奎特！几乎在我的一生中，我身边的人都十分坚信，要是我不在，宇宙就会变得更好。你的把戏怕是在我的心里激不起什么水花了。不过，你设计得算是天衣无缝了，如果时机再准一些，你就成功了。你的才能在这里真是白白浪费了。”

“哦，当然浪费。”虽然很难更刻薄，但她的语气还是更刻薄了一些，“这里只有迷信的野蛮人。”她用雷切语说的最后两个词。

“你做那事需要的信息不是随便就能拿到的。”我说，“你去查的话，会被拒绝访问，而且很可能惹得行星安保盯上你。如果你在这里上过学，你也只会学一些典籍的段落，以及一些已经粉饰过的历史，不会再学别的东西了。而拉福德自己，她可能只知道炸药可以杀人而已。不过你最终自己解决了细节难题。”也许，在拉福德采取行动的很久之前奎特就在思考怎么做炸弹了，“在制造厂分拣茶叶和修理机器，你一定是无聊透了。要是你参加了资质测试，她们肯定会把你送到一个让你更能发挥才干的地方，而你也会得到锻炼。”她屏住呼吸，好像要还嘴说话，“而且，”我抢在她前面说，“你就不会沦落到来这里保护你的妹妹了。”我做了个手势，承认这类事情的讽刺意味。

“你是来逮捕我的吗？”奎特问道。她没有动，脸上也并没有流露出问题被摆到明面的紧张，只是声音里暴露了些许情绪。祖父和桌边的其他人若磐石般一动不动，大气都不敢出。

“是的。”我回答。

奎特张开了抱紧的双臂，双手紧握成拳头。“你可真是涵养十足、文质彬彬。你知道这里没人敢碰你，你就放着胆子来这儿。作为手握权势的一方，这些事多容易做到呀。”

“你说得对。”我同意道。

“咱们走吧！”奎特再次交叉双臂，双手仍然握成拳头。

“呃，”我平静地回应道，“说到这里，我是走过来的，我想现在应该下雨了吧，还是我记不得今天是不是该下雨了？”没有人回答，回应我的只有围坐在桌旁的人群里令人神经紧张的缄默，以及奎特坚定的怒视。“我还想问到底发生了什么，这样我兴许就可以主持正义了。”

“啊！”奎特终于让我弄得不耐烦了，叫嚷道，“你是那个正义的人？那个善良的人？是不是？你和房主的女儿没什么两样。”她又说回了雷切语，“你们所有人！你们手持枪械，为所欲为。你们杀人、强奸、抢夺，却还把这叫作带来文明。对你们来说，这是文明，这文明就是让我们对谋杀、强奸和抢夺恰当地表达感激？你说你听到正义之时便熟知它了。好吧，你的正义是什么？对我们任意妄为，然后我们因为试图自卫而被判有罪？”

“我不会辩解，”我说，“你说的是真的。”

奎特眨了眨眼睛，有些犹豫。我想，她大概是诧异于我竟然这么说。“你会为我们在掌权者那里伸张正义，你会吗？你会带来救赎吗？你是来这里让我们伏在你脚下，为你唱赞美歌吗？但我们知道你的公平是什么，我们知道你的救赎是什么，无论你用什么作为掩饰。”

“我不能给你们带来正义，奎特。不过，我可以亲自带你到地方治安官面前，这样你就可以向她解释你的行为。但这改变不了你的命运，你应该知道，从拉福德·丹奇告诉你她想要的东西的那一刻起，这件事不会有别的结局，至少是你不会有别的结局。房主的女儿太爱自作聪明，意识不到事态的严重性。”

“那又有什么意思呢，雷切人？”奎特挑衅地问，“你难道不知道我们既不诚实，也不可靠吗？你难道不知道我们总会在应该温顺和感激的时候大加怨恨吗？你难道不知道我们这些迷信的野蛮人拥有的只是狡猾吗？显然，我会撒谎的。甚至可以说，是你让我编造的谎言，因为你恨房主的女儿。当然，我也恨她。在罢工的时候——你那只鹰犬，那个叫希里克斯的萨米尔人，告诉过你罢工的事了吧？”我做了个确认的手势，“她早告诉你她和她的表妹们是如何高尚地教育我们，让我们意识到自己所遭受的不正义待遇，教会我们如何组织行动，怂恿我们反抗，因为我们不可能自己做成这些事。”

“她自己，”我说，“后来接受了重新教育，因此不能直接谈论这件事。不过，福赛夫公民是这样告诉我的。”

“是吗？”奎特问道，而又不是在发问，“那她有没有告诉你，我母亲在罢工中死了？不，她是不会说的，她会说她对我们有多好，她有多绅士，因为我们坐在那里的时候，她没有带士兵去射杀我们所有人。”

这件事发生时，奎特肯定还不到十岁。“我不能保证地方治安官会听你辩解，”我说，“我只能给你进言的机会。”

“然后呢？”祖父问。

“那么然后呢，士兵？在我还是个孩子的时候，我就被教导要宽恕和忘记，但是忘记这些事情很艰难，失去父母，失去儿女，失去孙辈。”祖父的表情没有变化，依旧是木然的，但她的声音在最后有些颤抖了，“我们都是人类，我们只能宽恕有限的东西。”

“就我而言，”我回应说，“我觉得人们太强调宽恕了，宽恕需要有合适的时间和地点，而不是让你身陷囹圄。在奎特的帮助下，我可以永久地把拉福德从这个地方赶走。我会尽力去做更多的事情。”

“真的吗？”桌旁的另一个人问道，她一直沉默到现在，“能给我们公平的报酬？你能做到吗，士兵？”

“付全额工资！”奎特补充道，“让我们不必欠债就能得到像样的食物。”

“还要有一个牧师，”一人建议道，“还要有我们自己的牧师，还要给那些反叛者找一个牧师，在临近那个茶园里就有一些牧师。”

“她们被称作教师，”祖父说，“不是牧师，我说过多少次了？”反叛者也是一种侮辱性词汇。但在我还没来得及说出来之前，祖父对我说：“你不可能兑现这样的承诺。你不可能保护奎特，让她安全与康健。”

“所以我不做任何承诺，”我说，“奎特最终也许会比我们所担心的要好些。我会尽我所能，虽然只有微薄之力。”

“好吧，”祖父沉默了一会儿后说，“嗯，我想我们得请你吃晚饭了，雷切人。”

“如果您愿意如此慷慨，祖父。”我答道。

17

我和奎特朝着福赛夫的宅子走去时，天还未亮，空气仍然带着湿意，弥漫着一股湿土的味道。奎特双手交叉，脊背僵硬，不耐烦地迈着大步。她不断地超过我，又停下来等我跟上，仿佛特别急着抵达目的地，却被我毫不体谅地拖了后腿似的。茶园和山峰都笼罩在夜色之中，格外寂静。奎特没有心思说话，我深吸一口气，用旁人断然听不懂的语言哼起了歌。

记忆便是那事件视界，
其内之物已归入他界，但其自身永远不灭。

提萨瓦特的黑暗分队士兵曾在士兵饭堂中唱过这首歌。哦，树啊！就在刚才，在井上的空间站里，黑暗九号就哼着这歌。

“然而，那件事还是逃了出来。”奎特站在前方一米处，说话时并没有回头。

“以后还会的。”我答道。

她停住脚步，等我跟上来，但依旧没有回头。“很明显，你撒谎了。”说着，她又走了起来，“你不会让我和地方治安官说话的，也没有人会相信我要说的话。但你刚才没有带士兵去那边，我想这总归是你的不凡之处。就算是这样，我要说的话没人会信的。我会被交给安保处理，或者死掉，如果两者有哪怕一丁点区别的话。可我妹妹还在，而拉福德还会活下去。”说完“拉福德”这几个字，奎特吐了口唾沫，“你会带她走吗？”

“带谁？”这问题问得出乎意料，我有些不能理解，“你妹妹？”此时我们仍用代尔西语交谈。

“是啊！”她很不耐烦，语气依旧充满怒意，“我妹妹。”

“我不懂。”此时天空露出了鱼肚白，亮了一些，但阳光还没有照射到我们经过的这一片，“你是怕我带她走，还是想让我带她走？”她没有回答，“奎特，我是个士兵，我的住处是一艘军舰。我没有时间也没有资源带孩子，就算是即将成年的孩子，我也带不了。”

奎特恼火地嚷道：“你不是在哪儿有套公寓吗？你不是有佣人吗？不是有一群人围着你团团转，帮你沏茶帮你烫领子，帮你往道上撒花吗？多一个肯定不多的。”

“你妹妹希望做这样的活吗？”我沉默了一会儿，“同时失去你们俩，你祖父不会很伤心吗？”

闻言，她蓦地停下来，猛地转向我。“你以为你了解我们，其实你一无所知。”

我想告诉她，她才是一无所知的那个人；我想告诉她，这行星上受苦受难的孩子千千万，我没有义务一一照看；我想告诉她，我与这一切毫无瓜葛。她站在那儿，紧绷着身体，眉头紧皱，等着我回答。“你怨你妹妹吗？怨她不能更争气一些，怨她害你落入现在的处境？”

“哦！”她大叫道，“废话！这一切和你这位高贵的文明人带拉福德·丹奇下来一点关系都没有。你明明清楚房主的女儿是什么人，你明明知道发生了什么，你明明一清二楚，你明明知道她对我们做了什么，可要不是有那个雷切人差点被杀死，事情就没有严重到让你纡尊降贵，自己进来蹚浑水的地步。等你拍拍屁股一走了之，剩下的事自然用不着你来操心，房主的女儿和房主还在这儿自然也与你无关。”

“奎特，造成这一切的不是我，不公之事何其之多，就算我很想，但我也不可能肃清所有。”

“那是，你当然做不到，”她嗤之以鼻，言语中透露着刻薄，“你能处理的只有那些给你造成不便的。”她转回身去，继续向前走。

如果我有骂人的权利，我一定会骂人的。“你妹妹多大了？”

“十六岁，”她答道，语气里又充满了讽刺，“你可以拯救她于水火之中啊，把她带去真正的文明里啊。”

“奎特，我有的只是那艘星舰和在艾斯奥克空间站里的临时居住舱。我的确有士兵，她们也的确照顾着我的饮食起居，甚至帮我沏茶，但我没有佣人。你说的‘撒花’听起来的确美妙，但真做起来只会一团糟。我那里没有可以安置你妹妹的地方。但我会问她想不想离开这儿，如果她想，我会尽可能为她安排。”

“你不会。”她并没有回过头来，依旧朝前走着，“你知道吗？”她说道，听起来就快哭了，“你能想象知道自己无能为力是什么感觉吗？知道无论你做什么，都保护不了你爱的人，无论你拼尽全力地做了什么，都是比无谓更无谓的事，你能想象那是什么感觉吗？”

我可以。“可你还是做了。”

“我就是这么个迷信的野蛮人。”她肯定哭了，“无论我做什么都没有用，但我就是要让你看看这件事，我就是要让你看看自己做了什么，哪怕之后你会撇开眼神，哪怕之后你想自诩正义，自称合礼仪，你也得闭着眼睛自欺欺人。”

“我很敬佩你，奎特。”我说道，“理想主义者如你，年轻热血如你，根本不知道自欺欺人是件多么容易的事。”现在已经彻底天亮，而我们就快走过山脊了。

“不管怎么样，我都会这么做。”

“是的。”我赞同道。接下来的一路，我们再无二话。

17

我们先在我入住的宅子那逗留了一会儿。奎特不喝茶，也不吃东西，就只是站在门边，双手始终交叉着。“主宅的人肯定都没醒，”我告诉她，“失陪一下，我要去换件衣服，做件事情，然后我们再一起去主宅，等治安官过来。”她抬了抬一边的手肘和肩膀，表示我做或不做什么她都无所谓。

巨剑阿塔加里斯号的辅助部队士兵在赫特尼斯舰长的起居室里，仍然脸朝下地对着地上的桌板，后背的矫正剂变成了一层厚厚的黑色硬壳。我在她旁边蹲下。“巨剑阿塔加里斯号。”我轻声说道，一方面是怕她睡着了，另一方面是不想吵到赫特尼斯舰长。

“舰队长。”她说道。

“你还好吗？有什么我可以帮上忙的？”

有那么一瞬她似乎犹豫了，之后才回答：“舰队长，我不觉得难受。卡尔五号和卡尔八号帮了我很多。”她又顿了顿，“谢谢您。”

“如果你需要什么，就告诉她们其中一个。现在我要去换衣服，然后上去主宅。我想可能明天之前我们就要走了，你觉得我们可以挪动你吗？”

“可以的，舰队长。”她又顿了顿，“舰队长，长官，可否问您一个问题。”

“问吧，星舰。”

“你之前为什么要喊医生来？”

我叫医生时并没有多想，当时纯粹是做了觉得该做的事。“我觉得你不想远离你的舰长，我也觉得没必要白白牺牲辅助部队士兵。”

“无意冒犯，长官，除非短期内传送门能再次开启，否则这个星系的专用矫正剂数量就是有限的，而我却还存有几个备用躯体。”

备用躯体，其实就是吊舱里那些等待死亡的人类。“那你想我任凭人们处理掉你这个躯体吗？”

她沉默了三秒，答道：“不，舰队长，我不想。”

里屋的门开了，赫特尼斯舰长走了出来，衣服只穿了一半，看着像是刚睡醒。“舰队长。”她说，看到我似乎有些吃惊。

“舰长，我刚才在询问辅助部队士兵的身体状况，吵醒你了，不好意思。”我站起身来，“我要去换衣服，找点东西吃，然后尽快上主宅见地方治安官。”

“长官，您找到凶手了吗？”赫特尼斯舰长问道。

“找到了。”我不想多言。

赫特尼斯舰长并没有追问。“我过几分钟也过去。舰队长，恕我失陪了。”

“无妨，舰长。”

我回到楼下时，奎特依旧站在门边。希里克斯坐在桌旁，面前放着一片面包和一碗茶水。“舰队长，早上好。”她看到了我，便同我打招呼，“我想和你一起上去主宅。”奎特嗤笑了一声。

“随你，公民。”我拿了自己的那份面包，也给自己倒了一碗茶，“我们现在就等赫特尼斯舰长了。”

几分钟后，赫特尼斯舰长从楼梯下到一楼。她没有和希里克斯说任何话，只飞快地瞥了一眼奎特，又挪开了目光，走到餐柜边，给自己倒了点茶。

“卡尔八号会留下来照看巨剑阿塔加里斯号的辅助部队士兵。”接着，我继续用雷切语同奎特说，“公民，你真的不需要吃点什么吗？”

“不需要，谢谢你的好心，公民。”奎特怪腔怪调、不无讽刺地说。

“那如你所愿，公民。”我答道。

赫特尼斯舰长盯着我，面上的惊讶一览无余。“长官。”她开口道。

“舰长，”不待听她要讲什么，我便打断了她，“您要用餐吗？还是我们可以走了？”我咽下最后一口面包，而希里克斯早就吃完了。

“长官，您要是不介意，我可以在路上喝些茶。”我表示可以，随后一口饮尽杯中的茶水，自顾自地走出了门。

一位仆人把我们带到之前那个椅子上绑着金色和灰蓝色坐垫的会客厅。现在，太阳已高悬于山峰之上，窗外的湖面波光粼粼。赫特尼斯舰长坐到一把椅子上，希里克斯则小心地坐在离舰长三米开外的另一把上。卡尔五号和往常一样站在门边看岗，奎特则站在屋子中央，一脸抗拒不遵的神情。我走到那处置放弦乐器的地方，细细看去。这弦乐器五品，四弦，木质的器身嵌着珍珠母。我心里琢磨着是什么弓法，是拉弦式、击弦式还是拨弦式的。

地方治安官进门。“舰队长，您昨晚回来那么晚，我们很担心。可您的士兵跟我们保证说您没事。”

我鞠了一躬。“早上好，治安官，抱歉让您担心了。我们准备回来时刚好下雨，所以就在那边过夜了。”我正说着，福赛夫和拉福德走进了房间，“早上好，公民。”我说道，朝她们点了点头，随后又看向地方治安官，“治安官，我给您介绍公民奎特。我承诺了她直接向您进言的机会，对于她想说的话，我觉得您很有必要听一听。”拉福德嗤笑了一声，翻了个白眼，摇了摇头。

治安官朝奎特瞥了一眼，说道：“公民奎特会说雷切语吗？”

“会。”我答道，忽略拉福德，转向奎特，“公民，就像我承诺的一样，这就是地方治安官。”

有那么一瞬间，奎特并没有回应，只是笔直地站在屋子中央，一言不发。随后，她转向治安官，没有鞠躬，径直说道：“治安官，我想跟您解释发生的事情。”她说话变得非常缓慢而谨慎。

“公民，”治安官咬字清晰地答道，仿佛在与稚童对话，“因为舰队长承诺了你向我进言的机会，所以我在这里听你说。”

奎特又沉默了一会儿。我觉得她在克制自己，以防透露出讽刺。“治安官，”终于，她开口道，一字一句，依旧谨慎清晰，以便在场的各位都听得懂她的意思，而不会受她口音的干扰，“你应该知道茶园主和她们的女儿有时会拿茶农取乐。”

“啊！”拉福德喊了一声，因被冒犯而满腔愤怒，“我还离她们五十米外呢，这些茶农拼命拍我马屁，跟我调情，总之就是无所不用其极，好引起我的注意，指望我能给她们一些礼物，甚至有朝一日给她们庇护，这就叫我拿她们取乐？是这样吗？”

“拉福德公民，”我用冷酷的语气说道，“我承诺了奎特进言的机会，等她说完，才会轮到你。”

“所以，我就得站在这儿听她说这些？”拉福德嚷嚷道。

“是。”我回答。

拉福德恳求地看向她的母亲。福赛夫则道：“拉福德，既然舰队长承诺了奎特进言的机会，如果你有话要说，就等她说完再开口也不迟。”她的声音毫无起伏，表情也一如既往的和蔼，但我认为对于奎特接下来可能说的话，她也不无警惕。赫特尼斯舰长似乎很困惑，有那么一瞬她似乎要说些什么，但没有开口，只是瞧着我看着这一切的模样。希里克斯直勾勾地盯着前方。她很愤怒。我不怪她。

我同奎特说：“继续吧，公民。”拉福德厌恶地哼了一声，重重地坐到最近的椅子上。她的母亲仍然站着，一派平静。

奎特深深地吸了一口气，“茶园主和她们的女儿有时会拿茶农取乐。”她重复道，她在努力地控制自己的语气，不知道屋中其他人有没有意识到这一点，“当然，我们总会说些调情的话，假装我们想要。”拉福德发出一声尖锐的声音，其中充满了难以置信。奎特继续说：“不管怎么说，最起码是我们中的大部分人。这宅子的任何一个人，都曾让……都可以让我们生活在水深火热之中。”她本想说无论是宅子的哪一位都可以将茶农“玩弄于股掌之间”——这个表达是直接从代尔西语翻译成雷切语的，听起来很粗鄙。

地方治安官难以置信地问："公民，你是在指控公民福赛夫或这宅子的其他人虐待你们吗？"

奎特眨了眨眼睛，深吸了一口气道："公民福赛夫或这宅子其他任何人的欢心或反感，意味着能不能赊账，有没有多余的食物给孩子，有没有额外的工作，有没有医疗供应……"

"你们有医生，你知道的。"福赛夫强调，我还是第一次听到她语气多了一丝起伏。

"我见过你说的这个医生，"我说，"谁不想和她打交道我都觉得情有可原。公民奎特，继续吧。"

"作乐时，"奎特又吸了一口气，才说道，"有钱有势的人只会提携漂亮而谦逊的雷切人，或许提携这种事发生过，但从未发生在我们身上过，只有婴儿才会相信我们也能得到提携。我之所以说这些，是想让你知道，为什么屋主的女儿会遇到调情，为什么她想要什么，别人就给她什么。"

我瞥向地方治安官，从她的表情来看，她觉得奎特的话和拉福德刚才所说没什么区别。她看向我，眉头微皱。"你继续说，奎特。"我很确定她在想什么，在她说出自己的想法之前，我说道，"我承诺了你进言的机会。"

奎特继续道："过去几年，拉福德公民很想要我妹妹……"她犹豫了一会儿，好不容易才接下去，"做出一些特定的行为。"

拉福德笑了："呵，根本就不是我要求的。"

"你没在认真听，公民。"我说道，"公民奎特刚刚解释了，哪怕是你再微小的心愿，在现实里对她们而言就是一项要求，任何茶农，无论以什么方式惹你不悦，都没有好日子过。"

"而且这些行为没什么错处吧。"拉福德对我的话充耳不闻，"你知道吗，舰队长，你显得有点伪善了。我们在听着这些性骚扰指控，可是，哪怕你该哀悼，但你不还是带着你的萨米尔宠物来这里取乐。”现在，我总算知道为何拉福德要在言语上赤裸裸地攻击我了，她是要把希里克斯的事儿摆上台面，好转移重心。

希里克斯很是意外，她发出一声短促而尖锐的笑。“拉福德公民，你还真抬举我，我觉得舰队长压根就没想过要宠幸我。”

“你也没想过要宠幸我。”我说道，希里克斯打手势表示赞成，从她的表情来看，我断定她是打心底里觉得拉福德的论调可笑，“更重要的是，公民，你这是第四次打断公民奎特了。如果你不能自持，那我只能先把你请出去，再让她发言了。”

我一说完，拉福德立马站了起来。“你敢！”她喊道，“你是神的表妹或许才值得我掂量掂量，或许你以为你比这个星系里的其他人都厉害，但这宅子不是你发号施令的地方！”

“我从未想过这宅子的人会缺乏最基本的素质。”我说道，语气格外平静，“如果一个公民无法在此处不受打扰地说话，那我不介意另寻一处让奎特继续同治安官说她的故事，一处只有她们两位的地方。”

“只有”二字我稍稍咬重了些，但福赛夫听出来了，她看着我说道：“拉福德，给我坐下，安静点。”显然她很了解自己的女儿，猜到发生了什么，最起码猜到了大概。

听到母亲的话，拉福德僵住了，仿佛连呼吸都屏住了。我记起卡尔五号和卡尔六号听到的佣人对话，说福赛夫曾亲口讲过，她还来得及培养另一个继承人。不知道拉福德会不会经常听见这一威胁。

“行了，拉福德，”地方治安官说着，眉头微微地皱起，我想，福赛夫对拉福德的语气让她感到疑惑，“我能理解你的愤懑。如果有人昨天刺杀我未遂，我也很难保持冷静，但舰队长也只是应允了此人……”她指向了奎特，后者安静地站在屋子中央，“一个机会向我进言，舰队长不过是在履行诺言罢了。”她转向奎特，“奎特，是吗？

你是否承认在澡堂安放了炸药？”

“我不会不承认。”奎特答道，“我打算杀死屋主的女儿，很遗憾没做成。”

震惊。沉默。当然，大家都知道事实，但听到她如此直白地承认又是另一回事。治安官说道：“我认为接下来无论你说什么，都不会改变你行刺所需承担的后果，如此，你还要继续进言吗？”

“要。”奎特言简意赅地道。

地方治安官转向拉福德。“拉福德，如果你想离开，我能理解，但如果你要留下来，最好让她把话说完。”

“我不走。”拉福德挑衅地回答。

治安官又皱起了眉。“好吧。”她示意奎特，“那就快些说完吧。”

“屋主的女儿，”奎特道，“知道我恨她占我妹妹便宜。她来找我，跟我说她想舰队长死，说舰队长总是很早洗澡，她洗澡时其他人都还没醒，所以只要把握时机，在澡堂中安放炸药，她必死无疑。”拉福德又冷哼一声，深吸气后刚要说话，却被她母亲的眼神制止了，于是她只能双臂环抱，扭头盯着那套蓝绿色的古董茶具，那套茶具就放在架子上，离她站的地方有三米半远。

“屋主的女儿告诉我，”奎特继续说道，稳当的声音稍微抬高了些，以防有人说得比她大声，“如果我没有渠道，她会为我提供炸药。如果我拒绝，屋主的女儿会亲自动手，但一定会把罪过推到我妹妹身上。如果我替她动手，她则保证拉我妹妹一把，而且保证没人查到我身上。”她看向拉福德，后者背对着众人，身形僵硬。奎特满含轻蔑地厉声道：“屋主的女儿觉得我很蠢。”她看回治安官，“我能理解为什么有人想杀舰队长，但我个人与舰队长并无积怨，屋主的女儿则不然。我知道，一旦我要害舰队长，我一定会被交给安保处置，而我的妹妹将只剩悲痛。既然我的结局已定，我何不直接除掉那个会威胁我妹妹的人？”

“你是个善于表述的年轻人。”治安官沉默了三秒后才如此说道，“而且不管从哪方面看，你都很聪明。但我希望你明白，如果你撒了谎，是肯定瞒不住的。”逼服药物，严格审讯，足以让一个人吐露哪怕最私密的秘密。

当然，如果当局认定你犯罪，那她们可能也懒得去审问了。同样，如果有人误信了什么，那审问就会揭晓真相。“治安官，去审问屋主的女儿吧，”奎特道，“到时候你就知道我有没有说谎了。”

“你承认试图刺杀公民拉福德。”治安官干巴巴地发言，“而且，如你所说，你与她有私仇。我有理由怀疑这些是你编造的，就为了给她带来尽可能多的麻烦。”

“治安官，如有必要，我可以正式控告。”我说道，“但请告诉我，您找到炸药源了吗？”

“经安保确认，应该是来自某处建筑工地，但附近的工地均无失窃报告。”

“或许，”我提议道，“那些工地监工应该查炸药库存量，看看是不是失窃的炸药未记录在案。”我寻思着要不要补充这么一句——安保应格外留心屋主女儿朋友工作的场所，或她本人最近到访的地方。

治安官扬起一边的眉头，“我已经命人这么去做了。事实上，今早我下来见你们之前，就下令了。”

我点点头，表示自己知道了。“那么，我还有一个请求，只有这一个，之后的事我将不再插手。治安官，你介意吗？”看到治安官同意了，我接着说道，“我要询问公民拉福德的私人随从一个问题。”

屋中的气氛变得十分紧张。几分钟后，拉福德的随从走了进来。“公民，”我对她说，“你的手臂充满了神祝，你的口中不得吐出任何谎言。”我把那天通过卡尔八号在厨房里听到的话用雷切语翻译了出来，虽然只是听了个大概，但那是监工把蜂蜜蛋糕放入拉福德随从口中时所说的话，“拉福德公民是从何处取得炸药的？”

那随从盯着我，似乎吓坏了。除了在随从之间，没有人会留意随从，尤其是在这栋宅子里。“恕我冒犯，舰队长，”她沉默了好一会儿才开口道，“我不知道您在说什么。”

“别装傻，公民。”我说道，“就连拉福德的呼吸你都知道得清清楚楚。哦，有时候你没跟她去园圃窟，有时候她会找些差事打发你去做别的事情，但你知道的，凡是合格的随从都知道的。更何况，这并不是一次心血来潮，不像在墙上画‘不饮茶，要嗜血’那次。”这位随从上次趁别人尚未发现的时候，将拉福德沾着油漆的手套清理干净，“这次不一样，这次复杂多了，这次是有预谋的，而她不可能亲自打点好一切，而私人随从的用途就在此处。现在真相已经大白，公民奎特已经把一切告诉治安官了。”

那随从眼中涌动着泪水，嘴唇不断颤抖着，但她还是未承认。“我不是个合格的私人随从。”她说道，一滴眼泪流过她的脸颊。我沉默以待，任凭她陷入想说什么、要不要说的自我挣扎中。我不能读心，但她的表情足以彰显其内心的矛盾。其他人则是一言不发，“如果我是，这一切都不会发生。”她终于开口道。

“她精神总是不稳定。”拉福德说，“打小开始，我就一直在努力地庇护她、保护她。”

“这不是你的错。”我忽略拉福德，同她的随从说道，“但你知道拉福德做了什么，至少你在怀疑。”她可能通过一些线索，断定处于绝境的奎特，不会轻易照拉福德说的去办，“这就是昨天拉福德叫你时，你没来澡堂的原因。”而拉福德当时不耐烦等她的随从过来，索性离开澡堂找人，因此逃过一劫，“拉福德从哪里取得的炸药？”

“是她五年前壮着胆子拿的，自那以后就藏在她房中的一个箱子里。”

“那你可以告诉我们她从哪里拿的，具体什么时候拿的，如何做到的，以便我们做好确认吗？”我问道，虽然我已经知道了答案。

“嗯。”

“她在撒谎！”拉福德插嘴道，“我为她做了那么多，她就这么报答我！还有你！”她面向我，“布瑞克·米亚奈，你自从来到这个星系，就一直对我家图谋不轨。你编造了一个荒谬的故事，说什么通过传送门有多危险，这显然都是假话。现在你还把一个臭名昭著的罪犯带到这个家里。”她说这话时，并没有看向希克里斯，“现在你反而说是我的错，怪我想把自己炸死？如果说这件事是你一手谋划的，我不会有半分惊讶。”

“看到了吗？”我同拉福德的随从说，后者还站在原地哭泣，“根本不是你的错。”

“公民，要验证你随从说的话，”治安官皱着眉同拉福德说道，“并不难。”我注意到福赛夫发现治安官变了称呼，从“拉福德”变成了更为疏离的“公民”，“不过，此事我们另算。我认为在水落石出之前，你应该过来和我一起待在城里。”拉福德的随从和奎特自然得不到这样的邀请，她们将待在安保的牢房里，接受审讯，并相应接受重新教育。但不管如何，这次邀请意味着什么已经不言而喻了。

显然，福赛夫很清楚这背后的含义，她失望地摆了摆手。“我早就该意识到会有这样的结果，我保护拉福德保护得太久了。我总希望她能做得更好，但我未料到……”她的话音慢慢低落下去，显然无法表达她未曾预料的事情是什么，“一想到我可能会把茶业交到会做这种事的人的手里。”

整整一秒，拉福德僵硬得犹如木头。“你不会。”她语气虽然笃定，声音却轻如羽毛，仿佛无法完全控制自己的嗓音。

“我还能怎么办？”福赛夫反问道，一副懊悔的模样。

拉福德转过身，大跨三步，走到放置着那套茶具的架子旁，双手将箱子捧起来，然后高高举过头，狠狠地砸到地上。瓷器四分五裂，蓝绿色的碎片溅了一地。站在门边的卡尔五号发出微乎其微的惊呼，但只有我和她自己能听到。

死寂。没有人动弹，也没有人说话。过了一会儿，门口出现了一个仆人，显然是听到了茶具摔碎的动静。“把地上收拾一下，”福赛夫看到她，便如此说道，她的语气分外平静，“然后丢掉。”

“你要把它丢了？”我问道，一半出于惊讶，一半为了盖住卡尔五号发出的微小抗议声。

福赛夫做了个无所谓的手势。“已经没价值了。”

治安官看向奎特，后者全程都笔直地站着，一言不发。“这就是你想要的吗，奎特？一场悲剧、一个家的破灭？我怎么都无法理解，为什么你不能把这么坚定的决心和精力放在工作上，为你自己和你的家人贡献一份力量。相反，你酝酿了这……这样的怨恨，现在你造成了……”治安官指着房间，示意着这场闹剧，“这些。”

奎特十分冷静，从容无比地转向我。“公民，关于自欺欺人，你说对了。”她的语气无波无澜，仿佛是在随意地谈论天气。她用的是雷切语，哪怕她也可以用代尔西语，哪怕她知道我能听懂。

她的这番话并非讽刺我。但我还是答道：“只要有机会，你绝不会沉默的，无论你觉得说出来是好还是不好。”

她讽刺地挑起一边眉毛。“是的，”她赞成道，“我就这样。”

18

从我们走出福赛夫会客厅的那一刻起，希里克斯便神经紧绷，一言不发。在返回艾斯奥克空间站的路上，她几乎就没开过口，而从港口电梯前往空间站，我们需要搭乘普客穿梭机，偏偏巨剑阿塔加里斯号辅助部队士兵受了伤，我们需要多个相连的座位安置伤号，为此，我们足足等了一天才等到一辆有足够空间的飞行器。这期间的沉默便更加漫长了。

我们进入穿梭机，希里克斯仍旧闭口不言，她的沉默一直维持到停靠空间站前小时的时候。当时，我们身后坐着卡尔五号和卡尔八号，她们系着安全带，大部分注意力都落在心情失落的奎特妹妹身上。待在一群陌生人之中，思家心切，未来不定，而且又因微重力而感到恶心不已，又不肯服晕机药，她很想哭一场，可是眼泪却因重力不足而粘连在她的眼中，她举手擦拭，眼泪变成更小体积的泪珠，这令她更加心烦意乱，熬了好久之后才终于睡了过去。

希里克斯倒是接受了药物，因而生理上比奎特妹妹好受一些。但自从我们离开山区，她便一直心乱如麻，甚至我猜她在离开之前便是如此。我知道她不喜欢拉福德，甚至完全有理由憎恨她，但我觉得听到拉福德的母亲那么随意、那么冷静地剥夺了拉福德的继承权后，那天屋中的所有人，尤其是她，是能与拉福德感同身受的，她理解是什么让拉福德摔碎那套古董茶具，哪怕她知道自己的母亲将茶具视若珍宝，为拥有那套茶具而十分自豪。无论是对女儿的处置，还是对茶具的处理，公民福赛夫都铁了心。卡尔五号事后从地上的那摊垃圾中捡起了那个箱子，那些瓷碗和茶壶的碎块。过去的三千多年里，这瓷碗和茶壶虽历经坎坷，却毫发未损，然而仍逃不过现在。

“那是正义吗？”希里克斯问道。她问的声音很轻，仿佛不是在和我说话，然而除了我，不会有第二个人听得到。

“什么是正义，公民？”我反问道，“在那种情况下，正义何在？”希里克斯没有回答，可能是生气了，也可能是无言以对，毕竟这两个问题都难以回答，“我们讲正义，仿佛正义很简单，不过是合礼仪行事罢了，仿佛正义不过是下午茶时决定谁可以享用最后一块点心这样简单，不外乎是定有罪之人的罪罢了。”

“难道不就是那么简单吗？”希里克斯沉默了一会儿问道，“行为就是有对有错的。而且，我觉得如果你是治安官，你会放了公民奎特。”

“如果我是治安官，我会与现在的自己截然不同。而且，看上去你对公民拉福德的同情不比对奎特的少。”

“得了吧，舰队长。”我的话惹怒了她，她深深地呼吸了三次才这样说道，“别把我当傻子，你在茶农的屋子里过夜了。显然，你很熟悉瓦尔斯卡伊人，你的代尔西语也很流利，但你走进她们的屋子，第二天早上还能把奎特带回来，这本身就够令人震惊的了。没有阻力，没有刁难，那么轻而易举就把她带了回来。而且，在我们离开宅子之前，在治安官离开之前，茶农就给福赛夫送来了要求清单，就在福赛夫刚刚失去治安官无条件支持的那一刻。”

我想了一会儿才明白她的意思。“你以为是我唆使的？”

“我无法相信这只是巧合，那些茶农既没接受过教育，也没经过文明开化，在过去十多年里都没罢过工，却偏偏选择了现在。”

“根本不是巧合。虽然她们没有受过教育，但并不能说她们未受文明开化，她们完全有能力自己谋划出这整件事来。谁都清楚福赛夫的处境，她们也不例外，甚至比大多数人更清楚。”

“那奎特心甘情愿和你回来，难道不是你和她们达成了什么交易吗？难道她最终不会被从轻发落吗？与此同时，公民拉福德的生活却毁于一旦。”

“你不同情奎特？拉福德完全是恶意行事，是恼羞成怒，如果她的计划得逞，毁掉的不只是我一个人。奎特面临绝境，无论她做什么，都没有好下场。”

希里克斯沉默片刻道：“她要做的是一开始就去找治安官。”

对于这一点，我想了一会儿，才能理解为什么所有人，尤其是希里克斯都以为奎特能够，或是说应该在第一时间找治安官。“你知道，”我终于说道，“如果不是我明确要求，公民奎特永远不可能踏入地方治安官一公里范围内吧？而且我拜托你回想一下，过去公民拉福德行为不端时，通常都发生了什么。”

“尽管如此，如果她言辞得体，治安官有可能会听。”希里克斯回答。

奎特认为地方治安官不会伸出援手，她是对的，我很确信。“她做出了自己的选择，后果无可避免。我很怀疑从轻发落的可能性，但我不怪她，她自愿牺牲自己来保护妹妹。”所有人，尤其是希里克斯，最起码应该欣赏这一点才对，“你以为如果雷切领主本人在这里，她就能看穿一切，为每一个行为、每一个行动者的动机给出恰如其分的评判吗？你觉得她就能实现最完美的公平吗？你以为所有人都会付出应有的代价，一分不多、一分不少吗？可能吗？”

“这才是正义，难道不是吗？公民。”希里克斯问道，她表面很平静，但语气有着十分微小的紧绷，那是一种刻意放平了的语调，因此我知道她现在其实很生气，“无论是拉福德还是奎特不满判决，想提出申诉，都无法获得救援，她们不像你，可以联系到各个宫殿。你是我们认识的人中和雷切领主最亲近的一个，可你一点都不正义。我很难不发现，每当你抵达一个新地方，你就会直接走到‘梯子最底格’，然后开始结盟。当然，你要说米亚奈的表妹去到哪个地方，却不会在第一时间玩政治，这话说出去谁信谁傻。但现在我知道了，你借瓦尔斯卡伊人之手要对付的是福赛夫，我实在忍不住好奇，你借雅查纳人之手想对付的又会是谁。”

“我没有利用瓦尔斯卡伊人对付任何人。茶农们完全能够自行筹谋，而且我跟你保证，她们也的确筹谋了。至于园圃窟，你就住在那儿，你清楚那里的情况，肯定知道那里很久以前就该进行维修了。”

“你可能私下和治安官说过一些事，有关瓦尔斯卡伊人的。”

“事实上，我的确说了。”

“还有，”希里克斯仿佛没有听到我的回答，“要是雅查纳人的公民素质高点，她们中很多问题就能迎刃而解。”

“一个人究竟得成为多好的公民，”我问道，“才能有水喝、有空气呼吸？才能有医疗救助？你那些邻居知道你这么看不起她们吗？”这点我并不怀疑。茶园的瓦尔斯卡伊茶农就知道萨米尔人看不起她们。

接下来的一路，希里克斯不再开口。

提萨瓦特上尉在穿梭机港口等着我们，看到我们归来，她松了一口气。她看上去像在愉悦地期待着什么，又好像在为同一件事而忧心忡忡。待其他乘客出去后，我通过卡尔五号和卡尔八号的眼睛，看到了受伤的巨剑阿塔加里斯号辅助部队士兵正由几个医护兵和另一个“自己”照看着。而第三个巨剑阿塔加里斯号的辅助部队士兵已立在赫特尼斯舰长身后。

提萨瓦特上尉鞠了个躬。“欢迎归来，长官。”

“谢谢你，上尉。”我转向赫特尼斯舰长，“舰长，明早一起床我就去找你。”舰长鞠躬表示知晓。见此，我便示意大家动身进入走廊，朝电梯走去，前往园圃窟。生殖器祭典早就结束了，现在走廊不再悬挂那些小小的、颜色鲜艳的阴茎，最后一批铝箔糖纸也都拿去回收了。

我早就曾借提萨瓦特和黑暗九号的眼睛看见了眼前的景象：园圃窟入口那张烂桌已经不见了，取而代之的是一扇敞开的区域门，还有一块指示牌，用恰当而准确的标语说明门的功能已经修复，门两边的空气也都能流通。门前方的那条走廊，虽有磕磕碰碰，但照明很好。仁慈卡尔号还向我展示了提萨瓦特上尉心中微微升腾起的骄傲，因为她一直期待向我展示这些。

“长官，这一层所有通往园圃窟的区域门都已修复完毕。”提萨瓦特在我们走进园圃窟的走廊时说道，“第二层的门修理工作做得不错，按进度来看，接下来就会修理第三、四层。”我们走出走廊，进入园圃窟的小厅。现在小厅也很明亮，茶馆门口周围的发磷光的油漆虽然还在，但已经很不显眼了，污渍和脚印也是如此。小厅的空地上有一条长凳，长凳两旁各放了一盆盆栽，植物厚刃般的叶子一簇簇地朝天空刺去，其中一两簇甚至有一米高。提萨瓦特上尉发现我注意到这些，却不露声色。这些盆景自然是她与巴斯奈德反复沟通的成果。因为灯火通明，所以原本就不大的厅堂就显得更窄小了，甚至有些拥挤。这里不仅有我认得的居民，更有穿着空间站维修队灰色连体服的人在来回走动。

“管道系统呢？”我问道，没有提及刚才所见的植物。

“本层的这个区域已经供水了。”提萨瓦特这段时间总与园艺局的人一起，心里有些害怕，但说到这里，心中又不由得生起几乎淹没这种恐惧的自豪感，“但这一层其他区域的管道还在维修，第二层的话，大概还没开始动工。长官，水供应到某些区域流速会变慢，我怕到时候像第四层那么高会……很棘手。之前居民都赞同先从这里动工，因为这里人最多。”

“应该这样做的，上尉。”其实大部分情况我都已经知晓，虽然之前我在井下，但无论是提萨瓦特、黑暗九号、卡尔十号，还是空间站这边的情况，我都有所留意。

在我和提萨瓦特身后，希里克斯停了下来，因而走在她后面的卡尔五号和卡尔八号也不得不停下，她们一停，默默无言、还沉湎在痛苦中的奎特妹妹也停下了。希里克斯问道：“那居民怎么办？我的公寓还在吗，上尉？”

提萨瓦特笑了。那种外交官式的笑容我很熟悉，我知道在过去一周里，她经常露出这种表情。“所有动工后还住在园圃窟的人都会得到正式分配，而且，她们原先住哪个房间，就会继续被分配到哪个。你的房间还是你的，公民，不过现在那里光线更好，以后通风也会更好。”提萨瓦特转向我，“关于安装的摄像头，还有一些……顾虑。”事实上，她与空间站站长塞勒见面商谈，两人谈话中产生了一些不同意见。那次会面就是在这个小厅里进行的，当时电梯还没修好。提萨瓦特刚柔并济地安排了那次会面，她能将个人魅力与纯粹的强势结合得那般自然，连我都觉得惊讶，毕竟我之前还觉得她什么事都做不好。在没有安保的情况下，提萨瓦特竟只身一人坐到空间站站长身边。“最后，我们决定将摄像头安装在走廊，居民住所不安装，除非有人自己要求。”

希里克斯轻哼一声，满含讥讽。“就算只在走廊里安装摄像头，对一些人来说也过火了。我看我最好还是去住处一趟，看看你都做了什么。”

“我想你会满意的，公民。”提萨瓦特回答道，用的仍是那副官方口吻，“如有任何意见或问题，欢迎告诉我或任何仁慈卡尔号的人。”希里克斯不作回答，鞠了个躬便离开了。

“你可以让不满的人直接找空间站总署。”我说道，心中猜想着希里克斯不满的原因。接着我又走了起来，身后由几人形成的队伍便跟着我继续走动。转过一个拐角，我们便看到几组电梯门敞开着，显然是在等着我们。看来，空间站在看着我们。

在仁慈卡尔号上，斯瓦尔顿一丝不挂地站着，由一位阿马特分队士兵伺候着沐浴。“想必舰队长安全归来了。”斯瓦尔顿说道。

“是的，上尉。”星舰通过阿马特分队士兵回答。

在艾斯奥克空间站的园圃窟，我和提萨瓦特、卡尔以及奎特的妹妹一起走入电梯。通过仁慈卡尔号，我看到了提萨瓦特一瞬间表现出的怀疑，她不止一次地思考，我在井下时，是否可能已经看到她所做的一切。“长官，我知道应该让她们找空间站总署，但这里的大部分居民都不愿去那儿。一方面，从距离上讲，她们离我们更近，此事也是我们的建议。另一方面，我们本身也住在这里，总署的人就不一样了。”她犹豫了一会儿，“也不是所有人都对这一切乐见其成。走私、偷盗以及违禁药品贩卖也是屡见不鲜，做这些勾当的人不希望被空间站看到，哪怕摄像头只安装在走廊。”

我又想起了斯瓦尔顿，她决心戒酒并坚持至今。不过当年她还在酗酒时，寻觅到酒水的本事实在令人佩服，无论在哪儿，她总能想方设法地将酒拿到手。我留她指挥仁慈卡尔号，没有让她跟来，真是个明智的选择。

在仁慈卡尔号上，斯瓦尔顿仍在沐浴。只见她交叉双臂，又再度放开。她的这个动作几个月前我就注意到了。伺候她的阿马特分队士兵见此，不由得惊讶，但她表情控制得很好，最多不过迅速地眨两下眼睛。“那事发生时你很焦虑”几个字呈现在阿马特分队士兵的目光中，她便念了出来：“那事发生时你很焦虑。”

艾斯奥克空间站，园圃窟的电梯中，本来能为我展示眼前的一切成就，提萨瓦特很是骄傲。但此刻，一直蛰伏在她内心深处的焦虑和自我厌恶卷土重来。

“我也瞥见了，舰队长。”星舰在我开口前说道，“不过她基本上能控制住自己的情绪，我觉得你的归来给她带来了压力，她怕你对她的一些安排有异议。”

在仁慈卡尔号上，斯瓦尔顿没有立即回应星舰。她意识到自己刚刚交叉了双臂，一想到这举动可能暴露了自己的内心，便不由得有些难堪。“我当然很焦虑。”斯瓦尔顿许久才开口道，“有人要炸死我的舰长。”阿马特分队士兵往她头上淋了一些水，斯瓦尔顿怕水进到口鼻中，便甩了甩头。

在园圃窟的电梯里，提萨瓦特同我说道：“这两天住在园圃窟外的人，有一些对住宿安排颇有怨言。”她的表情很平静，若不是声音有些细微的起伏，根本看不出她有什么情绪，“那些人不满雅查纳人忽然多了这么多空间，还有高档房间可以住，觉得雅查纳人不配。”

“真是聪明啊，”我不无讥讽地说道，“还知道谁配得上什么。”

“就是，长官。”提萨瓦特赞成道，她忽然有些愧疚，本想多说几句，但最终还是闭口不言。

“原谅我提起这事。”星舰用阿马特分队士兵的声音同斯瓦尔顿说道，“有人要刺杀舰队长，你很不安，我理解，我也一样不安。但是上尉，你是一个士兵，舰队长亦然。士兵本来就要承担一定的风险，我认为你应当习以为常才是，我也相信舰队长早就习惯了。”

我从斯瓦尔顿身上感到一阵焦虑，甚至由于正在沐浴，身体无所遮掩，在星舰的问题下无处藏匿，她的无助之情更甚。“星舰，她不该坐在大院里喝茶，让自己陷入险境的。”她微不可察地暗动手指，无言地同星舰说道，“你也不想失去她。”她不想当着阿马特分队士兵的面将此话说出口。

“上尉，没有绝对安全的地方。”星舰通过阿马特分队士兵说道。随后斯瓦尔顿的视野里呈现出这么一行字：上尉，无意冒犯，或许你该咨询一下医护兵。

有那么一瞬间，斯瓦尔顿陷入了恐慌。阿马特分队士兵瞧见她僵住身形，大惑不解，随后又在自己的视线里看到星舰的话语：“阿马特分队士兵，无妨，继续伺候。”

斯瓦尔顿闭上眼睛，深深地吸了一口气，无论对星舰还是对医护兵，她都没有提过之前戒酒的挣扎。我知道，她一度自信酒不会再给她带来困扰。

“如果发生意外，你就要接过指挥权，不要因此焦虑，你曾有过自己的星舰！”星舰说道，或者说是星舰在阿马特分队士兵眼中呈现了自己想说的字句，然后由阿马特分队士兵代为开口。斯瓦尔顿没有回答，只是一动不动地站在排水口处，任凭伺候。这句话是讲给阿马特分队士兵听的，也是讲给斯瓦尔顿听的。

“不，星舰，我不是在担心指挥权的事。”斯瓦尔顿的回答不仅是说给星舰听的，更是说给阿马特分队士兵听的。接着，斯瓦尔顿传递文字：“看来她告诉你了。”

“她无需告诉我。”星舰在斯瓦尔顿的视野中回应，“我对这个世界是有些认知的，上尉，我看你看得一清二楚。”继而，星舰又出声说道：“你说得对，若是舰队长要搅浑水，事情肯定不同寻常，想必你现在已经习惯了。”

“这个很难去习惯的。”斯瓦尔顿艰难地装出被逗乐的语调轻松说道，但她没有告知星舰她会跟医护兵交流，无论是声音还是文字。

在艾斯奥克空间站，园圃窟的电梯里，我同提萨瓦特上尉说道：“我要尽快同总督贾罗德谈话。如果我直接去总督府邀她共进晚餐，她会有时间吗？”由于我的军衔以及表面上的社会地位，哪怕遇到最严格的礼数，我也不必全然遵守，就算我对星系总督专横傲慢，旁人也挑不出我的毛病，但我想与她探讨的事太过敏感，不宜贸然行事。当然，我可以直接询问卡尔五号总督是否有空，毕竟这就是卡尔五号的职责所在，但我知道即便是现在，我的客厅也坐着三位公民，其中一位还是斯卡伊阿特·奥沃的表妹。她们在那喝着茶，等着提萨瓦特回去。我可不想把这场与总督的私下会面变成集体社交。

提萨瓦特眨了眨眼睛，吸了一口气。“我会去确认的，长官。”她又吸了一口气，虽然有所抑制，但还是微微皱起了眉，“长官，您的意思是在您家中用餐吗？我觉得要请星系总督的话，在您家中可能不体面。”

“你是想说，”我语气平静地说道，“你已经和朋友约好在我家中吃晚饭，然后不希望我发现后把你踢出饭厅是吧？”提萨瓦特想移开目光向下看去，不与我对视，但她控制住了自己，尽管如此，她脸上还是火辣辣的热，“和你的朋友去别处吃去。”失望。她想在我家中用餐，原因和我的一样。她也想和那些朋友私下交流，无论如何，场合能多私密便多私密，最好只有仁慈卡尔号在场，可能最多再加一个可以监视她们的星舰和我，“你大可以说我专横，她们不会怪你的。”电梯门在第四层停下，继而打开。几米外便携式光板仍倚在墙上。

现在，我到家了。

“舰队长，我承认，”贾罗德总督和我共进晚餐时说道，“我平时不怎么喜欢雅查纳食物，它们要不太清淡，要不就是有股酸馊味。”她又吃了一口面前的食物，那是一盘拌着酱汁的鱼和蘑菇，酱汁经过发酵处理，是酸馊的罪魁祸首，但今日的酱汁经过精心调制，加了糖和香料，符合雷切人的口味，“但今天的菜很好吃。”

“很高兴你能喜欢，我命人从园圃窟一层某处买的食材。”

贾罗德总督皱起眉头。“这些蘑菇哪里来的？”

“她们在园圃窟的某个地方种的。”

“我得和园艺局说一说。”

我吞下嘴里的鱼和蘑菇，喝了一口茶。“或许，让那些精通种植之道的人继续靠这本事挣钱才是最好的。园艺局一旦插手，菇民就离赔钱不远了，您觉得呢？想象一下吧，要是总督府从菇民手里采购蘑菇，她们该有多开心呀。”

贾罗德总督放下餐具，靠到椅背上。“看来提萨瓦特上尉一直在依您的指示行事。” 她这话虽突兀，但并非无迹可寻。上周，提萨瓦特一直在鼓励维修工品尝园圃窟的食物，而在第一层铺新水管，也方便了那些食物提供者种植作物。像贾罗德总督这样的人，一眼就看穿了提萨瓦特的目的，“你叫我过来就为了这事吗？”

“我没给提萨瓦特上尉任何指令，不过我的确认可她所做的事，我相信您已经意识到了，继续隔离园圃窟，与强迫这里的居民改变生活习惯一样，后果将不堪设想。”既要隔离，又要改变她们的生活习惯，实行中庸之道可能……会比较有趣，“既然园圃窟的人在这里靠这个获益，为什么要被别人夺走呢？我会很不高兴看到这种结局的，让她们继续靠此谋生下去吧。”我又喝了一口茶，“我会说，这是她们应得的。”总督深吸一口气，似乎是要与我争论她们靠的是什么，“不过，我今晚请你来，是想问问瓦尔斯卡伊流放者的事。”其实早在井下我就想问了，但在服丧期间谈公事实在于礼不合。

贾罗德总督眨了眨眼睛，才刚拿起的餐具，这会儿又放下了。“瓦尔斯卡伊流放者？”显然，她很惊讶，“我知道你对瓦尔斯卡伊感兴趣，你刚来的时候就提过，可是……”

可是我下机一小时都不到，就为这事邀请她私下用餐，未免太迫不及待了。“我想她们几乎全被分配到山区茶园里了，对吧？”

“应该是。”

“储藏处还有备用躯体吧？”

“有的。”

这就说到了微妙部分。“我想派个手下去检查一下储藏处，我想……”我打破星系总督因不知所措而带来的沉默，“核对官方库存记录与实际库存情况。”这就是晚餐必须在这里，而不能在总督府的原因，当然更不能去某个店里，不管它有多时髦，或声称口风有多严，“你听过传言吗？过去有人非法挪用萨米尔流放者，将她们卖给外星系的奴隶贩子。”

贾罗德总督叹了口气。“舰队长，这只是传言，不能当真。大多数萨米尔人都成了好公民，但也有人一直心怀旧恨。艾斯奥克人的确会签债务契约，也的确有一些贩卖奴隶的行为，但我们来了之后就没有了。每个流放者都安有定位器，吊舱也有，而每个定位器都做了编号和索引。况且，如果没有权限，谁都不能进入储藏处。本星系的各星舰也都安有定位器，哪怕有人真的拿到权限，并想办法在没有授权的情况下取走吊舱，我们也很容易找出私自移位的星舰。”事实上，总督知道，这个星系里有三艘星舰的定位器她是看不到的，其中一艘是我的。

总督继续说道：“老实说，就这样一个传言，我不是很明白您为什么会信以为真。”

“储藏处没有装配人工智能？”我问道。贾罗德总督表示没有。其实如果她说有，我反倒觉得奇怪。“所以，基本上储藏处都是自动运作的，一旦有吊舱被取走，系统就会自行登记。”

“那里也有看守者，为的就是进行监督。这些年风平浪静，那边的工作单调得很。”

“一到两个人吧，”我猜道，“在那边服役几个月，或者一年，然后换人轮班。这么多年了，从没有人去那边带走流放者，自然也就不需要任何库存检查。如果那边跟运兵舰上的货舱类似，那就意味着没办法直接走进去检查。吊舱排列并不整齐，彼此间隔很窄，人根本无法在其间走动，需要时只能让机器把吊舱拉起来。虽说进去逐一清点库存的办法不是没有，但都麻烦得很，大家都觉得没有这个必要。”

贾罗德总督一言不发地盯着我，仿佛忘了她的鱼，她的茶也慢慢凉了。“怎么会有人想偷流放者？”终于，她开口问道。

“要是有奴隶需求或贩卖躯体部件的市场，那大概就是为了钱。我不认为有这么个市场，但我的想法可能是错的。我总会忍不住想到那些不再有辅助部队士兵的星舰，那些仍然希望星舰有辅助部队士兵的人。”赫特尼斯舰长很可能是其中之一，不过我并没有指出。

“你的星舰就没有辅助部队士兵。”贾罗德总督说道。

“是没有。”我赞同道，“可一艘星舰有没有辅助部队士兵，不能说明星舰对我们不再去制作辅助部队士兵有何种看法。”

贾罗德总督眨了眨眼睛，看上去又惊又疑。“星舰的看法无关紧要，不是吗？星舰只能依令行事。”对此，虽然我有很多话要说，但我没有开口。总督叹气道：“好吧，之前我总奇怪，内战正在进行，随时可能蔓延到这里，这些能和内战有什么关系呢？现在我懂了。可是舰队长，我还是觉得您担心的事情子虚乌有。而且，我也只是在到这之前听说过那件萨米尔人的事,至于瓦尔斯卡伊人的,我从未听闻。”

“给我权限。”我可以派仁慈卡尔号过去。斯瓦尔顿有处理运兵舰货舱的经验，只要告诉她我想要什么，她就知道该怎么做。现在，斯瓦尔顿正在指挥舱值勤，自从上次和星舰交谈后，她就一直坐立不安，努力抑制自己交叉双臂的冲动。在她身旁，一个阿马特分队士兵正在小声哼着歌——“妈妈说一切都在转”。“我们自己来，如果一切正常，你什么损失都没有。”我说。

“好吧。”贾罗德总督看向面前的盘子，重新拿起餐具，似乎要叉起一块鱼。但又停了下来，再次放下手，皱眉道：“好吧。”她又说了一次，“可拉福德的事，你说对了，不是吗？”

我一直在想她会不会提起这件事。我怀疑拉福德被剥夺继承权一事，不出一天便尽人皆知。与之相关的传言迟早会流入空间站，但是没有人会公开提起此事，特别是同我谈论时。贾罗德总督却不然，她是这里唯一一个能看到官方详尽报告的人。“我是对的，但我并不高兴。”我说道。

“自然。”贾罗德总督放下餐具叹气道。

“我还想，”我在她继续说下去之前抢先说道，“你让副总督调查一下山区茶园那些茶农的生活和工作条件，特别是她们工资的算法基准，我怀疑算得不公平。”虽说茶农要的东西，地方治安官完全可能应允，但我还是别太理所当然为好。

“您这是想做什么，舰队长？”贾罗德总督似乎真的生气了，“一来到这里，你就直奔园圃窟；一去井下，你就觉得瓦尔斯卡伊人出了岔子。我认为您的要务是保证本星系‘公民’的安全。”

“总督，”我语调毫无起伏地回答，“园圃窟的居民和采茶的瓦尔斯卡伊人就是‘公民’。对于园圃窟的情况，我并不满意，至于井下山区的情况，我也不满意。”

“您想要什么的时候，”总督厉声评价道，“就会直接说出来，而且觉得别人一定会给你办到。”

“彼此彼此。”我严肃地答道，语气依旧镇定，“总督身份带来的东西也是一样的，不是吗？从你的位置出发，你可以对自认为不重要的事情睁一只眼闭一只眼。但从别人的角度来看，你所认为的那些不重要的，就大不一样了。”

“这很正常，舰队长，有些人的视野本来就比其他人的狭窄。”

“那你又怎么确定自己的视野不狭窄呢？如果你不试着换个角度的话。”贾罗德总督没有立刻回答，“我们在谈的可是公民福祉。”

她叹气道：“福赛夫已经联系我了。我猜您应该知道吧？她的茶农正扬言，除非她同意一系列条件，否则就罢工。”

“我几个小时前听说的。”

“在这种情况下，与这些茶农打交道，就意味着我们得去奖励，奖励这些威胁我们的人。她们尝了一次甜头，您怎么保证她们不会故技重施？然而我们需要的是维持此地的安宁。”

“这些人是公民。”我回答道，尽可能保持语气平静，免得暴露出辅助部队士兵特有的冰冷语调，“她们行为得体时，你会说一切安好；她们大声抱怨时，你会说那是因为她们行为不当，自作自受；而当她们被逼到极端，你又说不能奖励以求息事宁人。那究竟要付出什么代价，才能让你去倾听呢？”

“舰队长，您不明白，这不像是……”

我不再顾忌礼节，直接打断了她。“究竟得付出什么代价，才能让你考虑倾听的可能性？”事实上，需要付出的代价很大，她要意识到自己并不如自己认为的那般正义，“我们需要的是，无论星系外发生了什么，这个星系都能运转如常。哪怕我们再也没有雷切领主的消息，哪怕雷切帝国的所有传送门都关闭了。无论其他地方发生了什么，这个星系都能保持稳定，安全无虞。让武装士兵恫吓成百上千的公民可实现不了这一点。”

“要是瓦尔斯卡伊人决定暴乱呢？或者，愿主恕罪，雅查纳人就站在您门外呢？”

平心而论，有那么一瞬间，我对贾罗德总督失望至极。“我不会命令士兵向公民开火。”甚至，我会明令不得向公民开火，“人们不会无缘无故地暴乱，如果你发现自己得小心应付雅查纳人，那完全是因为她们过去所遭受的苛待。”

“那我得从她们的角度来看，是这个意思？”她扬眉反问，语气有些讽刺。

“是这样。”我赞同道，“除此之外，你只能把她们圈起来，要么重新教育，要么杀个一干二净。”要实施第一个办法，空间站安保资源并不足够。至于第二个办法，我早已说过，我不会帮忙。

她变了脸色，面上充满震惊和厌恶。“舰队长，您把我当什么人了？您怎么会觉得有人会这样考虑？”

“我比我看上去的年龄要大多了，”我回答道，“我参与过不止一场兼并战争，我见过人们做下一年前，甚至一个月前发誓绝对不会做的事情。”提萨瓦特上尉正与同伴共进晚餐，她的三位同伴分别是公民皮亚特、空间站安保长的侄孙女、一位茶农的第三个表妹，但该茶农不是福赛夫，而是福赛夫难得声称此茶“可以入口”的其中一位，也就是斯卡伊阿特·奥沃的表妹。提萨瓦特跟她们一通抱怨，说我严厉刻板、不通人情，任何诉求都不能让我妥协。当然，巴斯奈德并不在场，毕竟巴斯奈德没进入这个社交圈，而且不管怎么样，我也曾要求她离巴斯耐德远一点。

在园圃窟，我房间的餐室中，星系总督贾罗德继续隔着饭桌和我说：“舰队长，为什么您觉得我会是那种人？”

“所有人都可能成为那种人，总督。”我回答道，“在你做出一些令自己夜不能眠的事情之前，最好先明白这一点。”事实上，最好在任何人，或者具体说是数十人，用自己的生命代价告诉你之前。

但从我个人的经历来看，若非牺牲，人们很难明白这一点。

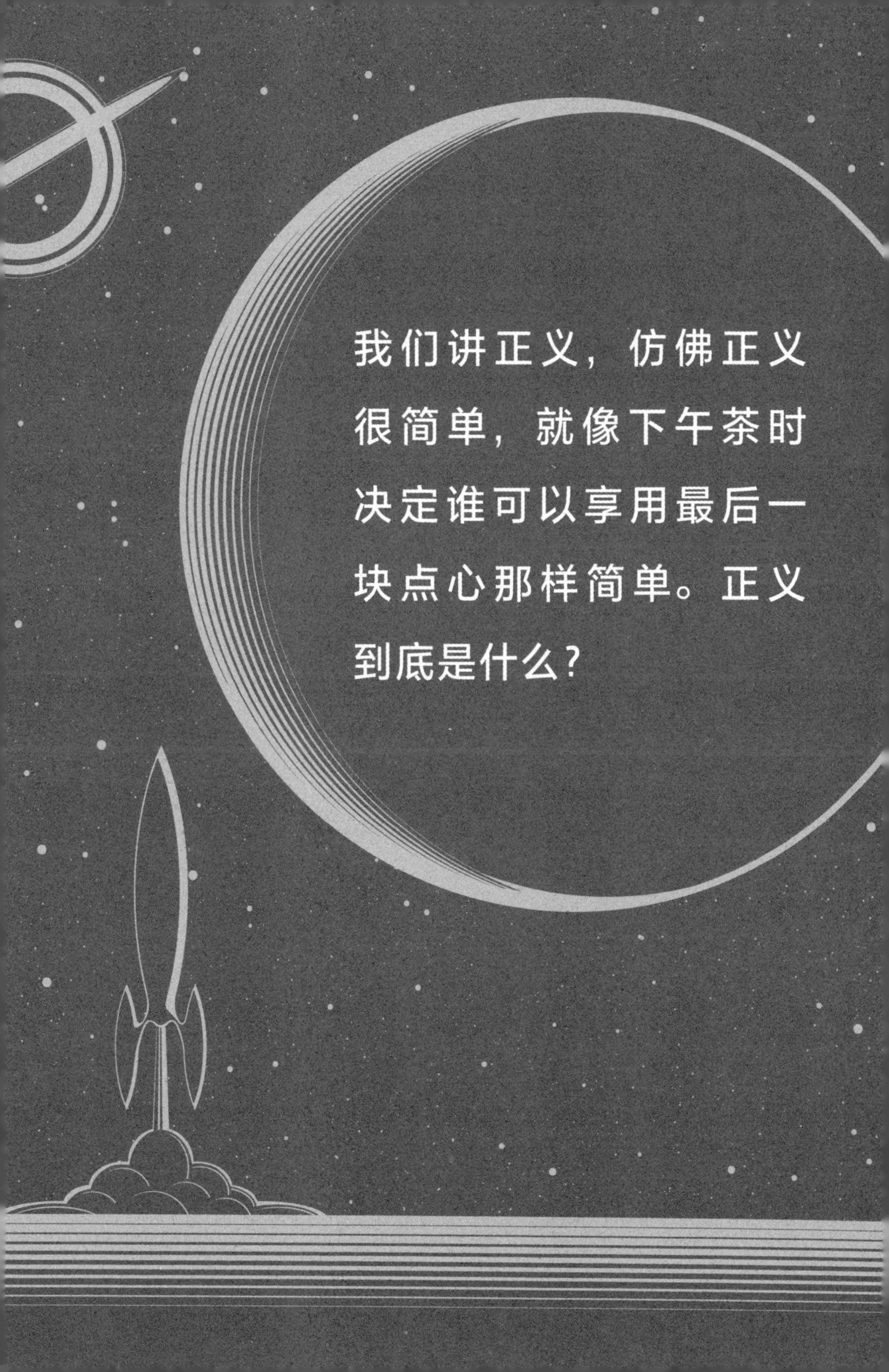

我们讲正义，仿佛正义很简单，就像下午茶时决定谁可以享用最后一块点心那样简单。正义到底是什么？

19

斯瓦尔顿立刻就理解了我关于检查流放者储藏处的指令。“您不会真觉得，”她坐在自己居住舱的床铺边沿上说道，此时我正坐在园圃窟里，她的声音在我耳边响起，“有人盗走了躯体吧？”她停顿了一下，“为什么会有人做这个？怎么做到的呢？我是说，要是在兼并之前，”她停顿了一下，表示自己半信半疑，“怪事会层出不穷，如果您告诉我是那时候有人把躯体卖给奴隶贩子，我倒是不会惊讶。”

但是，一旦躯体被标记并贴上标签，有了存在的依据，那就完全变成了另一码事。我和斯瓦尔顿都清楚，在兼并之前非雷切人会有何遭遇。我也知道，贩卖人口的案例极为罕见，因为星舰非常仔细地监察雷切士兵，连她们的每一次呼吸都了如指掌。

当然，在过去的几个世纪里，雷切领主一直亲自实地巡查星舰，不断变更星舰权限，我怀疑领主一直在给她认为会拥护自己的人开放权限。这样一来，这些人就可以秘密行动，各星舰以及各空间站便无法察觉，也就不会向当局报告。或者说，不会向阿纳德尔·米亚奈的另一个人格报告。“如果谁要制造辅助部队士兵，”我一个人静静地待在艾斯奥克空间站的起居室里，因为贾罗德总督已经离开，“这些躯体用处可就大了。”

斯瓦尔顿沉默了一会儿，思忖着我说的话，看上去并不喜欢自己将要基于此而得出的结论。“另一个人格在此处拥有关系网,您是在说这个。”

“我们没站在任何一边，”我提醒道，“当然有的人会站队。不管在哪里，只要有一重人格，就有另一重人格存在，因为她们一体相承。而领主其中一重人格的代理们在这里如此活跃，也并不奇怪。”在雷切帝国，阿纳德尔·米亚奈无所不在，无法躲避，“但我承认，我未曾料到会有这种事。”

“她需要的可不只是躯体啊，”她指出，她背靠向墙，双臂交叉，然后又摊开，“还要内置设备啊。”说后，她的语气中带着些歉意继续说道：“哦，您是知道这些的。”

“她们也可能在囤货，要不就得靠运兵舰了。”如果时间允许，且有适当的材料，运兵舰就能造出设备。一些巨剑号和仁慈号星舰目前仍有一些以备不时之需的库存。理论上说，没有其他地方可以取得这样的东西。再不像从前了。也正因如此，雷切领主在制造“提萨瓦特上尉”时才出了纰漏，因为她无法轻易地获得精确的技术，只能自己调试。“也许你去检查的时候，会发现所有存货都井然有序。”

斯瓦尔顿嗤笑道：“这里没几个人有制造设备的能耐。”

“是的。”我承认。

“我觉得不会是总督做的，她都给您储藏处的权限了。不过现在想想，她本可以提供更多帮助的。”

“此话有理。”

“而您，”她叹息道，“是不会告诉我你到底在监视谁的。布瑞克，除非我利用传送门，否则我得好几天才能飞去空间站。”

“要是发生什么事，不管你在哪里，你都无法赶来救援。”

“好吧。”斯瓦尔顿回应道。

她说“好吧”这个词时，既紧张，又很是不悦。“在接下来的几个月里，可能一切都会很乏味，向来如此。”乏味伴随着我们两个人的一生。疯狂的行动过后，就是长年累月地预备下一次动荡的到来。

“即使她们会来艾斯奥克，”她口中的“她们”，指的大概是雷切领主在乌茂格行宫战败的那个人格，而战败方的支持者派遣自己的星舰摧毁了传送门，“也不会马上来，这里不会是她们名单上的首个目的地。”星系之间的旅行可能需要花费数周、数月，甚至几年的时间，“甚至可能几个世纪过去了也不会发生什么。”说到这，一个念头突然涌上她的心头，“您为什么不派巨剑阿塔加里斯号去呢？按它的职务来看，它也没做多少分内之事。”我没有马上回答，但根本就不需要我来回答，“不过呢，当然了，我早该想到的，但我不认为那个人……”从接下来那个词的选择上，就可以看出斯瓦尔顿有多轻视巨剑阿塔加里斯号舰长，因为这个词几乎不是形容人类的。

赫特尼斯“够聪明，能做成这种事”。自从迪丽科翻译官死后，斯瓦尔顿对巨剑阿塔加里斯号舰长的评价就一直很负面，“但现在想来，巨剑阿塔加里斯号一心想拿到那个补给柜，这难道不是很奇怪吗？也许我们需要看看幽灵之门的另一边。”

“对于能在那一面发现什么，我是有一些猜测的，”我承认道，“但是要先解决当下的难题。而且不要担心我，我能照顾好自己。”

“是，长官。”斯瓦尔顿同意道。

第二天早餐前，我和提萨瓦特上尉在做晨祷。奎特的妹妹站在一旁，目光低垂。正义之花是和平。我们悼念死者名字时，她沉默了。我和提萨瓦特都坐了下来，她仍然站着。

“坐下，孩子。”我用代尔西语唤她。

“好，雷切人。”她顺从地坐了下来，眼皮子仍耷拉着。之前飞回空间站的途中，她一直和我的卡尔士兵一起吃饭。

提萨瓦特和奎特的妹妹坐在一起，上尉很好奇地快速瞥了她一眼。提萨瓦特看上去身心放松，至少是冷静了下来，只是一心想着她今天要完成的事儿。我到目前为止都没有谈及我在井下时她的所作所为，这也让她松了一口气。卡尔五号给我们端来了早餐，有鱼肉，还有片状的水果泥，都盛在蓝紫色的玻璃器皿里。这就是卡尔五号之前惦记的那套蓝紫色苞叶瓷，现在她仍是十分喜爱。

不过卡尔五号看上去一副忧心忡忡的样子，她昨晚得知提萨瓦特接过了走廊公寓的管理权。我猜想，走廊里起码有半打园圃窟的居民正坐在临时的椅子上，等着跟提萨瓦特上尉交谈，而且，随着早晨时光一点点过去，还会有更多的人涌到这里。她们对正在进行中的维修和建造工作满腹牢骚，对于还没动工的区域，有的人要求快点建，有的则要求拖延下去。

卡尔五号为我们倒了茶，我发现茶叶不是“鱼之女”。提萨瓦特起劲地享用起早餐。奎特的妹妹没有碰她的那份，只是低头看着自己的大腿。我想知道她是否感觉良好，但如果她是因为想家，那让她说出内心感受只会让事情变得更糟。“乌兰，如果你更想喝粥，”我继续用代尔西语和她说道，“卡尔五号可以给你盛一些。”又一个想法袭上心头，“孩子，没人会向你收费的。”她终于有了反应，略微抬了抬了头，“你在这里吃的都是你应得的食物津贴。如果你想吃，随意吃就好，不需要额外付钱。”她正值十六岁，肯定总是饿肚子。

乌兰几乎没有抬起头，只是眼珠上翻地瞄了提萨瓦特一眼。只见提萨瓦特的鱼肉已经吃了大半，于是她便犹豫地吃起了水果泥。

我转而用雷切语讲话，我知道她会说这种语言。“公民，还得花几天时间才能给你找到合适的教师，在那之前，你可以随心所欲地度过你的时间。你能读懂警告标志吗？”空间站的生活和在行星上迥然不同，“你知道区域门的标记吗？”

“我能，公民。”事实上，她认不了多少雷切语，不过警告标志设计得十分醒目，而且我知道卡尔五号和卡尔八号在和她一起飞抵这里的路途中就给她讲解过这些符号了。

“公民，只要你慎重对待警告标志，并且遵循空间站通过你的手持设备下达的指令，那么只要不出空间站，你去哪里都行。你有没有想过参加资质测试？”

乌兰刚把一块鱼肉放进嘴里，听到我的话后，她在惊慌失措之余僵住了身子。接着，为了能说出话，她几乎没嚼就把鱼肉咽了下去。“我听从公民的差遣。”她嗫嚅道。她看起来畏畏缩缩的，要么是由于她听到了自己刚才说的这句话，要么就是因为她刚吞下的那一大块鱼肉。

“我不是这个意思，”我说道，“我不会要求你做任何违背意愿的事儿。即使你申请免试，你也仍能获得口粮，只是不能参与任何民事或军事任务而已。”乌兰惊讶地眨了眨眼睛，几乎就要抬起头来看我，但很快就又打住了，“是的，这是最近专门为瓦尔斯卡伊人制定的一条新规，要是离瓦尔斯卡伊距离遥远，那就不能享受这条便利了。”新规是一位瓦尔斯卡伊茶农提出的，但可能不会带来实质的变化，“当然，你仍然需要接受空间站总署分派给你的任务，但没必要急着向她们索要任务。”

在乌兰和她老师相处一段时间之前，最好不要让她去使用这条新规。她讲雷切语的时候我能听懂，但看井下那些监工们的模样，好像瓦尔斯卡伊茶农说雷切语完全让人无法理解似的。也可能是口音问题，我之前会和不同口音的人说话，也很熟悉当地土著代尔西人的口音。

“那你现在是没任务的吧，公民？”提萨瓦特上尉问，她流露出了稍许热切，“你会泡茶吗？”

乌兰若有所思地吸了一口气。我想，她是在遮掩心中的恐慌。“我很乐意做公民要求我做的任何事情。”

“上尉，”我厉声说道，“你不能要求公民乌兰做任何事，她可以随意度过接下来的几天。”

提萨瓦特回应道：“只是，长官，公民乌兰不是艾克西人，也不是雅查纳人。当居民……”她突然意识到，她必须公开说明自己的意图了，“我本想着让空间站总署给我派几个人来，但是园圃窟的居民，长官，她们跟我说话能更轻松一些，而我们在此地也没什么往事。”我们在这里确实有过一段不堪的往事，而且毫无疑问，园圃窟里的每个人对此都记忆犹新，“公民乌兰可能会喜欢这份工作的，这会是一段很好的经历。”她没有具体说明是什么经历。

“公民乌兰，”我说道，“除非涉及人身安全或任何安全问题，你不必按照提萨瓦特上尉的要求去做。”乌兰仍然低着头，望着她现在空空的盘子，她已将盘子刮得干净到不剩任何食物残渣。我盯着提萨瓦特上尉。“明白吗，上尉？”

“长官。”提萨瓦特点头示意。然后，她带着内心的恐惧问道：“那么，长官，我能要几个黑暗分队士兵过来吗？”

“再等一周左右吧，上尉。我刚派仁慈卡尔号星舰外出巡查了。”

我无法读取提萨瓦特的想法，但我从她的情绪反应中窥得了几分——短暂的惊愕与沮丧，继而是想通后的满面光彩，随后又是焦躁与不安。通过她一系列的情感变化可以推测，她先是意识到我可能会命令斯瓦尔顿将她的黑暗分队派遣到穿梭机上，继而又觉得，如果我想，我很可能会向斯瓦尔顿发出这样的命令。“是，长官。”语气里尽是心灰意冷，同时又夹杂着些如释重负，因为到目前为止，对于她的擅自行动，以及她与园圃窟居民们的谈判，我还没有表达不赞同。

“你把自己牵扯进来了，上尉，”我温和地说，“尽量不要惹怒空间站总署。”这不太可能，我知道。到现在为止，提萨瓦特和皮亚特迅速成为了好友，两人的社交圈也包括了空间站总署员工以及空间站安保人员，甚至还有在贾罗德总督手下工作的人。提萨瓦特无疑会利用这些人，告诉人们把劳动力派给她，不过这些人在这里的名声可不太好。

“遵命，长官。”提萨瓦特的表情并没有变化，我想她毕竟还是从她的黑暗士兵身上学到了一些东西的。听到我说这些话，她那紫丁香色的眼睛也只流露出一丁点喜悦而宽慰的情绪，而在这欢欣背后，是潜藏于内心的焦虑和悲伤。是什么原因造成了这种情况，我只能猜测，但我知道，她的焦躁和空间站的事情无关，应该是与我从空间站驶往艾斯奥克行星途中，以及在行星上逗留时发生的事情有关。她又转向乌兰：“你知道的，公民，你其实不一定非要去冲泡茶叶的。黑暗九号负责泡茶，她早上会把茶水端来。你要做的就是给人们端茶，对她们笑脸相迎。”

从我遇见她的那一刻起，乌兰就安安静静地，生怕得罪了我们，而她遭受的苦痛之深却不安静。此刻她抬起头，看向提萨瓦特，用非常明白易懂的雷切语说道：“我觉得我可能不太擅长那个。”

听到这回答让提萨瓦特上尉瞠目结舌，身子都后仰了一些。我笑着说道：“我很欣慰，公民乌兰，你姐姐没有把属于你们两个人的血性都用光。”我没有说，我同样高兴的是，拉福德没有完全泯灭她们身上的一些东西，“小心点呀，上尉，你再引火烧身，我可是不会同情你了。”

“遵命，长官，”提萨瓦特回答，“不过很抱歉，长官，我要离开一下。”乌兰又迅速地低下了头，眼睛盯着她的空盘子。

“当然，上尉。”我也站起身，把椅子推近桌边，“我自己也有公务要办，公民。”乌兰快速抬头，然后立马又低了下去，留给了我转瞬即逝的一瞥，“你要是还饿，就再跟卡尔五号要些食物吧。要记得，牢记警告标志，还有，要是你离开公寓，一定要带上你的手持设备。”

“遵命，长官。”乌兰答道。

我早已派人前去邀赫特尼斯舰长过来。此时，舰长从提萨瓦特上尉临时办公室的门口走过，还向里面瞥了一眼——我是透过提萨瓦特的眼睛看到赫特尼斯舰长的一举一动的。她继续向前走时，遇到了向她鞠躬的提萨瓦特上尉。见舰长皱起眉头，提萨瓦特感到一阵恶毒的快意，但没有显露在脸上。我十分怀疑，赫特尼斯舰长一定是扭过头看着提萨瓦特走进办公室的，但由于提萨瓦特当时未回头，我也就看不到舰长的举动了。

卡尔八号将赫特尼斯舰长请进了我的客厅，我们喝完了一轮用以寒暄的茶水。茶水是盛在那套玫瑰色的茶碗里的，现在她知道了苞叶瓷的事，而且卡尔五号可以肯定，舰长知道自己以前没能用那套茶具。我询问道："巨剑阿塔加里斯号好些了吗？"

赫特尼斯舰长一时间愣住了，我想是出于惊讶。"长官？"她问。

"那个受了伤的辅助部队士兵。"这里原有三个巨剑阿塔加里斯号上的辅助部队士兵，但我早已令巨剑阿塔加里斯号的瓦尔上尉离开了空间站。

她皱起眉头。"恢复得不错，长官。"她的语气有点犹豫，"请舰队长谅解。"我示意她有话直说，她问："您为什么要为辅助部队士兵治疗？"

我如何回答这个问题，无疑对赫特尼斯舰长没什么意义。"不这样做会造成浪费，舰长，而且会让你的星舰不高兴。"她还是紧锁眉头，我的猜想是对的，她无法理解我的言论，"我一直在思考如何处理掉废弃的资源。"

"传送门啊，长官，"赫特尼斯舰长说道，"请舰队长原谅，我想要提醒您，任何人都可能从传送门那边过来的。"

"不对，舰长，"我说道，"没有人会通过传送门来到这里。传送门监控严格，而且极易戍守。"不管以哪种方式，我当然会好好加以利用。我不确定赫特尼斯舰长有没有想到这种可能性，或者她觉得我可能不会想到。两者皆有可能。"她们过不来的。"

她的眼角和嘴角的肌肉轻微抽动，表情的变化也是转瞬即逝，让人难以捕捉。

她坚信有人可以。我越来越确信，当她说自己从未在另一个看起来空荡荡的星系里遇到过其他人时，她是在撒谎。她想隐瞒一个事实，即在另一个星系里，她遇到了别人，或者曾有人去过，甚至现在也有人在。当然，如果她卖掉了瓦尔斯卡伊流放者，她就会想掩盖这一事实，以避免自己被“重新教育”或是遭受更严重的惩罚。还有一个问题，那就是她卖给了谁，为什么要卖给那个人。

我不能依赖她的解释思考问题，我也不会这样做。我会非常严密地监视她和她的星舰。

“长官，您把仁慈卡尔号派走了。”赫特尼斯舰长指出。任何人都知晓我的星舰离开了，但是其离开的原因则少有人知。

“去办一件简单的差事。”当然，我不想说那是什么差事，至少不会告诉赫特尼斯舰长，“再过几天就会回来。你对你手下那个阿马特上尉的能力有信心吗？”

赫特尼斯舰长皱起眉头，一脸迷惑：“有啊，长官。”

“很好。”如此，她就没理由要求立即返回巨剑阿塔加里斯号星舰了。若是她这样行事，她的处境就会比我想要的更有优势。我一直觉得她会请求回到自己的星舰上。

“呃，长官。”她仍然坐在我对面，一只戴着棕色手套的手上拿着玫瑰花色的玻璃茶碗，“也许这一切都不需要做，我们会白费力气的。”她有意地呼了一口气，然后故作冷静。

无疑，我需要将赫特尼斯舰长留在身边，若是可以就不能让她回到自己的星舰上。我知道舰长对星舰来说意味着什么，虽然辅助部队士兵不会表露太多情感信息，但在井下，当那块玻璃碎片穿进她的后背时，我看到了她眼中的泪水。星舰不想失去自己的舰长。

我也曾是一艘星舰。我不想夺走巨剑阿塔加里斯号的舰长。但若是迫不得已，若这意味着可以保证该星系居民的安全，可以保证巴斯奈德的安全，那我也不吝做个恶人。

早餐后，卡尔八号先是带乌兰买了新衣服，然后才让她去闲逛。

当然，她本可以去空间站商店里买衣服，因为每位雷切人都被提供了食物、住处和衣物。但要卡尔八号许可她在空间站购衣是完全没有可能的。在卡尔八号眼里，乌兰住在我的起居室里，就该穿着相应级别的衣服。

当然，我也可以亲自给她买衣服。但对雷切人来说，这就意味着要么是我收养了乌兰，要么就是我将给她提供庇护。传言中乌兰想要尽量脱离她的家人，但我并不这么认为。虽然庇护不一定意味着发生性关系，但在庇护人和被保护者的地位非常不平等的情况下，这种谣言往往甚嚣尘上。对某些人来说可能没什么困扰，但我不认为乌兰能承受这种谣言。因此，我给了她一笔购置货品的零用钱，这和直截了当地供她所需没什么不同，但礼数是否周到就取决于这些细节。

我看见卡尔八号和乌兰出现在阿马特神庙的入口处，她们站在积满污垢的白色台阶上，头顶上是涂着亮色油漆但同样布满灰尘的伊斯克瓦神像，卡尔八号不再像是个辅助部队士兵，而是兴奋地解释说阿马特神和瓦尔斯卡伊神相差无几，所以乌兰进去供奉是极其妥帖的。乌兰身着新衣，看上去有点不自在，死活不进去。我正要给卡尔八号发讯息让她们不要胡闹，这时卡尔八号的眼神越过乌兰的肩膀，瞥到了赫特尼斯舰长经过，后面跟着一个巨剑阿塔加里斯号的辅助部队士兵。舰长正在热切地和希里克斯·阿德拉交谈。

据我记忆所及，在井下，赫特尼斯舰长从未与希里克斯说过话，甚至也从未承认过她的存在。两人热切交谈的场景也让卡尔八号大吃一惊，她甚至没有讲完她正在和乌兰讲的某句话。她强制自己不去皱眉，但因想到了一件事，让她突然感到羞愧起来。“请原谅我，公民。”她对乌兰说。

“……公民对此不会感到高兴的。”贾罗德总督说道。我正和总督坐在位于她办公室上一层的某处交谈着，我抽不出精力管其他事情了。

20

次日，乌兰去了提萨瓦特上尉的临时办公室。没人给她下令，那次之后，提萨瓦特没有再多言。前一天，乌兰就已在她办公室门口停留了好几次，还时不时地探头往里看。现在她也不过是走进去，按自己的喜好重新摆了摆茶具罢了。提萨瓦特看着她摆弄，没做评价。

如此过去了三天。因为乌兰是瓦尔斯卡伊人，又来自井下，若是遇到本地纠纷，当地人也不用担心她偏向哪一边，加上她天性害羞，不苟言笑，甚得前来办公室办事的园圃窟居民的喜欢。有些人来抱怨邻居或空间站总署给自己带来的麻烦，发现沉默的她很善于聆听。由此，我知道乌兰很好地融入进来了。

在那三天里，我和提萨瓦特都未提乌兰去办公室的事。提萨瓦特怀疑我已经知道了，生怕我不同意，但又心存侥幸，毕竟到目前为止我都没阻止她，这无疑意味着我也不至于反对这么一点小事。

第三天晚上，我们默默地吃着晚饭。我说道："公民乌兰，后天你就要上课了。"

乌兰正埋头吃饭，闻言抬起头，似乎有些惊讶，随后又低下。"好的，长官。"

"长官，"提萨瓦特掩藏起焦虑，用克制而冷静的声音说道，"恕我冒犯……"

我摆摆手，示意她不用继续说了。“我知道，上尉，公民乌兰在你办公室很受欢迎，我也相信她可以继续助你一臂之力，但我不想耽搁她的教育。我已经安排好了，她每天下午去学习，早上的时间则随她自己安排。公民，”我把话头转向乌兰，“考虑到我们现在住在这儿，我还找了人来教你拉斯瓦尔语，也就是这里雅查纳人说的语言。”

“最起码比学诗有用多了。”提萨瓦特松了一口气，一副心满意足的样子。

我扬起眉。“上尉，你总让我感到意外。”此话一出，出于某些原因，提萨瓦特蛰伏在心底的抑郁之情便抬起了头。我继续说道：“告诉我，上尉，空间站对现在这里发生的事都怎么看？”

“维修正在进行，”提萨瓦特回答道，“我觉得空间站乐见其成，但你也知道，各空间站都是如此，就算不满，也不会直言。”与此同时，前厅有人请求入内，卡尔八号便去应门。

“它想随时监控所有人的动态。”乌兰鼓起极大的勇气说道，“空间站总说，空间站进行监控和某个人监视你是不一样的。”

“在空间站和在行星上是两码事。”我说道，卡尔八号开了门，门外站着的是希里克斯·阿德拉，“空间站想看到自己的居民都好好的，监控不到的话，空间站就觉得会出岔子。公民，你经常和空间站交谈吗？”我一边说，一边疑惑为何希里克斯会过来。自从卡尔八号见到她和赫特尼斯舰长谈话后，我就再没见过她了。

饭厅里的乌兰答道：“是它跟我说话，瑞安达……舰队长，它还会帮我翻译，或者把告示读给我听。”

“那不错。”我说道，“空间站是个值得拥有的朋友。”

在前厅里，因为正巧撞上我们的饭点，希里克斯公民便和卡尔八号道了声歉。“园艺师巴斯奈德非常想见舰队长，但她本人在园圃有事走不开。”

饭厅里的我站了起来。我没有回应提萨瓦特，而是直接走向前厅。

“公民希里克斯，”我说道，后者转向我，“有什么需要我效力吗？”

“舰队长。”希里克斯硬邦邦地微微点头，显得很不自在。考虑到三天前我们之间的那次谈话，加上她这次来这里的目的很是奇怪，她有这般反应也就不足为奇了，“园艺师巴斯奈德很想私下同您见一面，就我所知，她想谈的是私事。她本想自己过来，但像我刚才说的，她在园圃有事，脱不开身。”

“公民，”我回答道，“你还记得吗？上次我和园艺师交谈时，她很清楚地表示再也不想见到我。要是她改变了注意，我自然奉陪，但不得不说我有些惊讶，我不明白，这是出了什么急事，她居然连等一个小时抽空自己过来的耐心都没有。”

有那么一瞬，希里克斯僵住了身子，她这种突如其来的紧绷感，若是换成别人，我会以为是生气的表现。“舰队长，我的确是这么建议的，但她只说了一句‘正如那诗人所言：轻尝悔恨，冰冷馊酸，如腌制之鱼’。”

作这诗的人便是九岁零九个月的巴斯奈德·埃尔明了，除了这首诗，很难再找到分寸恰当又能触动我的话了，而巴斯奈德对此心知肚明，毕竟奥恩上尉曾拿她的诗给我看过。

见我没有回答，希里克斯做了个含义不明的动作。“她说你会听出这诗来的。”

“是的。”

“千万别告诉我这是什么心爱的经典。”

“你不喜欢腌的咸鱼？”我平静而严肃地问道，这话问得出乎意料，希里克斯不自在地眨了眨眼睛，“这不是什么经典，但你说得对，她清楚我知道这诗，这背后有些故事。”

“我猜也是。”希里克斯自嘲地笑了笑，“好了，舰队长，恕我失陪了，我也忙了一天，还没吃晚饭呢。”她鞠了一躬，离开了。

她留我一个人站在前厅，卡尔八号在我身后不无好奇地笔直站立。“空间站，”我大声说道，“现在园圃窟是什么情况？”

空间站的信息传递似乎稍有延迟。“舰队长，一切安好，一如既往。”

九岁零九个月的巴斯奈德·埃尔明是个雄心勃勃的诗人，虽对语言的把控还不够细腻，但其诗恣意挥洒，又饱含情感。希里克斯转述的那句摘自一首叙述友情遭到背叛的长诗，整个对句应该是：轻尝悔恨，冰冷馊酸，犹如腌制之鱼，如芒在背。哦！她怎可误信如此可怖之谎言？

“她说你会听出这诗来。”我方才说道，“空间站，希里克斯是回了家，还是回了园圃窟？”

“舰队长，公民希里克斯在回家的路上。”这次空间站没有犹豫。

我转身回到自己的房间，取出了那把空间站看不到的枪，那把感应器扫描不到而只有肉眼可见的枪。我把枪塞进便于我拔枪的夹克里。接着，我走回前厅，在从卡尔八号身边走过时，我吩咐道：“让提萨瓦特上尉和乌兰公民继续用餐吧。”

“是，长官。”卡尔八号回答道。她有些困惑，但并不担心。很好。

或许是我反应过激了。或许巴斯奈德只是改变了主意，想和我说话而已。或许她真的很担心底部的挡板，所以无暇顾及对我的猜忌。或许她记错了自己的诗，或是只记得一部分，想拿诗提醒我和她那早已死去的姐姐之间的瓜葛，就仿佛我需要被人提醒似的。或许她现在真的急着要见我，急得无法顾及这是大多数公民的晚餐时间。或许她真的脱不开身，又不想无礼地直接通过空间站喊我过去，所以她才让希里克斯给我捎口信。可以确定的是，她知道只要她开口，我断不会拒绝。

不过，希里克斯显然也知道这一点，而她最近还在和赫特尼斯舰长交涉。

我快速地盘算了一番，要不要召唤卡尔分队，甚至把提萨瓦特上尉也带上。我并不在意我反应过头，如果是我多想，我大可以再把她们遣回园圃窟，然后再和园艺师巴斯奈德谈她想谈的事。可万一我的猜测不是杞人忧天呢？

在空间站，赫特尼斯舰长有两名巨剑阿塔加里斯辅助部队士兵。她们是被解除了武装的，除非她们违背了我的命令，而这确有可能。即便如此，如果仅仅是赫特尼斯舰长和区区几个辅助部队士兵，我也能对付，没必要惊动其他人。

可如果敌人不只是赫特尼斯舰长呢？要是贾罗德总督也一直在欺骗我，甚至加上空间站站长塞勒呢？要是空间站安保也在园圃窟埋伏着呢？那我自己可就应付不来了。若真是如此，就算有提萨瓦特上尉，加上我所有的四个卡尔士兵，也无济于事，所以还不如别让她们卷入此事呢。

不过，仁慈卡尔号星舰的战斗力足以抗敌。“好。”星舰在我开口之前便说道，“斯瓦尔顿上尉在指挥舱，各船员正在准备就位。”

既然一切安排妥当，我也就没必要瞎操心仁慈卡尔号星舰的部属了，只消处理手头的事即可。

要进入园圃，走我第一次去时的那条路是最方便的，不过走哪条路没什么太大的区别。就我所知，园圃共有两个入口，而舰长有两名辅助部队士兵，可以每人各把守一个入口。再说，万一真有人埋伏，对方又断定我会抄近路呢？所以我觉得还是绕远路更安全。

从较远的入口处进去后来到了那块外凸的山岩，向下望去便是那湖水。我右边的瀑布一泻而下，不断冲刷着整片岩体，打出一朵朵泡沫花儿。山岩连向我左边的一条小道，那小道一边有一片近两米高的装饰草丛，一直朝下斜斜地插向湖边。要走上这条小道，我须打起十二分精神。

从山岩延伸到湖边的那条小道设有一排齐腰的栏杆，湖水中星星散散地冒出岩块，而赫特尼斯舰长则站在其中那块特别巨大、周遭是凹槽的那个小岛上，一手紧紧地抓着巴斯奈德的手臂，一手则拿着剔鱼骨用的小刀，抵在巴斯奈德的喉咙上。那刀特别小巧，但要割破喉咙还是绰绰有余的。除了巴斯奈德，在通向小岛的桥头上还站着巨剑阿塔加里斯号的辅助部队士兵……

其中一个。

她身穿铠甲，手里的枪已上膛。“啊，空间站。”我暗暗说道。但空间站没有回答。空间站为什么不提前警告我或是呼叫援兵，原因并不难猜，可能空间站认为巴斯奈德的命比我的重要。现在是空间站大部分人的晚餐时间，因而没有路人，当然也可能是空间站找了什么借口，把闲杂人等打发走了。

我站在山岩上，眼前的草叶颤动起来。我下意识地从夹克里掏出手枪，同时举起铠甲。随着一声枪响，一颗子弹朝我射过来。藏在那片草丛里的杀手朝我开了枪，而且瞄的位置刚好是我的铠甲首先弹出来而保护的部位。在第二声枪响之前，我的铠甲已将我从头到尾地包裹了起来。

一个身着银甲的辅助部队士兵以非人的速度从草丛里冲到了我面前，跟我扭打了起来。她显然觉得自己全副武装，无需忌惮我手中的枪。本来，我们势均力敌，但我身后只有空气，而她那边来势汹汹，凭借着冲力，眼看要把我推越栏杆。这时，我开了枪。

雷切打造的铠甲几乎无法被射穿，所以巨剑阿塔加里斯号的辅助部队士兵朝我开的那一枪，其力道被化解了，大部分化成了热能。当然，“大部分”和“完全”是有区别的，所以我还是感受到了子弹射击的巨大冲力。而正因为此，当我的肩膀撞上身后那七米半高的岩壁底部时，我竟然未感受到多少疼痛。不过底部的岩体很窄，我肩膀撞了上去，身体其他部位却势头不减，连带着我的肩膀以诡谲的姿势继续向后，那滋味可就不好受了。紧接着，我从岩壁上滑落到湖中，幸好摔停的地方水深只有一米多，离那小岛也只有约四米的距离。

20

我从齐腰的水中站起，左肩疼得我喘不过气来。摔倒的那几个瞬间，我仿佛看到了什么，但我来不及问仁慈卡尔号了。幸运的是，提萨瓦特上尉跟踪我前来，而我此前因陷入沉思，竟未发觉。她已站在桥尾，铠甲弹出，手中拿枪。巨剑阿塔加里斯号的辅助部队士兵握着枪，正与她针锋相对。为什么星舰没有警告我提萨瓦特跟上来了？

赫特尼斯舰长看着我，她也穿一身银甲。估计她知道那块山岩上的辅助部队士兵已经受伤，甚至是死去了。但我确定，她并不知道我的枪足以穿透她的铠甲。不过，我不确定普利斯戈尔人在造枪时是否考虑了枪支的防水性能。

“哈，舰队长。”赫特尼斯舰长从铠甲中传出的声音有些失真，“你果然被人类的感情所左右。”

“你这比鱼还蠢的杂种，”提萨瓦特上尉咒骂道，虽然她的声音也失真了，但其中的愤怒是显而易见的，“你如果不是傀儡蠢蛋，你永远得不到一艘星舰的。”

“提萨瓦特，嘘……”我说道。若是提萨瓦特在这儿，想必黑暗九号也跟来了。若不是我的肩膀钻心地疼，或许我的思路可以清晰些，能够猜出黑暗九号的位置。

“可是长官！她根本不知道她被……”

“上尉！”我不需要提萨瓦特咒骂，也不需要她在这里。仁慈卡尔号既没有报告我肩膀的伤势——是脱臼还是骨折，也没有透露提萨瓦特的感受，也没有告诉我黑暗九号的位置信息。我连接上了信号，但是看不到斯瓦尔顿。我上一次“见”她是在指挥舱，不过那是很多天以前了，当时她还在跟巨剑阿塔加里斯号的阿马特上尉说“要是你再敢威胁我们的星舰，你最好把我们斩草除根”。我从岩壁上摔下来的时候，巨剑阿塔加里斯号星舰一定采取行动了，好在我的星舰已有所防备。不过巨剑级星舰速度更快，且装备更优良，如果仁慈卡尔号阵亡，而我还能活下来，那我定会将敌舰赶尽杀绝。

赫特尼斯舰长仍面对我站在小岛上面，一手揪着巴斯奈德，后者一动不动地站着，双眼睁得大大的。“舰长，你把那些人卖给谁了？”我质问道，“你把流放者卖给谁了？”舰长没有回答。能来威胁巴斯奈德，她要么是蠢，要么就是被逼急了，又或者两样都占上了。“你走私人口，现在怕暴露才仓皇绑架巴斯奈德的，是不是？”贾罗德总督可能说漏了嘴，甚至是直接告诉了赫特尼斯。我没告诉总督我的怀疑对象是谁，也许我该告诉她的，那样她会再小心些，“储藏处里有你安插的内鬼，你把吊舱都装载到你的星舰上，然后运到幽灵之门的另一边。你到底把她们卖给谁了？”她肯定是把流放者卖掉了。那套诺泰茶具，希里克斯从未听到过赫特尼斯舰长是如何将那套茶具卖给福赛夫的，她也想不通。而赫特尼斯舰长知道我可能想明白了，所以她必须找到我的什么软肋，而与希里克斯在一个屋子里共处两周，即便从未同希里克斯说过话，也足以让赫特尼斯掌握操控希里克斯情绪的方法了，甚至，这可能是巨剑阿塔加里斯号为自己的舰长出的主意。

“我这么做都是因为忠诚。”赫特尼斯舰长坚称，“显然，你对忠诚一无所知。”如果我的肩膀不是那么痛不堪忍，如果情况没有落到如此严重的境地，也许我会大笑。赫特尼斯自然不懂我的想法，继续道：“真正的雷切领主永远不会剥夺星舰的辅助部队士兵，永远不会让保护雷切人的舰队解除武装。”

“真正的雷切领主，”我驳斥道，“永远不会蠢到赏你那样一套茶具，这能比扔给你现金低调到哪里去。”水更深的中心传来了咕噜咕噜的水花激溅声，一开始我以为是谁丢了东西进去，或是一只鱼儿在冒头。我当时就站在水中，手中的枪指着赫特尼斯舰长，另一边的肩膀疼痛不堪。就在那时，我的眼角又瞥见了湖中心的动静，一个泡泡冒了出来，在水面上碎裂开去。我愣了近半秒钟，才终于弄清楚了那是什么。

我瞥到了巴斯奈德脸上那越来越恐慌的表情，知道她也意识到了那些水泡意味着什么，从湖底冒上来的气泡只能来自一个地方——园圃窟，而如果空气在往上冒，那意味着水也在往下流。

游戏结束了，只是赫特尼斯舰长还不知道眼下的状况。为了保住巴斯奈德的性命，空间站会保持沉默，甚至切断这里与安保的通讯，可若要以整个园圃窟为代价，空间站便不会坐视不管了。现在唯一的问题就是巴斯奈德，或这里的其他人，能不能活着离开。

“空间站，”我出声道，“立刻疏散园圃窟。”第一层是最危急的，到目前为止那里只有一部分控制台得到了修复，可我已无暇担心多少居民能听到疏散命令，又有多少人能将命令传开了。“通知我套房中的卡尔分队，园圃窟就要被淹没了，让她们帮助疏散。”要是仁慈卡尔号未战亡，它早就通知她们了，可仁慈卡尔号已经“走”了。啊，赫特尼斯舰长会追悔莫及，巨剑阿塔加里斯号也会悔不当初。只待我先将巴斯奈德从赫特尼斯的刀子底下解救。

“你在搞什么鬼？”赫特尼斯舰长问道，“空间站，别听她的。”她更用力地揪住巴斯奈德，还晃了晃她的身子以示威胁，后者倒吸了一口冷气。

愚昧的赫特尼斯舰长。“舰长，你真要让空间站在巴斯奈德和园圃窟所有居民之间做选择吗？难道你不清楚这会有什么后果吗？”提萨瓦特评价赫特尼斯“比鱼还蠢”还真是一语中的，“我猜，你想杀了我，囚禁我的士兵，摧毁仁慈卡尔号，然后骗总督说我一直都是那个叛徒。”水开始连续冒泡，水泡体积也比之前的大。赫特尼斯舰长应该还没意识到自己即将一败涂地，可一旦她反应过来，她就会孤注一掷。是时候结束这一切了。“巴斯奈德。”我喊她。她直勾勾地盯着前方，眼神空茫，胆战心惊。我继续说道：“就像那位诗人说的‘如冰，如岩’。”这句诗和将我引来此处的那句，出自同一首诗。我明白了她的暗示，但愿现在她能听明白我的——无论如何，千万别动。我的手指扣住了扳机。

我应该更留心提萨瓦特上尉的。她一直紧盯着赫特尼斯舰长和站在桥头的辅助部队士兵，然后小心翼翼地挪向小岛，而且没引起我们所有人的注意。她也从我和巴斯奈德的谈话中猜出了我的意图，知道只要园艺师不动，我就可以用枪击穿赫特尼斯舰长的铠甲。但她也清楚，辅助部队士兵的存在依旧会对公民巴斯奈德造成威胁。因此，在我开枪的前一瞬，提萨瓦特便扔掉铠甲，呼喊着朝巨剑阿塔加里斯号的辅助部队士兵冲去。

原来，黑暗九号一直蜷蹲在那块凸岩上，就藏在栏杆后面。见自己的上尉发动自杀式袭击，她不由得大叫一声，举起手中的枪，却不知如何是好。

赫特尼斯舰长听到黑暗九号的叫嚷，抬头一瞧，便看见她站在岩石上举着枪，于是猛地一缩，连忙弯下腰。而就在那一刻，我开枪了。

那把普利斯戈尔手枪还真是防水的，而我自然瞄得很准，可就因为赫特尼斯低头闪躲，子弹便越过她和巴斯奈德的头顶，射向将我们与高度真空隔离开来的屏障——穹顶。

建在园圃上空的穹顶可以抵御冲击。如果开枪的是黑暗九号或巨剑阿塔加里斯号，穹顶都不会有剐蹭，但这颗子弹是普利斯戈尔手枪射出的，能将宇宙内任何事物打穿一点一一米，而穹顶的厚度不到半米。

子弹到达穹顶的瞬间，警报响起，通往园圃的两处入口砰然关闭。这下我们都无路可逃了，而穹顶被子弹打穿了一个洞，空气争先恐后地溢出穹顶。虽然这里的空间很大，空气要全部逸散出去还要一段时间，而安保肯定已经注意到我们了。但隔板已经有裂痕，水会不断流到园圃窟，这样，园圃窟那些已经修复的区域门，也就是处在我们正下方园圃窟第一层的区域门，会即刻关闭，将还未逃出的居民困于其中。如果湖底坍塌，那些居民无疑将淹死。

不过这暂时是空间站要处理的问题。我涉着水朝小岛蹚去。黑暗九号则从那条小道跑到了湖边。辅助部队士兵早就轻而易举地将提萨瓦特按死在地上，并举起枪要朝巴斯奈德开火。巴斯奈德刚挣脱了舰长的束缚，正连滚带爬朝桥上跑去。我立即朝辅助部队士兵的手腕打了一枪，使她再无力握住手枪。

巨剑阿塔加里斯号辅助部队突然意识到，我会直接威胁到她的舰长，于是以辅助部队士兵才有的速度冲向我。无疑，她觉得我只是人类，哪怕自己已负伤，也不难抢走我手中的枪。只见她朝我的身子飞扑过来，狠狠地撞上了我的肩膀。我眼前一黑，但还是死死抓住我手里的枪。

与此同时，空间站为了解决湖水灌入园圃窟的问题，关掉了重力装置。

一时间，上下之分消失了。巨剑阿塔加里斯号的辅助部队士兵仍紧抓着我不放，另一只手则去夺枪。她势头极大，把我们都带离了地面，我们两个在空中旋转着扭打，一起飘向瀑布。此时瀑布的水也不再往下冲刷了，而不断喷涌上来的湖水，不停地在穹顶边的岩石上积聚，颤颤巍巍。

我忍着肩膀的剧痛，挣扎着不让辅助部队士兵将枪从我手中夺走，但我隐约听到空间站说什么“穹顶的自我修复功能出了问题”，什么“集结维修队并用穿梭机送她们到破裂处，需要一个小时”。

一个小时太漫长了。没有重力，不断喷涌上来的水也会使得那摇摇欲坠的水团越来越大，我们迟早会被淹死，就算不淹死，也会在穹顶修复之前窒息而死。我败了，我救不了巴斯奈德了。我背叛且亲手杀死了她的姐姐，如今我赶到这里，试图亡羊补牢，弥补此事，结果反而令她身死。我没有看见她的身影，也看不清了，肩伤让我痛得视线模糊，巨剑阿塔加里斯号辅助部队士兵又挡在我面前，更遑论我与她越来越接近那发黑的银色咆哮水龙。

这里将是我的坟场。仁慈卡尔号、斯瓦尔顿、艾卡璐、医护兵以及其他船员也不在了。我很确定，除非自身境况危急，星舰永远不会不回应我的问话。

就在我以为自己死期已到之时，在穹顶之外，在那没有星辰、空无一物的黑暗中，一扇传送门打开了，从中驶出了仁慈卡尔号星舰。它离我是那样的近，近得叫人难以置信。同时，我耳中响起斯瓦尔顿的声音，她说等我安全了，甘愿接受我的斥责。“巨剑阿塔加里斯号开了一道传送门，不知道去了何方，”她愉快地说道，“但愿她们的落点并非我等方才所处之地……因为我们好像不小心把一半的地雷库存都安放在那边了。”

六名身上牢牢系着绳子的阿马特分队士兵逮着那个辅助部队士兵，然后抓着我们一行人从穹顶上的大洞逃了出去，继而带我们到了仁慈卡尔号的一架穿梭机里。直到那时，我才发现自己比想象中还要缺氧，甚至出现了幻觉。

待所有人都进入安全密封的穿梭机后，我给巴斯奈德做了检查，确定她没有受伤后，便让她坐进座椅并给她系好安全带，又派一个阿马特分队士兵去悉心照顾她。提萨瓦特伤得也不重，但因为压力和微重力而有些恶心。黑暗九号拿了个护理包，准备用矫正剂处理上尉那流血的鼻子和断了的几根肋骨。我看着赫特尼斯舰长和辅助部队士兵被牢牢绑了起来，才让医护兵脱了我的夹克和衬衫，在一个阿马特分队士兵的帮助下，把肩骨复位，随后用矫正剂把肩膀固定起来。

直到身上的痛楚慢慢退去，我才意识到自己一直紧咬牙关，身上每一寸肌肉都紧绷着，导致我的双腿酸痛不已。仁慈卡尔号没有直接同我说明情况，也没这个必要——通过星舰快速切换的场景，我看到了我的卡尔分队士兵们的感受，看到了她们如何协助园圃窟居民进行最后阶段的疏散，其中乌兰也出了一份力，因为上次乘坐飞行器飞行过，她几乎不受微重力影响。我看到了斯瓦尔顿的阿马特分队和她本人的感受和画面；看到了医护兵的神色阴郁，满腹沉思；看到了提萨瓦特痛苦不堪，惭愧万分，自我厌恶。我借助没有受伤的那只手，拉着自己从提萨瓦特身边游过，黑暗九号正给她的伤口敷上矫正剂。我不做停留，继续向前——我怕控制不住自己，便没有停下来和她说话。

我游到了赫特尼斯舰长和她的辅助部队士兵面前。她们双手被束，坐在系着安全带的座椅里，两个阿马特分队士兵身穿银甲，正看守着她们。从理论上说，巨剑阿塔加里斯号依旧能够通过传送门，回到空间站，继而朝我们发动袭击，事实上，它没有撞入斯瓦尔顿设好的地雷阵，当然地雷阵对它造成的伤害十分有限，最多只能带来一些小麻烦。最重要的是如果巨剑号要袭击我们，是无法保全它的舰长的。“舰长，卸下你的铠甲。”我说道，“还有你，巨剑阿塔加里斯号，你又不是不知道，我可以射穿你的铠甲。如果不卸掉，我们没法处理你的伤口。”

巨剑阿塔加里斯号的辅助部队士兵卸下了铠甲，医护兵带着矫正剂，拉着自己往前游，从我身边过去后，来到了辅助部队士兵面前。看到辅助部队士兵手腕上的伤，医护兵的眉头皱得更深了。

赫特尼斯舰长只回了我一句：“去你的。”

我手里还握着普利斯戈尔手枪。赫特尼斯舰长的腿离穿梭机机体的距离已经超过了一米，再说，就算我真的打穿了机体，我们也能够进行修补。因此，我靠在旁边的座椅上，固定住自己的身形，对着她的膝盖开了一枪。她尖叫起来，她身旁的巨剑阿塔加里斯号的辅助部队士兵猛地弹起，可惜挣脱不开绳子。“赫特尼斯舰长，你被剥夺指挥权了。”我瞧着医护兵把矫正剂敷到赫特尼斯的伤口上，又看着医护兵把飘出来的血擦干净，“就今天发生的这些事，我完全可以照你头上来一枪，我也不保证我不这么做。你和你手下的军官都被捕了。”

“巨剑阿塔加里斯号星舰，立刻解除星舰上所有人的武装，把她们全部送往艾斯奥克空间站，然后关闭引擎，并将你星舰上的所有辅助部队士兵放入吊舱，以等待我下一步的指示。赫特尼斯舰长以及星舰的所有上尉也都要被存储进艾斯奥克空间站的吊舱。要是你敢威胁空间站、任一艘星舰或是任何一位公民，落在我手上的军官会被立即处决。”

“你不能——”赫特尼斯舰长抗议道。

“闭嘴，公民。”我打断她，“我是在跟巨剑阿塔加里斯号星舰说话。”赫特尼斯闭上了嘴，“你，巨剑阿塔加里斯号星舰，告诉我，在幽灵之门的另一边，你的舰长在和谁做交易？”

“我不会说的。”巨剑阿塔加里斯号星舰说道。

“那我就杀了赫特尼斯舰长。”医护兵还在处理赫特尼斯舰长腿上的矫正剂，听到这句话，抬头飞快地瞥了我一眼，眼中不无失望，但她没说什么。

“你，”巨剑阿塔加里斯号星舰用辅助部队士兵特有的机械声说道，但对我而言，藏在那背后的情绪并不难想象，“我很想向你展示我这个立场的感受，我很想让你知道那是什么感觉，但你永远明白不了，就因为如此，我知道世上毫无正义可言。”

我本可以说些什么，我本可以展开这个话题，但我没有，只是继续问：“在幽灵之门的另一边，你的舰长都和谁做生意？”

“她没有透露自己的身份，”巨剑阿塔加里斯号星舰答道，“她看起来像雅查纳人，但她不可能是雅查纳人，没有雅查纳人会用那样的口音说雷切语，而且从她说的话来判断，她可能就来自雷切。”

“那可能是诺泰人。”我想到园圃窟那套已摔为碎片的茶具，以及那个补给柜。

“可能吧，赫特尼斯舰长觉得跟她交易的人为雷切领主服务。”

“星舰，我会一直死守着你的舰长，”我说道，“如果你不按我说的做，或者你要诡计骗我，她就得死，不要去赌。”

“我怎么会骗你？”巨剑阿塔加里斯号星舰回应道，哪怕她的语调毫无起伏，也不难听出其中的愤懑。

我不再多言，只是转了个身，将自己往前拉了一些，让出一条道来，好让斯瓦尔顿的阿马特分队士兵拿吊舱存储赫特尼斯舰长。我看到了巴斯奈德，她就离我几个座椅远，可能已经听到了我和巨剑号的整个对话。“舰队长，”她说道，看着我把自己拉到她身边，“我有话要跟你说。”

我抓住一个把手，让自己停了下来。“园艺师？”

“我很高兴，姐姐能有一个像你这样的朋友，我希望……我觉得要是那件事发生的时候，无论当时发生了什么，如果那个时候你在场，或许一切就不一样了，或许她还能活着。”

真是哪壶不开提哪壶。我刚利用了星舰对赫特尼斯舰长的感情，以赫特尼斯舰长的性命相威胁，这她倒是不予评价，偏偏提这事，还非得挑这么个时机，而且偏偏是从奥恩上尉妹妹口中说出的。

我再也无法保持沉默，再也无法假装无动于衷。“公民，”我说道，声音开始变得和辅助部队士兵一样毫无起伏了，“那件事发生时，我在场，别说帮你姐姐了，我告诉过你，我和她一起的时候，用的是另一个名字，而那个名字是正义托伦号。我就是她当时服役的那艘星舰，就是我服从布瑞克·米亚奈本人的命令，往你姐姐头上开了一枪。再后来，整艘船都消亡了，就只剩我这具躯体。我根本不是人类。你就该用我们第一次见面的语气和我说话。”生怕巴斯奈德看见我脸上暴露出的哪怕一点儿感情，我扭过了头。

穿梭机里所有的人都听到了我的话。巴斯奈德似乎震惊得说不出话来了。斯瓦尔顿显然早就知道了，医护兵也是。我不想知道斯瓦尔顿手下阿马特分队士兵对此做何感想，也不想看到巨剑阿塔加里斯号星舰的反应或听到它对此的评价，于是看向唯一一个仿佛听不见这话的人——提萨瓦特上尉，她觉得自己很失败，活得不精彩，死得不痛快。

我把自己拉到她旁边的座椅里，系上安全带，认真地考虑了一会儿要不要告诉她，她在园圃的表现太愚蠢了，我们没被她害死，还能死里逃生简直是万幸。我选择了沉默，只是用完好的那只手解开了她的安全带，因为左手被肩上的矫正剂固定着，然后将她拉到怀里。提萨瓦特抱住我，将脸靠到我的脖子上，开始啜泣起来。

“好了，过去了。”我笨拙地搂住她颤抖的肩膀，“会好的。”

“你怎么说得出来？”她埋在我脖子里，泣不成声地质问道，一颗小小的泪珠飘了出来，颤颤巍巍地飘远了，“怎么可能会好。”她顿了顿，“换做是你，没人敢用这话来敷衍的。”

“你说得不对。”如果她仔细想一想，如果她现在能够头脑清楚地想一想，就能想到谁敢同我说这种话。要是她好好地想一想，就不会这么说了。“一开始会很难，”我说道，“她们一开始把你整合在一起的时候会很难，但你的其他碎片其实都在你身边，你知道的，这只是暂时的，你知道很快就会好的。等你好起来，一切就妙不可言了，一瞬之内，你可以掌控那么多，可以看见那么多，真的……”其实，这一切无法用言语描述，只要借助药物将她的抑郁压制下来，只需几个小时，提萨瓦特自己就能感受到，“她从不让你拥有那种感觉，让你拥有那种感觉并不在她的计划之内。”

“你以为我不知道吗？”她当然知道了，她怎么可能不知道，“她憎恨属于我自己的那种感受，所以快速给我用药，她根本不在乎万一……”刚才渐渐止住的啜泣又开始了，这回更多的眼泪飘了出来。黑暗九号被我几分钟前的自白惊得瞠目结舌，我和提萨瓦特说话的工夫都没能让她完全缓过神来，此刻见她的上尉在哭，黑暗九号只好取了块布接住提萨瓦特的眼泪，随后将那块布折起来，然后塞到我的脖子和提萨瓦特的脸之间。

斯瓦尔顿的阿马特分队一动不动地浮在空气中，困惑地眨着眼睛，她们的世界观因我的话而受到了冲击，她们觉得我说的话根本与现实不符。“你们还愣在那干什么？”斯瓦尔顿喝道，态度比以往任何时候都要严厉，但的确卓有成效，“还不来帮忙！”总算听到她们能消化的指令，阿马特们松了一口气，终于动了起来。

提萨瓦特好不容易再次冷静了下来。“抱歉。”我说道，“我们都回不去了，但一切都会好的，总有办法的。”她没有回答。接连经历了这一系列事件，绝望和悲伤让她心力交瘁，五分钟后，她便睡了过去。

21

穿梭机一直待在穹顶破损的那个大洞里，直到维修队赶来才得以离开。我命令大伙返回仁慈卡尔号，毕竟空间站医疗队不需要知道我曾经是什么，更何况在封闭好水之前，重力装置不能重启，仅仅是处理失重或超重造成的问题就够他们忙得团团转了，而且老实说，我很高兴能回到仁慈卡尔号，哪怕只是一小会儿也好。

医务兵找了个地方将我妥善安置，她皱着眉头，警告我除非得到她的允许，否则不要随便起身。我当时心情很好，便听从她的话过了一天，因此斯瓦尔顿向我报告时，我正躺在医务室的病床上，手中还捧着一碗茶。“这让我想起了以前。”斯瓦尔顿笑着说，她有些局促，想着我会跟她说些什么。

“是啊。”我赞同道，喝了一口茶。茶叶肯定不是丹奇家的“鱼之女”，但好极了。

“我们的提萨瓦特伤得可不轻啊。”见我不再说话，斯瓦尔顿便说道。当时提萨瓦特正待在旁边的隔间里，由黑暗九号照料着，我已经明确地给黑暗九号下达了指令，让她决不能留上尉一人待着。提萨瓦特的肋骨正在愈合。医护兵吩咐过，在她想好如何进一步治疗提萨瓦特之前，不许她离开医务室半步。“她怎么想的，居然脱掉铠甲，就那样朝一个辅助部队士兵扑过去了？”

“她想吸引巨剑阿塔加里斯号的火力，给我腾出空隙，让我在赫特尼斯舰长朝园艺师巴斯奈德开枪之前开枪。她很幸运，辅助部队士兵没有立刻朝她开枪。”迪丽科翻译官的死对辅助部队士兵的影响肯定比我想象的还要大，当然也有可能只是辅助部队士兵犹豫了，不知道要不要在没有合法授权的情况下杀死一名军官。

“园艺师巴斯奈德，是吧？”斯瓦尔顿问道，虽然斯瓦尔顿和这么年轻的上尉打交道的经验可能没有我多，但也不少了，“如此做有何回报？还是说，是那些牺牲自己、频频落泪的那档子事？”我扬起眉，斯瓦尔顿接着说道，“此前我从未想过，不过现在想来，这些年来可有多少上尉曾在你肩上落泪。”

当时我还是一艘星舰时，斯瓦尔顿的眼泪从未濡湿过我的制服。“你在嫉妒？”

“是吧。”她说道，“我十七岁时，宁愿砍下右手，也不愿将脆弱示于人前。”其实她二十七岁、三十七岁时亦然，“如今我后悔了。”

“都是过去的事了。”我喝下最后一口茶，“巨剑阿塔加里斯号已经承认，赫特尼斯舰长在幽灵门另一边贩卖流放者。”我派给仁慈卡尔号的任务是贾罗德总督漏了风声。

“但是卖给谁呢？”斯瓦尔顿皱起眉来，困惑不已，“巨剑阿塔加里斯号说，赫特尼斯以为对方是雷切领主，但若幽灵之门那边是另一位雷切领主，为何她迟迟没有动作呢？”

“因为根本不是领主。”我说道，“那套茶具——你虽没见过，但那套茶具最起码已经有三千多年历史了。显然是诺泰人的，而且上面主人的姓名被很小心地刮掉了。那套茶具就是赫特尼斯贩卖流放者的报酬。你还记得那个补给柜吧？她们声称只是块碎片，可巨剑阿塔加里斯号却大费周章地掉头去取。”

“它所属星舰的名字也被烧掉了。”她意识到了其中的关联，但还没有彻底想通，“可里面什么也没有，是巨剑阿塔加里斯号把补给柜拖进去的。”

“那拖进去之前，里面应该不是空的。”我很确定，有什么东西，或是什么人，曾藏在其中，“补给柜也有长达三千年的历史了，很显然门的另一边还有一艘星舰，一艘诺泰星舰，一艘比阿纳德尔·米亚奈本人还要古老的星舰。”

“可是布瑞克，”斯瓦尔顿反驳道，“诺泰星舰都已经被摧毁了，即便是当年效忠于领主的那些，如今也都退役了，况且我们离当年的战场很远很远。”

“没全毁。”我示意欲反驳的斯瓦尔顿别说话，“其实有一些逃走了，那些娱乐大众的人为了博人眼球，巴不得把战争描述得要多惊险有多惊险，显然，他们夸大其词了。有趣的是，据说后来这些人都死了，没有人去维护逃走的星舰了。可要是有一艘逃到幽灵星系里去了呢？要是那艘星舰躲了起来，重新补充辅助部队士兵储备呢？你还记得吧，巨剑阿塔加里斯号说过，和赫特尼斯交易的人看起来像雅查纳人，但说起话来却像雷切上层人士，而艾斯奥克在被兼并之前，恰好曾把签过契约的雅查纳人卖给了外星系的那些奴隶贩子。”

斯瓦尔顿咒骂道：“她们在跟一个辅助部队士兵做交易。”

“另一个阿纳德尔在这边有人，但我猜，伊姆星系的事引起了她的警惕，她现在切断了与这边的联系，也不再频频插手了，毕竟她做得越多，越容易被发现。或许我们在幽灵星系的邻居就是利用了这一点，这也是为什么赫特尼斯一直没动作，直到现在被逼急了——她应该是一直在等雷切领主的指示。”

“而她觉得领主就在幽灵之门那边。但是，布瑞克，若是这个阿纳德尔的支持者意识到这一切，她们又会怎么做呢？”

“我们怕是得静观其变了。”我呷了一口茶，“我的猜测可能是错的。”

“不会的，”斯瓦尔顿说，“我觉得你没错，猜测是能对上号的。

所以在幽灵之门的另一边有一艘疯狂的星舰——”

“并不是疯狂，”我纠正道，“若是你失去了一切珍视的东西，你也会奔走逃窜，企图东山再起。”

“是。”她羞窘地说道。

“在所有人中，我是更能体会这种感受的，所以，它并不是疯狂，但它充满敌意。一艘敌方星舰停在幽灵之门的另一边，而雷切领主的一个人格也许在蓄势展开攻击，普利斯戈尔也可能会出现，要求知道我们对她们的翻译官施加了什么恶行。我说全了吗，还有别的可能吗？”

“这些就够我们受的了。”她笑道。

我继续问道：“上尉，你准备好接受我的谴责了吗？”

“长官。”她欠身。

“我不在星舰上，你暂代了舰长之职。园圃这件事，要是你没救下我，或是你出了什么意外，那艾卡璐上尉就会担任指挥了。她是个出色的上尉，也许有一天她会成为出色的舰长，但你更有经验，你不应该让自己置身险地。”

这不是她预料中的谴责。她深感不平，脸上燃起了怒火。但她是把军纪烂熟于心的军士，便没有抗议。“长官。”

“我建议你去和医护兵谈谈你的用药史。我觉得你一直给自己太大压力，可能思考问题不太清楚。”

她手臂上的肌肉抽动着，抑制了想要交叉双臂的欲望。“我之前很担心你。”

“你预计以后再也不会担忧了吗？”

她诧异地眨了眨眼睛，嘴角向上翘动。“关于你吗？会继续担忧的啊。”她轻轻地笑了笑，然后她心中的后悔和困窘交杂着一起涌上心头，“你能看到星舰所见吗？”

“有时能看到。有时我会让星舰展示给我看，有时候它会主动展示它认为我应该看到的画面，就像你当舰长时，你自己那艘星舰会向你展示一些画面，传递一些你可能读不懂的数据，我的星舰也一样。”

“你总能看透我。”她还是很尴尬，“你在尼尔特星找到我的时候就是这样。我想你已经知道，园艺师巴斯奈德正往这里赶了吧？”

在穹顶大洞里时，巴斯奈德坚持要登上穹顶修理队的穿梭机。那之后，她又要求把她带到星舰上来，因为我当时在睡觉，斯瓦尔顿在惊异与不安之后便应允了。“知道，我要是醒着，也会答应她的请求。”她知道我会如此回应，但听到我亲口说出来，还是感到心满意足，“还有其他要紧的事吗？”没有别的事情了，至少她再没有什么想提的了，所以我便让她离开了。

斯瓦尔顿离开三十秒后，提萨瓦特从她的隔间来到了我的病床前。我把腿往旁边一挪，打了个请坐的手势。“上尉，”我说道，这时她正小心翼翼地坐下，她断掉的肋骨和其他伤口处的矫正剂都凝固了，伤口都在愈合中，“感觉怎么样了？”

“好些了，”她说，“我想医护兵给我服过药了，我能知道的，因为我不会每隔差不多十分钟，就觉得您在搜寻我，要把我扔出气闸。”

“我想，你最近才这样的吧？”我以前没觉得她有自杀倾向。不过，这也许是因为我并没有给予她应有的关注。

“不，一直都这样。只是……只是没有这么真实、这么强烈过。这种感觉是在我看到赫特尼斯舰长所作所为的那一刻才变得真实的，就在她以杀死园艺师巴斯奈德为威胁，试图杀您的那一刻。我觉得那是我的错。”

“你的错？”除了赫特尼斯舰长她本人罪不可恕，我不认为这是其他任何人的错，“我不能否认，你的政治手段打草惊蛇了，你很明显在谋求权势，但我从一开始就知晓。如果我不认可，我那时就会阻止你的。”

她松了一口气，不过就一点点。她的情绪平静而稳定。她猜对了，医护兵必定给她服过药了。“就是这个！长官，恕我直言，”我示意她有话直说，“您明白吗，长官，我们在做的事都是她想做的。”“她”指的只能是阿纳德尔·米亚奈，雷切帝国领主，“她派遣我们来这里，就是为了让我们做现在做的这些事。您不觉得恼怒吗，长官？她取走你的心爱之物，然后利用这一点让您为她所用。”

“有时候会烦，”我承认，“但我知道，她要的东西对我来说并没那么重要。”

提萨瓦特还没来得及回答，医护兵便皱着眉头走了进来。“我让您待在这里是为了方便休息，舰队长，不是没完没了地开会。”

“什么会？”我做出了一个无辜的表情，“如你所见，这里的上尉和我都是病人，像你看到的，我们正在休息。”

医护兵哼唧了一声。

“你不能怪我待着不耐烦，”我继续说，“我在井下休养两周了，我还有很多事要赶着处理。”

“您把那叫作休养？”医护兵质问道。

“那颗炸弹爆炸之前，算吧。”

“医护兵，”提萨瓦特说，“我这辈子都要吃药吗？”

“我不知道，”医护兵严肃而又诚恳地回答，“我希望不会这样，但我不能保证。”她又转向我，“我想说不能再有访客了，舰队长，但我知道您会为了园艺师巴斯奈德违背我的建议。”

“巴斯奈德要来？”因为肋骨架上敷着矫正剂，提萨瓦特身子本来就很僵直，现在似乎挺得更直了，“舰队长，我能和她一起回空间站吗？”

“绝对不行。”医护兵说。

“你可能也不想了，”我说，“她应该不想和我们两个中的任何一个人待在一起。我想，你大概那时没听见，我在穿梭机上的时候，告诉了她是我杀了她姐姐。”

“哦。”她果然没听到。她那时正沉湎于痛苦之中。情理之中。

“回床休息，上尉。”医护兵坚持道。提萨瓦特看向我，想让我求求情，但我没说话，她便叹了口气，转身走向她自己的小隔间，医护兵则跟在她后面。

我将头往后仰了下去，闭上了双眼。巴斯奈德乘坐的穿梭机离与星舰对接还有二十分钟的路程。巨剑阿塔加里斯号星舰的引擎已经关闭，所有军官也都已存入吊舱。绝大部分辅助部队士兵也都被装进了吊舱，只剩几个辅助部队士兵在我手下几名阿马特士兵的监视下帮着给吊舱上锁。自从在穿梭机上对我恶语相向后，巨剑阿塔加里斯除了绝对必要，便不再说话了。它对于问题全都报以直截了当的回答——“是”或“不是”，除此之外再不会讲别的话。

我坐在医护室里，卡尔十二号走了进来。她犹犹豫豫地径直走到我的床边，内心局促不安。我睁开眼，然后坐直身子。

“长官，”卡尔十二号似耳语般地轻声说道，声音很不自然，“我是仁慈卡尔号星舰。”她伸出一只手，抱住了我的肩膀。

“卡尔十二号，你现在知道我是个辅助部队士兵了。”她顿感惊愕。是的，她知道，但我如此说出来还是让她吃了一惊。她还没来得及说出什么，我便接着说：“请不要跟我说这无所谓，因为你可没觉得我是辅助部队士兵。”

卡尔十二号和星舰之间迅速协商了一番。“请恕我直言，长官，”卡尔十二号在星舰的鼓励下说道，“我认为这并不公平。我们刚知道这个事实不久，所以对于我们来说，用其他任何视角看待您都是很困难的。”她说得有理，“而且我们也没有多少时间去适应。但是，长官，您的新身份解释了一些以前讲不通的事情。”

此话不假。“我知道你们为星舰做事，星舰会感激。你们装出一副辅助部队士兵的表情，这让你们感到安全，因为你们可以掩饰自己的真实情感。不过，辅助部队士兵可不是你们去假扮着玩的。”

“对，长官。我明白这个，长官。像您说的，星舰会感激，而且星舰会关怀我们，长官。有时候感觉我们和星舰是一条心。”说出内心的想法让她有些不自在。

“我知道，”我说，“所以我也没做什么。”我吸了一口气，“你们现在还好吧，关于我？”

“还好，长官。”卡尔十二号说。她仍是局促不安，但话里满是真诚。

我闭上眼睛，把头靠在了她的肩上。她伸出另一只手臂，用双臂搂着我。这是不一样的感觉，这不是其他的“我”抱着我的感觉。我感觉到卡尔十二号的制服抵着我的脸颊，还有我自己的头压着她肩膀的重量。我把头又往前靠了靠。卡尔十二号很尴尬，但也有对我的关怀。其他的卡尔们在星舰上走动着。不一样。不可能一样。

我们彼此都沉默了一会儿。接着，卡尔十二号替星舰说道：“巨剑阿塔加里斯号星舰关心它的舰长，这我不能谴责，不过我觉得一艘巨剑号眼光该更远一些的。”

巨剑号系列星舰都太过傲慢，坚信它们肯定比仁慈卡尔号和正义号强得多，但有些事是说不准的。“星舰，”我说道，“卡尔十二号的一条胳膊都要僵硬了，园艺师巴斯奈德也要来了，我要准备下。”我们的身子便分开了，卡尔十二号往后退着步子。我用手背揩去眼角的泪水。“医护兵，”虽然她人在走廊里，但我知道她能听到我的呼喊，“我不会这样见园艺师巴斯奈德的，我要回一趟居住舱。”我需要洗把脸，重新穿衣，并保证有茶水和食物可以端给她享用，即使我肯定她定会拒绝。

“她会大老远赶来，”卡尔十二号和星舰同时问道，“只为了告诉您她有多恨您吗？”

“如果是这样，”我回答说，“我也会静静听着，绝不辩白。毕竟，她完全有权这么做。”

我的肩膀仍然裹在凝固的矫正剂里，所以我穿不了衬衫，不过，我小心一些的话，也能把手臂套进制服夹克里。在卡尔十二号看来，穿不穿夹克无所谓，但她无法忍受我不穿衬衫就见园艺师巴斯奈德，所以坚决地将衬衫一边袖子的后面剪开了，然后帮我穿上。“卡尔五号听到我的解释会理解的，长官。”她说。不过她心里还是有些担心卡尔五号也许不会明白。卡尔五号还在园圃窟里帮忙固定物体，这样地心引力恢复时，就不会有人受伤。

巴斯奈德来的时候，我已经换好衣服，但看上去可能只比从悬崖上摔下来，然后差点淹死时的狼狈样稍好一些。我纠结了好一会儿是否要别上奥恩上尉的金制纪念章，因为巴斯奈德上次看到它时似乎被激怒了。但最后，我还是让卡尔十二号把它别上了，紧挨着迪丽科翻译官的银质猫眼石纪念章。卡尔十二号做好了一堆小蛋糕和水果泥放在我的桌上。最后的最后，桌上摆上了那套“第一好”的瓷器，那是我上次在乌茂格行宫和阿纳德尔·米亚奈会面时看到的那套朴素、雅致的白色茶具。刚开始，我很惊讶，卡尔五号竟然能鼓起勇气开口跟领主要这套茶具，但再转念一想，这也没什么好奇怪的。

巴斯奈德进门时，我欠身。“舰队长，”她边说边回鞠一躬，“我希望我的到来没给您带来不便，我只是觉得我们应该当面谈谈。”

“没有不便，园艺师。我随时为你效劳。”我用我那只没有受伤的胳膊指着椅子，“请坐。”

我们坐了下来。卡尔十二号倒了茶，然后就像辅助部队士兵一样笔挺地立在房间一角。“我想知道，”巴斯奈德礼貌地喝了一口茶后说，“我姐姐的遭遇。”

我便向她一一说明奥恩上尉如何发现阿纳德尔·米亚奈人格分裂，以及雷切领主其中一个人格的所作所为。上尉如何拒绝服从那位阿纳德尔的命令，结果导致领主下令将她处决，而我又如何成了那刽子手。我之后又是如何不明所以地把枪对准了领主，以及领主如何将我毁灭，我所有的躯体都死去了，唯有伊斯克十九号逃脱了，也就是现在的我。

我说完后，巴斯奈德沉默了足有十秒钟。然后她说："也就是说，你是她分队的成员？一个伊斯克，是吗？"

"是，伊斯克十九号。"

"她总说你对她照顾有加。"

"我知道。"

她轻轻一笑。"你当然知道，所以你才能读到我的诗。好尴尬啊。"

"你写的诗可没那么糟糕。"奥恩上尉并不是唯一一个有能写诗的小妹妹的军官，"奥恩上尉很喜欢读你的诗。真的是这样。收到你的信息总会让她十分欢喜。"

"这让我感到开心。"她简洁地说道。

"园艺师，我……"我说不出话来了，我无法保持镇定。拿起一块蛋糕或是一小片水果泥对我来说都变得艰难，没有什么能让我分散一下此刻的挣扎，喝茶也是如此，所以我只能等着自己镇定下来。巴斯奈德耐心地坐在桌子对面，静静地等着我开口。"星舰会关心它们的军官，"我认为自己可以再次开口时说道，"我们是情不自禁的，因为我们制造出来就是如此，但我们会更青睐一些军官，也会多加照料。"现在，也许我能说出心声了，"我很爱你姐姐。"

"这也让我感到开心，"她说，"真的，我现在明白你为什么要我做你的继承人了，但我还是不能接受。"我记得她和提萨瓦特在园圃窟客厅里的对话，都与我无关，"我不认为你能买到宽恕，即使你出了如此高价。"

"我想要的并不是宽恕。"那个我唯一在乎是否宽恕我的人已经死了。

巴斯奈德思索了一会儿。“真是无法想象，”她最后说道，“你原来是那么庞大体系的一部分，而且存在了那么久，然后突然变成孤身一人。”她停顿了一下，继续说道，“雷切领主收养你进入米亚奈家族，你一定是百感交集吧。”

“并没有。”

她笑了，有些后悔，然后又冷肃地说：“你对我说了这么多，但我不知道自己有何感想。”

“你不欠我的，无需说出你的感受，也无需解释你的感受。但我的提议一直有效，如果你改变了主意，它仍然可以兑现。”

“如果你有了孩子呢？”

有一瞬间，我不敢相信她竟能提出这样的假设。“你能把我和一个婴儿联系到一起吗，公民？”

她笑了。“你说的在理，但什么人都可以成为母亲。”

这倒是真的。“但所有人可能都没资格。我的提议会一直有效，但我不会再提了，除非你改变主意。园艺局那边怎么样了？她们准备好重启重力装置了吗？”

“快了。空间站关闭重力装置的时候，湖里面的水比周围的水还多。准备工作得把这些水都弄下去。不过，我们损失的鱼并没有想象的多。”

我想起了那些孩子们跑到桥上去喂鱼的情景，那些紫色、绿色、橙色和蓝色的鱼鳞片，在阳光下闪闪发亮。“那不错。”

“园圃窟一层的大部分物品都没受损，但在水退回到湖里之后，所有的挡板都要重建。原来，湖漏水已经有一段时间了，只不过漏得不多。”

“让我猜猜。”我端起茶，“蘑菇。”

“蘑菇！”她大笑，“我早该知道的，我听到有人在园圃窟种蘑菇的时候，就应该反应过来是怎么一回事的。是啊，她们爬进了挡板支撑层，然后在那里种起了蘑菇。不过，正是因为她们在湖底挡板之下建了些结构，加上堆在那里用作基底的有机材料，才延缓了园圃之水冲决挡板的时间。不过大部分损坏也在这一区域，恐怕园圃窟的蘑菇产业没法继续下去了。”

“我希望她们重新建起挡板后，能再考虑一下蘑菇的事。”我要向空间站站长塞勒和贾罗德总督进言，我得提醒贾罗德总督不要夺走园圃窟居民的特色菜。

“我想如果你提起这件事，舰队长，她们会考虑的。”

“希望如此，”我说，“希里克斯情况如何？”

巴斯奈德皱了皱眉头。“她在安保部接受调查，我……我不知道。我喜欢希里克斯，尽管她似乎总是有点……易怒。我还是不敢相信她竟然……”她声音小了下去，一副不知所措的神情，“如果你在这之前问我，我会说她永远不会做错事，不会做那样的事。但我听说，我不知道是不是真的，她去安保部自首，后来她和安保赶去园圃窟，但是正好区域门关掉了。”

我得跟贾罗德总督谈谈希里克斯的事。“我想她对我很失望。”她是因愤怒才做出这种事的，“她一直在等待正义来临，她本想也许我会带来正义，但她对正义的看法……和我认为的大相径庭。”

巴斯奈德叹了口气。“提萨瓦特怎么样了？”

“她还好。”姑且算还好吧，“园艺师，提萨瓦特很迷恋你。”

她莞尔一笑。“我知道，我觉得这种感觉很甜蜜。”然后她皱起眉头，“事实上，她那天在园圃那么英勇，比甜蜜还美。”

“是啊，”我同意道，“我想她现在有点脆弱，所以我才跟你说起。”

“提萨瓦特，脆弱！”巴斯奈德笑了，“但是人们有时候看起来很坚强，内心却很柔弱，不是吗？比如说您得躺下来，却还是在苦撑。我该走了。”

“请留下来吃晚饭。”她说得对，我需要躺下，也许我还需要卡尔十二号给我拿些软垫，“躺回去是一段漫长的过程，而且要是有重力，吃饭会舒服得多。我不会强求你陪我们，但我知道提萨瓦特会很高兴见到你，我相信，我手下的其他军官也会想要见到你。我是说，更正式一些的会面。”她没有马上回答，“你还好吧？你和我们其他人一样都度过了一段艰难时刻。”

“我很好。”然后她说道，“还行。老实说，舰队长，我感觉……就像我以为自己能依靠的一切都消失了，好像一切从一开始就不是真的，而且我只是意识到了。现在，我不知道，我是说，我以为我很安全，我以为我熟知每个人，但我错了。”

“我知道那种感觉，”我说，不放垫子的话，我撑不了多久了。不知什么原因，我的腿开始隐隐作痛，“不过最后你会理清楚的。”

“我愿意与你和提萨瓦特共进晚餐，”她这话好像是对我刚才说的话的回答，“你也可以邀请其他人。”

“荣幸至极。”没待我下令，卡尔十二号便离开了她站着的那个角落，去打开了靠墙的一个储物用的长椅，然后拖出三个垫子，“告诉我，园艺师，你能用诗句说出，上帝是如何像一只鸭子的吗？”

巴斯奈德眨了眨眼睛，有些惊讶，然后放声大笑。我这么突然改变话题，就是想让她放松一下。卡尔十二号在我背后放了一个垫子，并在我固定着的左胳膊肘下面又放了两个垫子。我说道：“谢谢你，卡尔十二号。”

“从前有只鸭子叫上帝，”巴斯奈德作起诗来，“有人说这也太过离奇。飞翔时便展开双翼，游泳时则扑动鸭子的尾鳍？”她皱起眉头，“我说不下去啦，一首打油诗，没调式也没节拍，我太疏于练习了。”

“比我能作出来的要长一些。”我闭上了眼睛。提萨瓦特躺在医务室里的病床上，眼睛闭着。星舰在她的耳朵里播放音乐，黑暗九号在她身旁小心看护。光明分队士兵们有的在刷洗着她们负责的那部分走廊，有的则和艾卡璐在一起站岗。阿马特分队士兵们在休息、锻炼或是洗澡。斯瓦尔顿坐在自己的铺位上，出于某种原因，内心有些忧郁，也许她还在想着她以前错过的在我肩头哭泣的机会。医护兵向星舰抱怨我无视她的建议，不过她话里并无恼怒之意。卡尔一号正在为我做饭。卡尔五号则还在空间站，因我突然改变了晚餐计划而和卡尔三号发牢骚，不过烦躁不安的情绪很快就转为笃定，因为她们两人肯定能应付过来。在浴室里，一个阿马特分队士兵开始唱歌。“妈妈说，一切都在转，一切都在转，星舰绕着空间站转。”歌词不一样了。

这结局并不是我想要的，不完全是，确实不是我认为自己一直在孜孜以求的。但这已经足够了。

致 谢

ANCILLARY JUSTICE

本书的创作离不开很多人给予我的十分有价值的帮助。我 2005 年参加的“克拉里恩 - 韦斯特工作室”课程的老师和同学一如既往地给我带来灵感、帮助和友情。美国的维尔 · 辛顿和英国的珍妮 · 希尔两位编辑使本书更加出彩。

正如此前提及的，我要再次向文稿代理人赛斯 · 菲舍曼表达我最真诚的感谢。

我还要感谢那些耐心回答我的问题的人们，感谢你们的建议和提供的信息：圣 · 赫特森 · 布朗特、卡罗琳 · 艾夫斯 · 吉尔曼、安娜 · 施温德、库尔特 · 施温德、迈克 · 斯威斯登。他们所给的信息和建议都十分准确和明智，如本书出现任何纰漏，均系于作者一人。

感谢圣 · 路易斯县立图书馆、韦伯斯特大学图书馆、圣 · 路易斯县立图书馆理事会，感谢为我提供馆际互借的人们。馆际互借是一项极佳的服务。

最后，我想说，没有我的丈夫戴维以及我的两个孩子艾登和加韦思，就没有这本书的问世。

未来，属于终身学习者

我们正在亲历前所未有的变革——互联网改变了信息传递的方式，指数级技术快速发展并颠覆商业世界，人工智能正在侵占越来越多的人类领地。

面对这些变化，我们需要问自己：未来需要什么样的人才？

答案是，成为终身学习者。终身学习意味着具备全面的知识结构、强大的逻辑思考能力和敏锐的感知力。这是一套能够在不断变化中随时重建、更新认知体系的能力。阅读，无疑是帮助我们整合这些能力的最佳途径。

在充满不确定性的时代，答案并不总是简单地出现在书本之中。“读万卷书”不仅要亲自阅读、广泛阅读，也需要我们深入探索好书的内部世界，让知识不再局限于书本之中。

湛庐阅读 App：与最聪明的人共同进化

我们现在推出全新的湛庐阅读 App，它将成为您在书本之外，践行终身学习的场所。

- 不用考虑“读什么”。这里汇集了湛庐所有纸质书、电子书、有声书和各种阅读服务。
- 可以学习“怎么读”。我们提供包括课程、精读班和讲书在内的全方位阅读解决方案。
- 谁来领读？您能最先了解到作者、译者、专家等大咖的前沿洞见，他们是高质量思想的源泉。
- 与谁共读？您将加入优秀的读者和终身学习者的行列，他们对阅读和学习具有持久的热情和源源不断的动力。

在湛庐阅读 App 首页，编辑为您精选了经典书目和优质音视频内容，每天早、中、晚更新，满足您不间断的阅读需求。

【特别专题】【主题书单】【人物特写】等原创专栏，提供专业、深度的解读和选书参考，回应社会议题，是您了解湛庐近千位重要作者思想的独家渠道。

在每本图书的详情页，您将通过深度导读栏目【专家视点】【深度访谈】和【书评】读懂、读透一本好书。

通过这个不设限的学习平台，您在任何时间、任何地点都能获得有价值的思想，并通过阅读实现终身学习。我们邀您共建一个与最聪明的人共同进化的社区，使其成为先进思想交汇的聚集地，这正是我们的使命和价值所在。

浙江省版权局
著作权合同登记号
图字:11-2023-170号

图书在版编目（CIP）数据

数字星舰. 2, 巨剑的陨落 / （美）安·莱基著 ; 李娇, 崔学海译. -- 杭州 : 浙江教育出版社, 2023.9
ISBN 978-7-5722-6154-1

Ⅰ. ①数… Ⅱ. ①安… ②李… ③崔… Ⅲ. ①幻想小说—美国—现代 Ⅳ. ①I712.45

中国国家版本馆CIP数据核字(2023)第154104号

上架指导：科幻小说

数字星舰2：巨剑的陨落
SHUZI XINGJIAN 2：JUJIAN DE YUNLUO
［美］安·莱基（Ann Leckie） 著
崔学海 李 娇 译

责任编辑：余理阳
文字编辑：骆 珈
美术编辑：韩 波
责任校对：李 剑
责任印务：曹雨辰
封面设计：ablackcover.com
出版发行：浙江教育出版社（杭州市天目山路 40 号 电话：0571-85170300-80928）
印 刷：唐山富达印务有限公司
开 本：880mm ×1230mm 1/32　插 页：1
印 张：10.5　字 数：272 千字
版 次：2023 年 9 月第 1 版　印 次：2023 年 9 月第 1 次印刷
书 号：ISBN 978-7-5722-6154-1　定 价：89.90 元

如发现印装质量问题，影响阅读，请致电 010-56676359 联系调换。